M/T와 숲의 신비한 이야기

대산세계문학총서
193

M/T와 숲의 신비한 이야기

M/Tと森のフシギの物語

오에 겐자부로 심수경 옮김

문학과지성사

대산세계문학총서 193

M/T와 숲의 신비한 이야기

지은이	오에 겐자부로
옮긴이	심수경
펴낸이	이광호
주간	이근혜
편집	김은주 김인숙
마케팅	이가은 최지애 허황 남미리 맹정현
제작	강병석
펴낸곳	㈜문학과지성사
등록번호	제1993-000098호
주소	04034 서울 마포구 잔다리로7길 18(서교동 377-20)
전화	02) 338-7224
팩스	02) 323-4180(편집) 02) 338-7221(영업)
대표메일	moonji@moonji.com
저작권 문의	copyright@moonji.com
홈페이지	www.moonji.com

제1판 1쇄 2024년 12월 27일

ISBN 978-89-320-4342-5 04830
ISBN 978-89-320-1246-9 (세트)

이 책은 대산문화재단의 외국문학 번역지원사업을 통해 발간되었습니다.
대산문화재단은 大山 慎鏞虎 선생의 뜻에 따라 교보생명의 출연으로 창립되어
우리 문학의 창달과 세계화를 위해 다양한 공익문화사업을 펼치고 있습니다.

차례

일러두기

1. 이 책은 大江健三郎의 M/Tと森のフシギの物語(東京: 岩波書店, 2014)를 우리말로 옮긴 것이다.

2. 본문의 주는 모두 옮긴이의 것이다.

3. 원문의 방점은 본문에서 진한 글씨로 강조했다.

서장
M/T와 생애 지도의 기호

1

M/T. 이 두 알파벳 조합이 나에게 특별한 의미를 갖게 된지 이미 오랜 시간이 흘렀습니다. 어느 한 인간의 생애를 생각할 때 그 시작은 출생 시점이 아니라 그보다 더 아득한 옛날로 거슬러 올라가고, 또 그가 죽은 날로 끝맺는 것이 아니라 그 뒤로 더 연장하는 방법으로 겨냥도*를 그리는 일이 필요합니다. 한 사람이 이 세상에 태어나는 것은 단순히 그 한 사람의 삶과 죽음에만 머무르지 않을 것입니다. 그는 자신이 포함된 사람들의 고리라는 커다란 그늘 속에 태어나고, 죽은 후에도 무언가가 계속되기 때문입니다. 나는 내 겨냥도에 M/T라는 기호를 분명하게 써넣었다고 생각합니다. 그것도 생애 지도의 여러 장소에 반복해서.

두 개의 알파벳 M/T라는 조합을 발견하기 전부터 이 기호

---

* 건물이나 도형 등의 모양과 배치를 알기 쉽게 그린 그림.

가 나타내는 의미는 자주 내 머릿속에 떠올랐습니다. 태어나기 전부터 내가 뿌리내리고 있던 곳에서부터 지금 살아 있는 내가 있는 곳, 그리고 죽은 후에 이어져 갈 곳으로 펼쳐지는 생애 지도에 몇 개씩이나 또렷이 새겨져 있었습니다. 숲속 골짜기 마을에서 출생한 시점보다 더 거슬러 올라가고, 또 세계의 어느 곳에서든 아마도 도시에서 맞게 될 죽음의 때보다 더 미래의 시간으로 늘려가듯 그려진 내 생애 지도에 M/T라는 기호를 이용해 아주 명확하게 나타낼 수 있도록.

　M/T라는 기호를 사용하기 전부터 이 말이 가리키는 대상은 구체적으로 알고 있었습니다. 그것을 그림으로 그려보라고 한다면 머리로 생각하기 전에 이미 손가락이 종이 위에 그리기 시작하는, 그런 일이 실제로 있었습니다. 조마조마하고 두근거리는 가슴속과 무엇을 하고 있는지 확실히 이해하지 못한 머릿속, 그리고 자신 있게 재빨리 크레용 선을 긋는 내 손가락. 나는 그처럼 나라는 인간이 멈출 수 없이 세 갈래로 분리되어버리는 불가사의를 처음으로 경험했습니다……

　전쟁 중에 국민학교라고 불리던 소학교 3학년 때, 선생님이 그 당시 구하기 어려웠던 도화지를 한 장씩 나누어주었습니다. 훌륭한 종이를 배급받고 들떠 있는 우리에게 선생님은 이렇게 말했습니다.

　"너희가 살고 있는 이 세계가 어떻게 생겼을지 그림으로 그려봐!"

　그리고 하양, 빨강, 파랑 분필로 '세계의 그림' 견본을 칠판에 그려 보여주었습니다.

일본 열도에서 사할린, 그리고 타이완으로 넓히고 또 한반도를 포함한 대일본제국의 지도에 덧붙여서 중국 대륙과 아시아의 모든 점령 지역을 빨간 분필로 강조합니다. 그 위의 높은 곳에는 구름에 둘러싸인 천황과 황후 '두 폐하'의 상반신을 그려 넣습니다. 그림을 그리는 관점은 거기에 있었고, 아득히 아래쪽에 있는 지구를 내려다보며 그린 그림 같았습니다. 나중에 이 선생님은 조심성 없이 '두 폐하'를 그렸다고 교장에게 주의를 받았다고 하는데, 나도 비슷한 그림을 도화지에 그렸습니다. 하지만 일본 주변의 지도 대신 숲속 골짜기를, 천황과 황후 대신 M/T를 그렸습니다.

2

이런 것이 어떻게 '세계의 그림'이냐며 선생님은 내 뺨을 주먹으로 때렸습니다. 그러나 나는 가만히 있었습니다. 바닷가 마을에서 태어나고 자라 숲속 마을로 부임해 온 교사에게 설명할 수 있는 '세계의 그림'과는 다른 '세계의 그림'을 그리고 말았다고 마음속 깊이 느끼고 있었으니까요. 동시에 자랑스럽고도 분명하게 '이것이 우리가 살고 있는 세계다' '우리의 숲과 숲속 골짜기 마을은 이런 세계다'라고 느꼈습니다. 그때 내 가슴속에 아직 그 기호가 있었던 건 아니지만, 그래도 지금 그 기호를 사용하여 그때의 느낌과 생각을 나타낸다면, 우리는 M/T의 큰 그늘에 덮여 이 마을에 살고 있다는 것이었습니다.

나는 먼저 도화지 중앙에 숲으로 둘러싸인 골짜기를 그려 넣었습니다. 골짜기 한가운데를 흐르는 강과 강 이쪽 분지의 현도縣道를 따라 늘어선 촌락과 논밭, 그리고 강 건너편의 밤나무를 비롯한 과수림. 습곡을 따라 경사를 오르며 윗마을 '자이在'로 가는 길. 그 모든 높은 곳을 감싸 고리를 만드는 숲. 나는 산 쪽으로 난 교실 창문과 강 쪽으로 난 복도 창문을 오가면서 과수림에서 잡목림, 빛깔 짙은 노송나무 숲, 삼나무 숲, 그리고 높은 지대를 향해 펼쳐진 조엽수림을 꼼꼼하게 그렸습니다.

그런 후 그 위에서 숲과 골짜기를 내려다보는 하늘 가득히 구름에 싸인 거구의 여자와 그 아이 정도 크기의 성인 남성을 그렸습니다. 거구의 여자는 긴 머리를 어깨에서 등으로 빗어 내리면서 구름에 가려진 발목 부분까지 헐렁한 관의寬衣를 걸치고 있습니다. 만일 누가 묻는다면 그 여인의 이름도 대답할 수 있습니다. 이름은 오시코메ォシコメ. 할머니에게 들은 옛날이야기에서 그렇게 불리는 거구의 여자. 남자는 오시코메보다 훨씬 왜소하지만, 사무라이 차림을 하고 오른팔에는 긴 철포를 안고 있습니다. 이 남자도 옛날이야기로 전해지지만, 마을의 역사 기록에서 실제 발자취를 더듬을 수 있는 가메이 메이스케龜井銘助입니다.

나는 이 그림을 그리면서도 골짜기 마을의 신화와도 같은 옛날이야기와 옛날이야기에 역사가 섞여 있는 전설 속에서 오시코메와 가메이 메이스케가 함께 같은 시대에 살지는 않았다는 것을 알고 있었습니다. 그런데 왜 두 사람을 나란히 그렸을까? 그건 내 그림에 거구의 여자와 아이처럼 작은 남자 한 쌍이 꼭 필요하다는 느낌이 들었기 때문이죠. 나는 할머니에게서 들은 마을의 옛날이야기 속에 언제나 여자와 남자 한 쌍이 둘이서, 또 때로는 각각 혼자서 중요한 역할을 했다는 사실을 알게 되었습니다. 그러고서 그것은 정말 틀림없는 사실이었다고 느꼈습니다. 그리고 선생님이 '세계의 그림'을 그리면서 천황과 황후를 구름에 둘러싸인 하늘 높은 곳에 그려 보여준 의미를, 나는 우리 마을의 이야기로 생각해보았습니다. 그리고 문득 오시코메 같은 여자와 가메이 메이스케 같은 남자가 2인조 한 쌍이라는 것에 생각이 미쳤습니다. 옛날이야기 속에서 오시코메가 마을을 다스린 시대에는 오시코메에게 어울리는 남자들이 있었고, 가메이 메이스케가 짧지만 많은 활약을 한 에도막부江戸幕府 말기에는 역시 메이스케에게 어울리는 오시코메 역할의 여성이 함께 활약했습니다.

3

오시코메에 관한 옛날이야기는 순서대로 써가기로 하고, 할머니에게 반복해 들은 숲속 마을의 옛날이야기 중 가장 첫 부분의 기억을 떠올리면——즉 여기에서 내가 M/T라는 두 개의 알파벳을 대입하는 여러 쌍의 2인조 모델에서, M의 한 사람인 오시코메에 대해 말하자면——마을이 건설되고 풍요롭게 번영하는 행복한 시대가 오랫동안 이어진 후, 그다음에는 반대로 모든 것이 쇠퇴하여 빈곤해진 불행한 시기에 여성 지도자로서 지혜와 힘을 다해 위기를 극복한 사람이 오시코메였습니다.

하지만 내가 처음 오시코메의 이야기를 들었을 때, 옛날이야기 속 이 거구의 여자는 마을이 불행했던 시기에 마을 사람들의 생활을 더 어려운 궁지로 몰아넣은 장본인으로 느껴졌습니다…… 오시코메가 한 일 중 하나는 마을 사람들이 각자 가지고 있던 토지와 가옥, 심지어 가족까지, 모든 것을 빼앗아 뿔뿔이 흩어지게 한 후 뒤섞어 완전히 새로운 토지, 가옥, 가족을 만들어내는 개혁이었습니다. 어제까지 남의 집이었던 곳에서 타인이었던 사람과 가족으로 살고, 남의 토지였던 논밭을 경작해야만 했습니다. 자신의 토지와 집은 남의 것이 된 데다가, 피를 나눈 가족과도 헤어져서.

어린 마음에 몹시 난폭하게 생각되던 그런 개혁을 강제로 실행할 수 있는 힘을 가진 거구의 여자, 나는 오시코메라는 이름이 원래 한자로는 '大醜女(대추녀)'라고 쓰였다고 배웠을 때 아주 잘 어울린다고 생각했습니다.

하지만 할머니는 유난히 깊은 동정심을 가지고 오시코메에 대해 이야기했습니다. 오시코메가 마을 전체의 농경과 생활 방식에 대해 책임져야만 했을 때 마을은 이미 오랫동안 쇠락해 있었고 사람들은 불행했는데, 그 이유는 마을이 건설되고 세월이 흘러 농작물을 만들 토지 자체가 황폐해져 가난했기 때문이었고, 오시코메는 그것을 회복시키려고 했다는 것입니다.

개혁이 시작된 이듬해 초봄의 보름달이 뜬 밤, 오시코메를 도와 마을을 재건할 방법을 궁리하던 머리 좋은 젊은이들이 한 가지 재미있는 제안을 했습니다. 이 경우 M/T라는 말로 표현하면, '청년단'이라고 불리는 젊은이들이 오시코메를 상대로 여러 명의 메이스케 역할을 맡았습니다. 그들은 골짜기 중앙에 있는 다리를 건너 강 하류에 펼쳐지는 논 지대에 불룩 솟아오른 고신산庚申山으로 오시코메를 꾀어냅니다. '청년단'은 마을 스모가 열리는 고신산 정상에서 커다란 알몸을 드러낸 오시코메를 상대로 떠들며 희롱해댔고 — 할머니는 그렇게 말했습니다 — 그런 일이 있고 난 후로 논과 밭은 풍요로운 힘을 되찾기 시작했습니다.

나는 이 장면을 그린 그림도 보았습니다. 골짜기 마을의 지형을 자세히 그려 넣고, 그 위를 숲이 검게 감싸는 보름달이 뜬 밤의 풍경 속에서 고신산에 또 하나의 산이 포개진 것처럼 큰 오시코메의 새하얀 몸에 붉은 훈도시*를 걸친 작은 '청년단' 젊은이들이 매달려 기어오르기도 하고 미끄러져 내려오기도 하는 그림. 턱을 괴고 그들을 내려다보는 부리부리한 눈에 큼직한 코를 한 오시코메의 얼굴에는 추함은 그렇다 치고, '청년단' 젊은이들의 왕성한 혈기에 걸맞은 생기 있는 다정함이 그립도록 넘쳐흐르고 있었습니다.

4

마을 사람들이나 마을 그 자체에 대해 이런 역할과 성격을

---

* 성인 남성의 음부를 가리기 위한 전통 속옷.

가진 오시코메를 나는 M/T의 M이라고 이름 짓고 싶습니다. 나는 M을 영어 matriarch의 약자로 사용하고 있습니다. 이 영어의 의미를 작은 사전에서 찾아보니 다음과 같았습니다. ①여가장, 여족장. ②여수령. 하지만 우리의 일상생활에서 현재 사용하는 어감으로는 이런 일본어가 익숙지 않습니다. 굳이 말하자면 여가장이라는 표현만이 문맥에 따라 아직 사용 가능한 말이겠지요. 그것은 같은 뿌리에서 나온 다음 말과 비교해보면 확실해집니다. matriarchy ①모계제, 여가장제. ②여성 지배, 그 사회.

하지만 내가 M이라는 기호로 나타내고 싶은 옛날이야기에 나오는 마을 여성들의 타입이 모두 오시코메와 같은 여성 지도자였던 건 아닙니다. 가메이 메이스케를 둘러싼 옛날이야기 속에서, 즉 T인 메이스케와 한 짝을 이루는 여성 M은 이처럼 깊은 숲속의 작은 마을이지만 에도막부 말기 동란의 풍파 속에서 격동하며 나름대로 대응해온 마을에서, 겉으로 보면 어떤 지도적 역할도 하지 않았습니다. 그러나 마을에 전해지는 옛날이야기 중 다른 어떤 이야기보다도 가장 T다운 특징을 가진 가메이 메이스케의 M/T의 한 부분으로서 그 여성은 선명한 인상을 남긴 인물이었습니다.

이 여성에 대해 할머니는 때에 따라 가메이 메이스케의 어머니라고도 하고 의붓어머니라고도 했습니다. 이야기의 진행상, 의붓어머니라고 하는 쪽이 자연스럽게 느껴지는 그런 이야기여서 그랬겠지만, 할머니에게 그 이야기를 듣던 어린 시절부터 나는 신화와도 같은 옛날이야기의 매력으로는 친어머니 쪽이 좋다는 생각을 했습니다.

아직 소년일 때 우연처럼 마을을 대표해 마을 밖의 막강한 세력과의 교섭 역할을 떠맡은 가메이 메이스케는 훌륭하게 책임을 다했습니다. 그 후에는 메이지유신明治維新 직전에 이 지방에서 일어난 농민봉기의 총참모로 일했고, 봉기 후에는 붙잡혀 번藩의 감옥에서 일생을 마칩니다. 메이스케 자신은 곧바로 석방될 것으로 믿었고, 새로운 시대를 위해 어려운 길을 선택해야 하는 번의 지도자 역할을 하명받게 될 것이라고 확신한 모양이었지만, 할머니의 이야기로는 젊은 의붓어머니는 옥 안에 있는 메이스케에게 죽음의 때가 다가오는 것을 예감하며 몹시 슬퍼했다고 합니다.

그래서 그녀는 숲속 골짜기에서 강을 따라 내려가 성곽 마을로 나와 감옥 안에 있는 메이스케를 만나게 해달라고 면회를 청했습니다. 그리고 몹시 쇠약해져 있긴 하지만 옥 안에서 죽을 운명이 될 줄은 꿈에도 생각하지 않던 태평한 메이스케에게 이상한 말을 외쳤다고 합니다.

"괜찮아, 괜찮아, 죽게 되더라도 내가 곧 다시 낳아줄게!"

그리고 젊은 의붓어머니와 메이스케는 감옥 안에서 잠시 함께 지냈다고도 하고, 큰 나무 격자를 사이에 두고 가만히 서로를 바라보고 있었다고도 합니다. 면회를 하고 난 며칠 뒤, 갑자기 쇠약해진 메이스케는 죽음을 맞이하게 되었지만, 그때 그는 정말 편안하고 조용한 모습으로 숨을 거두었다고 합니다. 1년 후 그의 의붓어머니는 남자아이를 출산했습니다. 그리고 그로부터 6년 후, 남자아이는 어머니와 함께 '혈세 농민봉기'에 가담하여 멋진 역할을 보여주었습니다.

5

　"'혈세 농민봉기'에는 이 마을에서 강 하류까지 사람이 2만 명이나 몰려나와 성곽 아래의 넓은 강변을 가득 메웠단다. 봄에 열리는 연싸움에 사람이 강변을 가득 메운 건 봉기의 승리를 축하하기 위한 것이라, 현縣의 지사가 나와 축사 같은 걸 했던 적이 없었지. 내가 어릴 때부터 지금까지 내 눈으로 본 바로는 그런 건 없었어!" 할머니는 이렇게 말했습니다.

　어떻게 여섯 살 정도의 아이가 2만 명이나 되는 사람이 사느냐 죽느냐 하는 '비상시'에 중요한 역할을 할 수 있었느냐고, 비슷한 나이에 처음 이 이야기를 들은 나는 할머니에게 되물었던 것을 기억합니다. 나 역시 어린아이지만, '비상시'에 큰 역할을 하는 용감한 공상에 가슴 설레면서. 그도 그럴 것이 그땐 제2차 세계대전이 시작된 직후여서 '비상시'라는 말은 어린아이의 귀에도 익숙했습니다.

　하지만 할머니는 내가 이런 생각에 가슴이 뜨거워져 있는 것과는 반대로, 옛날이야기에서 여섯 살 정도 되는 가메이 메이스케의 환생 동자가 한 일을 내가 의심하고 있다고 생각한 모양입니다. 할머니는 그 아이가 가메이 메이스케의 환생 동자임이 틀림없다고 했습니다. 할머니는 아이를 상대로 이야기를 하면서도 쉽게 화를 내는 성격이었지만, 이때만큼은 정말 참을성 있게 열심히 나를 설득하려고 했습니다. 봉기 전체를 지휘한 것은 나이가 지긋한 사람들과 혈기 왕성한 남자들 몇이었습니다. 동자는 이 지도자들에게 메이스케가 옥에서 죽기 전에 — 죽은 후에도 — 깊이 생각해두었던 봉기의 투쟁 방법을 전달했습니다. "게다가 지도자들을 비롯해 지혜와 경험이 있는 어른이 생각지도 못한 사태가 발생하면 지도자들은 동자에게 '메이스케라면 어떻게 할까?' 하고 물었다지." 동자는 잠시 메이스케의 의견을 물으러 가는 듯했고, 그 후 지도자들에게 답을 합니다. "그것을 지도자들이 강변에 막사를 친 2만 명의 사람들에게 전한 거란다. 동자가 메이스케에게 듣고 가르쳐준 전술이라고 하니 아무도 반대하는 사람이 없었고, 게다가 막사 구석구석까지 순식간에 전달되었다는구나. 이런 때는 누구나 한마디도 놓치지 않으려고 귀를 기울이는 법이라 2만 명이나 군집해 있어도 강변은 조용하기만 해서 퐁당 하고 물소리가 나자, 귀 밝은 동자가 바로 알아듣고, '저건 메기가 개구리를 잡아먹은 소리야! 밤이 깊으면 내가 잡아줄 테다. 장소는 알고 있으니 메기야 두고 봐라, 용서하지 않을 테다!'라고 혼잣말을 해 모두를 크게 웃겼다는구나."

봉기의 진행 과정에서 새로운 난관에 부딪힐 때마다 동자가 6년 전에 옥사한 가메이 메이스케에게 가르침을 받으러 간 일. 그건 다음과 같은 방식에 따른 것이었지요. 지휘부가 봉기의 교섭 상대인 새 정부에서 파견한 지방 관료와 협상하는 동안에 예상치 못한 어려운 조건이 제시되어 또 교착상태에 빠지면 강변에 있는 본부로 돌아가 머리를 맞대고 협의를 한다. 그 옆에서 동자는 메기 낚싯대를 만들면서 무심코 들려오는 이야기를 듣고 있다.

그러다가 동자는 언제나 옆에 붙어 있는 어머니에게 "나는 진가모리 숲에 올라갔다 올게요!" 하고는 잠시 무언가 불편한 듯 눈을 두리번거린 후 옆으로 푹 쓰러져버린다. 어머니는 동자의 옷깃과 허리띠를 풀어주기도 하고 괴로워하는 찌푸린 작은 얼굴의 땀을 닦아주기도 하는데, 그녀가 걱정하는 모습은 동자가 같은 일을 몇 번씩 반복해도 변함없었다고 합니다.

……동자가 의식을 되찾는다, 그리고 역시 무언가 불편한 듯 눈을 두리번거린 다음 어머니에게, "메이스케는 모두 알고 있을 텐데, 알고 있을 텐데! 이러이러하게 해야 할 텐데!"라고 했다고 작은 소리로 그 지시 내용을 전하면, 어머니가 지휘부에게 동자가 전달한 것을 설명했다고 합니다.

6

지금 할머니의 이야기를 생각나는 대로 써 내려가면서 알게 된 것이 있습니다. 가메이 메이스케와 그의 어머니, 또는 의붓어머니에 대해 앞에서 말했지만, 메이스케의 환생으로 여겨지는 동자가 활약할 때도 언제나 어머니가 옆에 있으면서 주위 어른들과의 **중간** 역할을 하고 있었다는 사실입니다. 즉 동자인 T를 위한 M의 역할을 하고 있었다는 겁니다.

또 할머니는 동자가 '혈세 농민봉기'에 생사를 건 2만 명의 대군중 속에서 완수한 또 다른 역할에 대해서도 이야기를 했습니다. 메기에 대해서는 앞서 말했지만, 동자는 어른들이 어려운 문제로 골머리를 앓고 있을 때 우스꽝스러운 말로 사람들을 웃겨 모두의 기분을 풀어주며 활력을 되찾게 했다고 합니다. 또 재미있는 농담뿐 아니라 여섯 살짜리 어린아이다운 자연스러운 생각의 실수는 어른들이 생각지도 못한 새로운 관점과 탈출 방법으로 난관을 헤쳐나갈 새로운 돌파구를 보여주는 것 같았습니다.

'혈세 농민봉기'라는 명칭의 원인이 된, 혈세라는 말부터가 그랬다고 할머니는 말했습니다. 봉기의 지도자들은 각 마을의 촌장들을 비롯해 저마다 학문을 한 사람들이었습니다. 그들은 지금 넓은 강변에 봉기로 모인 성곽 마을에서 그 옛날 제자들을 기른 나카에 도주*라는 학자의 학문을 이어받았다는 자긍심을 가진 사람들이었습니다. 그러니까 새로 생긴 정부가 국가 발전을 위해서는 백성의 혈세가 필요하다고 말한 것에 대해 그 의미를 글자 그대로 잘못 읽을 만한 사람들은 아니었습니다.

그런데 메이스케의 환생이라고 알려진 동자가 "이것은 메이지 신정부의 관리가 서양인의 흉내를 내며 유리잔에 인민의 피를 마시는 것이다!"라고 주장해서, 그것을 어린아이의 잘못된 공상이라고 생각하던 사람들도 점차 신정부에 분노했다고 합니다. 그리고 어느새 2만 명의 대군중이 거기에 동조했습니다.

할머니는 메이스케의 환생 동자가 아직 여섯 살 정도의 사내

---

* 中江藤樹: 에도시대의 양명학자.

아이지만 한창 꽃다운 나이의 어떤 어린 처녀와도 비교할 수 없을 만큼 아름다워, 동자가 넓은 강변에 봉기로 모인 사람들의 막사 사이를 걸어가면 누구나 지쳤던 몸과 마음이 구석구석까지 활력을 얻었다고도 했습니다. 동자의 머리에는 태어났을 때부터 뒷머리에 두개골의 일부가 떨어져 나간 듯한 흉터가 있어——할머니의 다른 이야기에서는 가메이 메이스케에게도 칼에 베인 상처가 있었다고 하는데——동자의 어머니가 머리를 **뒤로 묶어** 흉터가 있는 뒤통수를 가려주었지만, 남자아이답게 활발히 돌아다니는 동자의 머리채는 그때마다 통통 튕겨 흉터가 잘 보였다고 합니다. 그래도 여전히 동자는 아름다웠습니다. 할머니는 동자의 아름다움에 넋을 잃은 사람들의 모습을 연기해 보이면서 할머니 자신도 실제로 도취된 것 같았습니다. 그리고 이렇게 말했습니다.

"그 흉터로 벗겨진 곳까지 아름다워서 '청년단' 젊은이들은 흉내를 내려고 뒷머리를 둥글게 밀 정도였다고!"

마침내 '혈세 농민봉기'는 농민들이 승리하게 되고, 봉기와 정면에서 대립하며 탄압하려 한 지방 관료는 도쿄로 도망가지도 못하고, 성곽 마을의 숙소에서 자결하고 말았습니다. 동자가 전달한 가메이 메이스케의 봉기 종결 지시에 따라 넓은 강변을 청소하고, 2만 명의 봉기 참여자들은 각각 마을별·부락별로 모여 다른 집단과 헤어짐을 아쉬워하면서 강 상류로 돌아갔습니다. 하지만 숲속 골짜기로 우리 마을 사람들이 도착했을 때 동자의 모습은 보이지 않았습니다.

7

메이스케의 환생 동자는 어디로 사라진 것일까? 골짜기를 에워싸고 있는 숲으로 올라간 것입니다. 그것도 여러 가지 과수림을 지그재그로 가로지른 좁은 오솔길을 걸어 숲으로 향하는 것과는 전혀 다른 방법으로 올라갔다는 것을, 나는 할머니의 이야기를 듣기 전부터 알고 있었습니다. 그래도 동자가 사라진 방법을 할머니에게 처음 들었을 때는 놀라우면서도 감동적이었습니다.

그와 함께 또 하나 인상 깊었던 것은 골짜기 마을에서 태어나 자란 할머니가 어릴 때 직접 동자의 어머니에게 그 이야기를 들었다고 한 부분입니다. 넓은 강변의 청소와 막사의 해체가 거의 끝날 무렵, 한 채만 남아 있는 지휘 본부에서 동자는 어머니와 쉬고 있었습니다. 그러는 사이에 또 어딘가 안 좋아졌는지 옆으로 누운 동자의 몸이, 판자를 댄 바닥에 다다미를 한 장 깔아놓은 그곳만—할머니가 손으로 표현하기로는 한 뼘 정도의 높이—머리에서 발뒤꿈치까지 수평으로 떠오른 것을 동자의 어머니는 눈치챘습니다. 벌써 그때 이미 동자 몸의 색이 옅어지고 윤곽은 흐릿해졌다고도 하지만 그것을 걱정할 틈도 없이 동자는 공중에 뜬 모양 그대로 척추를 중심으로 천천히 회전하기 시작했습니다. "그렇게 하면 기분이 더 안 좋아져요!" 어머니가 타이르면서 회전하는 몸에 손을 대자, 동자의 몸은 흔들거리며 회전도 느려지는 듯했습니다. 그러나 손을 떼자 원래대로 빨라졌을 뿐 아니라 일단 시작된 회전은 점점 가

속이 붙더니 어느새 윙윙 소리를 내면서 회전하는 동자의 몸은 어머니의 손을 튕겨냈습니다. 그리고 그 속도가 너무나도 빠른 나머지 몸 전체가 뿌옇게 연둣빛의 누에고치처럼 보였던 동자는 어느새 조용히 사라져버렸습니다.

"나는 메이스케와 나눌 이야기가 많아요. 어머니는 서둘러 따라올 필요 없어요! 오래오래 사세요!" 방울 소리 같은 목소리만 남기고 동자는 사라졌고, 그 말을 옆에 있던 지도자들도 들었다고 합니다.

할머니의 이야기는 재미있지만 너무나도 이상한 대목에서는, 듣고 있는 어린아이를 재미있게 해주려고 부분적으로 지어낸 이야기가 아닐까 생각했던 일을 기억합니다. 그런데도 참으로 그립고 매료당하는 것 같았습니다. 이 **그런데도**라는 것이 중요하다는 생각이 들었던 것도 기억합니다. 이건 거의 할머니가 지어낸 이야기라고 생각하지만, **그런데도** 그립고 왠지 끌립니다……

그립다고 느끼는 것. 게다가 과거에 내가 직접 경험한 일이 되살아난 것도 아닌데, 그럼에도 그립다. 그것은 이 숲속 골짜기에서 아득히 먼 옛날에 몇 번이고 일어난 일이기 때문이 아닐까? 그렇게 나는 느꼈습니다. 그렇게 생각한 것이 아니라 그렇게 느꼈다는 것이 중요하다고 생각합니다. 그리고 어린 나도 이렇게 강렬하게 느꼈다는 것은 이미 자신의 머리로는 어찌할 수 없는, 그런 강력한 이유가 있었기 때문에 그렇게 느낀 것이라고 믿을 수밖에 없었습니다.

8

　내가 태어나기 훨씬 전에 허공에 뜬 채로 사라진 후 숲으로 올라가, 거기에서 언제까지나 머리에 흉터가 있는 유쾌한 아이로 활동하고 있을 것 같은 동자. 나는 동자를 그리워하면서 마치 그 그리움이 내가 태어나기 전에 죽은 또 한 사람에게로 이끌어가는 것 같았습니다. 그건 물론 머리에 흉터가 있는 가메이 메이스케를 말하지만, 특히 메이스케가 아직 어린 나이임에도 골짜기 마을 사람들을 구하기 위해 고군분투했다고 전하는 할머니의 이야기에 나는 매우 깊은 그리움을 느끼고 있습니다. 처음에 은밀히 깊은 숲속의 강줄기를 거슬러 올라온 사람들이 건설하여, 마을의 독자적인 역사를 거듭하면서 외부 사람들의 시선에 노출되지 않았던 시기. 그 시기는 오래 이어졌지만 역시나 결국은 번 관리에게 발각되어, 그전까지 완전히 마을만으로 자유로웠던 상태에서 번의 지배하에 들어갈 수밖에 없었던 어려운 시기에 소년 메이스케가 활약했다고 전해집니다. 번의 무사들이 골짜기를 점령하기 위한 군대로서 마을에 들어왔을 때 그들의 선두에 철포부대가 있었는데, 메이스케는 언제 준비했는지 번의 철포부대가 갖춘 무기보다 훨씬 더 큰 총을 과수림 비탈에서부터 사방이 숲으로 둘러싸인 하늘을 향해 쏘아 긴 메아리를 울려 무사단을 놀라게 했습니다. 게다가 일단 무사들과 마을 지도자들의 협상이 시작되자, 그건 무사들을 환영하는 불꽃이었다고 둘러대 비난을 면했다고 합니다. 상대 쪽 중심인물은 번의 권력을 대표하고 있는 사람인데, 그런 인물을 상대로 위험한 놀이 같은 **줄다리기**를 아직 어린 나이의 가메이 메이스케가 해낸 것입니다.

그런 메이스케에 대한 그리움은 메이스케의 환생이라고 하는 동자에 대한 그리움과 똑같았습니다. 할머니의 이야기를 듣는 동안에 한 인물이 두 사람으로 따로따로 나타났다고 믿게 될 정도로. 게다가 할머니 자신이 무엇보다 듣는 이에게 이 그리움을 새겨 넣는 것을 제일의 목적으로 이야기하는 것 같기도 했습니다.

하지만 이번에는 내가 이야기를 하는 쪽이 되어 이 그리움의 감정을 다른 사람에게 전하려고 하면 그 어떤 것보다 표현하기 어려웠습니다. 할머니에게 들은 것과 또 할머니에 대해 잘 알고 있으며 나에게 호의적이었던 마을 노인들에게 들은 옛날이야기를 이번에는 내가 우선 여동생에게 이야기합니다. 그 정도 선에서는 여동생에게 그리움의 감정이 잘 전달된 것 같았습니다. 그렇지만 이야기를 듣는 쪽에 여동생의 친구가 더해지면 그렇게 되지 않았습니다. 그리고 여동생에게는 이 그리움의 감정이 잘 전달되었다고 보지만, 그것은 어디까지나 내 생각일 뿐이고 내가 느낀 그리움은 여동생을 포함해 다른 누구에게도 낯선 감정이 아니었을까, 하는 생각을 하게 되었습니다.

그것이 시작이었습니다. 나는 골짜기 마을을 나와 이웃 읍에 있는 고등학교에 들어갔고, 이어서 지방 도시에 있는 고등학교로 전학하여 숲에서 더 멀어지게 되었습니다. 그리고 나는 새로운 환경에서 만난 친구들에게 숲속 마을의 옛날이야기를 들려주는 일에 완전히 겁쟁이가 돼버렸습니다. 물론 여러

26

번 이야기를 시도했다가 실패한 쓰라린 체험을 한 후의 일이었
지만······

9

하지만 대학을 졸업하고 10년 이상이나 지나, 골짜기 마을과
는 전혀 다른 도쿄의 생활 속에서 나는 어느 날 어릴 적 나 자
신에게 중요하게 생각되던 그리움의 감정이 생생하게 되살아
나는 경험을 했습니다. 그것도 숲속 나의 마을과는 상관없는
미국 인디언 부족의 민담에 관한 인류학자의 책을 읽으면서.

그것은 위너베이고 인디언의 '트릭스터 신화'를 연구한 책이
었습니다. 언제나 우스꽝스러운 행동을 하는 것으로 알려져 있
고, 작은 동물들에게 속고 속이고 하면서 상식적인 어른의 눈
으로 보면 너무 어리석고 충동적으로 행동하여 집단의 규칙과
질서를 깨는 **말썽**꾼. 게다가 그런 행동을 이어가는 사이에 부
족 사람들에게 새로운 기술과 깊이 있는 사고방식을 가르치기
도 하는, 그런 별난 **말썽**꾼. 그것을 민담 속에서 발견해 트릭스
터라고 이름 붙인 것입니다.

실제 위너베이고 인디언의 트릭스터 이야기 속에는 이런 내
용이 있었습니다. 활활 타오르는 **장작**으로 달궈져 엉덩이가 타
버린 트릭스터가 길을 걷다가 자신도 모르게 다시 좀 전에 있
었던 장소로 오게 되고, 그곳에 떨어져 있던 지방 덩어리를 한
조각 주워 먹는다. 아 이것 참 맛있다고 좋아하며 먹는 동안에,

그것이 화상을 입었을 때 불타 떨어진 자기 창자의 일부라는 것을 알게 되었습니다. 그래서 자신은 정말 멍청이라고——즉 트릭스터의 또 다른 의미이지만——탄식하면서 남은 창자를 이어 묶었다. 그때 너무 세게 잡아당겨서 인간의 엉덩이는 지금처럼 가운데가 잘록한 모양이 되었다는 이야기.

위너베이고 인디언의 트릭스터 이야기는 위의 예에서도 보듯 확실히 북미 인디언의 생활 정서를 느낄 수 있습니다. 그럼에도 나는 무엇보다 거기에서 그리움을 느꼈고 그 감정이 아직 옅어지기도 전에, 오랫동안 실마리를 잡지 못한 채 제자리걸음하고 있던 문제가 풀려 있는 것을 알게 되었습니다.

가메이 메이스케도, 메이스케의 환생 동자도 때로는 우스꽝스러운 어린아이 같은 위태위태한 행동을 하면서도 그 실패를 포함해 골짜기 마을 사람들에게 새로운 생활 방식을 가르쳤습니다. 특히 농민봉기에서처럼 한 지방의 농민 생활이 궁지에 몰려 달리 방도가 없고, 죽을 각오로 하나가 되어 번의 지도자나 지방의 고관과 담판해야 하는 그런 위기에서는 메이스케와 동자의 상식과 선례에 구애되지 않는 활약이 차례차례로 어려운 문제를 타개했습니다. 그들의 활약상은 참으로 그리운 특징을 가지고 있지만, 지금 위너베이고 인디언 트릭스터의 삶의 방식과 활약상을 비교해보고 그들이 같은 성격의 인물이라고 이해했습니다.

위너베이고 인디언 트릭스터는 여러 마을에서 독자적인 방법으로 많은 일을 이루어낸 후, 마지막에 미시시피강을 따라 대양으로 내려가서는 하늘로 올라갑니다. 이 트릭스터 이야기의 결말 또한 나에게는 메이스케의 환생 동자가 숲으로 올라간 방식을 그립도록 생각나게 했습니다. 마을 사람들의 봉기 속에서 멋지게 활약하고, 일을 끝내자 공중에 떠 빙글빙글 회전하다가 그러는 사이에 투명해져 이 세상이 아닌 곳으로 올라간 트릭스터로서……

10

M/T의 T는 그래서 trickster의 약자입니다. 내 앞에 있는 영일사전을 찾아보니 trickster가 이렇게만 번역되어 있을 뿐입니다. 사기꾼, 야바위꾼. 위너베이고 인디언이 사용하는 트릭스터에 해당하는 말은 '와쿠준카가Wakdjunkaga'로, 그건 일반적으로는 **재주 좋은 녀석**이라는 의미라고 합니다. 그리고 생각해보면, 내가 할머니에게 들은 가메이 메이스케의 이야기나 메이스케의 환생 동자 이야기는 위에서 말한 각각의 의미에서 트릭스터의 이야기라고 할 수 있습니다. 게다가 그보다 많은 의미도 포함되어 있어서, 그 다양한 의미를 내포한 총체로서 가메이 메이스케와 동자, 위너베이고 인디언 트릭스터가 나에게 깊은 그리움을 불러일으킵니다.

옥중에서 죽게 된 가메이 메이스케는 그 점에서는 역시 실패한 인간이라고 할 수밖에 없습니다. 그렇지만 그가 지도한 봉기 자체는 참가한 농민의 요구를 번이 모두 받아들여 희생자가 단 한 명도 나오지 않은 멋진 성공이었습니다. 그런 의미에서 메이스케는 그야말로 **재주 좋은 녀석**입니다. 봉기를 해결할 때, 메이스케는 참가자 누구 하나 '문책하지 않는다'라는 약속을 번으로부터 얻어냈습니다. 그러나 봉기 후 메이스케는 영내領內를 탈출하여 교토京都로 향합니다. 위너베이고 인디언 트릭스터는 여행을 떠날 때 이렇게 말했습니다. "나는 한곳에 머무르면 분란을 일으키거나 분란의 **원인**이 되고 만다, 그러나 사람들 사이를 돌아다닐 때는 평화를 가져올 수 있다. 나는 그런 트릭스터다." 그것에 비추어보면, 메이스케는 그런 면에서 **재주 좋은 녀석**에 어울리는 처신을 한 것입니다.

하지만 교토 체류 중에 메이스케는 「노현장露顯狀」이라는 글을 번의 유력자에게 제출하고 애원하고 맙니다. '문책하지 않는다'고 했는데, 왜 자기만 혼자 영내를 나와 쫓기고 있는 것인가? 성곽 마을에 떠도는 무성한 소문, 다시 말해 봉기 때 자신이 빼돌린 자금으로 교토에서 호화로운 생활을 누리고 있다는 말은 자신을 옛 동료들로부터 고립시키려고 한 헛소문이지만, 누가 그런 소문을 퍼뜨리고 있는 것인가? 아무 소용도 없는 그런 우는소리를 늘어놓았던 것이죠. 하지만 이것이 위너베이고 인디언 트릭스터가 밍크와 얼룩다람쥐에게 잔뜩 물려 비명을 지르는 것과 통하는 점이라면, 그것도 트릭스터 메이스케의 또 다른 면을 보여주는 것이겠지요.

그사이에 메이스케는 교토에서 시종을 고용합니다. 게다가 그들에게 '국화 문장紋章'이 달린 진바오리*를 입히고 북과 징

---

* 갑옷 위에 걸쳐 입던 소매 없는 겉옷.

과 두 종류의 피리를 연주시켜, 즉 군악대를 대동해 영내로 돌아왔습니다. 그를 눈엣가시로 삼는 번의 유력자에게, 나는 이런 황실을 섬기게 되었다, 그러니 번의 권력은 더 이상 나에게 미치지 못한다고 어필하는 것이 군악을 연주하면서 귀향한 목적이었습니다. 그러나 메이스케는 그대로 붙잡혀 마침내 옥 안에서 죽게 되었습니다.

11

메이스케가 교토의 조정에 출사하게 되었으니 이제 번의 권력은 자신에게 미치지 않는다고 하며 성곽 마을로 군악대를 이끌고 행진한 일. 관료가 된 것이 정말인지 아닌지는 모르지만, 이 행진은 메이지유신 직전, 시코쿠四國의 작은 번으로서 천황 편에 설 것인지 막부 편에 설 것인지 방침을 정하지 못한 채한없이 흔들리고만 있던 번의 관료들에게 충격을 주는 시위였을 겁니다. 자신을 압박하는 번에 대항할 계획이 떠오르자, 군악대를 거느리고 행진하며 선전한다. 그런 부분까지 과장하는 점이 메이스케의 장난꾸러기다운 특징이지요. 위너베이고 인디언 트릭스터도 계속 골탕을 먹으면서도 뭔가 그럴싸한 발상을 실행하게 되면, 금방 신이 나서 떠들어댑니다. 우리는 어릴 적 골짜기 마을에서 재미있는 놀이로 메이스케의 행진을 흉내내곤 했습니다. 언제나 장마가 끝난 직후 여름다워진 첫날에 하는 놀이였지요.

악기라고 해야 북 하나가 고작이고, 그 외에는 놋대야를 두드리고 휘파람을 불면서 행진하다가 사거리에서 빙빙 돌고서는, "사람은 3천 년에 한 번 피는 우담화다!"라고 외치는 놀이.

군악대 선두에 서는 메이스케 역할의 아이에게는 자그마한 코 아래에 먹으로 수염을 크게 그려 넣습니다. 신문지로 만든 진바오리에, 주재소 순사에게 들키지 않도록 주의하면서 황실의 상징인 '국화 문장'을 단 옷을 입고, 역시 신문지에 일본기를 붉게 그려 넣어 만든 전립을 씁니다. 장난꾸러기 아이가 연기하는 메이스케의 옆에는 마지못해 놀이에 가담한 단 한 명의 여자아이가 목덜미 부분에서 머리를 묶고 메이스케의 어머니 혹은 의붓어머니 역할로 따라다닙니다. 그건 바로 M/T 놀이였습니다.

위너베이고 인디언의 트릭스터 이야기에서 M/T의 조합이 뚜렷하게 나타나 있는 것은 앞에서 말한 인간이 주인공인 이야기와는 다른 계열로, 토끼가 중심이 되어 트릭스터다운 갖가지 장난을 친다는 내용입니다. 토끼는 그의 할머니로부터 삶의 지식과 모험 기술을 얻습니다. 하지만 손을 쓸 방법이 없는 **장난꾸러기** 손자는 여러 가지로 감싸주는 할머니를 계속해서 골탕 먹이고, 할머니에게 중요한 친척을 배신하거나 죽이기까지 합니다. 할머니도 이번만큼은 토끼를 혼내주려 하지만 거꾸로 매서운 반격을 당하고 생각을 바꿔 다시금 손자를 사랑으로 돌보게 됩니다.

이 계열의 위너베이고 인디언 트릭스터의 이야기에서도 나는 역시 그리움의 감정으로 흔들렸습니다. 숲속 골짜기 마을에 이런 옛날이야기가 있었다고 느낀 것도 분명합니다. 그러나 나는 무엇보다 나 자신의 어릴 적 모습과 참을성 있게 마을의 옛날이야기를 계속해서 들려주던 내 할머니라는 한 쌍을 거기에 겹쳐 보는 것 같았습니다.

왜 내가 선택되어 매일같이 할머니에게 골짜기 마을의 옛이야기를 들어야 할까? 그것은 단지 나의 할머니가 누구보다 뛰어난 옛날이야기 입담꾼이었기 때문일까? 실은 그런 것을 생각해볼 여유도 없이, 내가 기억하는 한 철이 들었을 때는 이미 할머니로부터 마을의 옛날이야기를 들어야만 했습니다. 할머니의 체력이 쇠약해지고 복숭앗빛 뺨을 한 작은 할머니가 되어 결국 돌아가시기 2, 3년 전쯤부터, 나는 그야말로 위너베이고 인디언의 옛날이야기 속 토끼처럼 잔꾀를 부려 할머니에게 이야기 듣는 일을 피하려고 했습니다. 그러나 할머니는 거동이 불편해진 후에도 처음에는 여전히 할머니가 할 수 있는 모든 수를 써서 하루에 한 번은 나를 이야기 듣는 자리에 앉혔습니다.

12

할머니가 들려주는 골짜기 마을의 옛날이야기는 전체가 신화적인 분위기가 나는 것에서부터 이야기 속 인물들이 골짜기에 단 한 곳뿐인 '음식점'에서 우동을 데치고 있는 한쪽 다리가 불편한 노파이기도 한, 실제로 지금 내가 살고 있는 시대와 연속되어 역사의 느낌이 나는 이야기까지 다채로운 내용이었습니다. 그리고 어떤 내용에 대해서도 할머니는 유쾌한 이야기의 달인이었습니다. 실제로 일단 듣게 되면 나는 언제나 열심히 들었습니다. 그러면서도 나는 앞서 말한 대로 돌아가시기 2, 3년 전, 할머니가 누워 있거나 또는 상태가 좋아져 일어나 있는 그 앞에 앉아 이야기를 들어야 하는 상황을 어떻게든 피하려고 잠이 깨면 곧바로 피할 방법을 고심했던 기억이 있습니다.

어째서 할머니에게 이야기 듣는 것을 피하려고 했을까? 지금 생각해보면 그 이유 중 하나는 당시에도 내가 확실히 알고 있었던 것을 예로 들 수 있습니다. 할머니는 옛날이야기를 시작할 때면 언제나 일정한 문구를 외쳤습니다. 그리고 내가 이 문구를 따라 하지 않으면 이야기를 진행하려 하지 않았습니다. 그 정해진 문구는 할머니가 나를 위협하기 위해 지어낸 말이라고 생각해 더 반발하곤 했습니다. 하지만 고등학교에 들어갈 나이가 되면서 일본의 민속학 창시자 야나기타 구니오柳田國男가 수집한 옛날이야기의 시작 문구 중에 그 말이 있다는 것을 발견했습니다.

"아주 먼 옛날이야기. 있었는지 없었는지 모르지만, 옛날 일이라면 없었던 일도 있었던 것으로 하고 들어야 한다. 알겠니?"

"응!"

만일 내가 조금이라도 진지하지 않은 태도로 외치면 할머니는 말도 못 붙일 만큼 엄하고 단호하게 다시 말하도록 시킵니다. 이때 말고는 언제나 정답게 웃으며 나에게 엄한 말을 한 적이 없는 사람인 만큼, 이 정해진 문구를 주고받을 때면 긴장하곤 했습니다. 특히 묻는 대목에서는 할머니가 말하는 대로 계속한 뒤에 혼자서 힘을 주어 "응!"이라고 대답하는 것이 부자연스러워서 싫었습니다.

그뿐 아니라 어린 나에게는 막연하게 이상한 두려움이 있었습니다. 지금도 생각하면 할머니의 억양과 음성이 먼저 떠오르는데, 정말 독특한 방법으로 할머니가 정해진 문구를 외친다. 그것은 뭔가 나에게는 전혀 알 수 없는 곳에서 주문과도 같은 역할을 하고 있는 건 아닐까? 나는 할머니를 따라 정해진 문구를 외치면서 동시에 "응!" 하고 혼자 대답함으로써 저주가 실현되는 데 힘을 보태고 있는 건 아닐까? 지금의 나의 표현으로 어릴 적 생각을 덧쓴다면 나에게는 그 같은 두려움이 있었습니다.

"옛날 일이라면 없었던 일도 있었던 것으로 하고 들어야 한다"라는 주문을 같이 외친 후, "응!" 하고 대답하며 더군다나 내가 보증하듯이 말한다. 그것이 옛날에 실제로는 없었던 일을, 이야기에서 전해지는 그대로 현실에 있었던 것처럼 과거를 바꾸어버리는 작업이 되는 건 아닐까? 나는 마음속에서 막연하게밖에 말로 표현할 수 없는 뿌리 깊은 두려움을 갖게 되었습니다.

그 무렵, 나는 오래된 한 어린이잡지에서 제목 옆에 '미래과학소설'이라고 인쇄된 이상한 소설을 읽고 있었습니다. 타임머신을 타고 과거의 세계로 날아간 남자가 실수로 살인을 저지르고 맙니다. 그런 후 현실 세계로 도망쳐 돌아와보니 그 남자 자신이 소멸할 수밖에 없었습니다. 남자가 과거 세계에서 죽인 것은 그의 선조였다는 이야기. 그 소설을 읽은 것이 막연한 두려움을 자아내는 데 영향을 주었다고도 생각됩니다.

13

할머니가 옛날이야기를 시작하며 이렇게 말합니다. "옛날 일이라면 없었던 일도 있었던 것으로 하고 들어야 한다." 그리고 내가 힘을 주어 "응!" 하고 맹세를 함으로써, 나도 모르게 뭔가 무서운 사태에 휘말려 들어가는 것은 아닐까? 그처럼 어린 내가 두려워한, 마음의 동요를 일으키는 순서, 그것을 지금 다시 더듬어보지요.

우선 확실히 기억하는 것은 이런 겁니다. "응!" 하는 내 대답을 듣고 일단 할머니가 이야기를 시작하면, "있었는지 없었는지 모르지만,"이라고 말하면서도 할머니의 입에서 나오는 말 하나하나가, 지금 이 말로 전해지는 이야기는 정말로 일어난 일이라고 믿도록 내 마음속에 스며드는 힘을 가지고 있었습니다. 이야기의 내용 자체는 정말 기묘한 것이 많았지만……

그리고 이 숲속 골짜기 마을의 아이인 나는 할머니가 이야기하는 이 지방의 옛날이야기와 깊이 연결돼 있는 것이 틀림없다고 느꼈습니다. 지금 나의 말로 표현하자면, 이 이야기들 속에 흩뿌려져 있는 분자分子와 같은 요소가 시간이 지남에 따라 뭉쳐 세포를 만들고, 그것이 점점 증식하여 '나'라는 생명을 가진 아이의 몸과 마음이 된 건 아닐까 하는 생각. 그 생각에서 벗어날 수 없어서 할머니에게 옛날이야기 듣는 것을 두려워했다. 심지어 깊은 곳에서 강렬하게 이끌리면서도……라는 것이었다고 생각합니다.

거기에다 또 하나의 이유가 있었습니다. 그건 철이 들었을 때부터 이미 할머니의 옛날이야기를 듣는 역할이 주어져 있어, 내가 바라든 바라지 않든 상관없이 큰 책임을 떠안고 있는 건 아닐까 하는 불안이었습니다. 그런 책임 있는 역할에서는 어떻게든 도망치지 않으면 안 된다. 그러지 않으면 내 인생이 남이 준비한 역할로 바뀌어버린다는 불안, 이 불안감도 잘 생각해보려고 하면 막연하지만, 잠 못 이룰 때 이불 속에서 발버둥 치고 싶을 만큼 절박한 불안이었습니다.

게다가 그 불안감은 어느 날 일거에 구체적인 형태를 띠었습니다. 아직 아버지가 살아 계실 때 생긴 일로, 지금도 생생하게 떠올릴 수 있습니다. 먼 시코쿠 숲속 국민학교에서 우선 궁성을 '요배*하는' 것으로 시작하는 조례에서 교장 선생님이 『고지키古事記』**는 어떻게 쓰였을까?'라는 이야기를 했습니다. 그건 이런 식의 매우 감정이 담긴 말투였습니다.

"여러분은 훌륭한 고대 신화와 역사를 전해준 사람들을 가지고 있어 다행이에요. 만일 히에다노 아레***가 기억력이 나쁘고,

---

* 遙拜: 멀리 떨어진 곳에서 고개를 숙여 절을 함. 궁성 요배는 일본제국 국민과 식민지 주민들이 천황이 있는 궁성 방향으로 고개를 숙여 절을 하던 예법을 말함.

** 712년에 쓰인 일본에서 가장 오래된 신화서.

*** 稗田阿禮: 고지키 편찬에 관여한 사람으로 뛰어난 암기력을 지녔다고 함.

오노 야스마로*가 정확하게 기록하는 능력이 부족했다면 어떻게 되었을까요? 어렴풋한 신화와 역사가 잘못 쓰여 지금까지 전해져 내려왔다면 여러분은 얼마나 불행했을까요?"

골짜기 마을의 옛날이야기를 할머니가 나에게 매일 들려준다. 어떤 책이나 기록도 보지 않고. 그건 마을의 신화와 역사를 정확하게 적은 기록이 아직 만들어지지 않았기 때문이다. 가메이 메이스케가 지도한 농민봉기에 대해서라면——어린 나에게는 보여주지 않지만——미시마 신사三島神社의 신관神官은 그 증조부가 봉기 지도부의 중심인물 중 한 사람이기도 해서 『아와지 의민전吾和地議民傳』이라는 책을 가지고 있는 것 같다. 하지만 할머니는 "그런 인쇄물 따위!"라며 신뢰하지 않는 모양이다. 오히려 내가 언젠가 그 책을 읽을 날을 대비해, 미리 잘못된 부분을 정정해주면서 이야기할 정도다. ……내가 기억력이 나쁜 아이이고 정확하게 기록하는 능력을 영원히 기를 수 없다면 과연 어떻게 될까?

14

조례를 마친 후에는 점차 진흙 같은 것이 가슴에 무겁게 꽉 차올라 답답함을 느끼며 나는 느릿느릿 집으로 향했습니다. 어떤 이유로 선택된 것인지 나로서는 전혀 알 수 없지만, 내 기

---

* 大安萬侶: 고지키 편자.

억에 있는 가장 어릴 때 나는 이미 할머니의 이야기를 듣는 사람이었습니다. 그것도 여동생이 같은 할머니에게서 동화를 듣는 것과는 분명히 달랐습니다. 내가 그렇게 말하면 여동생은, "할머니의 이야기는 내용으로 보면 K 오빠에게 들려준 옛날이야기나 나에게 들려준 동화나 많이 비슷한 것이었어"라고 했을 겁니다. 그 무렵의 나는 여동생 옆에 한가롭게 누워 이야기를 들으면서 종종 이건 내가 들은 것과 같은 이야기라고 웃으며 생각하곤 했습니다. 그렇지만 여동생은 몰라도 나는 내가 들어야 하는 옛날이야기와 여동생이 들은 동화에 뚜렷한 차이가 있다는 것을 알고 있었습니다.

앞에서도 썼지만 내가 이야기를 들을 때는 먼저 할머니 앞에 앉아, 이렇게 외치지 않으면 할머니는 언제까지나 입을 꾹 다문 채로 있었습니다. "아주 먼 옛날이야기. 있었는지 없었는지 모르지만, 옛날 일이라면 없었던 일도 있었던 것으로 하고 들어야 한다. 알겠니?" "응!" 할머니가 동화를 들려주는 동안에 여동생이 잠들면 할머니는 사랑스러운 듯 여동생의 붉고 작은 턱까지 이불을 올려 덮어주곤 했습니다. 그런데 할머니에게 이야기를 듣는 도중에 내가 잠들어버린다는 것은 생각도 못할 만큼 부자연스러운 일이었습니다. 할머니의 옛날이야기가 시작되기 전까지는 온갖 궁리로 할머니를 속이려고 했다가도, 일단 할머니가 입을 열면 나는 이미 단념하고 이야기의 한 단락이 끝날 때까지 계속 듣는다. 그것이 내가 기억하는 한 줄곧 이어진 생활 습관이었습니다.

이런 습관으로 맺어진 할머니와 손자라는 짝은 숲속 골짜기 마을 그 어디에도 결코 없다는 것을 나는 알고 있었습니다. 교장 선생님의 이야기를 듣는 동안, 알고 보니 그건 두려운 일이라는 생각이 들었습니다. 우리 집 같은 할머니와 손자라는 짝은 더 이상 없는데, 아이들은 아무도 나를 비웃거나 얕보는 일이 없다. 물고기를 잡으러 가자거나 버섯을 따러 가자고 부르러 왔다가도 안채에서 낮지만 낭랑한 목소리로 이야기를 이어가는 할머니의 유채기름 표면의 물결 같은 리듬이 전해지면 모두 두말없이 돌아갔다. 그 당시 전쟁을 피해 마을에 와 있는 도시 아이들까지도 그랬다. 내가 숲속 골짜기 마을의 신화와 역사를 전해 듣고 기록하는 역할을 맡은 아이라는 것을 아무도 의심하지 않는다는 듯이…… 그건 두려운 일이라는 생각이 내 가슴을 답답하게 했습니다.

집에 돌아와보니 봉당 위의 넓은 마루방에서 아버지가 조폐국에 납품할 삼지닥나무의 진피 다발에서 황갈색 겉껍질에 붙어 있는 작은 찌꺼기를 창칼로 제거해가며, 지폐의 원료가 되는 삼지닥나무 다발의 섬유 품질을 선별하고 계셨습니다. 나는 가방을 멘 채 봉당에 서서 교장 선생님이 '히에다노 아레가 기억력이 나쁘고, 오노 야스마로가 정확하게 기록하는 능력이 부족했다면 어떻게 되었을까?'라고 한 질문을 매우 중요한 일인 것처럼 전했습니다.

"아레 만 명, 야스마로 천 명이라고 말하는 학자도 있단다. 걱정하지 않아도 그만한 숫자 속에는 기억력이 좋은 사람도, 정확히 기록할 수 있는 사람도 있었을 거다."

아버지는 등을 꼿꼿이 세우고 목을 축 늘어뜨린 모습으로 일에 주의를 기울이면서 대답했습니다.

15

골짜기의 괴짜로서 다른 사람의 간섭을 받지 않지만, 무슨 일이 있으면 신뢰받고 있다는 것을 알 수 있는 아버지의 평소에 하는 말 대부분이, 가족 내에서는 이해되어도 친구에게 말하는 건 적당하지 않고 국민학교 선생님에게 이야기하면 성가신 일이 된다는 것을 나는 경험으로 알고 있었습니다. 게다가 별난 아버지의 그런 말에 나는 학교에서 줄곧 고민해온 답답함이 풀리고 격려받는 일이 자주 있었습니다.

그러나 이날 아버지의 "아레 만 명, 야스마로 천 명"이라는 말은 나를 더욱 답답한 궁지로 몰아넣었습니다. "역시, 역시!" 하면서 나는 아버지의 작업장 옆을 빠져나왔지만, 할머니가 누워 계신 안방 옆에는 갈 수가 없어 다시 한번 부뚜막이 있는 어두운 봉당에 내려와 물동이의 물을 마시고, 그러는 동안에도 가슴이 답답해 몸부림치며 혼잣말을 했습니다. 설령 고대古代 시대라도 그 사람들은 만 명이 기억하고 천 명이 기록한다. 내 경우에 기억하는 사람은 단 한 명이고 더군다나 동일한 한 사람이 기록해야 하는데, 기록하는 방식이나 뭐나 아직 막 배우기 시작했을 뿐이다……

그 당시 나는 무서운 꿈을, 그것도 전개상 그저 무서운 것으로만 끝나지 않는 꿈을 계속 꾸었습니다. 알몸의 내가 오직 혼자서 2층 집만 한 크기의 행성 위에 서 있습니다. 내 주변이라기보다 행성 주변의 대기는 거뭇하게 그늘져 있습니다. 나는 외롭고 고통스럽고 두려운 마음으로 필사적으로 버티며 둥근 행성 위에 서 있습니다. 왜냐하면 어린 내가 그곳에 혼자서 있는 것에 '전체'의 운명이 달려 있기 때문이었습니다. 오히려 혼자 서 있는 외로움과 고통스러움보다도, 그 '전체'의 운명에 대한 책임이라는 것이 숨이 막힐 듯 무섭습니다. 그사이에도 한 가지 새로운 두려움이 빨아들일 듯한 큰 유혹으로 가슴속에 나타나곤 했습니다. '전체'의 운명에 대한 책임을 완전히 내팽개치듯 둥그런 발판에서 몸을 내던질 수 있다! 이제 외로움과 괴로움보다, 두려움과 뒤엉킨 열망이 답답하리만큼 고조됩니다. 그리고 마침내 나는 거무스름한 대기 속으로 몸을 내던지고 맙니다. 그 순간 그때까지의 긴장에서 해방된 상쾌함과 몸의 경쾌함에 기쁨의 환호를 지를 정도였고, 무한공간으로 낙하해가는 내 주변에는 거미줄처럼 뻗은 하얗게 달아오른 니크롬선이 반짝이고 있습니다…… 그리고 잠이 깨자 칠칠치 못한 나 자신에 대한 무력감과 함께 위로도 느끼면서 눈물을 흘리는 식이었습니다.

이 꿈은 몸을 던지지 않는 경우는 물론 기쁨의 환호성을 지르며 몸을 던지고 끝났을 때도, 실제 생활에서 내가 안고 있는 문제가 해결된 것은 아니라는 증거로 또다시 꿈이 반복되었습니다. 그리고 나는 꿈을 분석하는 방법을 알지는 못했지만, 이 꿈의 답답함이, 할머니에게 옛날이야기로 듣는 마을이라는 '전체'의 신화와 역사를 나 혼자 기억하고 결국 기록해야 하는 책임감과 관련된 것이 틀림없음을 알고 있었습니다.

그러는 동안 누워만 있게 된 할머니가 안채에서 부른다는 말을 어머니와 여동생에게 들어도 나는 할머니를 보러 가지 않게 되었습니다. 할머니가 잠시도 자리에서 일어나 앉아 있지 못하니 마주 보고 하는 첫 문답도 외칠 수 없어서라는 핑계를 대면서. 그리고 할머니가 돌아가셨을 때 나는 그저 고개를 숙인 채 있었습니다……

16

할머니의 죽음에 대해 아버지가 내게 말한 한마디.

"할머니는 몸이 건강해서 돌아가실 때 오랫동안 괴로워하셨다. 나이를 먹어 죽을 때는 몸이 약해져야 될 것 같더구나."

그건 정말 무서운 말처럼 들렸습니다. 그렇지만 두려움의 가장 핵심적인 의미는 실제로 내가 나이를 먹고 곧 죽으려는 순간이 되어서야 비로소 잘 이해할 수 있을 것이라는 생각도 했습니다…… 더욱이 내가 남에게는 말 못 할 비밀이라고 생각했던 것이 있습니다. 돌아가시기 전 할머니의 몸이 건강했다는 것은 심장이었고, 다리는 쇠약해져 일어날 수도 없었습니다. 만일 다리도 건강했다면 나를 찾아 온 골짜기를 쫓아다니며 붙잡아 결국 안채의 도코노마* 옆에 꿇어앉을 때까지 목덜미를

---

* 일본식 주택의 객실.

잡고, "아주 먼 옛날이야기. 있었는지 없었는지 모르지만, 옛날 일이라면 없었던 일도 있었던 것으로 하고 들어야 한다. 알겠니?"라고 나에게 외치게 하고, "응!"이라는 대답으로 내가 할머니가 돌아가신 후에도 계속한다는 약속을 할 때까지 재촉하지 않았을까 하는 생각입니다.

할머니가 그렇게 하지 못하고 돌아가신 이상, 나는 마침내 마지막에 할머니를 뿌리쳤다는 안도감이 들었습니다. 이제 나에게 마을의 신화와 역사를 들려주고 기억하게 하려는 사람은 없다. 내가 아직 거절할 지혜도 없는 어린 시절부터 떠맡았던 큰 임무를 완수하게 하려 했던 할머니는 돌아가셨다. 나는 이제 히에다노 아레 만 명, 오노 야스마로 천 명이 한 역할을 어린아이의 몸으로, 그것도 오로지 혼자서 짊어지지 않아도 되는 것이다……

할머니의 장례식이 있을 무렵, 나는 가족과 친척들, 그리고 일을 도와주러 온 이웃들에게 표정을 보이지 않도록 고개를 숙이고 조용히 있었지만 태어나서 처음 느끼는 후련한 해방감이 가슴속에 차올랐습니다. 나는 개를 기르고 있었는데, 안채에서 장례를 준비하는 사람들이 모두 힘없이 화를 내고 있는 것처럼 웅성거리는 소리를 들으며 앞쪽 봉당에 웅크리고 앉아 있자니 밤색 잡종개가 슬금슬금 다가와 밑에서 나를 보고 씩 웃는 겁니다. 그때 나는 움찔했는데 그건 **개가 웃었기** 때문이 아니라, 며칠 동안 내가 아무도 없는 곳에 쭈그리고 앉아 지금 개가 했던 것처럼 씩 웃었다고 느꼈기 때문입니다.

하지만 할머니가 돌아가신 후 시간이 지나 또다시 그 꿈을 꾸기 시작했습니다. 검게 가려진 대기를 배경으로 역시 음산한 행성 위에서 답답함을 느끼며 견디다가 마침내 몸을 던져 '전체'에 대한 책임에서 자유로워졌다는 홀가분한 마음과 경쾌한 몸으로 기쁨의 환호를 지르면서 무한공간을 낙하하는 꿈.

그러던 중 나는 할머니의 죽음 후에 남몰래 느끼고 있던 해방감이 이 꿈의 상쾌함과 기쁨으로 가득 찬 결말에는 미치지 못한다는 것을 깨닫게 되었습니다. 거기에다 이런 꿈을 꾸고 잠이 깼을 때의 무력감과 쓸쓸함은 여전한데 지금은 큰 위안도 없이 얇은 이불 속에서 부끄러운 눈물을 흘리고 있을 뿐이라는 사실도 인정할 수밖에 없었습니다.

17

할머니가 돌아가신 이듬해 봄에는 아버지가 돌아가셨습니다. 여전히 전쟁이 계속되던 때였습니다. 초여름날, 골짜기를 흐르는 강 상류 부락에서 아이가 물에 빠져 죽었다는 소문이 들려왔습니다. 강의 물웅덩이 입구에서 물줄기를 가로막는 큰 바위 아래로 잠수하면 안쪽에 구멍이 뚫려 있습니다. 아이들은 그곳을 '황어집'이라고 불렀는데, 그것은 큰 무리의 황어 떼가 구멍 속의 물살을 거슬러 항상 정지해 있는 것처럼 보일 만큼 빠른 속도로 강 상류를 향해 헤엄치고 있기 때문입니다. 강물이 줄어든 맑게 갠 날에는 큰 바위 밑에서 방사형으로 황어 떼가 나타나 물벌레를 찾아다니는 것이 다리 위에서 보일 때도 있습니다. 그러나 그것은 '황어집'의 큰 무리의 황어 떼 중 아직 어린 물고기 떼가 놀러 나온 것에 불과합니다.

물에 빠져 죽은 아이는 부락에서 가장 깊은 물웅덩이의 큰 바위 밑으로 잠수해 위아래로 나온 바위선반[岩棚] 사이에 어깨를 넣은 뒤 머리를 넣고 옆으로 이동해 바위선반의 좁은 관문에서는 머리를 비스듬히 젖혀 통과한 모양입니다. 다시 넓어진 곳에서 어깨는 이쪽, 머리는 저쪽에 두고, 그러나 머리는 똑바로 세워 구멍 안의 황어 떼를 겨눈 다음, 팔을 뻗어 고무 작살을 발사했습니다. 큰 황어 한 마리가 작살에 꼬치처럼 꿰여 바르르 떠는 것을 꼭 잡아 들고서, 들어온 통로의 반대 방향으로 이동하여 머리를 비스듬히 기울여 빠져나가야 하는 좁은 곳에서 그만 중요한 것을 깜빡 잊어버리고 위아래 바위선반에 머리가 꽉 낀 채로 익사했습니다……

소문을 들은 다음 날 아침, 골짜기 마을의 아이들이 아직 아무도 강변으로 내려오지 않는 시간에 나는 햇빛을 반사하는 얕은 여울의 맑은 물을 발로 차 튕겨내면서 골짜기의 '황어집'이 있는 묘트바위라는 큰 바위가 있는 물웅덩이로 향했습니다. 쑥잎을 둥글게 말아 물안경을 닦고 고무 작살을 한 손에 들고서 용감하게, 그때까지 내 폐활량으로는 어려운 깊이라고 피해왔던 큰 바위 밑으로 잠수해 들어갔습니다.

이것은 이미 한 번 경험한 일이라고 느꼈던 걸 기억합니다. 나는 위아래 바위선반 사이를 요령 있게 이동한 다음, 좁아진 관문에서는 머리를 비스듬히 젖히고 무난히 통과했습니다. 이어서 머리를 똑바로 세운 나는 눈앞에 보이는 구멍의 새벽녘

46

미광 같은 희미한 빛 속에서 수없이 많은 황어들을 보았습니다. 노란색을 띤 연둣빛 몸에는 자잘한 은빛 점들이 빼곡하게 박혀 있고 모두 같은 방향으로 헤엄치면서 정지해 있는 것처럼 보이는 황어들은 까만색의 동그랗고 작은 눈으로 신기한 듯 나를 마주 쳐다보고 있었습니다. 고무줄이 닳아 실제로는 별 쓸모없는 작살을 쏘아 바로 앞의 황어 대열을 겨우 흩뜨리기만 하고 나는 옆으로 이동하는 반환 코스를 따라가다가, 정신을 차려보니 정수리와 턱이 바위선반에 끼어 있었습니다……

두려움 속에서 허우적거리는, 병마개처럼 꼭 낀 내 머리가 거대한 힘에 의해 몸통과 함께 '황어집' 속으로 떠밀려 들어갔다가 뒤틀려, 다시 바위선반 사이로 끌어당겨졌습니다. 맑은 물속에 피가 연기처럼 피어오르는 것을 본 것 같은데, 그다음에 기억하는 건 물웅덩이에서 흘러나오는 얕은 여울에 몸을 비스듬히 기울이고서 떠올랐다 잠겼다 한 것입니다. 옆에 온몸이 물에 흠뻑 젖은 어머니가 무릎을 꿇듯이 앉아 있는 모습을 보고 나는 다시 정신을 잃었습니다……

여동생에 따르면 어머니는 이날 아침 뭔가 단단히 벼르며 결의한 듯한 내 모습을 수상히 여겨 뒤따라왔다고 하더군요. 그리고 얕은 여울에 걸려 있는 나를 구조해 병원으로 옮겨 상처난 뒷머리에 응급처지를 했다고 합니다.

묘트바위 밑의 '황어집'에서 죽을 뻔한 직후부터 그 경험에 대해 내가 반복적으로 떠올린 문제가 있습니다. 바위선반 틈을 빠져나가 눈앞에 보이는 동굴에 무수한 황어들이 모두 같은 방향으로 헤엄치며 까만색의 작고 동그란 눈을 새 친구라도 보듯이 나에게로 향했을 때, 나도 이제부터는 쭉 새벽녘의 미광처럼 희미한 빛이 비치는 물속에서 아가미로 호흡하며 살아갈 것이라고 자연스럽게 생각했던 일.

닳아서 힘이 없는 고무줄에서 튕겨 나간 작살이 물의 저항에 흔들거리며 나아가 바로 앞에 있는 황어 대열을 조금 흩뜨린다. 황어들이 다시 같은 방향으로 계속 헤엄치면서 정지한 것처럼 보였을 때, 노란색을 띤 연둣빛 몸체에 붙어 있는 자잘한 은빛 점 전체가 뭔가 의미 있는 문양을 선명하게 드러낸다. 그리고 나는 이 '황어집'이 황어 떼 몸체에 찍혀 있는 반점으로 모든 것을 적어서 나타내는 도서관이라고 느꼈습니다. 그렇다면 숲속 골짜기 마을의 신화와 역사야말로 여기에 쓰여 있을 거라고, 지금 마을의 한 아이가 익사하려고 하는 것까지도 쓰여 있을 거라고 생각했을 때 나는 정신이 들었습니다. 그리고 출구를 향해 급히 돌아가려고 하다가 그만 바위선반에 머리가 끼어버렸습니다.

더욱이 나는 뭔가 강한 힘에 의해 바위선반 안쪽으로 떠밀려 들어갔다가 비틀어져 다시 끌어올려졌을 때 내 머리에서 피가 연기처럼 피어오르는 물에 비친, 진하고 짧게 치켜 올라간 눈

섭에 잔뜩 화가 난 눈을 부릅뜨고 있는 어머니의 얼굴을 본 것 같은 생각이 듭니다. 그건 특히 어머니에게 진위를 물어보기 어려워 나는 누구에게도 잠자코 입을 다물고 있었습니다.

물에 빠져 죽을 뻔한 사건 이후, 그것도 머리의 부상이 지금도 손가락으로 만져지는 흉터를 남기면서 아물고 난 후의 일이지만, 나는 나에게 뚜렷한 변화가 일어나고 있는 것을 깨달았습니다. 그 거뭇거뭇하게 그늘진 대기 속 행성에 서 있는 꿈을 꾸지 않게 되었고, 이제 그 꿈을 꾸지 않는 이유도 알 것 같았습니다. 그 꿈의 의미는 숲속 마을의 신화와 역사를 할머니가 들려주는 대로 기억하고 언젠가는 기록해두어야 하는 내 역할을 너무 무거운 부담으로 느끼고 있고, 그래서 더욱 그 책임을 내던지고 자유로워지고 싶다는 것에 그치지 않았습니다. 더 단적으로 말하면, 그 단계를 넘어 책임을 감당하기 어려워 내가 스스로 죽어버린다는 꿈이었지요. 묘트바위 밑의 깊은 물웅덩이에 빠져 죽을 뻔했을 때, 나는 역시 하얗게 달아오른 니크롬선의 거미줄을 본 것 같아 소리를 질러대고 있었으니까……

머리 상처가 아물고 쇠약해진 몸이 회복되자, 나는 자주 밖을 돌아다니며 신관을 비롯해 할머니의 친구였던 골짜기 마을을 돌보는 노인들에게 마을의 옛날이야기를 들으러 가게 되었습니다. 그것을 잘 기억하고 쓰는 방법을 스스로 훈련해 언젠가는 기록할 수 있는 날이 오기를 바라면서…… 그런 생각을 하며 지내는 동안에, 처음에 쓴 M/T라는 조합이 아직 이 두 알파벳으로 맞춰진 상태는 아니었지만, 그립고 중요한 실체로 느껴지게 되었습니다. 서른 살을 넘어 처음으로 미국 동부의 대학 기숙사에 세미나로 체류했을 때, 같은 방의 아일랜드인 극작가에게 자네가 말한 M/T란 mountain time의 약자냐는 질문을 받고, '아아, '산의 시간', 내 숲속 골짜기 마을에도 독특한 '산의 시간'이 흐르고 있었던 것이다, 나는 지금 태평양 건너편에 있지만 어느 정도는 그 시간의 흐름 속에 있다'고 느꼈습니다.

제1장
'파괴자'

1

바다에서 큰 강을 거슬러 올라가 그 강이 시냇물이 되고, 거기에서 다시 깊은 산속에 비가 내렸을 때만 눈에 띄는 풀숲에 난 길을 따라 숲으로 둘러싸인 물항아리 모양의 분지에 이르러, 젊은이들과 처녀들이 새로운 마을을 창건했습니다. 기나긴 고된 여정 속에서 그들의 리더가 된 젊은이가 이내 '파괴자'라는 호칭만으로 전해져 본래의 이름은 잊히고 말았다는 것, 특히 '파괴자'라는 이름의 의미가 어릴 적 나에게 이해할 수 없는 두 가지 불가사의를 남겼습니다. 할머니는 아주 훌륭한 사람은 그 사람의 진짜 이름을 부르지 않게 된다고 했지만……

두번째 불가사의는 이 전설적인 인물이 이뤄낸 일에 대해 전해지는 이야기 속에서 몇 번씩이나 대규모 **파괴 작업**이 중심이 되고 있다는 점입니다. 그 내용은 잘 알고 있지만, 그래도 마을을 창건한 지도자였던 사람이 '파괴자'라고 불리는 것이 고개를 갸우뚱하게 했습니다. 무엇이든 이 세계의 성립 과정에 대해 내 나름의 방정식으로 풀려는 생각이 강한 아이였던 나에게 그건 언제까지나 의문으로 남아 있었습니다. 아주 어릴 적에 할머니의 이야기를 듣기 시작할 때부터 그렇게 느낀 것 같습니다. 할머니가 돌아가신 후에는 할머니의 유언이 있었겠지만, 자진해서 나에게 옛날이야기를 해주게 된 신관을 비롯한 마을의 유력 노인들 앞에 얌전히 앉아 있을 때도 그 생각은 언제나 머릿속에 있었습니다. 하지만 할머니에게 묻기 어려웠던 것을 이 사람들에게 묻기는 더 어려웠습니다.

마을에서 존경받는 노인들을 찾아가 옛날이야기를 듣는 새로운 습관이 생긴 후 이런 일도 있었습니다. 약속이라도 한 것처럼 노인들은 누구나 다 자신들이 전해 들은 옛날이야기를 들려주기 전에 나의 할머니가 외치게 했던 정해진 문구를 나에게 말하게 했습니다. "아주 먼 옛날이야기. 있었는지 없었는지 모르지만, 옛날 일이라면 없었던 일도 있었던 것으로 하고 들어야 한다. 알겠니?" 똑바로 앉은 내가 큰 소리로 그 말을 합니다. 노인들도 **우물거리는** 소리로 따라서 말하는데, 내 말이 끝나면 이어서 그들이 "응!" 하고 큰 소리로 답을 하는 겁니다. 그건 마치 내가 노인들에게 이야기를 들려주기라도 하는 것처럼, 나와 노인들의 실제 관계가 완전히 뒤바뀐 것 같아 이상했습니다.

이렇게 뒤바뀐 방식으로 정해진 문구를 외친 후, 옛날이야기를 들려주는 마을 원로들은 모두 근엄한 표정이어서 오히려 내 학생처럼 "응!" 하는 대답이 낯간지러운 느낌이었지만, 이 훌륭한 어른들이 마을을 만들어낸 '파괴자'라는 지도자에 대해 이야기하며 그 호칭에 어떤 어색함도 느끼지 않는 모습이 역시 이상했습니다. 이와 관련해 마을의 옛날이야기로 듣고 기억하는 것 중에 어린아이의 생활 감각으로 의아하게 생각되는 삽화가 여럿 있었습니다.

'파괴자'는 스물다섯 명의 젊은이들과 함께 성곽 마을에서 추방당했습니다. 젊은이들은 각각 번의 무사 계급으로 지체 높은 가문의 자제들로서, 그런 만큼 항상 놀면서 지낸 무법자들이었다고 합니다. 특히 '파괴자'는 번의 영주와 친척으로, 영주 가문의 일을 총괄하는 우두머리 가신家臣의 막냇동생이었습니다. 그는 가장이자 번의 책임자 중 한 명인 큰형의 아내와, 그것도 자기보다 열 살이나 연상인 **형수**와 미리 짜고 번의 추방자 신분인 자신들을 자유로이 신천지를 찾아 나선 사람들로 바꿔놓는 일을 지휘했습니다. 마을의 창건 신화와도 같은 옛날이야기의 중심인물이 명백하게 규율을 파괴하는 젊은이였다는 것이, 어린 나에게는 우선 당혹스럽지만 동시에 불쾌하지만은 않은 두근거림을 안겨주었습니다.

2

숲속에 마을이 창건되는 옛날이야기에서, 그것도 지도자였던 '파괴자'가 **형수**를 데리고 도망친 사람이었다는 것은 옛날이야기를 듣고 전해야 할 나로서는 참 난처한 일로 생각되었습니다. 할머니는 분명 곧바로 그것을 눈치챘을 겁니다. 이 **형수**는 골짜기 마을의 옛날이야기 속에서 오바라고 불리는 아름다운 여인으로, 바닷가에 있는 번의 영지에서 맑은 날에는 신기루처럼 물 위로 떠오른 듯 보이는 우키시마浮島라는 섬의 '해적' 두목의 딸이었다고 합니다. 그런 태생도 매우 이상했는데, 그 **형수**를 빼앗아 숲으로 올라갔다는 말에 내가 가슴을 두근거리고 있다는 것에는 오히려 할머니의 눈길이 미치지 못하는 것 같았지만……

끈기 있는 이야기꾼인 할머니는 내가 반발하지 않도록 이렇게 절충하는 방식으로 다시 이야기하곤 했습니다.

"'파괴자'의 동료 스물다섯 명은 모두 부모님이 여러 가지로 지체 높은 신분이어서 부모의 권위를 내세워 성곽 마을의 번화가를 돌아다니며 못된 짓을 하던 자들이었어요. 뭐 좋게 말하면 악의 없는 무법자들이었지! 번의 개혁이 실패해 이 사람들이 추방당했다는 말도 전해지지만, 그렇다면 왜 젊은 사람들뿐이었을까? 아직 어린애 같은, 기운만 좋은 '청년단'이 무슨 개혁이 가능했을까? 번의 개혁은 있었다 치더라도 기회를 틈타 자신들에게 유리한 개혁을 해달라는 염치없는 부탁을 하고는 받아들여지지 않은 분풀이로 더 못된 짓을 하며 돌아다닌 건 아닐까? 그래서 이런 자들은 유력자의 자제들이라 해도 이대로 성곽 마을에 놓아둘 수 없는 상황이 된 거예요! 옥에 가두거나 참수할 수는 없다. 그렇다고 해서 다른 지방으로 보내는 것은 번의 수치라 가신들이 난처해하고 있으니, 우두머리 가신의 아내인 오바가 아직 젊은 남편에게 꾀를 일러준 것이지. 그렇다면 자기 고향에서 배 한 척을 보내도록 할 테니 추방될 사람들을 태우고 우키시마 앞바다로 내보내면 좋을 것이다, 경험이 없는 사람들뿐이니 물살이 빠른 해협을 끝까지 건너갈 수는 없다고, 그렇게 귀띔을 했다는구나.

번의 가신들이 모두 그렇게 결정하고 아직 어린 영주에게 보고하자, 거 참 재미있겠다고 하셨지. 우키시마에서 배 한 척이 조달되어 모두가 꺼리는 '청년단' 무리들을 태웠어! 바다에 나가자마자 바로 뱃사공들은 배 뒤에 끌고 온 작은 배에 옮겨 타 해변으로 돌아왔다고 했고. 그랬더니 배 밑바닥에서 붉은 속치마에 소매 없는 흰옷을 입은 처녀들 스물다섯 명이 나타났지. 섬에서 자란 실력을 발휘해 돛을 펴고 번갈아가며 키를 잡는 등 처녀들이 대활약하는 것이 해변에서 망원경으로 망을 보는 자들에게 보였다고 하더구나. 그중에서도 용감하게 전체를 지휘한 사람이 바로 오바였는데, 돛에 바람을 받은 배가 물길을 가로질러 나아가기 시작하자, 오바는 해변을 향해 아랫눈꺼풀을 뒤집으며 약 오르지! 하는 식으로 조롱했다더구나! 그건 어제까지 자기 남편이었던 우두머리 가신에 대한 표현이었겠지. 오바는 배를 조달할 때 '해적'의 딸들을 배 창고에 숨겨두도록 아버지인 두목에게 밀서를 써 보내고, 게다가 자신도 어느샌가 배에 올라타 있었던 거란다!

'해적'은 '우키시마 수군'이라고도 하여 그 옛날에는 독립해 있었는데 지금은 번의 해군을 대신하고 있어서, 가신들이 뒤처리가 허술하다고 질책하면 두목은 딸이 타고 있는 배를 우키시마섬에 접근시킬 수 없었고 부하에게 명령해 행방을 찾아도 봐야 했지. 하지만 '청년단'이 탄 배는 어디에서도 발견되지 않았어요. 오바는 일단 뱃길을 빠져나온 배를 우회시켜 해변을 따라 항해했던 게야. 좌초해도 어쩔 수 없다, 그 방법 외에 아버지가 지휘하는 '해적'단에게 발견되지 않을 방법은 없었다고 해도 대단히 용감한 행동이었어!"

3

그런데 젊은 무법자들은 배를 해변으로 우회시킨 것이 몹시 못마땅했습니다. 항해 경험도 없는 자신들이 이 주변 섬들 사이를 통과해 먼바다로 나가려면 위험한 뱃길을 몇 군데나 지나야 한다는 것도 모르고, 오키나와까지 가서 신천지를 개척하겠다는 각오였으니. 실제로 긴 항해를 위해 물과 식량뿐 아니라 목적지에 닿은 후에 쓸 농기구, 곡물 종자, 과수 묘목, 거기에 우선 필요한 대규모 개간용 용구, 심지어 송아지 세 쌍까지 배에 실려 있었다고 합니다. 또 물통에는 살아 있는 잉어와 붕어까지도……

할머니 말씀으로는, 새로운 농경 계획을 위한 풍부한 물품이 배에 실려 있는 것은 젊은 애물단지들에게 오키나와 신천지 개척에 대한 꿈을 심어주어 자진해서 승선하도록 하기 위해서였을 뿐 아니라, 당장에 난파되어 죽을 젊은이들과 함께 '용왕님'께 바칠 공양물이기도 했다는 겁니다. 젊은이들이 승선한 배의 행방은 다음 날 아침 일찍부터 '해적'들의 배가 찾아 나섰는데, 그들도 이런 물품이 파도에 떠다니는 것을 발견해 번의 유력자들에게 보고하는 것이 우선 첫번째 목적이었다고 합니다.

하지만 '해적' 두목의 딸 오바는 번 수뇌부의 계획에 허를 찌르고, 또 바다 저편의 신천지에 대한 모험심을 품은 젊은이들을 설득하여 바닷가 연안을 따라 동쪽으로 항해할 계획을 보여주었습니다. 그리고 오바의 지휘를 따르는 '해적'의 피를 이어받은 처녀들은 능수능란하게 배를 조정하는 기술을 가진 사람들이기도 했습니다.

"항해가 계속되는 동안, 배는 여인들의 천하였다지." 할머니는 즐거워하며 말했습니다.

"'파괴자'도 처음에는 '청년단' 무리 속에 있는 평범한 젊은이 중 하나로, **형수**인 오바가 하는 일을 감탄하며 보고 있을 뿐이었어. 하지만 배가 동쪽으로 돌아 나가 아와지吾和地강 하구에 접어들었을 때는 바닷가를 떠난 지 벌써 사흘째 되는 날 저녁 무렵이었다고 하는데, 처음으로 '파괴자'는 지휘자로서 그대로 배를 타고 강으로 들어가자고 했단다. 게다가 강을 타고 올라가기에 바람의 방향도 안성맞춤이었지. 해변으로 놀러 갔을 때 해 질 녘에 바다 쪽에서 기분 좋은 바람이 불어오는 계절처럼 말이야! 그때 '파괴자'가 여자들에게 명령을 전하는 오바에게 거듭 말한 건 이런 것이었다고 하더구나. 우리는 해변에서 곧장 바다 밖으로 나가기로 되어 있었다. 우리는 바다 저편의 신천지를 마음속에 그리며 준비도 했다. 하지만 그건 바다 밑 저승으로 내려가는 출항이었던 것 같다. 오바가 옆으로 진로를 틀어주어 지금은 저승에 떨어지지 않고 끝났지만, 이대로는 동쪽으로, 동쪽으로 갈 뿐. 허공에 매달린 것처럼 언제까지고 바다에 떠 있을 뿐이다. 그렇다면 더욱 해변에서 밖으로 나가는 것과는 정반대로 해변에서 강을 따라 육지 안으로 올라가 저승과는 다른 곳에 도착해야 하지 않겠나?"

4

골짜기 마을의 신화로서 제일 처음 등장하는 옛날이야기에 큰 그림자를 드리우는 '파괴자'. 성곽 마을에서 골칫덩어리로 내쫓기게 된 젊은 무법자들 중에서 특별히 지도자가 아니었을 때부터 그는 역시 재미있는 인물이었다면서 그 증거로 할머니는 이렇게 말씀하셨습니다.

"그건 '극단적인 생각을 한다'는 평판이었단다. 하긴 아이들은 누구나가 극단적인 생각을 하지만 말이야." 이렇게 말하며 할머니는 무슨 이유라도 있는 듯 나를 빤히 쳐다보곤 했습니다. "배에 실려 바다로 추방되었을 때는 '파괴자'를 포함해 모두 어린 나이였으니까. 단 한 명 오바 외에는 말이야!"

그 무렵 수학을 몹시 좋아했던 어린 나는 그 '극단적인 생각을 하는' '파괴자'의 방식에 대해 플러스 부호가 붙은 상황의 전망이 좋지 않을 경우, 전체의 큰 부분을 괄호로 묶고 일단 마이너스 부호를 붙여 다시 해보는 방식이라고 생각했습니다.

해변을 큰 원호로 하여 거기에 접선을 긋는다. 그것과 90도로 교차하는 세로축을 따라 쭉 밀어내면 바다 밑 저승으로 내려갈 수밖에 없는 상황. 그렇다면 반대 방향으로, 즉 내륙으로 들어간다면 점점 높은 산으로 올라가게 되는 것이고, 저승과는 반대되는 세계가 열리지 않을까, 어쩌면 새로운 생명의 세계가……

밀물이 차오르는 기세를 틈타, 하구에서 평야 깊숙이 역류하는 물결을 따라 배는 아와지강을 거슬러 올라갔습니다. 이 강은 수량도 많고 수심도 깊습니다. 하지만 바다를 항해하기 위해 건조된 배가 밑바닥이 평평한 배처럼 강바닥이 얕은 곳에서도 계속해서 강 상류로 나아가기는 어렵습니다. '해적' 두목 딸로 항해술에 관한 지식이 있는 오바가 섬 처녀들을 지휘해 강하구에서 뱃머리를 돌려 쭉쭉 타고 들어간 이유는 무엇일까? 금방이라도 배가 강바닥에 걸려 움직일 수 없게 되더라도 '파괴자'가 '극단적인 생각을 함'으로써 난관을 타개해줄 것이라고, 이미 지도자로서 그를 신뢰했기 때문이 아닐까요?

그날, 해가 진 뒤 모래사장에 삐걱대는 소리를 내고 덜커덩덜커덩 몸을 떨듯이 선체가 흔들리며 달빛 속에서 배는 강바닥에 좌초했습니다. 오바는 '파괴자'가 하구에서 내린 명령에 대해서는 아무 말도 하지 않고, 다만 젊은이들에게 이렇게 소리쳤습니다. "다음 썰물 때까지 배를 어떻게든 처리하지 않으면 더 애를 먹게 된다. 그것도 날이 밝기 전에 사람들 눈을 피해 일을 해야 한다!" 그 말을 받아 '파괴자'는 이렇게 말했습니다.

"즉시 배를 부숴버리자, 지금까지 배에 싣고 온 식량과 도구류, 곡물에다 가축까지 전부 다 싣고 강을 더 올라가려면 뗏목은 부숴버린 배에서 나온 나무로 건조해야 한다."

그리고 이렇게도 말했습니다. "뗏목에 필요 없는 목재는 썰물에 떠내려 보내 배가 바다에서 좌초되고 침몰해 떠밀려 온 것처럼 꾸미자."

그때까지의 항해에서는 실력을 발휘할 기회가 없었던 젊은 무법자들이 달빛에 의지해 용감하게 배를 해체했습니다. 그 지휘를 맡은 '파괴자'는 이 경우 정말 이름에 어울리는 활약을 한 것입니다.

5

'파괴자'라는 이름의 청년이 바다로 나가는 대신 바닷가에서 강을 거슬러 올라가고, 바다 밑 저승으로 가라앉는 대신 높은 산간으로 올라가 새 생명의 천지를 개척하려고 하는 젊은이들의 지도자가 되어간다, 게다가 더욱 이 이름에 어울렸던 대작업. 그것은 그들이 물길을 따라 거슬러 올라간 끝에, 이제 바위 표면에서 떨어지는 물방울만이 눈앞에 있는 막다른 곳에서, 앞을 가로막는 대암괴大岩塊를 가지고 온 화약으로 폭파한 것입니다. 이 대암괴가 실은 검고 단단한 흙덩어리였다고 이야기하는 노인도 있었지만, 나는 '대안게'라고 들렸던* 할머니의 재미있는 발음을 귀에 간직한 채로, 그것을 '거대한 바윗덩어리, 혹은 검고 단단한 흙덩어리'라는 의미로 대암괴라고 써서 표현하고

---

* '대암괴'의 일본어 발음은 '다이간카이'인데, 할머니의 발음은 '다이구완쿠와이'로 들렸다.

싶습니다.

대암괴가 길을 막고 있었다고 전해지는 장소는 골짜기 마을에서 보면 강 하류로 나갈 때 목이라고 불리던 지점이었습니다. 그곳을 출입할 때마다 마을에서 나가고 마을로 돌아온다는 느낌이 각인되었는데, 그때마다 야트막한 산 정도는 되었을 대암괴를 항상 생각하곤 했습니다. 그런데 그 목 지점의 양옆으로 산 중턱이 바싹 다가와 있긴 해도 역시 바윗덩어리 하나로는 완전히 막을 수 없다고 느껴지는 크기라, 나는 대암괴가 목 전체를 메우고 있었던 것이 아니라 산 중턱의 급경사 진 비탈길을 잇는 댐의 방죽에 해당하는 것이 그곳에 있었던 건 아닐까 생각한 적도 있습니다. 대암괴는 그 둑을 떠받치는, 말하자면 누름돌 같은 역할을 한 것이 아니었을까 하는 상상도 했습니다. 화약을 대량으로 사용했다고 하더라도 목 전체를 메울 만한 큰 암석을 한 번에 폭파하는 일이 옛날에는 불가능하지 않았을까 의심하기도 했습니다.

할머니의 이야기로는 대암괴는 단 한 번의 폭파로 파괴되었고, 그 단 한 번이라는 것은 이 이야기의 중요한 열쇠이기도 했습니다. 옛날이야기에서는 좁은 골짜기에 울려 퍼진 폭발음의 메아리에 이어서 하늘로 날아오른 바위 파편의 낙하와 흙먼지가 가라앉았을 때 세찬 비가 쏟아졌다고 합니다. 큰비는 50일간 계속 내렸습니다. 어린 내 머리로 그린 광경으로는 대암괴가 균형을 지탱하고 있던 둑이 무너져내린 곳에, 이 큰비로 그때까지 골짜기에 막혀 있던 오랜 세월 쌓인 퇴적물이 떠내려가 강 하류의 평야 지대 농경지를 황폐하게 했고, 거기에 사는 사람들에게는 전염병까지 일으켰습니다.

　게다가 50일이 지나고 비가 그치자 맑게 갠 하늘 아래 깨끗하게 씻긴 푸른 숲에 둘러싸인 골짜기에서, 과거에 늪지였던 일대가 사람이 살 수 있는 새로운 땅이 되어 있었습니다. 그 중앙에는 깨끗한 강물이 햇빛을 반사하며 흐르고 있었고, 그곳에서 양쪽 산 중턱이 밀려 나와 좁아진 **목**을 지나 마을 창건자들이 거슬러 올라온 산골짜기의 꼬불꼬불한 험한 길옆을 따라 흘러 평야 지대로 나오면 아와지강과 합류해 바다로 흘러갔습니다.

　대암괴, 또는 그것이 떠받치는 방죽 같은 벽 바로 아래까지 다다랐을 때, '파괴자'는 그렇다 치고 성곽 마을에서 추방당한 젊은이들과 '해적'섬에서 참가한 처녀들은 어찌할 바를 몰랐겠지요. 그때까지 깊은 산골짜기의 시냇물을 따라 있는 듯 없는 듯한 좁디좁은 산길을 따라가면서, 앞쪽에 산에 또 산이 밀려와도 그 산들은 병풍을 포개듯이 나란히 이어져 있어, 산기슭 하나를 돌면 작은 시냇물이 거기에서 흘러 내려오는 이상 다음 산에 이르는 길은 분명히 있다고 생각했을 겁니다. 하지만 시냇물이 풀숲 속의 좁은 물길로 바뀐 후, 양쪽에서 나온 산 중턱이 한층 더 좁아진 사이를 방죽 같은 것이 막고 서 있어 더는 나갈 수 없게 되고, 대암괴 밑에서는 새까만 물이 찔끔찔끔 솟아 나오고 있습니다. 그런 장소에 잠시 멈춰 선 그들은 오랜 여정의 피로도 있었기에 더욱 망연자실했겠지요. 그렇지만 그때까지의 고된 여행길에서 사람들이 점차 지도자로 의지하게 된 '파괴자' 한 사람은 매우 쾌활하게(그것을 이야기하는 할머니의 목소리를 떠올리며 나도 이야기를 들었을 때의 유쾌함을 되살리면서 쓰고 있습니다) 말했습니다.

"폭파하자, 화약이라면 메고 왔다."

6

고등학교에 입학하고 첫 여름방학 때, 혼자서 『고지키』를 읽다가 매우 반가운 마음에 휩싸이게 된 한 구절을 만났습니다. "천 명이 끌어야 겨우 움직이는 거대한 천인석千引石을 이승과 저승 사이의 요모쓰히라黃泉比良 언덕에 막아놓고 그 바위를 가운데 두고 서로 마주 서"다,라는 부분. 즉 저승과 살아 있는 인간세계인 이승과의 경계에 천인석이라는 바위가 놓여 있다는 내용을 읽고, 나는 골짜기 마을 출구의 **목**에 있었던 대암괴를 생각했습니다.

내가 태어나 자란 마을을 큰 바위 너머에 있는 저승에 비유하여 그립게 느낀다고 하면 이상하게 들릴 겁니다. 마을을 건설한 젊은이들도 무장한 추격대에게 언제 발각될지 모르는 산골짜기의 좁고 험한 산길을 올라가 막다른 경계 지점에 다다른 것이라, 그때까지 그들이 고생에 고생을 거듭해온 여정이야말로 저승을 가로지르는 여행길이었다고 생각하면서 대암괴를 파괴하기만 하면 지금까지와는 다른 생명의 나라로 들어갈 수 있다는 희망을 안고 있었음에 틀림없습니다.

그러나 거기에는 대암괴를 폭파해야 한다는 큰 전제 조건이 있었습니다. 마을의 창건자들도 그것을 완수하기 전에는 천인석 너머의 저승과 대암괴 너머의 습지대를 중첩해 이해하고 있었을 것입니다. 거기에는 이유가 있습니다. 대암괴가 무너지는 것과 때를 같이해 내리기 시작한 큰비에, 습지대에 쌓여 있던 것이 죄다 말끔히 씻겨 나갈 때까지 그곳은 이상한 악취가 가득한 장소였다고 할머니는 말했습니다. 저승도 유황 냄새로 가득한 장소일 겁니다.

"이 악취로 말하자면 아직 인간이 원숭이였던 옛날부터 났다지!" 할머니는 이렇게 말하곤 했습니다. 어쨌든 산 중턱 사이가 막혀 바위와 흙으로 된 둑이 생긴 후로 그 너머에 온갖 더러운 것이 쌓여 가스를 발생시킨 것이 악취의 원인이었다고 합니다. 악취가 나는 가스는 독성을 띠고 있어, 근원지인 습지대뿐 아니라 그곳을 에워싸는 건조한 언덕길에도 악취 가스 때문에 풀 한 포기 나지 않고 길 잃은 짐승은 물론이고 그 위를 나는 새도 독에 닿아 습지대에 떨어져 죽었다고 합니다. 숲의 푸른 고리는 습지대보다 훨씬 더 먼 높은 곳에 있었습니다.

성곽 마을에서 쫓겨난 젊은이들과 '해적'섬의 처녀들이 배를 부숴 만든 뗏목을 끌고, 강폭이 더 좁아지면 뗏목을 분해해 만든 썰매에 짐을 싣고 시냇물 옆 좁고 험한 산길을 쉬지 않고 올라갔습니다. 그러는 동안에도 악취는 바람을 타고 그들이 가는 곳으로 실려 와 역한 냄새가 나는 방향을 피해 다른 행선지로 가자는 제안도 몇몇 젊은이들과 처녀들이 했다고 합니다.

하지만 '파괴자'는 여기에서도 '극단적인 생각을 하는' 사람의 면모를 드러냈습니다. '파괴자'는 "이 악취가 나는 근원지

66

로 가자, 그곳은 다른 사람들이 꺼려서 접근하지 않는 곳이 틀림없으니 오히려 이 악취는 안전하다는 **증거다**"라고 했습니다. 그래도 이 악취의 근원지에서 사람이 살아갈 수 있겠느냐고 반문하자, '파괴자'는 어쨌든 그곳에 도착한 뒤에 악취 처리를 생각해보자고 말했다고 합니다.

그러고는 대암괴를 폭파하자는 말을 꺼낸 '파괴자'는 동료들을 안전한 곳으로 피신시키고 오직 혼자서 화약을 장치했습니다. 그런데 그 단계가 되어서야 폭파에 사용하는 도화선이 너무 짧다는 걸 알았습니다. 그러나 용감한 '파괴자'는 그대로 도화선에 불을 붙이고는 쏜살같이 달려 강 아래에 있는 큰 대나무 숲으로 피신했습니다. 그리고 실제로 큰 대나무 숲은 쏟아지는 돌과 흙덩이로부터 '파괴자'를 보호했습니다. 그 점에서 '파괴자'의 경계심은 정확했습니다. 하지만 폭발 때 일어난 불의 **회오리**바람이 큰 대나무 숲을 태우고, '파괴자'에게 화상을 입혔습니다. 폭파의 흙먼지가 안개처럼 골짜기를 메웠을 때 내리기 시작한 세찬 비는 큰 대나무 숲의 불을 껐고, '파괴자'는 가까스로 죽음을 면했습니다……

7

큰 대나무 숲에서 화상을 입고 쓰러져 있는 '파괴자'를 발견하여 동료들이 대피해 있던 곳으로 데리고 온 것은 오바였습니다. 뿐만 아니라 오바는 '파괴자'의 화상을 치료하기 위해 새까만 고약을 만들었습니다. 원료는 배의 재목으로 만든 썰매에 싣고 온 짐 속에 들어 있었다고 합니다. 역시 썰매에서 내린 큰 냄비로 오바가 섬 처녀들을 지도하여 대량으로 고약을 제조했습니다.

"큰 냄비의 고약이 부족해지면 만들어 넣고 만들어 넣고 하면서 말이야, 실제로 어린 너희가 화상을 입었을 때 바르는 고약은 옛날 그대로 큰 냄비에서 만든 거란다!"

할머니는 그렇게 말하곤 했습니다. 때마침 내 무릎의 화상이 막 나았을 때였습니다. 연한 분홍빛의 **예쁜 상처 자국**이 난——마을의 고약은 아무리 큰 화상이라도 보기 싫은 흉터를 남기지 않는다고 인근에도 정평이 나 있었습니다——매끈매끈한 표면을 손가락으로 만지면서 할머니의 이야기를 듣던 때를 떠올립니다.

고약이 완성될 때까지 오바는 온몸에 화상을 입은 '파괴자'를 더욱 거세진 빗속에 세워 화상을 식히고, 또 한편으로는 화상으로 짓무른 피부가 서로 들러붙지 않도록 주의했다고도 합니다. 게다가 '파괴자'의 몸이 쇠약해져 모기만 한 소리로 내린 지시를 모든 동료들을 위해 전달했습니다. 우선 '파수막'을 짓도록 하라고.

대암괴가 있던 장소에서 백 미터쯤 아래로 내려간 지점 왼쪽에 한때 **목**으로 밀려 나와 있던 산 중턱이 없어져 전망이 탁 트인 높은 곳, 그곳에 산철쭉으로 뒤덮인 커다란 바위선반이 있는데, 그 바위선반 아래에 마루를 깔고 통나무와 대나무를 받쳐 젊은이들과 처녀들이 앞으로 오랫동안 계속될——그것을

'파괴자'는 미리 알고 있었던 모양입니다──비를 피할 숙소를 서둘러 마련하도록, 전신에 입은 벌건 화상을 비를 맞으며 식히면서 작디작은 소리로 '파괴자'는 오바를 통해 지시했습니다.

그리고 세차게 퍼붓는 비가 나름대로 장마의 시작다운 여유 있는 느낌도 더해진 빗속에서 침상이 마련된 바위선반의 가장 높은 곳 안쪽에 온몸에 고약을 바른 '파괴자'가 누웠습니다. '파괴자'는 오바를 통해 동료들에게 지시를 다 내리자, 너무 통증이 심한 나머지 정신을 잃고 쓰러지려 했습니다. 오바는 쓰러지려 하는 '파괴자'의 비에 젖은 몸을, 화상이 더 이상 고통스럽지 않도록 살며시 안아 근처의 커다란 감탕나무 아래로 옮긴 다음 겨우 식은 고약을 발라주었습니다. 바위선반 안에서 잠자는 '파괴자'는 새까만 미라나 번데기 같았다고 합니다. 눈 위에는 고약을 두껍게 바른 수건이 올려져 있어, 한층 더 미라나 번데기 같은 모습이었다고 합니다.

그러는 동안 '파괴자'가 큰 화상으로 죽어버린 것인지 숨만 붙어 있는 것인지, 옛 동료인 젊은이들도 새 동료인 처녀들도 잘 알지 못했습니다. 오바 혼자만이 신단처럼 한층 더 높고 깊숙한 곳의 침상에 누워 있는 새까만 '파괴자'의 시중을 묵묵히 들었습니다. 50일간 쉬지 않고 계속 비가 내리는 동안 매일매일 계속해서……

8

할머니가 아직 건강하셨을 때, 골짜기 마을의 옛날이야기를 해주시면서 듣고 있던 나에게 가끔 속임수를 쓰려고 하는 일이 있었습니다. 내가 그만 걸려들어 우스꽝스러운 착각을 하면 두 사람 모두 웃고 즐기려는 생각이었던 것이죠. 그렇기 때문에 내가 착각한 걸 곧바로 알아차릴 수 있는 단순한 속임수였습니다. 50일이나 줄곧 비가 내리는 동안, '파수막'은 산 중턱에 세워져 있으면서도 높은 산의 안개 속에 있는 것 같아, 그 가설된 큰 지붕을 내려다볼 수 없었다는 식으로 이야기하는 방식이 나를 속이기 위해 돌려 말한 것입니다.

그렇게 말하며 나에게 큰비가 얼마나 세차게 내렸는지를 이해시킨 다음, 할머니는 전에 얘기해주었던 '파수막'은 깊은 차양 같은 바위선반 밑을 넓게 파서, 그곳에 통나무와 대나무를 받쳐 벽을 만들었다는 것을 상기시킵니다. 하는 수 없이 내가 웃음을 터뜨리면 할머니도 즐거운 듯 소리를 맞추어 웃었습니다. 하지만 이런 이야기의 세부 내용의 차이는 지금 내 생각에, 마을의 옛날이야기 자체에도 할머니가 듣고 기억하는 단계에서 이미 다양한 각색이 있었고, 오히려 할머니는 그렇게 다양한 이야기 방식을 모두 나에게 전하려고 했던 것은 아니었을까요? 지금 나는 그렇게 생각합니다.

이렇게 할머니에게 들은 이야기를 전쟁 중반 무렵부터 마을로 피란 와 있던 아포지, 페리지*라는 **별명**의 쌍둥이 천체역학 전문가에게 한 적이 있습니다. 이 **별명**은 그들이 골짜기 마

70

을과 윗마을 '자이' 아이들을 위해 열었던 이야기 모임에서 시작되었습니다. 이 모임에서 달의 궤도를 설명하는 연극을 했는데, 이 **별명**은 바로 그들이 연기한 달의 원근 지점의 호칭에서 따온 것입니다. 즉, apogee와 perigee. 학문을 한 외부인들에게 마을의 옛날이야기가 비웃음거리가 되면 안 된다고 미리 무장하면서, 즉 나 자신은 허구로 생각한다고 말하면서 나는 옛날에 그 목을 막고 있던 대암괴를 화약으로 날려버렸다는 이야기를 했습니다. 그런데 30대 후반이었을 텐데도 모두 이마가 벗어진 데다가 오리너구리 부리 같은 모양의 붉은 입술을 한 쌍둥이 학자들은, "아니, 그런 일도 있을 법하지!"라고 한목소리로 말했습니다. 그들은 내가 듣는 역할로 선택되어 기억해온 옛날이야기를 당당하게 이야기하도록 격려해주었습니다. 그리고 쌍둥이 학자들끼리 서로 이야기하면서 나에게 설명하는 방식으로 대암괴가 있었을 법한 장소를 표시해주기도 했습니다. 돌을 높이 쌓아가면 측면에 임계점이라는 것이 나타난다. 그곳에 힘을 주면 돌산 전체가 무너져버린다. 즉, 산 중턱을 메운 둑 전체가 임계점인 그곳에 대암괴가 있었을 것이라는 설명이었습니다.

50일간의 큰비로 폭이 넓게 형형색색의 곰팡이층으로 덮여버린 '파수막'에서 마침내 오바가 새까만 미라 같은 '파괴자'의 조용하면서도 힘 있는 목소리를 들었다고 모두에게 전했습

---

* 아포지, 페리지의 '지爺'는 일본어로 노인을 뜻함. 영어 'apogee' 'perigee'와 일본어로 노인이라는 뜻의 '지'를 중첩해 30대 후반임에도 나이 들어 보이는 두 천체역학자의 특징을 나타낸 표현.

니다.

"내일이야말로 비가 그칠 테니 시작해야겠다."

그 말에 힘을 얻은 젊은이들과 처녀들이 둘러싼 가운데, 잠시 후 '파괴자'는 번데기가 껍질을 찢고 우화羽化하듯이 고약이 마른 검은 딱지를 안쪽에서 북북 뜯어내며 화상의 흔적이 조금도 남지 않은 깨끗한 몸을 드러냈습니다.

9

50일 동안 새까만 고약을 피부에 바르고 화상에서 회복하려고 노력한 '파괴자'가 새 생명의 활력을 그대로 나타내는 빛나는 알몸으로 일어났을 때, 동료 젊은이들과 처녀들은 의외의 일이 일어났다는 놀라움보다는 가슴이 떨 듯한 기쁨을 느꼈습니다. 게다가 다음과 같은 '파괴자'의 말에 분발한 것은 역시 이유가 있었습니다. 그들은 며칠째 그 징후를 점차 뚜렷하게 감지하고 있었습니다.

"우리를 쫓는 자들은 홍수로 전멸했으니 우리가 내일부터 시작하는 건설을 방해할 자는 없다! 자, 시작하자! 우리는 이미 충분히 쉬었다!"

실제로 징후는 명확했습니다. 습지대에서 둑이 파괴된 **목**을 사이에 두고 백 미터쯤 아래에 오두막을 지어 생활한 50일 동안 젊은이들과 처녀들을 괴롭힌 고약한 악취가 점차 엷어지더니 열흘쯤 전부터는 문득 그립게 느낄 만큼의 냄새가, 비를 실은 바람의 방향이 바뀔 때마다 아주 조금 다시 퍼지는 정도에 불과했습니다. 비의 기세도 요 며칠은 초목을 싹 틔우는 초봄의 비처럼 부드럽고 촉촉하게 내렸습니다.

다음 날 아침은 새벽녘부터 비가 그치고 상쾌한 흰 구름에 바람이 세차게 불어 순식간에 파란 하늘이 넓어졌습니다. 젊은이들과 처녀들은 한 명씩 짝이 되어 바위선반 밑의 오두막에서 나왔습니다. 비가 연일 쏟아진 50일 동안 자연스럽게 이루어진 짝이 맑게 갠 날에 모두가 각각 정식으로 인정받게 된 것처럼. 아직 조금 탁한 물이 소리를 내며 흐르고 있는 새로 생긴 냇가로 우선 모두 내려갔습니다. 그런 후 냇가를 따라 50일 전에는 대암괴 방죽이 막고 있던 **목**을 통과해 이제부터 골짜기 마을이 건설될 장소로 들어갔습니다.

이 '입성'에 즈음하여 젊은이들과 처녀들이 기뻐하며 바라보았을 경치를 지금 나는 선명하게 떠올릴 수 있습니다. 어렸을 때 다름 아닌 내 눈으로 직접 바라본 기억처럼. 그것도 골짜기 마을의 건설 예정지에 '입성'하는 짝이 된 젊은이들과 처녀들을 숲보다도 높은 곳에서 내려다본 시각의 기억으로……

그것은 계속되는 마을 건설 신화를 할머니에게 들을 때, 내가 동시에 겪었던 또 하나의 경험과 연결되어 있습니다. 성곽 마을에서 쫓겨나 배로 해변을 따라 돌아 하구에서 들어간 부분은 역사 이야기인데, 일단 악취가 나는 길 막다른 골목에서 대암괴를 폭파하고 50일간 쏟아진 비에 갇히는 부분부터는 신화가 되어버리는 이상한 역행의 인상을 오히려 기분 좋게 느꼈던 일도 떠올리면서 나는 지금 신화라고 쓰는데…… 그 마을이 건설된 방법을 이야기해주면서 할머니는, 가장 초창기의 마을 풍경은 절에 있는 병풍에 지옥도로 그려져 있으니 가서 보여달라고 하라면서 주지에게 부탁을 해주었습니다. 그래서 관불회나 오봉*이 아닌, 그 시기를 지난 어느 날 혼자서 지옥도를 보러 갔을 때의 강렬한 인상이 기억에 깊이 남아 있습니다.

10

지옥도의 첫인상부터 말하면, 그것은 대규모 화산의 분화구 주변을 내려다본 광경이었습니다. 그러나 화산 분화구 주변이라면 가장 높은 곳은 훤히 벗겨진 산등성이입니다. 그런데 지옥도에서는 붉은 산 표면의 윗부분이 검푸른 숲으로 이어지면서 숲은 광대하게 넓어져 그림의 위쪽 반을 덮고 있습니다. 숲 아래쪽으로 붉은 산 표면이 이어져 간 곳은 분명히 골짜기 마을의 지형이었습니다. 화상으로 짓무른 듯한 적황색의 지면이 훤히 드러나 있습니다. 그리고 그 일대에 짙고 옅은 붉은색으로 나누어 그린, 물에 흔들거리는 미역 모양의 화염이 피어오르고 있습니다. 높은 불길 아래에는 우툴두툴한 근육이 상처 자국처럼 보이는 훈도시 하나만 걸친 젊은 도깨비들이 붉고 짧은 속치마를 입은 젊은 처녀들을 쫓아다니고 있습니다. 하지만

---

* お盆: 일본에서 양력 8월 15일 전후로 조상의 영혼을 위해 제사 지내는, 일본의 조령 신앙과 불교가 융합된 전통 행사.

이 광경은 오히려 양쪽이 재미있게 놀고 있는 모습으로도, 즐거운 협동 작업에 **열의**를 내는 모습으로도 보였습니다.

어린아이지만 나는 이 도깨비들과 여자들이 골짜기 마을을 건설한 사람들이고, 이 그림은 그들이 비가 그친 새 땅에 들어가 노동한 광경을 기록하고 있는 것이라고 느꼈습니다. 첫인상에서 그렇게 느끼자 그림의 여러 부분에 그려져 있는 정경이 할머니가 해준 이야기를 형태를 바꾸어 그려낸 것 같아, 나는 절의 본당 옆에 있는 묘하게 세로로 긴 방에서 그 긴 벽을 따라 펼쳐진 병풍도를 앞에 두고 반가운 마음이 들지언정 공포심이 생기는 일은 없었습니다.

숲의 어두운 초록빛으로 테두리를 두른 거대한 붉은 절구 같은 골짜기 안에, 막혀 있던 습지대에서 큰비에 씻겨 내린 구역을 논으로 한다. 또 그 습지대에서 올라오는 악취 나는 가스가 식물을 말라 죽게 한 숲에 이르는 비탈면을 밭으로 한다. '파괴자'는 그 같은 계획을 세우고 동료들보다 솔선해 일을 했습니다.

"서둘러 일하자, 쉬지 말고 일하자. 일하기 전에 몸을 잘 쉬도록 50일간 큰비가 내린 것이다!" 이미 동료의 한 사람이라기보다 지도자 격인 '파괴자'는 주변에 이런 말을 계속해서 했다고 합니다. '파괴자'에게는 분명한 생각이 있었습니다. 오랜 옛날부터 지금까지 습지대의 악취 나는 가스로 인해 숲에서 골짜기로 내려오려고 하는 식물의 힘은 막혀 있었다. 그것이 이제는 자유로운 기세로 내려온다. 해방된 식물의 힘에 숲의 비탈면과 새로 생긴 부드러운 평지가 일단 점령당하면 이 정도의 적은 인원으로 개척하는 것은 불가능하다. 그런 큰 불안이 '파괴자'에게는 있었습니다. 당장에라도 무성한 식물의 힘에 골짜기 아래까지 완전히 덮여 마침내 강변의 얼마 안 되는 자갈밭만 남게 되고, 그곳조차도 넝쿨이 기세 좋게 사방으로 뻗어나가는 것은 아닌가 하고 '파괴자'는 두려워하는 것 같았습니다.

"실제로 그 옛날에는 숲 **가장자리**가 지금보다 훨씬 높은 곳에 있었단다!"

나도 할머니가 이야기한 것과 같은 예전의 골짜기 지형도를 지옥도에서 알아냈습니다.

11

'파괴자'는 습지대에서 악취를 풍기던 가스가 이제 올라오지 않는 이상, 숲 **가장자리**가 골짜기로 하강하는 속도는 빨라질 것이 틀림없다고 보고 있었습니다. '파괴자'는 동료들의 선두에 서서 큰비가 휩쓸고 간 자리에 남은, 쓰러진 나무 그루터기와 나뒹구는 돌멩이를 정리하여 경작지를 만드는 일에 땀을 뻘뻘 흘리면서도 그날의 작업이 시작되기 전 이른 아침과 일이 끝난 일몰 전에는 혼자서 숲 **가장자리**로 올라가 나무를 심으며 다녔다고 합니다. 동료들과 건설할 마을을 위해서이긴 하지만, 이미 그 당시부터 '파괴자'에게는 혼자서 일하는 습관이 나타나고 있었습니다.

산불이 났을 때, 방화 벨트를 설정하고 이쪽에서 불을 놓아

번져가는 산불의 힘에 대항하는 방법이 있습니다. '파괴자'는 증식해오는 숲의 힘에 대해, 역시 이쪽에서 사람이 통제하는 식수조림을 함으로써 숲의 하한선은 마을이 정한다는 태도를 보인 것이었겠지요. 그렇게 하여 '파괴자'가 새겨놓은 숲의 경계선을 넘어 오랜 시간이 지나는 동안 커진 숲의 힘은 골짜기로 내려오고 있었습니다……

'파괴자'가 골짜기에서 숲 아래쪽의 경계로 삼은 지대는 골짜기에서 어느 방향을 향해 숲으로 올라가도 거의 같은 시간에 그곳에 도착했습니다. 높은 곳에서 골짜기를 둘러싼 수평의 고리처럼 쭉 이어서 옻나무가 심겨 있기 때문입니다. 거목이 된 옻나무는 이윽고 독자적인 기술을 개발해 번창한 마을의 목랍 생산 사업에 풍부한 원료를 공급했습니다. 그러나 '파괴자'가 가진 제1 구상은 우선 숲의 힘을 그곳에서 막는 것이었고, 그런 후에는 연결된 옻나무 고리로 골짜기를 에워싸, 몰래 바깥쪽에서 다가오는 적이 옻나무에 옻이 올라 골짜기에 침입할 수 없도록 한다는 마을 방위를 위한 생각이었습니다.

'파괴자'는 옻 외에도 다양한 종류의 나무를 심어, 적어도 우리가 어렸을 때까지는 거목이 되어 살아 있는 나무를 골짜기에서 숲을 올려다보며 손으로 가리킬 수 있었습니다. 식수조림의 총마무리로서 '파괴자'는 자신이 즐기기 위해 골짜기 중앙에 불룩하게 솟아 있는 산등성이 끝에 백양나무 한 그루를 심었습니다.

거목이 된 백양나무 밑의 골짜기 근처에는 산등성이를 무너지지 않도록 지켜주고 있는 돌출된 넓은 바위가 있었습니다.

다다미 열 장 크기라는 뜻의 '열장깔이'라고 불린 돌출된 바위 끝의 각진 **가장자리**와 백양나무는 골짜기의 어디에서든 보였습니다. 골짜기에서 올려다보면 백양나무 줄기는 10미터쯤 되는 높이에서 혹을 만들고 거기에서 꺾여 있는 것처럼 보였지만, 숲으로 올라가 내려다보면 줄기는 숲 쪽으로 심하게 휘어져 있었습니다.

그리고 그것은 '파괴자'가 매일 '체조'를 한 결과였다고 할머니는 말했습니다. '파괴자'는 날이 밝으면 '열장깔이'에 올라 골짜기에 이변이 일어나고 있지는 않은지 내려다보는 것이 일과였습니다. 그런 다음 산등성이의 능선을 따라 골짜기를 향해 도움닫기를 한 후 백양나무를 뛰어넘어 '열장깔이'에 착지하는 '체조'를 했습니다. 백양나무가 자라면서 '파괴자'의 몸도 커졌는데 결국 나뭇가지 끝을 뛰어넘다가 하마터면 골짜기로 굴러떨어질 뻔한 일이 있었습니다. 그래서 '파괴자'는 백양나무를 뛰어넘을 때, 나뭇가지를 잡고 한 번 돌아 돌출된 바위 끝에 착지하는 방식을 짜냈습니다.

해마다 백양나무는 성장해갔습니다. 동시에 '파괴자'의 신체에는 '거인화'가 일어났습니다. 할머니는 '거인화'의 구체적인 내용은 설명하지 않고 ─ 이럴 때 할머니는 정말이지 신화를 이야기하고 있는 모습이었습니다 ─ 다만 '거인화'된, 즉 상식을 벗어난 거구의 남자가 되었다고만 말했고, 나는 그것만으로도 잘 이해할 수 있을 것 같은 기분이 들었습니다. 그리고 백양나무 줄기는 '거인화'된 '파괴자'에게 매일 강한 힘으로 당겨진 나머지, 10미터쯤 되는 곳에 혹을 만들고 거기에서부터 뒤틀려 휘어져버리고 말았습니다. 쿵쿵 쿵쿵 땅을 울리면서 도움닫기한 '파괴자'가 높은 백양나무를 뛰어넘는 모습, 휘어진 곳의 혹을 붙잡고 공중을 한 번 도는 그 '체조'는 정말 늠름한 것이었다면서 할머니는 노래하듯 말하곤 했습니다.

12

처음에는 동료들과 함께 일하던 '파괴자'가 마을 건설이 진행되면서 자기 혼자 떠맡아 이룩한 사업은 식수조림만이 아니었습니다. 강줄기를 거슬러 올라가 골짜기에 다다랐을 때 했던 최초의 활동이 나타내고 있는 것처럼 '파괴자'는 화약 지식을 가지고 있었습니다 — 이 일에서 실패한 측면을 통해, 즉 화약을 다루는 데 경솔했다는 점에서 그의 성격의 부족한 면도 드러났지만 — '파괴자'는 또 식수조림뿐 아니라 수산 쪽에도 지식이 풍부하고 흥미가 많았던 모양입니다.

폭파 때에 깊이 파인 암반으로 흘러 들어온 강은 **목** 옆에 물웅덩이를 만들었습니다. 그곳에 채워진 물이 흘러 나가는 강 바로 아래는 암반이 그대로 드러난 넓은 여울입니다. 그 양옆에 '파괴자'가 정으로 쪼아 만들었다는 도랑이 있습니다. 그 여울과 도랑 일대는 내가 어릴 적에도 '대어살'이라고 불렸습니다. 그것은 '파괴자'가 대암괴를 폭파할 때 피신해 오히려 화상을 입은 큰 대나무 숲의 대나무를 잘라 만든 어살을 민물고기를 잡기 위해 설치해둔 장소였기 때문이라고 합니다.

습지대에서 시커먼 물이 스며 나오는 동안, 이 시내에는 저 아래 하류까지 민물고기가 전혀 살지 않았다고 합니다. 하지만 50일간 큰비가 내린 후, 골짜기 밑을 차갑고 맑은 냇물이 흐르게 되자 아직 시냇물이 비 때문에 탁해져 있었지만 곤들매기와 붉은점산천어가 들끓었다고 합니다. 물 위로는 아침 일찍과 저녁 어스름한 때에, 이것도 습지대에서 가스가 피어올랐을 때는 한 마리도 없었던 날벌레가 무수히 날아다녔습니다. 그리고 살이 잘 오른 민물고기가 점프하여 날벌레를 잡아먹는 모습이 마을 건설에 힘쓰는 사람들의 눈에 띄었습니다.

새로 막 생긴 시내에 어떻게 곤들매기와 붉은점산천어 떼가 나타난 것일까? '파괴자'는 그것을 이렇게 설명했다고 합니다. 이 숲속 분지를 시내가 흐르지 않았을 때도, 그것은 단지 땅 위에서만 그랬을 뿐이고 땅속에는 **거울같이 맑은 시내**가 흐르고 있었다. 그곳에는 곤들매기와 붉은점산천어가 떼 지어 있었다. 지금은 땅 위에 드러난 시냇물에 **거울같이 맑은 시내**에서 살던 곤들매기와 붉은점산천어가 옮겨 왔다. **거울같이 맑은 시내**에 모여 있는 물고기의 양은 무한에 가깝고, 땅 위의 시내에 물고기가 없어지면 항상 일정량을 유지할 만큼의 물고기가 옮겨 온다. 강벌레도 날벌레도 풍부하고, 자신들이 '대어살'로 곤들매기와 붉은점산천어를 아무리 잡더라도 수산자원이 고갈될 일은 없다……

실제로 '대어살'은 마을 건설기에 날마다 중노동을 하는 젊은이들과 처녀들에게 중요한 단백질을 공급했습니다. 바다로 이어지는 하류에서 장어도 올라오게 되자, '대어살' 옆의 두 줄기 도랑 밑바닥에 진드라는 장어잡이 장치를 가라앉혀놓았습니다. 이어서 '대어살'에서부터 시내 상류에 걸쳐 잉어 양식까지도 이루어졌습니다. 마을의 식량 계획을 세울 때 '파괴자'는 민물고기가 풍부하다는 것에 재빠르게 주목하여 성과를 올렸습니다. '대어살'이 만들어지고 한동안은 그 옆에 막사를 지어 지내면서 민물고기 잡는 장치를 주의 깊게 살폈다고도 하니 '파괴자'는 원래 물고기 잡는 것을 좋아하는 젊은이였을 겁니다. '대어살'에는 또 다른 기능도 있었지만, 어쨌든 그때 '해적'섬에서 자란 오바는 민물고기잡이에 **열의**를 다하는 '파괴자'에게 그림자처럼 바짝 붙어서 장치 개량을 도왔다고도 합니다. 지금도 나의 골짜기 마을에서는 민물고기잡이를 할 경우, 익사하지 않도록 남녀 두 사람이 짝이 되어 냇물에 내려갑니다.

13

민물고기를 잡는 '대어살'은 성과를 올려, 골짜기에 건설된 마을의 식량 계획에 오랜 세월 동안 기초를 제공했습니다. 그러나 50일의 큰비가 끝나고 건설이 시작된 직후에는 새로 생긴 시내에 곤들매기와 붉은점산천어가 가득한 것을 알면서도 '대어살' 장치는 좀처럼 따라가지 못했을 겁니다. 한편 운반해온 식량도 50일간 비에 갇혀 있으면서 바닥이 났겠지요. 그것을 생각하면 건설 초기에 일하는 젊은이들과 처녀들이 단백질로는 민물게, 탄수화물로는 숲 **가장자리** 산비탈에서 캐낸 참마를 식량으로 삼았다는 이야기는 사실이었던 것 같습니다. 우선 민물게는 50일간의 큰비 후, 아직 풀 한 포기 나지 않은 적갈색 지면을 더욱 붉게 물들이듯 무수하게 나왔습니다.

민물게를 잡아 삶아 돌절구로 으깨고 참마를 넣어 **반죽한** 경단. 내가 어렸을 때도 마을 축제 같은 때에 먹었지만, 마을을 건설하는 젊은이들과 처녀들은 그것을 매일 먹는 주식으로 삼았습니다. 민물게가 도움이 된 것은 그뿐만이 아닙니다. 넘쳐난 민물게를 잡아먹으려고 숲에서 내려오는 물까치 등의 들새와 족제비 같은 작은 동물, 그리고 때로는 멧돼지까지도 날쌘 젊은이들이 잡아서 식량으로 했습니다. 민물게는 마을 초창기의 식생활을 전면적으로 지탱했던 것입니다.

앞에서 내가 혼자 보러 갔다고 쓴 지옥도에 체격이 다부진 도깨비들이 그들의 손바닥보다도 머리가 작은 죽은 자들을 절구에 넣어 절굿공이로 눌러 찧는 광경도 있었습니다. 골짜기의 지옥도가 마을 창건기의 노동 과정을 반영한다고 본다면, 이것은 직접 민물게를 찧어 경단을 만드는 광경이 틀림없을 겁니다. 절구 주변의 짙고 옅은 붉은색으로 그려진, 짓찧어 뭉그러진 팔다리가 쌓인 산은 경단으로 둥글게 빚기 전에 **도마** 위에 쌓아놓은 민물게로도 보였습니다.

참마는 이미 말한 대로 민물게 경단을 **반죽**하는 재료이지만, 그저 주워 담는 민물게와는 달리 그것을 채취하는 것은 힘든 일이었습니다. 숲 **가장자리**에 자생하고 있는 것을 하나 캐내면 젊은이들과 처녀들 전원이 한 끼 식사를 할 수 있을 만큼 잘 자란 것이어서 훼손하지 않고 통째로 수확하기 위해서는 큰 구명을 파야만 했습니다. 그리고 그 구멍 파기 작업에서 사람들은 마을을 건설하는 동안 살 임시 주거에 대한 새로운 착상을 얻었습니다.

그들은 숲 **가장자리**의 산비탈이 굴을 옆으로 파나가는 데는 적당한 장소라고 생각했습니다. 즉 참마를 하나 캐낸 구멍을 더욱 크게 넓히면 사람이 살 수 있는 동굴이 된다는 것을 깨달았습니다. 그래서 큰비가 50일간 계속되어 바위선반에 임시로 지은 '파수막'에서 공동생활을 하던 사람들이 젊은이 한 사람 처녀 한 사람이 한 쌍이 되어, 숲 **가장자리**에 자신들 개인의 주거로 삼을 굴을 파고 옮겨 살게 되었습니다.

숲 **가장자리**에 나란히 파낸 구멍의 흔적은 전쟁 때까지 남아 있었습니다. 입구를 막고 있는 판자를 벗겨내고 주변을 파 넓혀가자 뜻밖에 마른 곰팡이 냄새가 나는 구멍이 안쪽 깊숙한 곳에서 나타났습니다. 식량난으로 개를 기를 수 없게 되자 숲 **가장자리**에 버렸고, 버려진 몇 마리나 되는 개가 들개가 되어 이 구멍에 산다는 소문도 있었습니다. 우리는 이 개들을 산개라고 부르며 무서워했지요.

14

숲 **가장자리**의 구덩이를 개인 주거용으로 삼아 살기 시작한 창건자들이 첫해에 거둔 경작물은 메밀이었습니다. '파괴자'는 옆으로 판 횡혈식 주거 옆에서부터 우선 그쪽 산 중턱의 비탈과, 이어서 강 건너 산 중턱의 비탈에 옅은 초록의 잎 띠가 생기도록 메밀 씨를 뿌리게 했습니다. 그런 후 메밀 띠를 이중 삼중으로 겹쳐, 점차 그 산 중턱을 잇는 원을 아래쪽으로 나아가도록 하고 마침내 강가에까지 이르게 했습니다. 씨를 뿌린 날이 조금씩 엇갈려 개화 시기가 다른 메밀꽃이 숲 **가장자리**에서 피기 시작하여 골짜기 밑으로 옅은 복숭앗빛과 하얀빛의 물결을 이루었습니다.

"그건 참 아름다운 풍경이었지, '파괴자'는 그처럼 예쁜 메밀꽃 무늬로 숲 **가장자리**에서부터 골짜기의 평지까지 농경지를 몇 개의 층으로 나누었단다, 언젠가는 토지를 분배해야 했으니까." 할머니는 이렇게 말하곤 했습니다. 메밀밭을 층으로 나눈 경계의 표시로 똑바로 선을 그려 콩을 심었습니다. 메밀과 콩의 잎과 줄기는 이전에 밭을 경작한 적이 없는 토지에 자양분을 주기 위한 것이기도 했습니다. 게다가 금방이라도 찾아올 것 같은 겨울을 대비해 옆으로 판 횡혈식 주거를 따뜻하게 하기 위해 마른 메밀껍질과 콩깍지가 대량으로 필요했던 겁니다.

젊은이들과 처녀들이 큰비가 씻어낸 토지를 정비해 처음으로 경작을 하는 동안, '파괴자'는 계획을 세워 선두에 서서 실행에 옮기기도 했지만, 일단 매일의 일과로 개간과 농사가 시작되자 앞서 말한 대로 점차 전문적인 일에 혼자 매달리게 되었습니다. 해를 거듭하면서 분명해진 고독벽癖을 '파괴자'는 이미 젊었을 때부터 보이고 있었습니다. 하지만 할머니는 그것이 성곽 마을의 무법자였을 때부터 있었던 성격이 아니라, 화상을 입어 온몸에 고약을 새까맣게 바르고 바위선반에 지은 오두막

깊숙한 곳에 죽은 듯이 누워 있는 동안 몸에 밴 것이 아니었겠느냐고 했습니다. 누구라도 50일이나 미라나 번데기처럼 되어 꼼짝없이 있어야 한다면 사람이 싫어지게 되지,라고……

점차 자기 혼자 일을 하는 쪽으로 움직이는 '파괴자'가 '대어살'의 정비와 식수조림, 그리고 자신들의 신세계에 이변이 일어나지는 않았는지 둘러보는 망보기를 겸한 아침 체조, 거기에 더해 특히 식수조림이 순조롭게 진행되고 난 후부터 열정을 쏟은 것은 '백초원百草園'을 정비하는 일이었습니다. 야생식물에 대해 잘 알고 있던 할머니가 이야기한 바로는, '파괴자'는 원래 식용이 되는 풀을 모아 채소밭의 모델을 만드는 것이 목적이었던 것 같습니다. 이어서 많은 종류의 약초가 재배되어 골짜기에 발생하는 질병으로부터 사람들을 구했습니다. 약초와 함께 독을 포함한 풀도 자랐는데 그것은 '파괴자'의 신화에 중요한 역할을 했습니다.

어릴 때 골짜기에 흐르는 냇물을 따라 '백초원' 뒤까지 올라가면 우리 지방에서는 보기 드문 관목나무 열매와 풀꽃이 여럿 발견되곤 했습니다.

15

'파괴자'가 '백초원'을 가꾼 사람이라는 것을 생각할 때, 나는 그를 주변 사람들에 대해 폐쇄적인 고집 센 성격이라기보다는 자상함을 가진 사람으로 받아들이고 있었습니다. 그것은 골짜기 사람 모두에게 언제까지나 공유되던 감정이기도 했을 겁니다. 매년 가을이 시작될 무렵에 골짜기 여자아이들이 무리 지어 '백초원'이 있던 자리로 가곤 했습니다. 그곳의 큰 그루터기에서 나온 여러 개의 휘어진 오래된 나무줄기와 거기에서 새로 난 가지가 덤불처럼 수풀을 이루고 있는, '파괴자' 때부터 있던 나무에서 여자들은 작살나무 열매를 따 머리에 장신구로 꽂곤 했습니다. '백초원'을 그런 장소로 가꾸고 혼자서 관리해온 '파괴자'가 노년이 되면서 이상하게 엄격한 사람이 되어가는 것 같아, 이야기를 들으면서 나는 슬픔 가득한 놀라움을 느꼈던 것도 같습니다.

'파괴자'가 나에게 처음으로 기괴한 압제자라는 인상을 준 것은 할머니가 이야기해준 '파괴자'의 일 중, 물고기를 잡는 것과는 다른 또 한 가지 '대어살'의 역할에 관한 이야기에서였습니다. 할머니는 그 이야기를, 정해진 문구를 외치고 나서 골짜기의 신화와 역사 이야기를 하는 평소의 방법과는 다른 방법으로 이야기했습니다.

할머니가 그 이야기를 한 계기는 우선 마을에서 행해진 오봉의 등롱 띄우기라는 특별한 풍습 때문이었습니다. 골짜기 중앙에 놓인 다리 옆으로 강변에 내려간 유카타* 차림으로 모인 아이들이 가느다란 나무로 틀을 만들고 거기에 종이를 바른 배에 촛불을 밝혀 흘려보냅니다. 과거에는 전국에 알려진 목랍** 산

---

* 집 안에서 또는 여름철 산책할 때 주로 입는 일본의 전통 의상.
** 옻나무 열매에서 추출한 왁스.

지로서, 오래된 집에는 손으로 직접 만든 양초가 남아 있습니다. 그것을 짧게 잘라 배 바닥의 못에 고정시킨 등롱배는 촛불을 밝히며 유유히 흘러 목 아래의 큰 물웅덩이에 모여 다 타버립니다. '대어살' 여울로 흘러가지 않도록 물 위에는 그물이 쳐져 있습니다.

원래는 '대어살'을 만드는 잔디와 조릿대 장치가 그물 역할을 하고 있었습니다. 그것은 민물고기를 잡기 위한 것이라기보다는 오히려 '대어살'에서 하류로 골짜기 사람들이 생활하는 흔적을 흘려보내지 않도록 막기 위한 것이었습니다. 장치를 개량하는 일이 대규모로 이어지면서 노동력 제공을 요청받은 동료가 개간하는 일만으로도 큰일이라며 불만을 드러냈을 때, 이것으로 고기가 잡히니 기대되지 않느냐며 달랜 것은 오바였다고 합니다. 어느 오봉의 등롱 띄우기를 하던 날 밤, 할머니는 어릴 적 추억담을 이야기하듯이 그렇게 말했습니다. '대어살'이 건설된 후 한동안은 '파괴자'가 그 옆에 천막을 치고 민물고기 잡는 일을 관리했습니다. 그러나 '파괴자'는 동료들이 부주의하게 강으로 흘려버린 물건을 건져내어 일일이 분별력 없는 사람을 밝혀내는 일에 힘을 쓰게 되었습니다. 토지를 정비해가는 과정에서도 지옥도에 있었던 대로 젊은이들과 처녀들은 큰비가 남긴 나무뿌리 같은 것을 소각해야 했는데, 불을 붙이기 전에 언제나 '파괴자'가 백양나무 밑 '열장깔이'에 올라 골짜기에서 연기를 피워도 되는 날씨인지 어떤지를 살폈습니다. 연기를 금세 날려 보내는 바람이 숲에서 불고 있는 날·불고 있는 시간에만 소각 작업은 행해졌습니다. 다행히 그런 바람이 부는 날이 많은 지형이었지만……

'파괴자'는 골짜기에 새로 건설된 마을에 자신들이 숨어 사는 것이 하류의 마을 사람들이나 산일을 하러 들어오는 나무꾼들에게 발견될 만한 행동을 한 동료에게는 철저하게 엄격한 마을 경찰기관의 역할도 담당하게 되었습니다.

16

이렇게 하여 골짜기의 새로운 땅에 점차 '파괴자'를 지도자 역할로 떠받들면서 마을이 건설되어갔습니다. 할머니에게서 이야기를 듣는 동안에 나는, 이 이야기는 정말 영원처럼 길다는 생각을 했고 그럴 때마다 자주 눈앞이 아찔해지곤 했습니다. 그러면서도 또 할머니의 이야기에서는 눈 깜짝할 사이에 마을이 완성되고 사람들의 주거가 숲 **가장자리**의 옆으로 판 구덩이에서 강을 따라 난 길 양쪽에 나란히 지어진 집으로 바뀌었습니다. 게다가 어느새 그것들은 낡고, 강을 따라 올라가 대암괴에 다다른 젊은이들과 처녀들은 나이 들고 늙어 그들의 아이들과 손자들의 세상이 되어갔다는 인상도 있었습니다. 거기에다가 새로운 대사업도 역시 '파괴자'의 지도 아래 이루어지게 되었다고 할머니에게 이야기를 들었습니다. 더구나 그 대사업에서 '파괴자'의 독살에 이르기까지의 이야기는 내가 가장 흥분하며 들었던, 마을 창건기를 마무리하는 에피소드였습니다.

어느 해 '파괴자'는 새로 만들어졌다기보다 이미 오래되어 낡기까지 한 마을에서 각각 가정을 꾸려 아이와 손자에게 둘러싸여 지내는 예전의 젊은이 동료를 차례로 소집했습니다. 이 이야기에서 나를 우선 매료시킨 것은 '파괴자'와 동료들이 모두 백 살을 넘겼다는 것이었습니다. 그리고 그들은 모두 '거인화'되어 있었다는 것이었습니다.

마을 창건 초기, 50일의 큰비를 견디며 화상을 치료한 '파괴자'가 새까만 고약 번데기를 찢고서 깨끗하고 새하얀 몸으로 돌아왔을 때, 이미 그의 키는 보통 사람을 넘기 시작했다고 합니다. 그 기세로 부쩍부쩍 '거인화'되어간 '파괴자'에 이어 다른 동료들도 마을을 건설하기 위한 노동을 거듭하면서 역시 '거인화'되어갔습니다.

이 세계가 완성된 이래로 악취를 풍기던 습지대에서 50일의 큰비가 깨끗하게 씻어낸 땅에는 그곳을 새빨갛게 물들일 정도로 민물게가 넘쳐났지만, 그것은 새 땅이 품고 있던 힘에 의한 것이었다고 할머니는 말했습니다. 할머니는 그 같은 힘의 원천이 이 땅에서 지옥도의 도깨비와 죽은 자처럼 거의 알몸에 가까운 모습으로 부지런히 일한 창건자들에게 침투하여 젊은이들과 처녀들은 백 살이 넘어도 체력을 잃지 않고 그 몸은 '거인화'되고 있었다는 설명도 했습니다.

'거인화'라는 것이 어느 정도의 크기였는지를 할머니에게 물었을 때, 골짜기에서 올려다보면 언제든지 보이는 백양나무가 기준이 된다고 대답했습니다. '파괴자'가 매일 아침 '체조'를 하면서 골짜기로 돌출된 산등성이를 도움닫기해 뛰어넘고 한 번 회전하여 골짜기에 쿵 하는 소리를 울리면서 바위 끝에 착지하는 회전을 하기 위해 움켜잡은 백양나무가——지금 심겨 있는 것은 그 나무의 2대째이지만——구체적으로 참고가 된다고 했습니다. 백양나무는 거대해서 잎이 한창 우거졌을 때는 그 밑에 있는 돌출된 바위 끝 '열장깔이'가 맑게 갠 날에도 축축하게 젖어 있고 마른 적이 없다고 할 정도였습니다. '파괴자'는 두 아름이나 되는 나무줄기의 10미터 정도 되는 높이에서 꺾여 휘어진 곳의 혹을 붙잡고 회전했다고 합니다. 그것은 '파괴자'가 나무만 한 높이는 족히 되는 큰 남자였다는 것을 나타내겠지요. 그 '파괴자'를 모방하듯 마을을 창건한 동료들 모두가 역시 '거인화'되었습니다.

17

  더욱이 또 하나 '파괴자'와 그 지휘 아래 노동하는, 백 살을 넘었지만 건장한 남자들의 '거인화'된 체력이 어느 정도인지를 알 수 있는 장소가 있었습니다. 거기에 서보니 할머니가 때로는 장난치며 우스꽝스럽게 이야기한 '거인화'라는 것이 정말로 있었던 일이라고 믿을 수 있을 것 같았습니다. 골짜기에서 올라와 숲에 다다르면 '파괴자'가 '거인화'된 동료와 이룬 큰 사업의 유적이 지금도 남아 있는 것을 볼 수 있습니다. 여기에서 유적이라는 말을 사용하는 것은 '파괴자'들의 토목사업이 만들어낸 것이 도대체 어떤 용도였는지, 지금으로서는 추측할 수 없기 때문입니다. 그곳을 무대로 일어난, 꿈처럼 아득한 느낌이 드는 사건 이야기는 할머니에게서 들었지만…… 유적이라고는 해도 그 커다란 돌을 배치한 구조는 골짜기 마을에서 지금까지 지어진 그 어떤 건물보다도 견고하게 남아 있었습니다.

숲 **가장자리**에서 안쪽으로 들어가면 곧게 뻗은 돌길과 맞닥뜨립니다. 아직 국민학교에 올라가기 전부터 우리는 누구나가 경이로운 마음으로 이 돌길을 보러 가곤 했습니다. 숲으로 들어가서 이 돌길까지는 어린아이 혼자서도 안전하지만, 거꾸로 거기에서 반대쪽으로 들어가는 것은 어른이라도 혼자서는 위험하다고 전해지고 있었습니다. 돌길이 어른들 사이에서는 '죽은 자의 길'이라고 불리던 것과 이런 돌길은 골짜기 마을만의 독특한 유적이라고 내가 확실하게 배운 건 전쟁이 일어난 후입니다. 그건 바로 앞에서도 말한, 마을에 피란 와 있던 아포지, 페리지라는 별명을 가진 쌍둥이 천체역학 전문가가 현지 답사하여 국민학교 대강당에서 개최한 **'죽은 자의 길'** 강연회에서였습니다.

분지를 둘러싼 숲을 향해 강 북쪽 비탈길을 동쪽으로 올라가면 '죽은 자의 길'이 아주 큰 타원형을 이루면서 강가에 있는 촌락의 길이와 거의 맞먹을 만큼 수평으로 쭉 뻗어 있습니다. 돌길 폭은 일정하지 않지만, 세로로 계측하건 가로로 계측하건 완전히 수평으로 되어 있다고 합니다. 학자들은 그것이 굉장한 고도의 기하학 지식과 토목공사 기술에 의한 것이라고 강연했습니다.

이 강연이 있던 날 밤, 나는 골짜기 밑에 있는 우리 집 잠자리에서 —— 때마침 보름달이 뜬 밤이었는데 —— 천장과 지붕을 통과해 분지 바로 위 높은 하늘에서 거대한 눈이 내려다보는 모습을 공상했습니다. 그사이 꿈을 꾸듯, 나는 천상의 커다란 눈과 내가 하나로 겹쳐지는 것을 느꼈습니다. 바로 위에서 내려다보면 보름달 빛을 반사하는 '죽은 자의 길'은 하얗게 빛나는 물띠 같았습니다. 나는 정말 내 눈으로 직접 그것을 보고 있는 것처럼 상상했습니다. 달빛에 빛나는 돌길은 골짜기를 흐르는 강과 평행을 이루는 또 하나의 강과 같아서, 둘 다 하늘 높은 곳에 있는 거대한 눈을 위한 표지로 건설된 것은 아닌가 하는 몽상도 펼쳤습니다. 마을에서 보자면 타지 사람인 두 과학자들은 이 건조물이 나타내는 고도의 지식과 기술에 대해 자세히 설명하면서, 하지만 이것이 어떤 목적으로 건설되었는지는 모르겠다고 말했습니다. 옛날부터 전해오는 전설이 있다면 자신들에게 가르쳐달라고 강연에 온 청중에게 물었지만, 조용한 침묵만이 거기에 답했습니다.

그때 나는 만일 과학자들이 이 돌길을 누가 건설했는지 물었다면 금방 대답할 수 있었을 텐데, 하며 아쉬워했습니다. 나이가 들면서 '거인화'된 '파괴자'와 그 동료들이 건설했다고…… 하지만 '죽은 자의 길'이라는 대사업이 진행될 무렵에 이미 '파괴자'는 예전의 성곽 마을 무법자 동료들을 자신과 대등한 관계로 대하지는 않았던 것 같습니다.

18

백 살을 넘어 '거인화'된 '파괴자'는 이미 '대어살' 옆의 오두 막에서 민물고기잡이를 감독하거나 '백초원'에서 새로운 경작물과 약초 연구를 하면서 옛 동료들과 접촉하는 일이 없어졌습니다. 다만 매일 아침 산등성이를 달려 백양나무의 혹을 붙잡고 한 번 돌아 바위 끝 '열장깔이'로 뛰어내리는 소리가 골짜기에 울려 퍼졌을 뿐인데, 그래도 마을 사람들은 그의 숨은 영향력을 계속해서 느끼고 있었습니다. 따라서 아이와 손자, 그중에는 증손자까지 제 몫을 하는 일손이 된 대가족을 이루어 살고 있는 예전 동료들의 집으로 '파괴자'에게서 연락이 왔을 때 그들은 곧바로 거기에 응했습니다.

'파괴자'가 일부러 연락을 보내 온 이유는 무엇일까? 할머니는 이렇게 말하며 설명을 덧붙였는데, 이 무렵 '파괴자'는 골짜기에서 평화로운 가정을 이루어 생활하고 있는 옛 동료들과는 떨어져 살았기 때문이라고 합니다. 그때 '파괴자'는 숲 안쪽 깊숙한 곳에서 오바와 둘이 살고 있었습니다. 그래도 매일 아침 일찍 '파괴자'가 내는 산울림 같은 소리를 듣지 못하는 날은 없었기에 누구나 '파괴자'가 자신들의 주변에서 없어졌다고 느끼는 일은 없었습니다. 게다가 '체조'하는 '파괴자'와 마주치는 일은 피하려고 아무도 이른 시각에 산일을 나가려 하지 않았다고 합니다. 그건 내가 어렸을 때도 하나의 습관으로 남아 있었습니다. 새벽녘에 천둥이 치면, "오늘은 '파괴자'가 달리고 계신다!"라고 말하며 모두 집에 틀어박혀 있었습니다.

숲에서 지내는 '파괴자'는 이미 골짜기 사람들이 사용하는 말이 아니라 ── 할머니는 숲의 말, 골짜기의 말이라고 했지만 ──큰 소리로 이 분지에 있는 토지의 정령에게밖에 통하지 않을 것 같은 말로 혼잣말을 하면서, 원시림 속을 쉬지 않고 돌아다녔다고 합니다.

숲속 생활에서 '파괴자'와 오바는 먹을거리를 어떻게 조달했을까요? 할머니는 옛날이야기를 하면서 서로 모순된 두 개의 이야기를 태연하게 했지만, 이 경우도 할머니는 때에 따라 다른 표현을 했습니다. 우선 그중 하나는 백양나무를 뛰어넘는 '체조'가 끝날 무렵을 가늠하여 순서대로 당번이 되는 골짜기 여자들이 숲 **가장자리**에서 들어와 '파괴자'의 식사 장소라고 불리던 샘물 옆의 평평한 돌에 음식을 날랐습니다. '파괴자'는 물론 오바도 보통 사람의 크기가 아니어서 필요한 음식량도 굉장했기 때문에 당번은 골짜기의 여자들에게 고통스러운 부담이었다고 합니다.

또 한편으로 할머니는 '파괴자'와 오바가 식량을 자급자족했다고도 했습니다. 아직 골짜기의 농작물 생산이 충분하지 않았을 때, '파괴자'는 숲에서 '덴구天狗의 보리밥'이라는 식용이 가능한 흙을 채취하여 동료에게 먹였다고 했는데, 이제는 오로지 그것을 일상의 음식으로 먹었다는 겁니다. 더욱이 야생식물 중에서 식용이 되는 것을 고르는 일은 '파괴자'의 특기였습니다. 숲 깊은 곳에는 칼집이라는 뜻의 **사야**鞘라고 불리는 습지가 있고, 그 한가운데에 숲의 지면에서 시작해 숲의 지면으로 사라지는 짧은 개울이 흐르고 있는데, 그곳에서 산천어를 잡아 단백질원으로 삼았다고도 합니다. '파괴자'는 노년까지 그런 소박한 생활을 하며 지냈는데, 골짜기 사람들이 이제는 사치라고는 할 수 없지만 풍요로움을 원하는 것이 '파괴자'에게는 불만이었다고 할머니는 말했습니다. 게다가 창건자의 다음 세대, 다음의 그다음 세대들은 골짜기 마을의 안정된 농경 생활 속에서 자란 사람들이라 어쩔 수 없지만, 노인이 된 옛 동료들까지 그 풍조를 허용하고 있으니 어떻게 된 일이냐며, '파괴자'는 결국 화를 내며 재판을 하기로 결정했습니다. 그리고 숲의 높은 곳에서 연락을 보내 과거의 동료들을 한 사람씩 소환했다고 합니다.

19

소환하는 역할을 맡게 된 오바는, 자신이 '해적'섬의 아버지에게 부탁하여 데리고 온 처녀들은 모두 창건자 젊은이들과 맺어져 아이를 낳고 손자에다 증손자까지 얻은 사람도 있는데, '파괴자'와의 사이에 아이는 태어나지 않았고 그런 만큼 백 살을 넘어도 여전히 젊어 보였다고 합니다.

그런데 소환하는 일을 할 때 오바는 언제나 날이 저문 후 골짜기로 내려왔습니다. 그리고 소환된 창건자의 집 문 앞에 서서 들릴까 말까 한 작은 소리로 '파괴자'의 심부름으로 왔다는 사실을 말했습니다. 또한 집 안으로 초대되어도 봉당 위로는 절대로 올라가지 않고 툇마루에도 걸터앉지 않은 채, 집안 여자들에게 아, 아 하고 탄식하며 이야기를 시작했습니다. '파괴자'는 그런 성향의 사람이라 무언가를 결심하면 생각을 바꾸거나 없던 일로 하지는 않는다, 나로서는 어찌할 방법이 없다. 그렇다고 해서 숲을 넘어 도망가려고 해도 그곳은 '파괴자'가 가장 잘 알고 있는 장소이니 그 눈을 피할 수는 없을 것이다. 역시 내일 아침에는 숲 **가장자리**까지 올라와야 할 것이다. 아, 왜 이런 일이 시작된 것일까, 아, 골짜기에 마을이 생긴 이래로 이런 재판 같은 건 전혀 열린 적 없이 지내왔는데, 하며 오바는 탄식하고 또 탄식했습니다. 그러다 보니 역시 아, 아 하고 탄식하며 이야기를 듣고 있던, 소환된 창건자 가족의 여자들 쪽에서 오바를 위로하며 보내야 할 것 같은 생각이 들 정도였습니다. 그렇게 하지 않으면 봉당에 선 채로 슬픔에 빠진 나머지, 숨이 끊어져버릴 것 같았다고 할머니는 말했습니다.

소환된 창건자 집의 여자들도 당연히 그것을 슬퍼했지만, 정작 소환된 당사자는 오히려 오랫동안 피할 수 없다고 예상하던 일이 결국에는 일어나고야 말았다는 듯이, 통지를 차분하게 받아들여 신변 정리를 하고 평소보다 일찍 잠자리에 들었다고 합니다. 다음 날 아침, 날이 아직 어스름한 새벽녘에 숲 **가장자리**로 올라가야 했기 때문입니다. 또 창건자 집의 남자들, 특히 젊은이들은 할아버지 혹은 증조할아버지에게 닥친 피할 수 없는 재난을 집안 여자들과 함께 슬퍼하기보다는 다음 날 아침, 자신들이 해야 하는 사명에 긴장하며 밤을 보냈습니다. 그들 젊은 남자들은 소환된 창건자를 숲 **가장자리**로 보내고 '파괴자'가 집행하는 재판에 입회할 예정이었기 때문입니다.

할머니의 이야기에는 이런 부분에 종종 시간의 흐름상 앞뒤가 안 맞는 곳이 있었는데, 할머니는 '파괴자'의 재판에 입회한 젊은이들이 나이를 먹은 후 이렇게 말하는 걸 들은 적이 있다고 했습니다. 젊은이들이 할아버지 또는 증조할아버지를 따라 새벽녘에 숲 **가장자리**로 올라가자, 샘물 옆 '파괴자'의 식사 장소에 오래된 큰 나무와 같은 사람이 기다리고 있었다고 합니다. 젊은이들의 할아버지 또는 증조할아버지는 모두 '파괴자' 앞에 나오자 왠지 미소를 짓게 되거나 울상을 짓는 얼굴이 되었습니다. 너무나도 반갑고 경애하고 있는 상대에게 지금 규탄받고 있는 것에 대해 여러 감정이 있었다는 것이겠지요. 하지만 '파괴자'는 매우 냉정한 표정으로 개인적인 친분은 조금도 받아들이지 않았습니다. 그리고 곧바로 시작된 재판에서 '파괴자'는 논고를 펼치며 지금 소환되어 고발된 창건자가 처음 골짜기에 들어왔을 때부터 현재에 이르기까지 마을 전체를 위기에 빠뜨릴 뻔했던 행동을 일일이 열거했습니다.

"이야기를 전부 듣고 나면 말이지, 어느 창건자도 '파괴자'가 말하는 것은 모두 정말로 있었던 일이라서 변명도 반론도 할 수 없다고, 사실 그대로라고 머리를 숙이며 죄를 인정했단다."

할머니는 계속해서 이렇게 말했습니다. "재판에 입회하여 옆에서 듣고 있는 젊은이들은 '파괴자'의 이야기 단락마다 아, 이런 사건이었구나 하면서 말이다, 옛날 역사를 공부해가는 것 같았다는구나. 마을이 완성되어갈 동안에는 그런대로 비난받지 않아도 될 일이, 일단 마을의 기초가 세워진 뒤에는 역시 제대로 처리하지 않으면 안 된다는 것을 알았다지. 그건 동료라는 감정으로는 어떻게 할 수 없으니 재판을 할 수밖에 없다고 하며 법률을 공부하는 것 같았다고도 한단다.”

'파괴자'의 재판 판결은 누구에 대해서도 종신금고와 중노동이었습니다. 형이 정해진 창건자는 가족인 젊은 남자들을 골짜기로 내려보내고 자기 혼자서 숲 **가장자리**의 마을 입구에 그들이 혈거 생활을 한 기억이 있는 횡혈식 구덩이에서 거주하게 되었습니다. 그리고 숲 안쪽에서 나온 '파괴자'의 지시에 따라, 먼저 소환된 자들이 진행 중인 '죽은 자의 길' 건설이라는 대사업에 참가했습니다. 그러는 사이 창건자들 중에서도 아직 소환되지 않은 사람들은 무슨 이유로 자신은 동료에서 제외된 것인지, 애초에 '파괴자'의 기억에서 자신은 완전히 빠져버린 것인가 하는 생각에 쓸쓸하고 불안했다고 합니다. 그래서 드디어 누구보다도 늦게 마지막으로 소환된 창건자들은 기뻐하며 재판을 받으러 갔을 정도였고, 역시 할아버지 또는 증조할아버지의 재판에 입회한 젊은 남자들의 이야기로는 그들을 맞이하는 '파괴자'는 정말 무서울 정도로 언짢았다고 합니다.

20

'죽은 자의 길'을 건설하는 석재 채석장은 숲속에 생긴 **사야**라는 습지의 동쪽 경사면에 있었습니다. 돌을 잘라낸 흔적은 어렸을 때 본 적이 있습니다. 아포지, 페리지 2인조에게 인솔되어 모두가 서로를 묶는 붉게 물들인 연실을 가지고 숲속 깊이 '탐험적 소풍'이라는 것을 갔을 때였습니다. 바위 전체에 이

끼가 끼어 있기는 했지만 예리하게 절단된 면이 매우 크게 드러나 있어, 나는 '죽은 자의 길'에 사용된 돌의 양이 방대하다는 생각을 했습니다.

아포지, 페리지는 채석장의 발파 기술도 고도의 것이어서 이것이라면 대암괴의 폭파도 수긍할 수 있다고 말했습니다. 타지 출신 학자인 아포지, 페리지가 숲속에 남아 있는 돌 운반 길의 흔적으로, 폭파부터 시작해 잘라낸 돌을 운반하는 공정을 구성해보고, 또 '죽은 자의 길'의 설계와 시공 자체에 관해서도 '파괴자'에게 큰 존경심을 갖는 것 같아 기뻤습니다.

수평으로 된 '죽은 자의 길' 표면이 뚜렷하게 나타내고 있는 방향은──지금 나는 천문학 지식의 부족으로, 그때는 잘 이해했던 아포지, 페리지가 말한 태양의 궤도인 황도黃道에 관한 설명을 그대로 쓸 수는 없지만──이 두 천체역학 전문가에 의하면 오랜 천체 관측을 통해 산출한, 단순하지만 깊은 의미가 있는 각도라고 합니다. 그 설명에 이어서 아포지, 페리지가 이야기한 이상한 말을 기억하고 있습니다.

"각도를 나타내는 이 길은 골짜기의 인간 생활에는 직접적인 의미를 갖지 않는다 해도, 우주에서 날아온 생각을 가지고 있는 **무언가**에게는 분명한 의미를 전달하는 것이 아닐까?"

지금도 나는 인공위성에서 지표면을 찍은 사진에 관한 상세한 해설을 읽을 때마다 골짜기 주변의 위성사진을 손에 넣고 싶다는 생각을 합니다. 왜냐하면 남미 정글의 거대 건축을 위성사진으로 보는 전망은 꼭 우주에서 날아온 로켓 승무원에게 보내는 신호처럼 보였기 때문입니다.

그런데 **사야** 근처의 채석장에서 운반해낸 커다란 돌을 단단히 쌓아 올린 토대에 '파괴자'가 그은 선대로 올려 쌓는 그 힘에 부치는 중노동에, 몸이 '거인화'되고 또 장년의 체력을 유지하고 있다고는 해도 백 살이 넘은 노인들이 3년 동안이나 따랐던 것입니다. 날이 저물어 주변이 어두워질 때까지 일하고, 그 이상 일하기가 어려워지면 샘물 있는 곳에서 몸을 씻고, 골짜기 여자들이 밥을 지어 날라다 준 저녁을 먹는다. 그리고 숲 **가장자리**에 판 횡혈식 주거로 잠을 자러 돌아갑니다. 중노동과 종신금고형을 받은 죄인이라고는 해도 '파괴자' 이외에 지키는 간수는 없었는데, 노인들은 골짜기에서 비치는 등불이 가족들의 단란함을 그립게 했지만, 자신들의 집으로 돌아가려고 하지는 않았습니다.

할머니는 창건자들이 꼬박 3년이나 집에 돌아가지 못했다고 하면서 또 이렇게 말했습니다. "그래서 골짜기 여자들은 굉장히 부담스러웠는데, 죽은 가장에게 바친다는 생각으로 도시락을 날랐다고 한다. 그래도 다음 날 가보면 바친 도시락은 모두 비어 있었지……"

21

"3년 동안이나 숲 **가장자리**에서 생활하고 있고, 게다가 숲으로 들어간 지점 가까운 곳에서 건설 작업을 하고 있었다면 어째서 골짜기의 젊은이들과 여자들은 자신들의 할아버지와 증조할아버지를 만나러 가지 않았을까?" 어느 날 나는 이렇게 질문했습니다.

"돌길을 만드는 작업이 아직 끝나지 않았을 때, 골짜기 여자들이 샘터에 모여 작업장에서 감독하고 있는 '파괴자'에게 탄원을 했단다. 이번 겨울만은 부디 모든 가장들을 돌려보내 집에서 지내게 해달라고 간청했지. 예전에 없던 추운 겨울이 시작되어 이대로 숲 **가장자리**의 횡혈식 토굴에서 지내게 되면 나이 든 사람들이 얼어 죽지 않을까 걱정해서 한 일이었어. 처음부터 오바는 그렇게 생각했지만, 자신이 직접 '파괴자'에게 부탁하면 들어주지 않을 거라면서 역시 날이 저문 후 골짜기에 내려와 의논을 했단다. 그래서 골짜기 여자들이 샘물 옆까지 올라와 나무숲 저편의 '파괴자'에게 간청하고 있자니 '청년단' 젊은이들이 안색이 파랗게 되어 쫓아와서는 여자들을 흩어버렸다고 하는구나. '청년단' 젊은이들은 모두 각각 자신들의 할아버지나 증조할아버지의 재판에 입회한 사람들이었지. 그들은 창건자들이 종신금고형을 받은 신분으로 중노동 외에는 골짜기 마을을 건설한 이래로 저지른 잘못을 속죄할 방법은 없다고 했어.

잘못을 속죄하는 일 없이 **저편**으로 가버린다면 어렵게 신천지를 만든 자신들의 일생이 무엇을 위한 것이었는지 알 수 없게 된다. 그렇다면 어떻게 후련한 마음으로 **저편**으로 갈 수 있을까? '파괴자'는 창건자 동료 모두와 안심하고 **저편**으로 가기 위해 그 준비로 돌길 건설을 시작한 것이라고 말하며 야단했다고 하는구나. 창건자의 자식으로 이미 노인이 되어가는 남자들과 여자들이 아니라, 손자와 증손자인 젊은 사람들이 '파괴자'의 심정을 가장 잘 이해해 '죽은 자의 길' 사업을 후원한 것이지."

마침내 창건자들의 건설 사업이 완성될 때가 왔습니다. 일이 시작된 지 꼭 3년이 지난 춘분 전날의 일이었습니다. 숲 **가장자리** 부근에서 와하는 **함성**이 들리자 이건 사업이 끝나고 드디어 창건자들이 골짜기로 내려올 것이 분명하다며, 여자들은 물론 '파괴자'의 의도를 잘 따르려고 한 '청년단' 젊은이들도 다음 날인 춘분날에는 좋은 옷을 입고 진수성찬을 준비해 기다리고 있었습니다. 하지만 밤이 되어서도 아무런 소식이 없었습니다. 그래서 '청년단'의 대표 몇 명이 밤길을 따라 숲 **가장자리**에 있는 횡혈식 주거까지 가보았습니다. 그러나 횡혈식 주거 안쪽에 사람이 잠자는 기척은 없었습니다. 우거진 숲속을 기듯이 하여 막 완성된 '죽은 자의 길' 바로 아래까지 올라가보니 전체가 수평으로 된 돌길 위를 복장을 갖춘 창건자들이 '파괴자'를 선두로 천천히 보조를 맞추어 행진하고 있는 장면이 달빛에 보였습니다. 그것은 이상한 행진이었습니다. 이쪽 샘물 옆의 돌길을 기점으로 출발한 행렬이 달빛에 희미하게 보이는 저쪽 끝에 다다르자 어느샌가 또 행진은 이쪽의 기점을 막 출발한 상황이 되는 겁니다. 그같이 몇 번이고 몇 번이고 행진하는 사이에 창건자들의 발이 달빛에 희미하게 빛나는 '죽은 자의 길'에서 조금씩 떠오르는 것이었습니다. 그리고 거기에서 몇 번인가 더 행진을 반복하던 '파괴자'를 선두로 하는 창건자들의 행렬은 완만한 경사를 이루며 안개가 하얗게 빛나는 공중으로 올라갔습니다. 그때가 되어 '청년단' 젊은이들은 수풀 속에서 뛰어나와 탄식하며 슬퍼했지만, 그것이 행렬에 전해질 기미는 없었습니다……

그다음 날, 오바가 골짜기로 내려와 일어난 일을 보고했습니다. '파괴자'와 창건자들은 명령하고 명령받는 관계에서 다시 언제나 농담을 주고받는 옛 동료로 돌아가 사이좋게 **저편**으로 출발했다고. 그러나 그것은 '청년단'의 보고로 이미 골짜기의 모든 이가 알고 있었습니다.

22

'파괴자'가 골짜기와 숲에서 할 일을 모두 끝내고 여러 새로운 지식과 유용한 시스템을 사람들에게 남긴 뒤, 좋은 관계를 회복한 젊었을 때의 동료와 함께 승천해 갔다는 이야기는 트릭스터 신화에 아주 잘 어울린다고 생각합니다. 그렇다면 오바는 '파괴자'의 행위에 맞추어 메이트리아크의 역할을 잘해낸 것일까요?

'파괴자'가 젊은 무법자 동료와 성곽 마을에서 쫓겨났을 때 그의 **형수**였던 오바. 자기 아버지인 '해적'에게 준비시킨 배로 함께 도망하여 젊은이들을 구하고, 골짜기에 새로운 마을을 만드는 과정에서 줄곧 '파괴자'의 그늘에서 일해온 오바는 분명히 '파괴자' T에게 없어서는 안 될 M이었습니다.

거기에 더해 '죽은 자의 길' 완성 후 춘분의 보름달이 뜨던 밤, 그곳을 행진하여 하늘로 올라간 '파괴자'와 창건자들을 대신해 오바는 훌륭하게 일을 마무리했습니다. '파괴자'들이 떠난 다음 날, 골짜기에 내려와 일어난 일을 보고한 오바는 섬에서 데리고 온, 지금은 역시 백 살을 넘은 여자들에게 배우자들이 종신금고형을 받아 중노동을 하고, 마침내 모든 죄가 정화되어 '파괴자'와 함께 **저편**으로 간 사정을 잘 설명했습니다. 만일 '청년단'이 한밤중에 목격한 불가사의한 광경을 이야기하며 돌아다니지 않았다면 '파괴자'가 일을 끝낸 **옛** 동료들 전원을 '백초원'에서 만든 독초로 **독살**하고 숲에 매장한 것은 아닐까 의심했을 수도 있었기에 '파괴자'와 그 동료들이 떠난 후 남은 오바의 역할은 중요했습니다.

그리고 오바는 골짜기의 중심에 있는 땅을——그곳은 '파괴자'가 다른 사람들과 떨어져 숲에 살게 되기 전 그와 오바를 위해 할당된 토지였지만, 그곳을——마을 사람 공동의 소유로 하겠다고 선언했습니다. 여기에 창건자들이 떠나는 것을 배웅하고 다시금 '파괴자'의 큰 힘에 깊은 인상을 받은 '청년단'의 노력으로 커다란 집회소가 세워졌습니다.

그런 후 오바는 지금 현재 '청년단'의 할머니나 증조할머니로서 백 살이 넘도록 살아 있는 고향에서 온 처녀들을 모아 '파괴자'가 해낸 역할을 이야기하면서 살기로 했습니다. 그렇게 모두가 이야기를 거듭하는 동안 지금까지는 '파괴자'의 그저 변덕스러운 행위로밖에 받아들여지지 않았던 것이 모두 이 숲 속에 마을을 만들기 위한 계획이었다는 것을 골짜기 사람들 모두가 수긍하고 그것을 이야기로 전하게 되었습니다.

또한 오바는 '파괴자'가 골짜기로 침입하는 외적을 막기 위해 심은 옻나무가 거대한 수목이 되어 황갈색 열매를 많이 맺는 것에 주목했습니다. 그리고 '파괴자'에게서 배운 방법으로 백랍* 제조 사업을 일으켰습니다. 처음에는 집회소에 모인 노파들만으로 수작업을 해 만들었지만, 점차 규모를 확대해 훗날 이 골짜기 마을이 국내에서 가장 우수한 백랍 산지가 되는 기반을 다졌습니다. 그 과정에서 오바의 집회소는 더욱 크게 다시 세워져 목랍창고라고도 불리게 되었습니다.

23

이렇게 하여 '파괴자'와 창건자들이 떠난 후, 골짜기 마을의 세월이 지나갔습니다. 이제 '파괴자'가 새로운 계획을 생각해내는 일이 없는 이상, '죽은 자의 길' 건설과 같은 대사업에 마을 사람들의 생활이 압박받는 일은 없었습니다. '죽은 자의 길'의 공사 시작에 앞서 '파괴자'가 오랜 세월에 걸쳐 창건자 동료가 저지른 죄를 재판할 때 입회한 '청년단'은 이 마을에 있어야 할 법률 본연의 모습을 가슴에 새겼습니다. 그래서 새로운 범죄가 일어났을 때는 '청년단' 전원으로 구성된 위원회가 범죄자를 재판하여 그에 맞는 벌을 내렸습니다. 골짜기 마을 전체에서 가장 무거운 죄는, 말하자면 고의가 아닌 반역죄와 스파이죄라고 할 만한 것이었습니다. 즉 골짜기를 흐르는 강에 사람이 생활

---

* 白蠟: 목랍을 햇빛에 표백한 것.

하는 낌새를 명확히 드러내는 물건을 부주의하게 흘려보내는 것입니다. 그래서 '파괴자'가 감시 역할을 할 수 없는 지금, 잔디와 조릿대를 묶어 만든 '대어살' 여과 장치는 자주 개량해 물고기를 잡는 장치로도 더욱 유용하게 쓰였고, 젊은 '청년단'답게 효율적인 관리로 마을 사람들에게 새로운 단백질을 공급했습니다.

'파괴자'가 매일 아침 골짜기로 쑥 나온 산등성이를 달려 백양나무 위에서 한 번 회전해 바위 끝 '열장깔이'에 착지하는 '체조'를 하면서 숲과 골짜기 일대의 안전이 위협받고 있지 않은지를 확인했던 망보기. 지금은 그 대신 '청년단'이 외적을 막기 위한 위원회를 만들었습니다. 거기에도 '청년단' 전원이 참가했습니다. 방위위원회는 열 개 조로 나눈 소대별로 아침 순찰을 했습니다. '거인화'된 '파괴자'처럼 구부러진 백양나무의 가지 끝을 잡고 회전하는 것까지는 할 수 없었지만, 그래도 역시 '거인화'된 창건자들의 손자와 증손자답게 체격이 큰 젊은 이들이 대를 편성해 산등성이를 달려 마지막에 한 번 뛰면서 바위 끝에 내려오는 소리는 우렁차게 골짜기에 울려 퍼졌다고 합니다.

백 살을 넘은 오바도, '해적'섬에서 데리고 온 처녀들도 이윽고 세상을 떠났습니다. 그녀들이 개발한 목랍 제조 기술은 골짜기 처녀들에게 전해져 그 후 오랫동안 산업으로 이어졌습니다. 내가 어린 시절에는 이미 목랍 산업은 거의 쇠퇴했고, 지금도 여전히 수작업으로 양초를 만드는 집은 무슨 영문인지 강하류에 있는 옆 읍내에 딱 한 집이 있을 뿐이었습니다. 그래도 마을에는 선조 대대로 옻나무 열매를 채집하는 집이 있는데, 그 집 아이는 절대로 옻이 오르지 않았습니다. 그들 형제는 옆 마을에 있는 양초 제조업자의 부탁으로 매년 가을, 큰 옻나무에 기어올라 가서는 마음대로 고른 황갈색 열매 송이를 허리에 찬 바구니에 담아 내려오곤 했습니다. 그 집 혈통과 관계없는 아이들이 여기에 도전해 같은 행동을 시험해보다가 온몸에 옻이 올라 거의 실명할 뻔한 일도 있었습니다.

그런데 '파괴자'와 옛 동료들이 **저편**으로 사라지고 오랜 시간이 흐르는 동안, 강줄기를 내려가는 것과는 반대로 산을 넘어 도사번土佐藩에 이르는 비밀 길을 따라, 골짜기 마을에서 생산하는 품질 좋은 백랍을 운반해 교역하고 필요한 물품을 구입해 오는 일이 시작되고 있었습니다. 마을 전체 이익의 원천인 그 교역을 위해서도 '청년단'이 위원회를 만들어 계획과 실행을 담당했습니다.

"'파괴자' 한 사람이 해오던 일을 '청년단'이 모두 달라붙어서 열심히 했다는구나." 할머니는 말했습니다.

24

사실 '파괴자'에 관한 할머니의 이야기는 이 부분까지는 아이인 나도 잘 알 수 있는 내용이었습니다. 그런데 거기에 이어서 이번에는 이상할 정도로 알기 어렵지만 그것과 모순되지 않는 두려울 만큼 가슴을 두근거리게 하는 매혹적인 이야기가 나왔습니다. 그것은 '파괴자'의 또 하나의 운명에 관한 이야기입니다. 이 이야기 속에서 '파괴자'는 춘분날 보름달에 비친 '죽은 자의 길'에서 한밤중의 행진을 통해 **저편**으로 가는 방법과는 다른, 참혹한 죽음을 맞이한 것으로 되어 있습니다.

처음 이 이야기를 했을 때 할머니는 그때까지 나에게 해왔던 '파괴자'의 이야기와 다르다는 것을 전혀 마음에 두지 않는 듯 태연했습니다.

"백랍 생산은 해마다 증가하고 있고, 산길을 통해 열려 있는 교역도 탄력이 붙어서 목랍창고는 다시 지어졌지! 새 목랍창고가 아주 크게 지어진 건 골짜기로 돌아온 '파괴자'가 살아야 하는 사정이 있어서였어."

"'파괴자'는 창건자들 동료와 **저편**으로 가버렸다고 했으면서!" 역시 나는 이렇게 되물었습니다.

"**저편**으로 갈 수 있다면 **이편**으로 돌아올 수도 있겠지!" 이것이 할머니의 대답이었습니다. "매일 밤 목랍창고에서 늦게까지 독서를 하는 '파괴자'가 촛대를 들고 화장실에 갔다가 양초가 녹은 촛농이 그릇에 담겨 있는 물에 떨어져 꽃처럼 퍼지면서 하얗게 된 것을 보았단다. 거기에서 착안해 목랍 정제 기술을 혁신했던 것이니 목랍창고에 '파괴자'가 없다는 건 이야기가 맞지 않겠지? 또 골짜기에서 태어난 '청년단'만으로는 견문이든 뭐든 부족했을 텐데 어떻게 산을 넘어 백랍 교역을 시작할 수 있었을까? '파괴자'의 지도가 있었기 때문이란다."

그런 이유로 목랍창고의 안쪽 깊숙한 방에, 이미 백 살에서 얼마나 지났는지도 알 수 없는 '파괴자'가 '거인화'된 몸으로 혼자 틀어박힌 그 세월이 또 많이 흘렀다고 할머니는 말했습니다. 그도 그럴 것이 오바는 이미 오래전에 죽어 목랍창고에 '파괴자'와 함께 살면서 일상생활을 시중드는 사람이 없었기 때문입니다.

'파괴자'도 지금은 너무 나이를 먹어, 산등성이를 달려 백양나무 혹을 붙잡고 한 번 회전하여 '열장깔이' 돌바닥에 착지하는 '체조'를 하는 일은 없었습니다. 물론 '대어살'을 돌아보는 일도 하지 않고, 목랍창고에 기거하며 백랍 기술 개량이나 산을 넘나드는 교역이 일단 궤도에 오르자 이제 흥미를 잃은 것처럼 간섭하지 않게 되었습니다. 그 후 더욱 시간이 지나면서 골짜기 사람들은 다른 장소에 새로 작업장을 지었습니다. 그리고 '파괴자'가 틀어박혀 있는 목랍창고에는 아무도 가까이 가지 않게 되었습니다. 목랍창고에서 지내는 '파괴자'에게는 골짜기의 나이 먹은 여자들이 마치 신불에게 공양하듯 음식을 날라 올 뿐이었습니다. '파괴자'가 숲에 있을 무렵 그의 어머니와 할머니가 그에게 한 것처럼.

하지만 '파괴자'가 목랍창고 안에 살아 있다는 사실은 골짜기 사람 전체의 머리 위로 커다란 누름돌이 짓누르고 있는 것과 같았습니다. 그리고 어느샌가 이 압박해오는 거대한 그림자로부터 자유로워지고 싶다는 공통된 마음이 골짜기 사람들을 사로잡게 되었습니다. '파괴자'는 불사의 사람인 것 같다고 그들은 생각했습니다. 일단은 창건자들 동료와 **저편**으로 사라졌음에도, 또 '파괴자'만이 '거인화'된 몸으로 골짜기에 돌아와 있다. 그렇다면 이제 '파괴자'를 살해할 수밖에 없지 않을까? 그것도 '파괴자'의 '거인화'된 몸이 또 한 번 **이편**으로 돌아오지 않을 것이라고 확신할 수 있는 방법으로 살해하는 수밖에 없지 않을까? 그 방법을 과거에 유능한 일꾼이었던 '청년단' 젊은이들이 이미 모두 노인이 된 이마를 맞대고 상의하는, 그런 상황이 된 것이었습니다.

25

그리고 여기서 엉덩이눈이 등장합니다! 엉덩이눈이 '파괴자'를 죽이려고 하는 이야기가 가진 어둡고 섬뜩한 면과는 달리, 이 기이한 인간에 대해서는 골짜기 아이들이 모두 좋아해, 엉덩이의 가운데 부분에서 눈이 하나 내다보고 있는 것처럼 보였다는 엉덩이눈 그림을 땅에 납석으로 그리며 놀곤 했습니다.

엉덩이눈은 골짜기 마을에서 언제나 길을 돌아다니는 지적 장애 부랑자였습니다. 부랑자라고는 해도 산을 넘어가 교역하는 비밀 직무를 맡은 사람들을 제외한 다른 모든 마을 사람처럼 골짜기에서 나가는 일은 없었습니다. 몸동작은 둔하고 느려서 산을 넘는 일 따위는 도저히 할 수 없을 것 같은 노인이었습니다. 골짜기에 마을 건설이 시작되던 시절, 젊은이들은 지옥도의 붉은 도깨비처럼 훈도시 속옷 하나, 여자들도 역시 죽은 이들처럼 속치마 하나만 걸치고 씩씩하게 부지런히 일했습니다. 그러나 마을의 안정된 생활 기반이 마련된 이 시대에는, 물론 사람들은 옷을 제대로 갖추어 입고 있었습니다. 마을에서 삼베와 무명이 생산되었고, 백랍 교역은 네덜란드와 중국에서 온 옷감까지도 골짜기로 들여왔습니다. 나는 신사에 보물로 남아 있는 그것들을 본 적이 있습니다. 하지만 이 엉덩이눈만은 훈도시조차 입지 않은 알몸으로 성기 앞쪽에 지푸라기를 동여매고 골짜기를 돌아다녔으며, 뒤쪽에서 보면 엉덩이 사이로 눈이 하나 내다보고 있는 듯했습니다. 게다가 그것은 엉덩이 전체가 제멋대로 웃고 있는 얼굴처럼 보였습니다.

엉덩이눈은 **거리의 머저리**라고도, **걸어다니는 바보**라고도 불렸습니다. 한겨울에도 길가에서 멍석을 뒤집어쓰고 자는 엉덩이눈은 사람들이 일어나기 전부터 길 위를 걷고 있고, 사람들이 집에 들어가 잠든 후에도 어슬렁어슬렁 걸어 다녔기 때문입니다. 엉덩이눈은 창건자들이 골짜기에 정착한 직후 바로 태어난 아이 중 하나였지만, 지적장애아로 숲에 버려졌고, 거기에서 살아남아 골짜기로 돌아와서는 누구의 자식도 아닌 사람으로 살아왔습니다. 이곳에서 백 년 전후를 살아온 사람들이 바로 요 앞의 시대까지 그랬던 것처럼, 엉덩이눈도 오랜 시간 골짜기에 살면서 늦게나마 '거인화'되고 있었습니다. 게다가 그의 몸은 더러운 냄새가 나고 온몸에는 언제나 파리 떼가 잔뜩 꾀어 있었다고 합니다.

제2차 세계대전 후 개편된 신제新制 중학교 학생이었을 때, 교실에서 『후도키風土記』의 '초여름 파리 떼'라는 말의 설명을 들은 적이 있었습니다. 파리가 떼 지어 시끄럽게 떠드는 기세라는 교사의 말에 그때까지 실제로 '초여름 파리 떼'같이 소란했던 교실이 쥐 죽은 듯 조용해졌습니다. 교사는 당황한 모습이었지만, 도시에서 온 그 선생님으로서는 알 수 없는 이유가 있었습니다. 교실에 있던 우리는 모두 '초여름 파리 떼'인 엉덩이눈의 환영을 칠판 앞에서 보는 듯했습니다. 엉덩이눈에 관해서는, 길바닥에 주저앉아 있을 때는 온몸이 파리 떼로 새까맣고 걸을 때는 파리 안개에 둘러싸인 작은 산이 움직이는 듯했다고 전해집니다.

이 엉덩이눈에게 골짜기 마을의 책임 있는 노인들이 '파괴자'를 살해할 임무를 주었습니다. 그들은 예전에 그 사람의 말을 그대로 마을의 법률로 삼을 만큼 '파괴자'를 존경하던 '청년단'이었는데…… 왜 그들은 '파괴자'처럼 새롭고 중요한 일을 가르치고 만들어준 지도자를 죽이려고 한 것일까? 나이가 들면서 '파괴자'는 마을에 해로운 일을 하게 된 것일까? 나는 이렇게 묻지 않을 수 없었습니다.

할머니의 대답은 이랬습니다. '파괴자'가 때로 장난을 쳐 마을 사람을 곤란하게 하는 일은 있었다 해도, 그것이 어떻게 마을에 해가 되는 일이었을까? 그 장난을 통해 마을 사람들은 또 새로운 것을 알게 된 것이다. 다만 마을 사람들은 '파괴자'가 언제까지고 죽지 않는 불사신이라는 것을 차츰 알게 되었다. 언제까지나 죽지 않는 인간이 마을의 가장 높은 곳에 앉아 있다는 것이 숨이 막혀 견딜 수 없게 된 것이다. 이대로 '파괴자'가 자신들의 머리 위에 산처럼 우뚝 서 있다면 언제까지나 새로운 **전환기**라는 것은 오지 않는다. 그렇게 생각하게 된 것이겠지. '파괴자'가 뛰어난 사람인 만큼, 골짜기 마을에 새로운 세력을 끌어오기 위해서는 '파괴자'를 죽일 수밖에 없다고 골똘히 생각한 것은 아닐까?

"그건 이제 알 수 없지만, '파괴자'가 언제까지나 건강하게 계속 살아 있었다면 누구보다 곤란한 것은 '파괴자' 자신이 아니었을까, 하는 생각도 들지만 말이다……"

26

또 하나 역시 나에게 중요했던 의문. '파괴자'라는, 골짜기에서 가장 뛰어난 사람을 살해하는 데 어째서 많고 많은 사람 중하필 온 마을 안을 알몸에 파리 떼가 잔뜩 꼬인 채로 돌아다니는 엉덩이눈 같은 자가 선택된 것일까?

할머니는 차분하고 확신 있게 대답했습니다.

"'파괴자'가 마을을 창건한 사람들 중에서도 혼자 뛰어나게 빼어난 사람이었기에 비교할 만한 수준의 뛰어난 사람은 마을에서 찾아볼 수 없었단다. 그건 누구나 알고 있었다. 그래서 마을 사람들의 생활 속에서 가장 밑바닥 구석에도 들어가지 않는, 아래의 아래로 삐져나와 매달려 있는 엉덩이눈이 오히려 '파괴자'에게 해를 입힐 수 있을지도 모른다고 생각한 것이겠지! 그건 어쩌면 마을 원로들이 '청년단'이었을 무렵에 '파괴자'의 재판에서 들었던 것일지도 모르겠네!"

할머니는 또 이렇게도 말하곤 했습니다. "그렇다고 해도 '파괴자'는 몇 번씩이나 악취로 고생을 한 사람이었어! 골짜기를 개척했을 때는 대암괴 너머에 고여 있던 오물 냄새로 힘들어했고, 긴 일생의 마지막에는 몸 전체에 빈틈이 없을 정도로 파리가 꼬여 있는, 냄새나는 엉덩이눈이 목숨을 노리고 있었으니!"

이제 대학에 들어간 나는 할머니의 이 말에 관한 추억을 계기로 하나의 착상을 떠올린 적이 있습니다. '파괴자'가 창건자 동료들과 강줄기를 거슬러 올라가는 긴 여행을 하고 더 이상 갈 수 없는 대암괴에 맞닥뜨렸을 때, 그것이 지탱하고 있던 방죽 저편 습지대의 오물. '파괴자'와 동료들은 악취에 괴로워했지만, 큰비가 몰고 온 홍수에 오물은 씻겨 나갔고 하류 쪽 마을들에 흉작과 역병이 돌게 했습니다. 그리고 새로운 토지가 개척되었다. 그러나 흘러 내려간 오물의, 말하자면 **악취의 정령**이라고 하는 것은 골짜기에 여전히 남아 있었던 것이 아닐까! 습지대를 정복해 인간이 살 수 있는 땅으로 만든 이들에게, 특히 지도자인 '파괴자'에게 복수할 기회를 바라면서 대기하고 있었던 것은 아닐까? 마침내 지금 **악취의 정령**은 골짜기 사람들의 생활 중 가장 낮은 곳으로부터도 불거져 나와 매달리듯 살고 있는 엉덩이눈이라는 인간에게 들러붙어 '파괴자'를 멸망시키려고 한다, 이런 것은 아니었을까?

어쨌든 엉덩이눈은 그때까지 상대도 하지 않았던 마을 원로들이 말을 걸어 '파괴자'를 살해하라고 명령하자 그것을 받아들였습니다. 받아들일 수밖에 없었는지도 모릅니다. 거절했다면 일단 그처럼 중대한 비밀 계획을 알게 된 자로서 이번에는 엉덩이눈 쪽이 마을 원로들에게 살해당했을 겁니다. 그렇게 하여 일단 '파괴자'를 살해하기로 했지만, 엉덩이눈에게는 어떤 살해 계획도 떠오르지 않았습니다. 게다가 마을 원로들이 맡긴

114

이 중대한 일을 마냥 미루고만 있을 수는 없었습니다.

생각다 못해 엉덩이눈은 거대한 몸에 파리 떼가 잔뜩 달라붙은 채로 지금은 콘크리트 다리가 있는 마을 중앙의 커다란 포플러나무 아래에 웅크리고 앉아 중얼거리고 있었다고 합니다. "어떻게 하면 될까? 어떻게 하면 죽일 수 있을까? 저 '파괴자'를!"

그러자 엉덩이눈을 지금까지 유일하게 친구로 대해주던 마을 아이들 중, 해가 있는 동안은 줄곧 길 위에서 놀던 어린아이 하나가 엉덩이눈이 풍기는 냄새에 코를 막고 다가와 이렇게 단 한마디 던지더니 뛰어 도망가는 것이었습니다.

"독을 많이 먹이면 숲의 신이라도 죽일 수 있을 텐데!"

27

파리 떼를 온몸에 꾀게 할 정도로 고약한 악취를 풍기고 성기 앞쪽에 지푸라기를 동여맨 엉덩이눈은 이 아이가 준 힌트에 벌떡 일어섰습니다. 장난꾸러기들이 뒤를 에워싸고 엉덩이 사이로 엿보는 눈 같은 것 때문에 엉덩이 전체가 웃는 얼굴로 보이는 것을 재미있어하며 우르르 따라왔습니다. 하지만 엉덩이눈은 그것에 개의치 않고 '파괴자'가 틀어박혀 있는 목랍창고로 향했습니다. 골짜기 원로들은 엉덩이눈이 '파괴자'에게 자신들의 계획을 밀고하러 가는 것이 아닐까 두려움에 떨며 화를 내기도 했지만, 파리 안개를 두르고 성큼성큼 걸어가는 엉덩이

눈을 막을 수는 없었습니다.

엉덩이눈은 평소 늘 닫혀 있던 목랍창고의 큰 문을 힘껏 잡아당겨 열고, "주인 나리, 배우고 싶은 것이 있는데요!" 하고 큰 소리로 어둠 속에서 외쳤습니다.

'파괴자'는 기다리던 옛 친구가 찾아온 것처럼 서둘러 창고의 안방 문을 열고 집 안에까지 파리 떼를 몰고 오는 엉덩이눈을 불러들였습니다. 그것은 엉덩이눈이 지능이 떨어져 숲에 버려진 아이였을 때부터 '파괴자'가 가엾게 여기고 있었기 때문이라고 할머니는 말했습니다. 게다가 '파괴자'는 엉덩이눈의 물음에 대답하며, 자신이 옛날에 오랜 시간을 들여 재배한 '백초원'에서 맹독성이 있는 몇 가지 식물을 구분하는 방법을 가르쳐주었습니다. 그중에 어떤 것은 잎사귀와 줄기를 베어내고 어떤 것은 뿌리를 뽑아 한 짐 지고 돌아와 달여 바짝 졸이면 독액을 만들 수 있다고……

"'파괴자'는 이들 독초는 잎사귀와 줄기, 뿌리를 합치면 나와 너 같은 거구라도 쓰러뜨릴 수 있는 독을 뽑아낼 수 있다고 말했다는구나" 하고 할머니는 말했습니다.

엉덩이눈은 숲속 깊은 곳에서 산의 습곡을 따라 흐르는 계곡을 거슬러 올라가──이미 그 무렵에는 그곳에서 더 깊이 들어간 곳에 '자이'라고 불리는 새로운 마을도 생겼습니다. 그날 엉덩이눈이 일하는 모습은 '자이' 사람들이 목격했습니다──무수한 파리를 '백초원'까지 몰고 갔습니다. 그리고 '파괴자'가 그림까지 그려가며 가르쳐준 독초의 잎과 줄기를 베어내고 뿌리를 뽑았습니다. 하루가 걸리는 큰 작업이었지만, 엉덩이눈이 낫을 휘두르는 동안에 독초 향이 그의 온몸을 뒤덮고 있던 파리 떼를 모조리 떼어냈다고 합니다.

엉덩이눈은 독초의 잎과 줄기와 뿌리를 묶어 큰 짐처럼 만들어 멜대로 메고 돌아왔습니다. 그것을 목랍창고의 큰 가마에서 달여내 졸였습니다. 3일 후에는 '파괴자'에게 배운 대로 독액이 만들어졌습니다. 그러나 그것이 정말 효력을 가진 독액인지 아닌지 미리 알 방법은 없었습니다. 게다가 '파괴자'처럼 '거인화'된 몸에 실제로 효과가 나타날까? 그것을 알아낼 방법이 없었던 마을 원로들은 역시 '거인화'된 몸을 가진 엉덩이눈에게 제조한 독액을 시험하도록 요구했습니다.

그 결과 엉덩이눈은 자신이 잎과 줄기를 베어내고 뿌리를 뽑은 독초의 독으로 죽었습니다. 원로들의 지시로 골짜기 사람들은 엉덩이눈의 큰 몸을 '죽은 자의 길'에서 더 깊은 숲속으로 옮겨다 버렸습니다. 시체가 너무나 크고 냄새도 고약해서 골짜기에 묻으면 나쁜 역병을 일으킬지도 모른다고 두려워했기 때문이라고 합니다.

"엉덩이눈의 시신을 운반하는 동안에 어디에서라고 할 것도 없이 들끓는 무수한 파리가 엉덩이눈의 거대한 몸을 새까맣게 뒤덮었다는구나."

할머니는 가여워서 견딜 수 없다는 듯 여자아이처럼 울먹이는 목소리로 말했습니다.

28

　골짜기의 나이를 먹은 여자들이 신단이나 불단에 바치는 공물처럼, 그러나 대량으로 나르던 '파괴자'의 저녁 식사에 엉덩이눈이 달여 졸인 독액이 섞여 있었습니다. '파괴자'가 화를 내며 날뛰기 시작하면 금방이라도 도망갈 수 있도록 마을 사람들은 그날 밤 짐을 싸두고 밤새 일어나 있었습니다. 하지만 목랍창고는 조용했고, 단지 새벽녘에 숲의 높은 곳에서 커다란 산울림이 두세 번 있었다고 합니다. 아침이 되어 원로들 중에서도 특히 용기 있는 사람들 네댓 명이 함께 가 살펴보니, 평소에 머물던 안방이 아닌, 목랍창고의 모든 문과 장지문을 활짝 열어놓고 집회장처럼 해놓은 넓은 방을 가득 메우듯 양손과 양다리를 벌리고 '파괴자'가 죽어 있었습니다.

　마침 그해 태풍이 불어오는 시기에 그 옛날 '파괴자'가 휘어진 줄기의 혹을 움켜쥐고 한 번 회전하며 '체조'했던 백양나무가 뿌리째 쓰러져 밑동에 큰 구멍이 나 있었습니다. 할머니는 거목이 된 백양나무라도 바람에 쓰러질 때가 있으니, '거인화'된 '파괴자'를 살해할 수 있을지도 모른다고 골짜기의 원로들이 생각한 것이 애초에 계획을 세우게 된 계기라고 들었다고도 했습니다. 어쨌든 원로들은 사람들에게 '파괴자'의 목을 잘라내어 '열장깔이'로 가지고 오게 했습니다. 그리고 예전에 '파괴자'가 아침 일찍 그 바위에서 숲과 골짜기를 내려다보던 장소에 목을 묻고 무덤을 만들어 그 위에, 돌출된 바위 끝에 자라던 어린 백양나무를 심었습니다.

이어서 마을 원로들은 '파괴자'의 목이 없는 시신을 어떻게 했을까? 골짜기 절에 있던, 윗가장자리가 숲의 초록으로 둘러싸인 적갈색빛 분지를 그린 지옥도에서는 이런 광경도 볼 수 있었습니다. 일반적인 원근법과는 반대로 그려진 **도마**에 붉은 고깃덩이를 올려놓고 도깨비들이 튼튼한 칼과 굵은 요리용 젓가락을 이용해 잘게 자르고 있었습니다. 나중에 다른 곳에서 본 지옥도에서는 **도마** 옆이나 도깨비의 발밑에도 아이처럼 작은 죽은 자들의 목이 몇 개씩 굴러다니고 있었지만, 골짜기 절의 지옥도에서는 그저 이상하리만치 거대한 고깃덩이가 **도마** 위에 올려져 있을 뿐이었습니다. 그리고 도깨비 요리사는 그 고깃덩이를 잘게 자르려고 하는 것입니다. 지옥도의 광경은 '파괴자'가 살해된 다음 날, '거인화'된 몸을 작은 고기 조각으로 잘게 썰어 골짜기의 모든 사람이 먹었다는 이야기와 일치하는 것이었습니다.

이 이야기를 할 때 할머니는 언제나 무서운 이야기를 즐거운 듯이, "그건 용감무쌍한 광경이었다는구나!" 하고 마무리하곤 했습니다. 할머니의 말은 나에게 '파괴자'의 몸을 잘게 썬 엄청난 수의 고기 조각을 용감무쌍한 광경으로 이해시켰고, 또 열심히 그 고기 조각을 먹고 있는 어른에서 아이까지의 마을 사람들을 대담한 사람들로 받아들이게 했습니다.

'파괴자'의 '거인화'된 몸에서 잘게 자른 살점을 골짜기와 '자이'의 모든 사람이 먹었습니다. 노인도 젊은이도, 이가 없는 노인은 잇몸으로 씹고 또 씹어 부드럽게 해 삼켰습니다. 젖먹이는 날것 그대로 갈아 육즙으로 만들어 마셨습니다. 모두 제각기 긴 시간을 들여 '파괴자'의 살점을 먹었다고 합니다. 그것도 모두가 집 밖으로 나가 이웃 사람이 똑같이 '파괴자'의 살점을 먹는 것을 바라보면서 자신의 할당량을 껌이라도 씹듯이 시간을 들여 음미하며 먹었습니다.

그것은 '파괴자'의 '거인화'된 몸의 힘을 자신들의 피와 살속에 집어넣고 싶다는 생각에 따른 일이었지요. 동시에 할머니는 또 이런 이야기가 전해진다고 하며, 지금까지 이야기한 것과는 다른 인상의 정경도 이야기했습니다.

골짜기와 '자이' 사람들은 '파괴자'를 살해한 것을 후회하고 슬픔에 괴로워하며 무엇보다 수치심에 사로잡혀 그 살을 먹었다고 합니다. 껌처럼 살점을 계속 씹어대는 입가에서 피가 섞인 침이 흘러나와 땅에 떨어지고, 눈물도 거기에 더해져 그것을 핥는 개들까지도 꼬리를 휘감고 슬픈 숨을 내쉬었다고……

29

'파괴자'를 죽이고 그 몸을 먹은 후──이것은 앞에 쓴 두번째 이야기에 어울린다고 생각하는데──숲속 골짜기와 '자이'에 찾아온 것은 전체적인 침체였습니다. 더구나 침체는 여러 형태로 나타났습니다. 먼저, '파괴자'의 살점을 먹은 마을의 모든 사람들은 그 이후로 항상 배가 부른 것처럼 느껴져 예전 식사량의 10분의 1밖에 먹지 않게 되었습니다. 그건 단지 식사습관으로 먹는 것일 뿐이었고, 게다가 자신에게 더 이상 진짜 식욕은 없고 앞으로 평생 식욕을 느끼지 못하는 건 아닐까 하는 기분이 들었다고 합니다.

마을 사람들은 매우 적게 먹었고, 따라서 농작물은 적은 수확량으로도 충분했으며 민물고기도 잡아먹지 않아 사람들은 열심히 일하지 않게 되었습니다. 그저 가만히 몸을 쉬고 하루종일 생각에 잠기는 것 같았습니다. 그리고 이 마을이 창건된 이래로 지금까지 쉬지 않고 일만 해오던 사람들은 깊은 숲속에서 비밀교역로인 산을 넘는 길 외에는 바깥세상과 완전히 단절되어 있다는 사실에 처음으로 그곳에 사는 사람들만의 큰 고독을 느끼는 것 같았습니다.

마을 사람들 모두를 사로잡은 침체는 천 일이 넘도록 계속되었습니다. 그리고 숲속 분지를 자연의 힘이 황폐시켜갔습니다. 숲 전체가 '죽은 자의 길'을 넘어 침식해 온 것입니다. 과거에 '파괴자'가 중심이 되어 심었던 수목들도 사람들이 부여했던 질서를 뒤엎고 야생의 기세를 드러내는 듯했습니다. 주거지에서 먼 경작지는 억새 벌판으로 돌아갔습니다. 숲의 샘물을 끌어온 물길은 좁아져 곳곳에서 무너졌습니다. 풀뿌리가 마을 중심에 있는 길조차 갈라지게 했습니다. 그리고 어느샌가 대암괴가 파괴되기 전 습지대에서 올라오던 오물의 악취가 분지의 대기 속에 다시 떠다니는 것 같았습니다……

이렇게 침체의 3년이 이어지던 어느 날, 골짜기와 '자이'의 모든 사람은 단번에 정신이 들었습니다. 계기는 모두가 함께 꾼 동일한 꿈이었습니다. 꿈속에 **전언**을 가지고 나타난 것은 오바였습니다. **저편**의 '파괴자'가 자신을 위한 천일상千日喪은 지났으니 골짜기 사람도 '자이' 사람도 각자 자기가 해야 할 역할을 확인하고 일을 시작하라고 했다는 말을, 오바는 꿈을 꾸는 한 사람 한 사람의 마음에 새겨 넣듯 하며 타일렀습니다.

다음 날은 아직 동이 트기 전부터 사람들이 분발하여 일하기 시작했습니다. "그건 참으로 힘찬 광경이었다는구나!"라고 여기에서도 할머니는 감탄하곤 했습니다. 사람들은 개별적으로 일하는 것은 물론 조를 짜 협동해 작업했는데, 무엇보다 재빨리 집중적으로 진행된 작업은 '대어살' 정비였습니다. 3년 동안이나 방치되어 황폐해질 대로 황폐해진 '대어살'은 긴급히 손볼 필요가 있었습니다. '대어살'은 원래 골짜기 밑을 흐르는 강에 아무도 산속 깊은 곳에 사람이 산다고는 생각되지 않는 이 마을에서 강 아랫마을로 생활의 흔적을 드러내는 물건들을 흘려보내지 않도록 '파괴자'가 건설한 장치입니다.

일단 '대어살'에 막혀 있던 나뭇조각과 쓰레기가 제거되고 수로가 정비되자 근래에 올라오지 못했던 곤들매기와 붉은점산천어 떼가 일제히 올라와 얕은 여울에서 여자들과 아이들이 소쿠리로 건져 올릴 수 있었습니다. 민물고기의 양은 정말 풍부했고 사람들의 식욕은 어젯밤 꿈을 꾸는 사이에 이미 회복되어 오랜만에 실컷 단백질을 섭취했습니다. 그리고 사람들은 '대어살'을 오랫동안 방치한 탓에 거기에서 떠내려간 것이 강하류 사람들에게 숨은 마을의 존재를 알릴 수 있다는 사실을 잊었던 이 3년간의 부주의에 다시금 오싹함을 느꼈습니다.

각성한 마을 사람들을 더 놀라게 한 것은 '죽은 자의 길'을 넘어 사람들이 생활하는 마을까지 내려온 숲의 힘이었습니다.

자신들이 반쯤 자는 듯한 몽상과 아무 하는 일 없이 시간을 보내던 3년간 ─ 지금 분명히 눈을 뜨고 보니 ─ 덩굴풀은 가옥을 덮고 기둥에까지 무수한 버섯이 나 있었습니다. 우물물은 마르고 그러지 않은 것도 뿌옇게 탁해져 있어 마시는 물로는 적합하지 않았고, 숲에서 망가진 수로를 통해 내려오는 물만으로 사람들은 살고 있었습니다.

심지어 골짜기 마을의 창건 이래, '파괴자'가 여러 차례 개량한 감, 배, 밤 그리고 자두 등의 과일나무가 일그러지고 단단한 작은 열매밖에 열리지 않는 야생 나무로 돌아가 있었습니다. 벼와 보리까지도 같은 상태였습니다. 골짜기에서든 '자이'에서든 사람들은 부지런히 일을 해, 침식해오던 숲의 힘으로부터 다시 그들의 분지를 되찾을 수밖에 없었습니다.

그리고 마침내 마을의 모든 것이 직접 '파괴자'에게 지도받고 있을 때처럼 순조롭게 진행되었을 때, 마을 원로들이 '파괴자'의 목을 묻은 무덤으로 올라갔습니다. '파괴자'에게 보고할 생각이었던 원로들을 놀라게 한 것은 새로 심은 백양나무가 이미 사람이 그 아래에서 햇빛을 피할 수 있을 만큼 자라 있었다는 것입니다. 게다가 가지 끝부분은 역시 숲속을 향해 비틀려 휘어져 있고 그곳에는 혹이 생겨났습니다. 내가 어릴 적에 올려다본 것은 옛날에 그곳에 있었던 '파괴자'의 백양나무 2대째인 그 나무였습니다.

제2장
오시코메, '복고운동'

1

할머니가 이야기해준 '파괴자'가 죽은 방법이랄까, **저편**으로 간 방법이랄까, 그건 내가 지금까지 쓴 것만 해도 두 종류가 됩니다. 숲속 분지에 창건된 마을의 신화와 역사를 계속 써 내려가는 동안에 또 다른 죽음과 **저편**으로 가는 방법이 있었다고 하지 않으면 앞뒤가 맞지 않는 이야기가 나올 겁니다. 그리고 그것을 나는 자연스러운 것으로 생각합니다. 할머니의 이야기를 실제로 듣고 있는 동안 나는 몇 종류나 되는 이야기를 각각의 것으로 받아들였고, 어느 하나를 바른 것으로 가려내기 위해 다른 것을 버리려는 생각은 결코 하지 않았습니다. 어쩌면 몇 종류나 되는 이야기를 하나의 이야기에 중첩해 듣는, 그것도 느긋하고 자유롭게 듣는 습관이야말로 내가 할머니에게 교육받은 가장 좋은 점이었을지도 모릅니다.

오시코메라는 귀에 익은 이름으로 불리던 거구의 여자가 젊은이들과 추진한 '복고운동'의 전설 속에서도, 성곽 마을의 무법자였던 시절의 '파괴자'와 함께 추방되어 강을 따라 올라가 신천지를 창건하고 노인이 된 사람들이 이미 쓴 것과는 다른 방식으로 **저편**으로 갔다는 것이 중요한 요소를 이루고 있습니다.

여기에서 똑같이 중요한 요소는 오시코메와 젊은이들이 과감한 개혁과 집단노동을 지도하던 시기에 노인 창건자들은 모두 살아 있었지만 '파괴자'는 이미 **저편**으로 가, 믿고 있는 바로는 숲속 높은 곳의 나무 밑동에 **혼**이 되어 있었다는 것입니다. '파괴자'와 함께 오바도 세상을 떠난 뒤였습니다. 그래서 오시코메라는 남다른 능력을 가진 여성이 숲속 분지에 세력을 떨치게 되었을 때 마을에는 적어도 개인으로서 그녀와 겨룰 수 있는 인물은 아무도 없었습니다.

'복고운동'은 한마디로 골짜기와 '자이'에서 땅을 경작하고 집을 짓고 가족을 부양하며 안정된 삶을 살기 시작한 사람들이 그동안 전체적으로 조금씩 쌓아간, 잘못되고 뒤틀린 점들을 제거하려는 개혁이었습니다. 사람들의 선두에 서서 운동을 추진했던 '청년단' 젊은이들은 진심으로 그렇게 믿었을 것입니다. 처음에는 젊은이들의 배후에서 운동의 방향을 잡고, 그 이후로 자신도 앞에 나서서 잇달아 개혁을 실현해간 오시코메도 젊은이들만큼 단순한 마음을 가지고 있었던 건 아니라 하더라도 대체로 그렇게 생각했을 겁니다. 지금 현재 이미 커져 있는 잘못되고 뒤틀린 것을 바로잡기 위해 숲속 신천지가 건설되었을 당시 사람들의 생활로 돌아간다는 것이 '복고운동'의 구체적인 방침이었습니다. 그러는 동안에 운동은 더 철저해지고 마침내 사람들의 생활 자체를 파괴해버리는 지경이 되어 운동 전체의 지도자 오시코메가 실각하기에 이르렀습니다.

이 '복고운동'이 어느 정도 진행된, 그것도 개혁이 가장 한창이었던 시기에 개혁의 기세가 힘차게 오른 '청년단' 젊은이들과 똑같이 매일 집단노동에 참가하면서 음산할 정도로 차분한 분위기를 풍기고 있던 창건자들이 죽은 방법, 잇달아 **저편**으로 사라져간 그 방법에 대해 할머니가 이야기하는 것을 나는 두려울 만큼 쓸쓸한, 특별한 감정으로 듣곤 했습니다.

2

'복고운동'이 진행되는 동안 해가 있는 낮에는, 일할 수 있는 마을 사람들은 모두 논밭에 나가거나 도로나 농업용수 시설의 개수 작업에 매달렸습니다. 오시코메와 젊은이들 지도부의 방침으로 그룹별로 이루어진 집단노동이었는데, 백 살이 넘은 창건자들은 자신들만의 특별한 집단을 이루고 있었습니다. 하지만 지도부의 작업계획표에서 창건자 그룹은 그들 모두의 노동력을 합해도 대부분 기대할 수 없는 사람들로 취급되고 있었습니다. 나이가 들수록 '파괴자'를 따라 '거인화'되었다는 창건자들의 전설을 떠올리며 의아해하던 나에게 할머니는 태연하게 이렇게 말했습니다.

"백 살이 넘어 시간이 좀 지나면 '거인화'되었던 몸이 다시 오므라들어서 말이지, 이상하게 키가 크고 야윈 빈약한 모습이 되었다는구나. 이러니저러니 해도 어마어마한 나이이니, 그런 약한 노인들을 모아 일을 시킨다는 건 무자비한 모습이었을 게야. 하지만 자기 혈육인 창건자를 안쓰러워하며 일을 대신하려고 하면, '복고운동' 정신에 어긋난다고 '청년단' 젊은이들이 노려보고 있으니 그저 마음에 두고 걱정하면서도 그쪽을 잘 볼 수도 없었단다."

그 노인들의 노동그룹에 기괴한 꿈이 유행하기 시작했습니다. 꿈은 물론 노인들 한 사람 한 사람이 꾸었지만, 말을 꺼내보니 공통점이 있었습니다. 그래서 이 꿈의 유행으로 노인들은 자신이 꾸는 꿈을——더구나 반복해서 꾸는 하나의 연결된 꿈을——동료들과 열심히 이야기했습니다. 노인들에게는 다른 화제가 없었기 때문이라는 이유도 있었겠지요. 게다가 꿈의 내용이 너무나도 생생하게 현실적이어서 노인들은 불안해졌습니다. 꿈 내용이 어이가 없어서 이런 꿈을 꾸었다고 동료에게 이야기하지 않으면, 지금 현재 이 숲속에서 긴 생애의 마지막을 살고 있는 것이 오히려 꿈이 아닌가 의심스럽게 느껴졌기 때문입니다. 그도 그럴 것이 모든 노인이 똑같이 이 마을에서 살아온 것이 아닌, 또 하나의 다른 생애를 살고 있는 자신의 일생을 꿈으로 꾸었던 것입니다.

'복고운동' 방침에 따라 노인들의 노동도 장년이나 청년들과 같이 밖에서 하는 작업이었기 때문에, 몸이 쇠약해진 노인들은 중간 휴식 시간이 되면 그늘로 들어가 잠을 잤습니다. 지도부인 '청년단' 젊은이들이 일의 재개를 알리며 돌아다니자 잠에서 깨어 일터로 돌아오는 그 잠깐 동안에 노인들은 동료들끼리 자신들이 꾼 꿈을 이야기했습니다. 어느 노인이든 그들이 꾼 꿈은, 젊었을 때는 무법자였지만 배로 추방당할 위기에 직면하자 행실도 좋아져 성곽 마을에서 안온한 생활을 보냈고, 이미 오래전에 은거하여 조용히 살고 있다는 꿈이었습니다. 그 불만 없이 생활하는 매일의 모습을 중간 휴식 시간에 짧은 잠을 잘 때마다 자세하게 꾸었습니다. 그것은 마치 꿈속에서 본 생활이야말로 현실의 생활이고, 그렇게 성곽 마을에서 편안한 매일을 보내고 있는 자신이 꾼 꿈이, 숲속 분지에서 백 살을 넘어 괴로운 집단노동 생활을 하고 있다는 식이었습니다.

노인들은 다시 일터로 돌아가면서 어린아이가 격분하면서 호소하듯 서로 자신이 꾼 꿈 내용에 대해 투덜댔다고 합니다.

"꿈속의 성곽 마을에서 은거하고 있는 나는 태어나 자란 곳에 계속 살고 있고, 별다른 일 없이 나이를 먹고 만족하며 노망이 났단 말이야, 말도 안 되는 얘기야! 어째서 나는 그런 생활을 꿈으로 꾸는 걸까? '파괴자'와 강을 거슬러 올라와 신세계를 개척해 꿈속의 노망난 노인네가 생각해볼 수도 없는 용감한 생활을 했던 것이, 사실은 우리가 바라는 것이 아니라는 말을 하기라도 하는 것처럼 말이야. 어째서 그런 꿈을 꾸는 걸까? 일단 눈을 감기만 하면 곧바로? 어이가 없어! 지금 여기 있는 우리들의 생활이 터무니없는 꿈이기라도 한 것처럼 말이야?!"

3

창건자들이 노인인 만큼 매일 이어지는 집단노동에 이내 지칠 대로 지쳐 제대로 일을 할 수 없게 되었습니다. 중간 휴식시간에는 그늘에 들어갈 기운도 없어 일하던 곳에 그대로 쓰러져 잠이 들고, 일할 시간이 되어 잠을 깨워도 그때까지 꾸었던 꿈속에 마음뿐 아니라 몸의 일부분을 남겨두고 온 것 같았습니다. 노인들이 고개를 늘어뜨린 채 느릿느릿 서서 일하는 모습은 피를 나눈 가족뿐 아니라 누구라도 바라보기 괴로울 정도였습니다. 지도부인 '청년단' 젊은이들은 이 운동의 결과에만 마음이 가 있는 자들이었지만, 그들을 뒤에서 지휘하는 오시코메는 경험이 풍부한 어른이었으므로 백 살을 넘긴 창건자들에게 계속해서 과중한 노동을 시키는 것이 이상하게 생각될 정도였습니다.

혹시 지도부 자체가 창건자들의 노동그룹을 어떻게 할지 골머리를 앓았던 것은 아닐까요? '복고운동'이 숲속 분지 마을이 창건되던 때로 되돌아가 마을에 사는 사람들에게 어떠한 기득권도 인정하지 않고, 누구나 맨몸으로——실제로 그들은 골짜기에 신천지를 개척했을 때, 지옥도의 도깨비와 죽은 자처럼 훈도시 하나·속치마 하나만 두른 모습으로 노동에 힘썼습니다——모두 똑같은 노동을 하기로 정하고 출발한 이상, 특별한 선례를 만드는 것은 망설여졌을 겁니다.

'청년단' 젊은이들에게 충분히 경험이 있었다면 그 부분은 유연하게 손을 썼을 테지만, 그들은 단지 참여하는 모든 사람을 엄격하게 통제하는 것으로밖에 '복고운동'을 전개하지 못했습니다. 그렇게 하지 않으면 반대하는 자와 낙오되는 자가 잇따라 나와 감당하기 어려웠을 겁니다. 그러나 그렇게 무리하게 운동을 추진한 끝에는 가장 위에서 지휘하는 오시코메의 실각이라는 사태가 기다리고 있었습니다. '복고운동'은 더 이상 궤도 수정을 할 수 없을 정도까지 속도를 높여 달려왔고, 심지어 속력을 더욱 높이려고까지 했던 것입니다……

이미 극도로 지쳐버린 창건자 노동그룹에 그동안 이상한 일이 벌어졌습니다. 과거 창건자들은 '거인화'된 몸을 가진, 보기에도 강건한 자들이었습니다. 그러던 것이 키는 크지만 앙상한 체격으로 쭈그러들었고, 게다가 백 살이 넘은 노인이라 야위어 항상 고개를 숙이고 있었는데, 이들 노인 한 명 한 명의 신체 윤곽이 모호해지고 주변 공간에 **스며들듯이** 몸 자체의 색깔이 옅어져 약한 빛으로 환등기에 비친 그림처럼 보이기 시작했습니다. 그리고 마침내는 그 '희미해진' 몸이 공중으로 녹아 없어진 것처럼 어디에도 보이지 않게 되는 상황이 벌어졌습니다.

자기 할아버지이거나 증조할아버지인, 혈연인 창건자가 공중으로 소멸하는 모습을 목격한 사람들은 자신들에게 할당된 일을 내팽개치고 열심히 바라보았지만, 그러면서도 누구나 별로 생생한 슬픔을 느끼지는 않았다고 합니다. 그들도 꿈속에서 환영으로 보던 그런 할아버지, 증조할아버지가 사라졌다고 하는 정도로 아련한 쓸쓸함밖에 느끼지 않았다고 합니다.

"그런데 창건자들이 공중으로 사라지는 방법에는 두 종류가 있었다고 한단다." 할머니는 이렇게 말했습니다. 남겨진 가족에게는 자기 할아버지나 증조할아버지가 어떤 방법으로 소멸해갔는지가 가장 마음에 걸리는 일이었다고……

사라지는 방법 중 하나는 노인들이 그즈음 낮에도 꾸벅꾸벅 졸기 시작하면 곧바로 꾸던 꿈속으로 돌아가는 소멸 방식이었습니다. '파괴자'와 함께 모험을 좋아하는 젊은이로 출발하여 신천지를 개척했다는 것은 자기만의 생각이고, 실제로는 성곽 마을에서 별 이변도 없이 지낸 그 생애 쪽으로 꿈의 통로를 통해 돌아가는 소멸 방식. 이 골짜기에서 오래 살아온 자신은 성곽 마을의 무료한 노인이 꾸는 이상한 꿈의 등장인물이 틀림없다고 하면서…… 이 방식으로 소멸한 노인의 가족들은 도무지 마음이 편치 않았습니다. 그러다가 혈육인 자신들까지 역시 성곽 마을 노인이 꾸는 꿈 내용에 지나지 않는 존재가 되어 여기에서 사라지는 것은 아닐까 하는 불안한 마음이 들었기 때문입니다.

살아남은 사람들이 근사하다고 느낀 것은 또 하나의 소멸 방식이었습니다. 몸의 모습이 희미해지고 윤곽이 흐릿해진, 참으로 모호한 모습의 노인이 공중으로 사라지는 순간에는 강한 희망을 드러내는 눈을 숲속 높은 곳으로 향한다. 그 어슴푸레하고 희미한 온몸이 문자 그대로 사라지기 직전의 불빛처럼 번쩍 빛나고 그대로 소멸하는 방식입니다.

"그렇게 해서 사라진 창건자들은 확실히 '파괴자'가 계신 **저편**으로 가셨을 거라고 누구도 의심하지는 않았으니까!" 할머니는 경건한 말투로 말했습니다.

4

내가 고등학생일 무렵, 할머니에게서 듣고 기억하는 이야기는 무슨 일이든 가능한 한 **사회과학적인** 의미를 찾아보려고 했을 때, 이렇게 생각한 적이 있습니다. 오시코메와 '청년단' 젊은이들은 골짜기와 '자이'의 안정된 생활을 왜 뒤엎어버려야 했을까? 숲속 분지의 토지가 황폐해져 작물을 생산하는 힘이 약해졌다? 그것은 분명 그랬다. 그러나 만일 그렇다면 보름달이 뜨는 밤, 고신산에 무리를 지어 올라가 오시코메의 새하얗고 커다란 알몸에, 역시 알몸의 젊은이들이 기어 올라가고 미끌어져 내려오고 하는 사이에 내려다보이는 모든 논밭의 힘은 풍성하게 회복되는 것이 아니었을까⋯⋯

오히려 그것과는 다른, 마을의 인간 사회 그 자체를 붕괴시켜버릴 만한 위태로운 **징조**가, 특히 보통 사람보다 멀리까지 깊이 있게 꿰뚫어 보는 오시코메의 눈에 비쳤을 것이다. 그렇게 나는 생각했습니다.

오히려 백 년이 넘도록 숲속 분지에서 이 마을만이 우주 속 유인有人 행성의 하나처럼 떨어져 있고, 그곳에서 계속 살아가는 것에 사람들은 새롭게 고독을 느끼게 되었던 것은 아닐까? 그리고 이처럼 폐쇄된 곳이 아닌 장소로 도망가고 싶어 하는 사람들이 나타난 것이 아닐까? 그 흐름을 되돌리기 위해 골짜기 사람들의 생활과 마음을 창건 당시의 상태로 바로잡는 운동이 필요하다고 생각한 것은 아니었을까? 그렇게 나는 생각했습니다. '복고운동'에 앞서 역시 대규모 변동이 시작되었을 때,

숲속으로 도망가려 한 일가족의 전설이 머릿속에 있었습니다. 한편으로는 또 고교생인 내가 이 숲속에 평생 머물러 있을 수는 없다고 하는 막연한 초조함에 사로잡혀 있었던 적도 있었습니다.

5

'복고운동'에 앞선 대변동은 숲속 분지에 발생한 우웅 하는 **대괴음**으로 시작되었습니다. 그 과정은 이런 식이었습니다. 마을이 건설되고 오랜 세월이 흘러 '파괴자'는 더 이상 골짜기에 존재하지 않게 되었지만, 그와 함께 신천지를 개척한 사람들은 각각 대가족의 가장으로 살고 있었습니다. 그들의 자식, 손자, 증손자, 이런 식으로 좁은 장소이지만 골짜기와 '자이'에는 사람들이 넘칠 정도로 가득하게 되었습니다. 그런 날들이 이어지던 어느 날, 백 살이 넘은 노인에서부터 아직 걸음마도 못하는 유아에 이르기까지 자신의 귀에 우웅 하고 울리는 소리가 들리는 것을 깨달았습니다. 하지만 어른들은 누구나가 처음에는 귀울림이라고 생각해, 귓속에서 피가 울리는 듯한 희미한 우웅 소리를 들으면서도 잠자코 있었습니다. 그러다가 솔직하게 귀에 이상이 있다는 말을 꺼내는 사람이 나오자 잇달아 같은 증상을 말하는 사람이 나타났고, 이제 모두 자신의 몸이 아닌, 숲의 어딘가에서 울리는 우웅 소리를 최근 2, 3일 동안 밤낮으로 계속 듣고 있었다는 것을 인정했습니다.

그리고 일단 그것을 인정하게 되자 역시 누구나가 익숙해지지 않는 이 우웅 소리에 이제 온종일 시달리며 밤낮을 지내야 한다는 것을 알게 되었습니다. 익숙해지지 않는다는 것은 조금씩이지만 우웅 하는 소리가 점차 강해져가는 것 같았기 때문입니다. 이제 숲속 분지에 백 년 전에 건설된 이 마을은 쉴 새 없이 울리고 있는 소리의 덮개를 푹 덮어쓴 형국으로, 사람들은 자신들이 그 소리의 덮개에 붙잡혀 있다는 것을 깨달을 수밖에 없었습니다.

내가 마을을 떠나 도쿄의 대학에 들어가던 해, 신체검사에서 청력을 측정한 적이 있습니다. 튼튼한 목조로 된 매표소 같은 작은 방에 들어가, 퐁퐁 구멍이 뚫린 소음판에 둘러싸여 앉자 무거운 헤드폰 한쪽에서 금속 거품이 끓는 듯한 희미한 소리가 일정한 간격으로 들려옵니다. 듣고 있는 동안에는 스위치를 계속 누르고, 들리지 않게 되면 스위치에서 손가락을 뗀다. 하지만 삑삑 하고 희미한 소리가 들리기 시작하면 이미 꽤 오래전부터 나는 그 소리를 듣고 있었다는 기분이 들고, 들리지 않게 된 후에도 여음처럼 규칙적인 발신음이 전해지고 있다. 검사 담당 간호사에게 야단을 맞고 다시 하면서 나는 막 떠나온 시코쿠의 숲에서 **대괴음**이 울렸을 때, 처음으로 우웅 소리를 들은 사람들이 이미 얼마 전부터 소리가 난다고 느꼈던 것 같다는 말을, 정말 그랬을 것이라고 믿게 되었습니다.

6

일단 들리기 시작한 우웅 소리는 골짜기와 '자이' 사람들의 귀에서 한시도 떠난 적이 없었습니다. 게다가 하루하루 더 강하고 큰 소리가 되어갔습니다. 그런 데다가 그 소리는 기분 좋은 소리가 아닌, 사람을 초조하게 괴롭히는 소음이었습니다. 우웅 소리는 골짜기와 '자이'의 집들이 있는 장소에서부터 논밭, 그리고 산일을 하는 숲 아래쪽에 이르기까지, 듣는 사람을 절박하게 만들면서 계속 울려댔습니다.

그런데 이 우웅 소리가 그 소리로 뒤덮여 지내는 사람들의 생활에 어떤 영향을 미쳤을까? 먼저 말해두고 싶은 것은 그것이 아기에서부터 예닐곱 살 정도까지의 아이들에게는 나뭇잎을 살랑이게 하는 부드러운 바람 소리 같았다고 합니다. 오히려 그들에게는 천진스러운 웃음을 자아낼 정도의 유쾌한 소리였다고도 합니다. 아기와 어린아이들에게 밤낮으로 울리는 우웅 소리가 일상생활에 장애가 되지 않았다는 것은 이 **대괴음**이 울리던 시기에 행해진 사람들의 생활 개혁에서 중요한 조건이었던 것입니다.

하지만 어른들에게 이 우웅 소리는 **대괴음**이라는 명칭이 나타내는 것처럼 이상한 소리이며, 일상생활을 직접 압박하는 것이었습니다. 어른들은 어떻게든 이 소리에 적응하려고 했습니다. **대괴음**이 한창 심할 때는 이 웅웅대는 소리가 숲속 분지에 계속 이어질 것이고, 주변에 공기가 있듯 앞으로 우웅 하며 공기가 진동하는 소리에서 자유롭지 못할 것이라는 마음이 사람들에게 공통된 생각이었습니다.

그렇기 때문에 **대괴음**에서 오는 고통을 어떻게 줄이며 ―이 소리를 즐긴다는 것은 어린아이들 외에는 불가능한 것이어서 ―살아갈 것인가는 절실한 문제였습니다. 그러다가 사람들은 간신히 중요한 방법을 발견했습니다. 어떤 장소에서 울리는 우웅 소리는 머리를 움켜쥐고 몸부림치며 괴로워해야 할 정도인데, 그 사람이 다른 곳으로 옮기면 우웅 하고 울리는 소리의 크기와 높이는 변함이 없을 텐데도 그곳에서는 고통스럽지 않고, 특히 소리를 신경 쓰지 않고 살아갈 수 있다. 마을의 어른한 사람 한 사람에게 장소마다 우웅 하는 소리에 대한, 말하자면 적성이 있다는 것을 사람들은 알게 되었습니다.

7

이 **대괴음**이 숲속 분지에 계속 울려 퍼졌던 시기에 대해 그것이 어떤 현상이었는지를, 말하자면 과학적으로 설명을 들은 적이 있습니다. 할머니가 돌아가신 후, 할머니 대신 마을 신화와 역사의 전설을 이야기해준 한 사람, 언제나 앉아 있는 직업상 새우등인 양철 가게 노인이 철테 안경을 쓴 얼굴을 비스듬히 앞으로 기울이며 그의 지론을 이야기한 것입니다.

양철 가게 노인은 양동이와 물뿌리개, 떼어낸 빗물받이 등으로 가득 찬 작업장에, 숯불을 피운 풍로와 양철을 자르는 튼튼한 가위, 땜질용 인두와 납땜용 약물 등으로 무릎을 감싸고 있는 연금술사 같은 느낌의 사람이었습니다. 그는 아직 다리와 허리가 튼튼할 때 떠돌이 기술자로 도쿠시마德島에서 아와지시마淡路島로 건너던 중 나루토鳴門 해협의 소용돌이를 보았습니다. 그리고 **대괴음**이 울리던 때 높은 숲에 둘러싸인 분지에서 기류의 운동 상태를 **알아챘다**고 했습니다.

　대괴음이 나던 기간, 숲속 높은 곳에서 분지를 내려다보는 시야에 기류의 움직임이 발견되었다면 그것은 나루토 해협의 크고 작은 수많은 소용돌이가 자주 발생했을 때와 틀림없이 똑같았을 것이다…… **대괴음**이 전체적으로는 하나의 강하고 큰 소리이지만, 골짜기와 '자이'의 하나하나의 장소에서는 그곳의 독자적인 소리가 울리고 있는 것이며, 그 소리들이 겹쳐 우웅 하고 울리는 것이다. 그것은 숲속 분지를 뒤덮은 대기의 바다 모든 곳에서 크고 작은 소용돌이가 발생하고 있다는 뜻이다……

　거기에다 양철 가게 노인이 뚜렷한 인상을 받은 것은, 나루토에서 소용돌이가 발생하는 해역 밖에서는 더 이상 아주 작은 소용돌이의 기미도 보이지 않는다는 것이었습니다. 우리 지역에서도 숲에서 골짜기를 향해 내려가는 양쪽 경사면의 강 아래 끝자락, 과거에 대암괴인지 검고 단단한 흙덩어리인지가 막고 있었다는 **목**을 벗어나면 작은 소리도 들리지 않습니다. 말하자면 분지 바깥 가장자리를 따라 생긴 타원형의 통 같은 것이 '자이'와 골짜기를 봉쇄해 안쪽에서만 강약과 고저 여러 소리가 장소별로 울리고, 그 소리가 겹쳐 우웅 하는 **대괴음**이 된 것이라고 양철 가게 노인은 설명했습니다.

골짜기와 '자이'의 집 주변에서나 그곳을 둘러싼 논밭에서도 그곳이 숲속 분지인 이상, 각 장소별 소리가 밤낮으로 울려 퍼집니다. 그리고 앞서 말한 대로 사람들은, 어떤 장소의 소리는 금방이라도 구토를 일으킬 정도로 괴로운데, 다른 곳에서는 소리가 끊임없이 울려도 견딜 수 있다는 것을 발견해갔습니다.

그래서 한집에 살면서 같은 논밭을 일구는 가족 안에 분열이 초래되었습니다. 어떤 한 쌍의 부부와 이미 성인이 된 자식들, 그리고 그 자식의 아이들로 구성된, 마을에서는 보통 있는 대가족 중 몇몇은 자기 집에서 울리는 소리를 무리 없이 견딜 수 있지만, 다른 식구는 그곳을 떠날 수밖에 없는 사태가 벌어졌습니다. 현재로서는 어린아이들에게는 어느 장소의 소리든 내성이 있어서 한 가정이 흩어지게 되더라도 어린아이들만큼은 아버지나 어머니의 희망에 따라 어느 쪽으로든 따라갈 수 있다는 것이 위안이었습니다.

8

대괴음에 쫓기어 한집에 살던 사람들이 서로 다른 집의 일원이 되고, 어제까지 경작하던 논밭 대신 새로운 토지를, 그곳에 울리는 소리를 견딜 수 없게 된 원래의 주인을 대신해 경작하는 그 변화를, 할머니는 사전에 나와 있기라도 한 단어처럼 간단하게 '바꿔 살기'라고 했습니다.

나도 깔끔하게 그것을 받아들일 수 있었던 것은 마을 아이가 '바꿔 살기'라는 게임을 하고 있었기 때문입니다. 세 명씩 한 조로 여러 팀을 만듭니다. 셋 중에 둘은 아버지, 어머니이고, 나머지는 아이. 어른 역할을 하는 아이들만 가운데 모여 가위바위보를 합니다. '준비, 시작!'을 신호로 흩어져 가위바위보에서 이긴 아이는 진 아이를, 그것도 남자라면 여자, 여자라면 남자를 선택하여 새로운 팀을 이루는데, 이때 가위바위보로 아이를 데리고 이동할 수 있는 사람일수록 유리합니다. 계속해서 '준비, 시작!' 그렇게 몇 번의 이동을 한 후 많은 아이를 데리고 있는 팀이 이기는 게임이기 때문이죠.

그런데 이런 종류의 놀이를 하는 한편으로, 또래 누구보다 내가 잘 알고 있는 '바꿔 살기'를 생각하며 의아하게 생각한 것은 이런 내용이었습니다. **대괴음**이 귀에도 마음에도 참을 수 없는 것인데, 그때까지 살던 집에서 다른 곳으로 옮김으로써 신경이 쓰이지 않게 된다면 골짜기에서든 '자이'에서든 사람들이 '바꿔 살기'를 했다고 해도 자연스러운 일이다. 그것은 필요에 따라 흩어진 **소개**疏開였을 것이다…… 전쟁이 말기로 향했을 무렵, 마을에도 도시에서 **소개**해 온 사람들이 늘어나 이런 말도 아이들의 귀에 익숙했습니다.

그건 그렇고 우웅 소리가 잠잠해진 후, 어째서 원래 살던 집으로 돌아가지 않았을까? 어쩔 수 없이 얼마 동안, 백 년 전부터 살아온 자신들의 집과 경작할 땅을 버리고 가족도 뿔뿔이 흩어진다. 그것을 나중에 왜 원래대로 되돌리지 않았을까? **대괴음**이 나던 시기에 모든 주민이 새 남편, 새 아내라는 형태로 ——아이들은 부모 중 어느 한쪽이 데리고 갔지만——새집에 새

가정을 꾸렸다고 해도 소리가 멈춘 후에도 계속 그대로 있었던 것은 어떻게 된 일일까?

숲속 분지의 온갖 장소에서 소리의 소용돌이가 일어나듯 웅웅 울리던 **대괴음**. 골짜기의 A 지점에서 나는 소리를 고통스럽게 느낀 사람도 B 지점에 이르면 해방된다. 반대로 B 지점의 소리에 시달린 사람도 A 지점에서는 편안하게 밤낮을 보낼 수 있다. 그렇다면 살 집과 경작할 토지의 교환이 이루어지는 것은 자연스러운 일이었을 것이다. 그러나 그것을 **대괴음**이 지나간 후까지 유지했고, 그렇게 고정된 데에는 무언가 또 다른 이유가 있지 않았을까?

어린 마음에 품었던 이러한 의문은 얼마 지나지 않아 우연히 답을 만나게 되었습니다.

9

내가 듣기 시작한 건 이런 전설입니다. **대괴음**이 어른들에게는 고통을 안겨주었지만, 유아들에게는 유쾌하고 흥분되는 현상이었던 것 같다고 앞에서 말했습니다. 게다가 열네댓 살에서 열예닐곱 살 정도의 '청년단'에게 밤낮도 없이 계속 울려대는 우웅 소리는 무언가 활동을 하지 않고서는 견딜 수 없게 했습니다. 이 **대괴음** 시기의 오랜 자취랄까, 내가 마을에서 그 나이 또래가 되어 동갑내기 친구들과 왁자지껄 떠들고 있으면, "우웅 소리에 신이 나 떠들어대는 놈들이!" 하며 조롱하는 어른들의 목소리가 들려와 우리를 풀 죽게 했습니다.

　하지만 **대괴음**이 울리던 시기의 열네댓에서 열예닐곱 살의 '청년단' 젊은이들은 어른들이 조롱하는 말을 잠자코 듣기만 하지는 않았습니다. 대체로 그런 어른들이 모두, **대괴음**이 몰고 온 사태에 대응하느라 지쳐버리고 말았습니다. 동료 중 가장 나이가 많은 젊은이를 통솔자로 하여 열네댓에서 열예닐곱 살의 '청년단' 젊은이들은 자신들보다 훨씬 어리고 우웅 소리를 그저 재미있어하는 어린아이들까지 데리고는 골짜기에서 '자이'로 행진하며 돌아다녔습니다. 뿐만 아니라 '바꿔 살기'를 해야 하는 집들에 대해서는, 그곳에 사는 어른들의 행동 방식을 참견하며 구체적인 '바꿔 살기'를 돕기까지 했습니다.

　골짜기든 '자이'든 창건자 노인을 가장으로 하는 대가족의 집에서 **대괴음**으로 인한 '바꿔 살기'가 시간이 걸린다는 소문이 전해지면, '청년단' 젊은이들은 곧바로 모두 모여 빨강·파랑·노랑의 천 조각을 묶은 조릿대를 어린아이들에게 들려 그 집으로 향했습니다.

　그 집에서 들리는 우웅 소리는 가족들 한 사람 한 사람에게 현재 살고 있는 집에 남아 있는 것을 고통스럽게 했습니다. 게다가 그 고통을 덜기 위해서는 귀의 본능에 따르기만 하면 집을 나와 길을 따라 조금 걷기만 하면 되었습니다. 그런데도 백살을 넘은 노부부 밑에서 며느리와 손자며느리까지 계속 집에 남아 있으려고 한다면 그 가족에게는 '청년단'이 잘 이해할 수 없는 이유가 있는 것입니다. 하지만 그런 것은 아랑곳하지 않고 '청년단' 젊은이들은 장식한 조릿대를 든 어린아이들을 앞

세워 집으로 들어가서는 '바꿔 살기'를 재촉했고, 그것이 이루어질 때까지 떠나려고 하지 않았습니다. 어린아이들이 든 조릿대 장식은 실력 행사의 의미를 보여주는 것으로, 강제로 '바꿔 살기'를 종용한 끝에 마침내 대가족 한 사람 한 사람이 집을 나와 골짜기와 '자이'를 종횡으로 연결하는 좁은 길을 걸어갈 때, 그중에서도 여자들을 격려하며 보내는 행진의 기치가 되었습니다. 어린아이들은 한껏 노래를 불러댔다고도 합니다.

10

'청년단'의 이러한 독촉에도 불구하고 심지어 대가족 전체가 단결하여 '바꿔 살기'를 계속 거부하는 경우도 드물게는 있었습니다. 수많은 가족 모두가 송곳처럼 귀에 아프게 파고드는 우웅 소리를 참으며 자기 가족의 집과 땅을 기반으로 하는 결속을 지키려고 했으니 정말 가족애와 인내심이 강한 가족이었습니다.

'청년단'은 그 집에 떼를 지어 들어가 주의를 주었음에도 온 가족이 저항하며 오래전부터 살고 있는 땅에 매달리는 사람들에 대해서는 정면으로 맞섰습니다. 그렇지만 '바꿔 살기'에 동의하지 않는 사람들은 그들만의 방식으로 용기를 보여줬다고도 할 수 있습니다.

'바꿔 살기'에 끝까지 저항한 집이 결국 다섯 집 있었다고 합니다. 콘크리트 다리가 있는 골짜기 중앙에서 강 조금 위쪽에 위치한 삼거리 모퉁이에 개점휴업 상태인 싸구려 여인숙이 있는데, 그곳에서 마을사무소를 향해 올라가면 '바꿔 살기'로 불타버린 빈 집터가 있습니다. 이곳에 집이 있던 일가족은 '바꿔 살기'에 끝까지 저항하다가 습격해 온 '청년단' 무리에게 끝내 구타당해 죽고, 가옥은 부서져 불타버렸습니다. 살해당한 사람들의 저주가 있다고 하여 참으로 오랜 세월 그 자리에 사람이 집을 짓지 않는다고 했습니다. 풀이 난 땅을 파면 검붉게 그을린 돌과 낡은 대못이 나오곤 했습니다.

그렇다고는 해도 '바꿔 살기'에 응하지 않아 가족 모두가 살해당한 마을 창건자 노인도 백 세가 넘어 '거인화'되었을 테고, 손자들, 증손자들에 이르기까지 헤어지기 어려운 가족들과 함께 살고 있었을 겁니다. 창건 이후부터 그때까지 동료들과의 유대도 돈독했을 것입니다. 그런 그들이 열네댓에서 열예닐곱 살의 '청년단'에 의해 집이 불타고 가족이 몰살당한다. 왜 그렇게 되었을까? 마을 어른들은 그것을 왜 제지하지 못했을까요?

거기에는 역시 '바꿔 살기'가 단순한 **대괴음**이라는 물리적 현상의 결과만이 아니라, 우웅 소리를 **매개**로 하여 숲속 높은 곳 나무 밑동에 **혼**이 되어 있는 '파괴자'의 지시에 따른 것이었음을 알 수 있습니다. 그것은 창건 이래 처음 있는 골짜기와 '자이'의 개조 계획이었습니다. '파괴자'의 생각을 대신하여 행하는 자들로서, 각양각색의 작은 천을 조릿대에 묶은 아이들을 이끌고 '청년단'의 한 무리는 웅웅대는 소리가 울려 퍼지는 산속 분지에서 혈기 왕성하게 활동했을 것입니다.

'바꿔 살기'를 끝까지 거부하여 박해받은 다섯 집 중 한 집은 **대괴음** 시기가 끝나갈 무렵 마을에서 도망쳤습니다. 가족을 이끌고 가는 노인은 숲속 분지의 창건에 참여했던 사람답게 이런 때에도 외부의 침략에 대한 강한 경계심을 가지고 있었습니다. 그래서 **목**에서 강줄기를 따라 내려가 결국 이 숨어 사는 마을의 존재를 노출시키는 결과가 되지 않도록, 여자들과 어린아이들을 포함한 대가족과 함께 숲을 넘어 도망하려고 했습니다.

이 노인은 '파괴자'가 마을에서 없어진 후, 사람들이 그를 대신해 일을 분담했을 때, 숲 **가장자리**에서는 과수림을 돌보고 숲속에서 커다란 비자나무와 모밀잣밤나무의 열매를 따러 올라갈 때는 선도자 역할을 했던 사람입니다. 그것과 관련하여 어릴 적 기묘함과 매력을 동시에 느꼈던 전설에, '비자나무도 모밀잣밤나무도 움직인다!'라는 말이 있습니다. 비자나무와 모밀잣밤나무가 그곳에 서 있었다는 것을 알고 숲속으로 열매를 따러 들어가면, 분명히 작년에 있었던 나무가 올해는 그곳에 없고, 숲을 헤매다가 끝내 거기서 나오지 못하게 되는 경우가 있다. 그래서 나무 열매를 따러 숲에 들어갈 때는 경험이 있는 어른의 안내가 필요하다고……

숲의 지리를 잘 아는 노인이 가장인 이 일가는 그야말로 대가족이었습니다. '거인화'된 노부부에게는 아들들 부부 몇 쌍과 딸들과 사위들, 거기에 손자들 중에도 이미 결혼한 사람들이 있어 증손자까지 태어났습니다. 어느 날 새벽, 그들 총 서른 명이 모두 숲속으로 들어갔다고 합니다. 노인의 안내로 가족들은 숲 안쪽으로 곧장 향했습니다. 시코쿠산맥을 종단하려면 도중에 오른쪽으로 우회할 필요가 있지만 그렇게 하지 않고 숲이 더 짙은 안쪽 깊숙한 곳을 향해 곧장 나아갔습니다. 그런데 어린 증손자 둘이 열이 나더니 토하고 설사하는 증세를 일으켰습니다. 노인은 '파괴자'가 가꾼 '백초원'까지 약초를 캐러 돌아가기로 결정하고, 가족들이 숲에서 헤맬 것을 걱정해 모두 함께 숲을 내려왔습니다.

숲 입구의 돌길인 '죽은 자의 길'에 매복해 있던 '청년단' 젊은이들이 그들을 쳤습니다. 그리고 이 대가족의 가장을 비롯해 남자라는 남자는 모두 죽었습니다. 이렇게 하여 '바꿔 살기'를 독촉하는 '청년단' 집단은 숲속 분지 사회를 개조하는 운동을 전면적으로 주도하게 되었고, 경찰 역할까지 맡게 되었습니다.

12

숲속으로 도망간 대가족의 남자들이 살해당했을 때, 원래는 '해적'섬에서 온 역시 백 살이 넘은 노부인도 매복해 있던 '청년단'에게 저항하다가 마침내 살해되었습니다. 하지만 가족 중 다른 여자들은——이 깊은 숲에 둘러싸여 고립된 지역에서 여성은 소중한 존재였으므로——죽지 않고 포로로 잡혔습니다. 아픈 아이들은 '파괴자'가 사라진 뒤부터 '백초원' 관리와 약초 말리는 일을 이어받은 노인의 집으로 바로 옮겨졌다고 하니,

'바꿔 살기'를 추진하는 '청년단' 무리도 그저 가혹한 것만은 아니었습니다.

포로가 된 대가족의 딸들과 며느리들, 특히 그 딸들은 어떤 대접을 받았을까요? 그녀들은 그동안의 '바꿔 살기' 운동의 자연스러운 연속처럼, 소리에서 받는 고통이 그녀들에게 갈 곳을 알려준 그 집에서 새로운 거주자가 된 남자의 아내가 되었습니다. 남자들이 '청년단' 한 무리를 상대로 단결해 싸우다 쓰러져 이제는 없는 이상, 더구나 한 사람씩 서로 떼어놓아 그녀들은 계속 저항할 수 없었습니다.

그래도 그녀들이 새로 일원이 된 집에서——나이가 든 분별 있는 며느리도, 건강하고 곧은 성품의 딸도——자신들 가족의 지도자였던 창건자 노인이 **대괴음**에 대해 취한 태도는 옳았다고 끝까지 주장했습니다. 그녀들이 그렇게 솔직하게 속내를 밝힌 것은, 가족 전체가 도망가려 한 것은 잘못이었으니 그것을 인정하고 뉘우쳐 새 체제에 진심으로 협력하라는 '청년단'의 압력이 계속되었기 때문일 겁니다. 온 가족이 달아나려다 실패한 이 집안의 여자들은 모두 용감한 웅변가였던 모양인데, 실제로 이렇게 반박했다고 합니다.

"밤낮없이 이상한 소리가 나고 이곳이 사람 살기에 적합하지 않게 되어서, 할아버님은 새로 살 곳을 찾으려고 우리를 데리고 숲속으로 출발하셨던 겁니다! 살기 어려워진 곳을 떠나 새로운 장소로 향하는 것은 옛날에 '파괴자'가 젊은 동료들과 하신 일이고, 이것을 다시 한번 우리가 배우는 것이지요! '파괴자'의 옛 동료로서 그분과 함께 경험을 쌓으신 할아버님이 자기 가족을 데리고 '파괴자'가 하셨던 일을 하면 안 될 이유가 있을까요? 우리는 기분 좋은 풍요로운 장소를 발견하면 무엇보다 먼저 여러분을 데리러 오려고 생각했답니다!"

이 말을 들은 주변 사람들이 더욱 화를 낸 것은 여자들이 자기 집의 노인을 '파괴자'와 같은 일을 할 수 있는 사람으로 여겼기 때문이라고 합니다. 이미 이 시대에는 마을을 떠나 숲에서 **혼**으로 살고 있는 '파괴자'를 신으로 대하는 태도가 일반적이었을 것으로 생각합니다.

13

이 가족의 여자들에게 쏟아진 너무나도 가시 돋친 질문에 대한 더욱 훌륭한 대답이 민담의 **핵심**처럼 전해지고 있습니다. **대괴음**이 울리던 시기는 지나가고 시간이 더 흐른 뒤였겠지만 백 살이 넘은 가장이 죽고 형제들과 배우자도 모두 죽고, 게다가 그들을 죽인 남자들 중 한 사람의 아내로 살아가고 있다. 그 신세를 어떻게 생각하느냐는 질문에 대한 대답입니다.

"당신들도 우웅 소리의 지시에 따라 '바꿔 살기'를 하고, 새 **남편**과 살고 있죠! 우리가 힘 있는 사람에게 억지로 강요당한 것과 당신들이 소리의 명령에 따른 것이 무슨 차이가 있을까요?"

게다가 그녀의 대답은 이뿐만이 아니었습니다. 그 말에 이어서 나온 용감한 비판은 너무나 강한 것이어서, 그 말을 전하는 할머니는 마을에서 사용하는 '그랬다더라 이야기'의 형식을 사용했습니다. 하나의 이야기 속에서 중심인물이 무게감 있는 마지막 한마디를 던지고 그 말을 부각시키기 위해 '이렇게 들었다고 한다!'는 의미로, "……라고 그랬다더라고!" 하고 힘주어 끝맺는 것이 바로 '그랬다더라 이야기'입니다.

"골짜기에서든 '자이'에서든 누구나 그토록 괴로웠던 큰 소리의 명령에 한 사람만은 괴로움을 피할 궁리를 했다는구나! 게다가 이 사람은 세상 물정을 잘 모르는 젊은이들을 조종해 무자비한 일을 되풀이하게 했지! 백 살이 넘은 노인을 때려죽이는 일까지 시켰어! 그 소리가 숲속 '파괴자'의 **혼**이 내는 것이고, 그 소리를 통해 '파괴자'가 명령한 것이라면 누구보다 먼저 소리의 명령을 들어야 할 그 사람이, ……자기만 몰래 귀마개를 하고 있었다지." 할머니는 초봄의 햇살이 마른 들판에 비치는 듯한 **잿빛** 눈을 그때만큼은 반짝거리며 말했습니다. "자기만 몰래 귀마개를 하고 있었다지,라고 그랬다더라고!"

귀마개라는 유쾌한 발상으로 우웅 하고 울리는 소리를 아무렇지도 않게 보낸, **이 사람**이라고 불리는 인물이야말로 이미 숲속 높은 곳 나무 밑동에 **혼**이 되어 있는 '파괴자'의 가장 만년의 아내이자 **대괴음** 시기에 계속된 '복고운동'에서 큰 권력을 가진 여성입니다. 즉 이 시대의 골짜기와 '자이'를 지배했던 여족장 메이트리아크는 오시코메라는 이상한 이름의 여성이었습니다.

14

오시코메와 '복고운동'에 대한 숲속 분지의 전설을 앞으로 자세히 쓸 생각이지만, 그 전에 한 가지 나의 즐거움을 위해 덧붙이고 싶은 것이 있습니다. 그건 귀마개에 대한 것입니다. 골짜기에서 내가 자란 옛집에 좁은 뒷마당이 있었습니다. 뒷마당이 있는 것은 단지 그 나무 때문이라는 듯 별채를 덮는 큰 나무가 그곳에 자라고 있었죠. 그 나무가 오시코메와 관계가 있는 내력의 '귀마개 나무'라는 것이었습니다. 그것은 나이를 먹은 나무의 묵직한 느낌과는 인연이 없는 볼품없는 나무였지만, 단지 밑동 쪽에 울룩불룩하게 이끼가 긴 모양이 끔찍하게 오래된 느낌도 드는 이상한 나무였습니다. 이 나무가 할머니에게는 소중한 자랑이었던 겁니다. 할머니가 노쇠해 거의 누워만 지내는 별채의 전혀 해가 들지 않는 창문에서 '귀마개 나무'의 애처로울 만치 가느다란 줄기를 볼 수 있었습니다. 그래서 오시코메와 귀마개 이야기를 할 때 할머니는 너무나도 연기하는 듯한 어조로 내게 명령해 뒷마당으로 나 있는 창을 열게 했습니다. 지금 눈앞에 있는 나무야말로 오시코메의 행동에서 직접 유래한 나무라고 보여주기 위해서. **대괴음**이 나던 날들이 지나가자 오시코메는 양쪽의 통통하고 하얀 귓불 안쪽에서 귀마개를 뽑아내 높은 숲 쪽으로 하나, 골짜기로 하나 내던졌다고 합니다. "아아! 정말 오랫동안 갑갑했네!"라고 하면서.

골짜기에 던져진 쪽의 귀마개가 축축한 흙 속에 들어가 싹을 틔운 '귀마개 나무'가 우리 집 뒷마당의 나무라는 겁니다. 또 하나의 '귀마개 나무'는 실제로 숲속에서 거목이라고 해도 될 정도의 큰 나무로 자랐습니다. 할머니 외에 다른 노인들은 분지가 조용해진 후 오시코메가 귀마개를 숲에 묻으러 갔고, 그것이 싹을 틔워 이렇게 큰 나무가 된 것이라고 하면서 골짜기 뒷마당에 있는 나무는 무시했지만……

어린아이였지만 나도 '귀마개 나무'에 대해 알아보았습니다. 삼림조합에 사촌 누나의 남편이 근무하고 있어서 자료실에 표고버섯 재배를 지도하기 위한 표본과 나란히 있는 수목 도감을 볼 수 있었고, '귀마개 나무'가 일반적으로는 주목나무라고 불린다는 것을 알게 되었습니다. 붉은 육질의 껍질에 싸여 다갈색 씨가 있는 그 가종피假種皮의 —라고 도감에 쓰여 있던 것을 그대로 기억하고 있는데 —부드러운 살이 감싸고 있는 씨를 귓속에 잘 밀어 넣으면 덮개가 꼭 맞게 되는 구조로, 이 열매가 열리는 주목나무가 즉 '귀마개 나무'였습니다.

골짜기의 아이나 '자이'의 아이나 주목 열매가 열리는 계절에는 이 열매를 귀마개 삼아 놀곤 했는데, 우리 집의 볼품없는 '귀마개 나무'에도 이웃 아이들이 열매를 따러 모여들었습니다. 어느 해 여동생이 조르는 바람에 머리카락을 두 손으로 넘겨 올리고 드러낸 귀에 주목나무의 붉은 열매를 끼워주었더니 작은 귀가 붉은 열매로 발그레하게 비치는 것 같았습니다. 나는 순간 짓궂은 생각이 들어 그런 귀마개 따위 치워버리라고 야단치듯 말했는데 주목나무 열매가 귀에 꼭 맞아 내 목소리가 들리지 않는 여동생은 머리카락을 뒤로 넘긴 채 고개를 갸웃하더니 생긋생긋 웃으며 쳐다보기만 했습니다.

15

오시코메가 '귀마개 나무' 열매를 가지고 노는 아이들처럼 마냥 즐거워만 했을 리는 없습니다. 그녀는 역시 숲속 분지의 옛날이야기에서 큰 역할을 한 오바와는 전혀 다른 성격의 여성으로 전해지고 있습니다. 젊은 '파괴자'의 **형수**로, '해적' 우두머리인 아버지로부터 배와 섬의 처녀들을 대담한 책략으로 빼앗았던, 그리고 새로운 땅에 막 도착해 화상으로 쓰러진 '파괴자'를 회복시키고, 그 후에는 독재자가 된 '파괴자'에게 명령을 받고 몹시 슬퍼하며 창건자 동료를 재판에 불러냈던 오바. 그녀는 평생을 조신하고 조용한 모습으로 지냈는데, 오시코메가 그 정반대의 삶을 살았다고 전해지는 것은 중요한 점이라고 생각합니다. 그렇지 않으면 '파괴자'와 부부가 되어 오랫동안 함께 지낸 여성으로 오바와 오시코메를 한 인물로 착각하는 일이 전설 속에서 일어났을지도 모르기 때문입니다.

그런데 할머니는 일부러 이야기를 헷갈리게 하는 듯한 말을 했습니다. 나에게는 지금 나와 가까운 사람과의 추억의 하나로 역시 소중하기에 할머니의 이상한 의견도 써두고 싶습니다. 할머니의 말로는 '파괴자'와 부부로 살았던 여성은 단 한 명이었다고 합니다. 각 시기에 따라서 '파괴자'가 **살아 있는** 거인으로 활동하고 있었는지, 숲속 나무 밑동의 **혼**으로 있었는지, 활동하고 있다고 해도 어떤 방식으로 살았는지, '파괴자'의 다양한 형태에 따라 그와 함께 일한 여성도 각기 다른 역할을 했다. 그 몇 가지 역할을 알기 쉽게 이야기하기 위해 몇 명의 여성으로 나누어 전해지는 것이다. 정말 그 여성들이 각기 다른 사람이라면 어째서 '파괴자'는 각기 다른 사람이 아닌 것일까? 몇 번이고 죽거나 돌아오거나 했다고 되어 있지 않은가? 그렇지만 '파괴자'와 같은 사람은 둘도 없는 것이 분명하므로 '파괴자'를 한 사람으로 이야기하는 것을 주저하지 않는다. ……그렇게 할머니는 말한 적이 있었습니다.

그런데 그렇게 중요한 역할을 맡아 '파괴자'와 함께 지낸 여성이면서도 오시코메는 **대괴음**이 나는 동안 귀마개를 하고 지냈다는 것입니다. 골짜기에서도 '자이'에서도 사람들은 우웅 하는 소리를 숲속 나무 밑동에 **혼**이 되어 머물러 있는 '파괴자'가 메시지를 전하는 신호로 들었습니다. 귀에 거슬렸지만, 그 소리를 듣지 않고 있는 것은 숲속 분지에 마을이 창건된 이래로 끊이지 않았던 '파괴자'의 지도에서 벗어나는 것 같아 불안했던 것입니다. 하루 종일 우웅 하는 소리에 내몰리는 것 같아 고통스럽고 괴롭지만, 일단 결심하고 새로운 집, 새로운 토지로 옮기고 나면 소리는 더 이상 거슬리지 않게 되므로 병에서 급속히 회복될 때와 같은 기쁨도 ── 그것을 '파괴자'에게 받은 것으로 ── '바꿔 살기' 시절의 사람들은 경험하지 않았을까요?

다시 한번 말하면, 그런데도 오시코메는 귀마개를 하고 '파괴자'의 신호를 듣지 않았습니다. 게다가 그렇게 그녀는 우웅 하는 소리가 전하는 메시지를 사람들에게 강요하며 다니는 '청년단' 젊은이들을 지도하고 있었습니다. 오시코메는 전혀 순진한 인물이 아니었던 겁니다.

16

어렸을 때의 나는 오시코메라는 이름의 의미를 잘못 알고 있었습니다. '떠밀려 들어간 사람'*이라는 뜻이라고 생각했던 것입니다. 더구나 그렇게 잘못 받아들인 데에는 이유가 있었습니다. **대괴음**이 울리는 동안 '바꿔 살기'를 채찍질하며, 따르지 않는 사람들에게는 강제하기까지 한 '청년단'을 배후에서 이것저것 지휘한 오시코메는 그렇게 만들어진 재편성된 마을사회가 원래대로 돌아가지 않도록 막고, 더욱 철저해진 '복고운동'에서는 완전히 전면에 나타나 활동했습니다. 그 과정에서 권력자의 자리에도 오르고, 게다가 실각하여 숲 **가장자리**의 구덩이에 유폐되기까지 했습니다. 구덩이에 '떠밀려 들어간 사람' 오시코메, 이것은 어린 마음에 납득할 수 있는 해석이었습니다.

그런데 내가 오시코메라는 이름이 가진 본래의 의미를 발견한 것은 한참 후의 일이었습니다. 대학 1학년 때 국문학 수업을 청강하러 갔던 나는 필요한 일이 있어 몇 종류의 인쇄 복제된 그림 두루마리를 보러 도서관에 갔습니다. 그중에 『오부스마 사부로 그림 두루마리男衾三郎繪詞』**가 있었습니다. "옛날, 도카이도東海道의 끝에 무사시노 오스케武藏の大介라는 무사가 있었다. 자식으로 요시미 지로吉見二郎, 오부스마 사부로男衾三郎

---

* '떠밀려 들어가다' '억지로 밀어 넣어지다'라는 뜻의 일본어 수동 표현인 '오시코메라레루押し込められる'의 발음과 유사한 데서 온 착각.
** 가마쿠라 시대의 작품. 형 요시미 지로와 동생 오부스마 사부로라는 대조적인 무사 형제와 그 가족의 이야기를 그린 의붓자식 학대담.

라는 두 명의 용감한 병사가 있었다." 두 사람 모두 뛰어난 **무사** 형제였습니다. 형은 아름답고 잘 자란 좋은 집안의 아내를 얻었는데 어찌 된 영문인지 동생 사부로는 정반대의 여성을 원했습니다. "여덟 개 지방 안에서 뛰어나지 않은 못생긴 여성을 원해, 구메다노 시로久目田の四郎의 딸을 맞이하여 부부가 되었다. 키는 7척에, 머리카락은 고불고불 말려 있는 곱슬머리가 머리에 착 달라붙어 뒤엉켜 있다. 얼굴에는 코 외에 보이는 것이 없고, 입꼬리가 축 처진 입에서 나오는 말은 더군다나 신통한 것이 없었다."

그림 두루마리에서 가장 힘을 쏟은 그림에는, 바로 여기 쓰인 말대로 덩치 큰 여자의 얼굴이 그려져 있었습니다. 그것은 옛 일본인의 얼굴이라기보다 네오레알리스모라고 불리며 당시 자주 수입되던 이탈리아 영화에서 볼 수 있는 노처녀의 얼굴이었습니다. 코주부에 딱부리눈을 하고 머리는 제2차 세계대전이 끝났을 무렵까지 흔히 볼 수 있었던 지나치게 곱슬거리는 파마를 한 듯한, 확실히 아름다운 여성이라고는 할 수 없는 얼굴입니다.

하지만 결코 추한 얼굴은 아닙니다. 생동감 있는 큰 재능과 실제적인 지혜, 거기에 풍부한 에너지가 느껴지는 얼굴. 정말 쾌활하고, 무엇보다 그리운 얼굴. ……이윽고 나는 할머니에게 이야기를 반복해 듣는 동안 나도 만난 적이 있는 것처럼 느껴질 정도가 된 오시코메의 얼굴이 바로 이 얼굴이라는 생각이 들었습니다.

17

"오시코메는 '특이한 인상'이라는 말을 듣는 용모였지!" 할머니는 이렇게 말했습니다. 경의를 담은 그 표현 속에 단순히 추한 얼굴은 아니었다는 의미가 있는 것을 분명하게 알 수 있습니다. 얼굴이 '보통과는 다른 인상'이었던 오시코메는 몸도 '거인화'되어 남다른 크기였습니다. 할머니는 또 이렇게도 말했습니다. "백 살이 넘은 '파괴자'와 부부였던 사람이니 오시코메도 보통 사람의 몸과 다른 건 당연한 게지!"

'청년단' 젊은이들의 지도그룹과 함께 '복고운동'의 권력자로 활약한 오시코메는 사건을 이야기하는 전설에서도 거대한 몸을 가진 여성으로 전해오고 있습니다. '복고운동'이 지나치다는 말을 듣게 된 결과, 그동안 얌전히 따르던 마을 사람들의 거센 반항에 부딪혀 실각했을 때도 그녀는 당연히 거구의 여자였습니다. 오시코메를 감금하고 죄를 뒤집어씌우려는 사람들의 노력은 소인국 릴리퍼트 민중들이 걸리버를 자신들의 뜻대로 하려고 분투하는 모습을 떠올리게 하지는 않았을까? 그렇게 나는 공상을 거듭하곤 했습니다. 그러나 할머니가 돌아가신 뒤 마을 노인들에게 들은 이야기로는, 오시코메도 일단 '복고운동'이 실패한 뒤에는——그래도 어느 정도 확실한 국면까지는 성공이었고 성과의 형태는 남아 있다. 그렇게 그녀는 생각했을 것이라고 나는 지금 생각합니다——자기의 몸에 비하면 너무나도 작은 마을 사람들에게 걸리버도 그랬던 것처럼 결코 저항하려고 하지 않았습니다.

숲 **가장자리**의 구덩이에 감금되게 된 오시코메는 사람들이 말하는 대로 종신형의 감옥이 될 그 구덩이에 스스로 들어갔습니다. 숲 **가장자리**에 몇 개씩이나 나란히 나 있는 구덩이 중 가장 큰 곳이 선택되었는데, 오시코메는 그 안으로 걸어 들어갈 수 없었을 뿐만 아니라, 앞을 보고 들어가면 방향 전환을 할 수 없다고 하여 엎드려서 다리부터 뒷걸음질로 기어서 들어갔다고 합니다. 그리고 구덩이 입구에 굵은 나무 격자가 박혔는데, 유폐 후 수십 년이 지나면서 오시코메의 몸은 야위어 줄어들었습니다. 마침내 보통 사람 크기가 되었고, 때로는 어린 여자아이만큼이나 작아 보일 때도 있었다고 합니다. 하지만 얼굴만은 '거인화'되었던 이목구비의 흔적이 남아, 그야말로 '코 외에 보이는 것이 없다'는 말 그대로였습니다. 입고 있던 옷은 구덩이의 습기에 상해버려, 어쩔 수 없이 오시코메는 자랄 대로 자란 곱슬머리로 몸을 휘감고 있었습니다. 마치 머리가 큰 송충이 같았다고 별로 농담을 하지 않는 마을의 유력자 노인까지 웃으며 이야기했습니다.

그런데 나는 그림 두루마리에 있었던 "뛰어나지 않은 못생긴 여성을 원해"라는 구절에서 추한 여자라는 표현을 떠올리며, 거기서 처음으로 오시코메オシコメ란 '큰 추녀'라는 뜻의 오시코메大醜女가 아니었을까 하는 생각에 이르게 되었습니다.

18

큰 추녀라는 발상 자체, 그 말이 나타내는 것처럼 추醜 자를 나는 지금의 못생겼다는 말에 직접 대입시키지는 않았습니다. 이 글자에는 틀림없이 거기서 **불거져 나오는** 다양한 의미가 포함되어 있을 것이라고, 할머니가 말한 '특이한 인상'이라는 말에도 이끌려 그렇게 느꼈습니다.

다시 한번 오시코메의 '醜'라는 글자를 고어사전에서 찾아보면 다음과 같은 설명이 있습니다. "시코醜: 울퉁불퉁하고 우락부락한 모습. 변하여 추악, 흉악의 뜻." 혹은 "시코메醜女: 황천에 있다는 무섭고 못생긴 여자 귀신. '시코'는 원래 강하고 무섭다는 뜻." 이 오래된 말들이 각각 독자적으로, 또는 결합되어 확장된 의미를 나타내는 것처럼 오시코메도 투박하고 험악한 얼굴과 체격, 그리고 강하고 무서운 재능과 인품을 가진 거구의 여자였을 겁니다. 단지 흉악하고 추하기만 한 여성이라면 어떻게 한때나마 숲속 분지 사람들을 지배하는 '청년단' 젊은 이들에게 권력의 중심으로 추앙받았을까요?

그런데 오시코메와 '청년단'이 지도한 '복고운동', 그것은 분명한 목적을 가지고 출발한 것이었습니다. **대괴음**이 울려 퍼지던 기간에 '바꿔 살기'라는 방식으로 골짜기와 '자이'의 사회가 새로 만들어졌습니다. 마을이 창건된 후 백 년 동안 사람들이 살던 집과 경작해온 논밭뿐 아니라 가족까지도 서로 바꾼다. 모아둔 재산은 집과 함께 새로운 거주자에게 넘어가버린다……

160

모든 주민의 삶을 구석구석까지 개조한 개혁을, 우웅 하고 울리며 강제하던 소리가 없어진 후에도 흔들림 없이 유지할 수 있을까? 조금씩 뒷걸음질 치기 시작해, 급기야 분명한 의도를 가지고 **대괴음** 이전의 상태로 돌아가려는 움직임이 일어나기 전에 어떻게든 모든 것을 확실히 막고 싶다. 그것이 운동의 동기였습니다. 그리고 '청년단'이 '바꿔 살기'를 부추기며 독촉하는 동안에는 표면에 나타나지 않았던 오시코메가, '복고운동'이 시작되자 이제 어떤 책임 회피도 불가능한 방식으로 '청년단' 지도그룹과 함께 활동하기 시작했습니다.

19

오시코메와 '청년단'들이 밀어붙인 이 개혁을 왜 '복고운동'이라고 하는 것일까? 그것은 숲속 분지 사람들의 삶을 '파괴자'에게 이끌려 신천지를 창건한 시대의 방식으로 되돌리자는 운동이었기 때문입니다. 창건기의 마을사회는 바로 고대사회의 구조였습니다. 젊은이들과 처녀들이 늪지와 습지대였던 곳을 개간하는 모습은 여러 차례 쓴 것처럼 지옥도의 도깨비들과 죽은 자로 오해할 만한 것이었습니다. 남자는 훈도시, 여자는 고시마키라는 짧은 속치마를 작업복으로 입고 부지런히 일했습니다. 처음에는 누구나 숲 **가장자리**의 구덩이에서 살며 해가 있는 동안에는 쉬지 않고 열심히 일했습니다. 그건 그야말로 눈부신 마을사회의 모습이었습니다.

물론 그런 구조 그대로 인간의 생활 방식과 시스템이 오래 지속될 리는 없습니다. 어느 정도 사회에 **여유**가 생기면 자연스럽게 다음 단계로 옮겨 갑니다. 실제로 숲속 분지에 창건된 신천지에서 평화로운 백 년이 지나면서 사람들의 생활은 점차 변화하고 있었습니다. 사람들은 저마다 대가족을 이루어 백 살이 넘은 창건자 부부와 아들들, 딸들, 며느리들, 그리고 손자에 증손자까지 함께 살기 위해 큰 집을 지었습니다. 각각 사유재산으로 집과 풍성한 논밭을 소유하고 있다는 점에서는 일반적으로 풍족한 환경에 있는 농촌과 별반 다를 것이 없었습니다.

하지만 숲속 분지 마을은 이 지방 번 관리들의 눈을 피해 은밀하게 살고 있는 마을입니다. 일단 외부인에게 발견되어 번에 알려지게 되면 안정되어 있던 마을의 기반은 금방 흔들리게 됩니다. 그런 숲속 분지 사람들이 '파괴자'라는 뛰어난 지도자가 없어진 지 오래인데, 강 하류에서 번의 보호 아래 있는 마을과 다를 바 없이 느긋하게 살아도 될까? 그런 불안에 눈뜬 사람들의 마음속에 쌓인 초조함이 우웅 하는 소리가 되어 울려 퍼진 것이라고, 그렇게 느낀 젊은이들이 있었던 건 아닐까 생각합니다. 오시코메는 그들과 뜻을 같이한 것이겠지요.

대괴음에 이끌려 강요된 '바꿔 살기'는 백 년 동안 안정되어 온 평화로운 생활을 철저히 재편성하는 것이었습니다. 게다가 사람들의 지혜로 변화의 앞날을 이모저모 헤아려서가 아니라, 우웅 소리의 고저, 강약에 맞추어 모든 사람이 ──단 한 명의 어른을 예외로 하고, 즉 귀마개를 낀 오시코메와 어린아이들을 제외하고 ── 그동안의 안정적인 삶과 생활에서 송두리째 뽑혀

나가고 말았습니다.

　나의 할머니는 오시코메의 귀마개 발명을 재미있어하면서
도, 그처럼 귀마개를 하고 숲속 높은 곳 나무 밑동에 **혼**이 되어
있는 '파괴자'의 메시지를 태연하게 무시했느냐고 하면 그렇지
는 않았다고 했습니다.

　"오시코메는 말이야, '파괴자'가 자신에게 하는 말은 제쳐두
고 마을 전체의 '바꿔 살기'에 마음을 썼던 거란다!" 우웅 하
는 소리를 백 년 동안 쌓일 대로 쌓인 **잘못**을 바로잡는 데 유
용하게 쓰기 위해 그 소리가 잘못 받아들여지지 않도록 주의하
며 지켜본다. 그러다가 일을 진행하는 데 인력을 보태야 할 상
황임을 간파하면 빨강·파랑·노랑 헝겊을 동여맨 조릿대 잎을
든 어린아이들과 '청년단'을 노련하게 지도하여 성과를 올렸다.
할머니가 말하고 싶었던 것은 그런 오시코메의 역할이었던 것
같습니다.

20

　'바꿔 살기'로 일단 완성한 개혁이 이전으로 되돌아가지 않
도록 오시코메가 노력한 것은 당연하지만, 그것은 또 '청년단'
의 숨은 지도자였던 그녀의 의무이기도 했을 겁니다. 그 노력
에서 시작해 그렇게 될 수밖에 없는 필연적인 일로 '복고운동'
이 전개되었습니다. 운동이 진행되면서 오시코메가 '청년단'의
활약을 뒤에서 조종하는 위치에만 머물러 있을 수 없어 표면으

로 나온 것도, '바꿔 살기'를 추진한 이후 마을 원로들에 대해서 대등한 발언권을 갖게 된 '청년단'과 지도그룹을 결성한 것도 자연스러운 과정이었을 겁니다.

'청년단'이 '바꿔 살기'에서 해낸 역할은 눈부셨지만, 그 집단은 마을 젊은이 중 일부였고, 조릿대 잎을 들고 따라간 것도 몇 안 되는 아이들이었습니다. 그러나 '복고운동'이 오시코메를 내세운 '청년단' 지도부에 의한 공식적인 활동이 되자, 그럴 수만은 없었습니다. 골짜기와 '자이'의 모든 젊은이들이 밤낮으로 분지를 뛰어다니게 되었습니다. 아이들도 이제 한 명도 빠짐없이 더 어린 남동생과 여동생을 등에 업고 젊은이들을 따라다녔습니다. 그들의 부름에 따라 백 살이 넘은 창건자들을 비롯해 노년에서 장년에 이르기까지 모든 사람이 복고운동에 강제로 동원되었습니다.

복고운동이 이 숲속의 폐쇄된 사회에서 도대체 어디까지 돌진했을까? '복고운동'의 옛날이야기에는 그것을 오시코메의 지도그룹이 젊은이들을 선동하여 벌인 마을 창건 이래 가장 어리석은 헛소동으로 보는 이도 있습니다. 확실히 숲속 분지를 흠뻑 적신 우둔함의 홍수처럼 전해지기도 합니다.

그리고 오시코메와 '청년단' 지도그룹이 밀어붙인 너무나도 어리석기 짝이 없는, 게다가 희생도 컸던 실수로 전해지는 것은 '복고운동'이 정점에 달했을 때 골짜기와 '자이'의 집들을 모두 불태워버린 일입니다. 정말 난폭하고 변명할 수 없는 행동임이 틀림없습니다. 그렇지만 이 이야기를 들은 어린 시절의 나는 가을 축제 행사 중 하나를 떠올리며 둘 사이의 연결고리를 찾아낼 수 있을 것 같았습니다. 골짜기에서 '자이'로 화려하게 장식한 수레를 끌고 다니다가 다리 위에서 불을 놓아 대나무 장대로 밀어 강으로 떨어뜨리는 축제의 클라이맥스. 사람들이 축제의 수레에 방화하는 것을 필요한 행사라고 여기며 어리석다거나 광기 어린 행동이라고 하지 않는 이상, '복고운동'에서도 커다란 불꽃을 솟아오르게 하는 클라이맥스는 자연스러운 일이 아니었을까……

그러고 보니 나에게는 '복고운동'이 가을 축제와 비슷한 데다가, 골짜기와 '자이'의 어른 아이 할 것 없이 모두 참여해 떠들어대는, 매일 계속되는 또 하나의 축제였다는 느낌이 들었습니다. 그리고 나는 전해 내려오는 여러 가지 일들을 완전히 이해할 수 있을 것 같았습니다.

21

축제의 활기로 북적이는 가운데 '청년단'의 지휘로 불을 질러 타오르는 골짜기와 '자이'의 집들을 생각하면 역시 나에게 바로 연상되는 또 하나의 광경이 있었습니다. 절에서 본 그 지옥도. 붉은 절구 밑바닥 같은 분지를 내려다보는 시각으로 그려진 불타오르는 풍경입니다. 높이 솟아오르는 불꽃은 흔들거리는 해초 모양에 짙고 연한 붉은색으로 그려져 있습니다. 그 사이를 바쁘게, 그리고 활기차게 오가는 훈도시 하나만 걸친 도깨비들과 짧은 속치마 차림의 여자들.

'복고운동'을 움직이는 근본적인 사고방식이 있었다면, 그것은 창건기의 생활이 무엇보다 좋았고, 그 이후 백 년 동안 해롭고 **불필요한** 요소가 누적되어버렸다고 간주하는 것입니다. 마을이 건설되던 시기의, 고대 생활이라고 불러도 될 만한 삶의 방식으로 돌아가자는 것입니다. 그러기 위해 당장 할 수 있었던 일은 사람들의 옷을 백 년 전 스타일로 되돌린 것입니다. 마을에서는 오랫동안 삼베와 무명, 게다가 산누에의 비단까지 생산하고 있었으니 틀림없이 마을 직조자와 염색자들의 수작업으로 통일된 이 지역만의 풍습도 만들어졌을 겁니다. 그런데 그 옷들을 모두 벗어 던지고, 남자는 밧줄처럼 거칠게 마디진 훈도시를, 여자는 허벅지 중간까지 오는 짧은 속치마만을 걸쳤습니다. 절 지옥도의 장면을 중첩해 떠올리는 것은 축제에서 수레를 끄는 골짜기와 '자이'의 각 남녀가 이와 비슷한 모습을 하고 있었기 때문입니다. 자진해서 수레를 끄는 사람들 자체가 **'복고운동'을 하는 사람**이라고 불렸습니다. 축제가 다가오면 축제의 관리를 맡은 사람들이 마을 주변을 돌아다니며 "**'복고운동'을 하는 사람**이 부족해!"라고 투덜거리곤 했습니다.

어린아이들을 제외한 골짜기와 '자이'의 마을 사람 전원이 모여 노동복 차림으로 씩씩하게 일했습니다. '복고운동' 지도그룹은 **대괴음**에 의해 지금까지 소유했던 사람의 손을 떠나 다른 사람이 경작하게 된 땅을 이윽고 좀더 철저한 시스템으로 다시 짰습니다. 숲속 분지의 논밭은 전부 어떤 개인의 소유도 아닌 것으로 바뀌었습니다. 모든 논밭을 집단노동으로 경작하게 된 것입니다. **대괴음**이 있었을 때는 제대로 야외 작업을 할 수가 없어 논밭이 황폐해졌지만, '복고운동' 지도그룹은 한 구획마다 집중적으로 협동 작업을 하는 방식으로 황폐해진 땅을 원래대로 회복하고 농사가 풍작이 되도록 경작에 기세를 올렸습니다. 경작 방식을 집단화했을 뿐만 아니라 거기에 맞추어 자잘하게 나뉘어 있던 논밭의 중간 이랑을 없애고 통합하여 큰 논과 넓은 밭으로 개량하기도 했습니다.

집단노동을 위해서는 공동 취사가 이루어져야 하고 대규모 탁아소도 필요합니다. 그런 구조를 갖추어야만 모든 남자들과 여자들이 문밖으로 나가 협동 작업을 할 수 있었습니다. 공동 시설을 관리하는 것은 젊은이들과 처녀들로, 그들이 축제 때처럼 훈도시와 짧은 속치마 차림으로 부지런히 일하는 풍경은 한층 더 활기 있고 씩씩한 모습이었음이 틀림없습니다.

22

그 활기찬 축제 분위기가 가장 짙게 나타난 것이 오시코메를 둘러싼 귀마개 이야기에 **필적**하는 독특한 전설입니다. 이 경우 오시코메라는 M에게 모인 젊은이들이 모두 T의 역할을 하는 모습을(앞서 조금 이야기했는데) 명확히 볼 수 있을 겁니다.

오시코메는 '복고운동'을 하는 낮 동안에는 계속 논밭에서 집단 작업을 지휘했습니다. 해가 저물면 공동 숙소로 돌아가 다 함께 저녁밥을 먹습니다. 그 후 다시 젊은이들을 데리고 씨를 뿌리기 위해 갈아놓은 땅이 내려다보이는 고신산에 올라갔습니다. 오시코메는 숲속 날씨에서부터 식물의 생장 모습까지 '파괴자'에게서 다양한 지식을 얻었습니다. '청년단' 지도그룹과 개조하려고 하는 논밭에 대해서도 꼼꼼하게 관찰하고 있었습니다. 그 결과 **대괴읍** 시기에 그때까지 오랜 세월 메말라 있던 논밭이 더욱 황폐해졌다고 생각했습니다. 그래서 오시코메는 젊은이들과 땅의 힘을 회복시키는 축제를 열었습니다.

할머니는 내가 재미있어하는 것을 즐거워하며 자주 이 이야기를 했습니다. 오래된 편지와 기록을 넣어두는 자개 문갑에서 손수건만 한 비단에 그린 그림을 꺼내 보여주기도 했습니다. 하지만 그 그림은 별로 재미가 없었습니다. 단순한 재미와는 다른 복잡한 기분을 불러일으키는 것 같아 순진하게 웃고 있을 수만은 없었습니다.

오시코메는 골짜기 중앙에 있는 다리를 건너 강 하류로 내려가 논 지대에 불쑥 솟아오른 고신산으로 올라갔습니다. 그리고 당시 여자들로서는 유일한 의복인 속치마를 벗고 누웠습니다. '파괴자'와 함께 살았을 때부터 이미 '거인화'되어 있었으나 '복고운동'이 진행되는 동안 오시코메의 몸은 더욱 풍만하게 살이 쪄 달이 빛나는 밤은 달빛이, 그렇지 않은 밤은 별빛이 비추면 몸이 하얀 동산 같았습니다. 검은 땅바닥에 턱을 괴고 편안하게 누워 있는 오시코메의 몸에 젊은이들도 모두 늠름한 알몸이 되어 기어올랐습니다. 비단 천에 그려진 그림은 보름달이 뜬 밤의 광경이었지만, 하얗고 풍만한 오시코메의 몸 여기저기에 거무스름하게 힘줄이 불거진 콩알같이 작은 젊은이들이 붉은 훈도시 차림으로 달라붙어 ── 할머니가 말하는 바로는 ──

장난치며 희롱하고 있었습니다……

역시 가을 축제 때 연주하는 가구라神樂라는 무악舞樂에 오타후쿠* 가면을 쓰고 의상 밑에 잡목 다발을 품은 춤꾼에게 어린아이들이 달라붙는 공연이 있었습니다. 물론 그것은 이 토지의 힘을 회복시키려고 한 오시코메와 젊은이들의 축제에서 유래한 것입니다. 그것이 논밭을 풍요롭게 하기 위해 정말 필요한 행위였다는 생각이 축제를 보고 있는 동안 가슴속에서 솟구쳐 올라왔습니다.

하지만 이것을 축제 때의 무악으로서가 아니라 오시코메와 젊은이들이 실제로 고신산에서 그랬다면 어땠을까 하고, 당시에 나는 걱정을 하기도 했습니다. 이것이 '복고운동'으로 인한 집단노동의 고통을 견디고 있는 사람들에게는 골짜기와 '자이'의 일상의 절차에서 **벗어난**, 어리석고 괴이한 행동으로 느껴진 것은 아닐까 하는 불안한 마음이 들었습니다.

23

'파괴자'와 함께 마을을 창건한, 그리고 이미 모두 백 살이 넘어 경험이 풍부한 노인들에게 오시코메와 '청년단'의 이러한 행동은 어떻게 받아들여졌을까요? 어쩌면 고신산에서 장난치며 희롱하는 것이 토지를 풍요롭게 하는 제사라는 것을, 오랫

---

* 추녀. 코는 낮고 볼이 둥글고 빵빵한 여성.

동안 논밭을 일구어온 노인들은 오히려 더 잘 이해했을지도 모릅니다. 하지만 거기에서 더 나아가 오시코메와 '청년단'은 한 가족이 이웃집과 분리되어 비밀을 가질 수 있는 구분된 공간에서 사는 것은——그 가족들이 모두 '바꿔 살기'에 의해 새로 구성된 가족이라도——마을 전체의 통일을 위해 좋지 않다고 하며, 마침내 골짜기와 '자이'의 집을 모두 불태워버리고 말았습니다. 왜 마을 창건자들은 이런 일에조차 아무 말 없이 침묵하고 있었을까? 내가 할머니에게 한 질문에 할머니는 정말 간단하지만 놀랄 만한 대답을 했습니다. "'파괴자'와 마을을 창건한 분들은 말이지, '복고운동'이 진행되는 동안 잇달아 돌아가셨단다!"

대괴음이 시작된 초기부터 나이 든 창건자들에게는 우웅 하는 소리가 몸에 영향을 주었습니다. 대가족을 이끌고 탈출해 숲속에 새로운 보금자리를 구하려다 가족 중 남자들이 모두 맞아 죽은 창건자도 먼저 노인인 자신이 우웅 소리에 괴로웠고, 설령 고통이 덜한 곳이 있다 하더라도 어쨌든 소리가 항상 들리는 마을에서 계속 살아가기가 어려웠을 것이라는 전설도 있을 정도입니다.

대괴음이 노인들의 건강에 미친 눈에 보이는 영향은 창건기 이래로 긴 생애를 사는 동안 커졌던 그들의 몸이 순식간에 오그라들고 작아진 것이었습니다. 우선 '바꿔 살기'로 자기 피붙이인 대가족과 헤어지게 된 노인들은, 이어진 '복고운동'에서는 누구에게나 어떤 특권도 인정하지 않는다는 '청년단' 지도부의 방침에 따라 장년이나 청년들과 똑같이 일해야 했습니다. 오시

170

코메와 지도그룹에게 두터운 신뢰를 받고 있다는 것이 한없이 기쁜 젊은이들은 춤을 추듯 즐겁게 일을 합니다. 그들과 같은 시간에 역시 훈도시 하나만 걸치고 일해야 하는 노년의 창건자들에게 해가 뜨면 바로 시작되어 해가 질 때까지 계속되는 집단노동은 몹시 괴로웠을 겁니다.

이제 '거인화'되었을 무렵의 체력은 고사하고 극심하게 노쇠해가는 것이 누가 봐도 확연한 창건자들은 매일 계속되는 과로로 더욱더 야위어갔습니다. 이 가엾은 모습의 노인들이 '복고운동'의 야외 작업이 한창일 때 ──비가 적은 계절이라 날씨 때문에 휴식을 취하는 날도 드물었습니다 ──차례로 소멸되어 갔습니다. 보름달이 뜬 춘분날 밤, '파괴자'의 지휘를 받아 돌이 깔린 숲길을 행진하면서 **저편**으로 소멸했다는 것과는 다른 전설이지만 할머니도, 할머니가 돌아가신 후 옛날이야기를 해준 노인들도 그런 모순에는 전혀 신경 쓰지 않았습니다.

24

해가 뜨면 바로 시작되는 집단 작업에서 어느 창건자의 몸 상태가 좋지 않다는 것을 알면서도 조금 더 젊은 사람들이 ──젊다고 해도 여든 살, 아흔 살 정도가 되는 창건자들의 아들, 딸 세대에서 손자, 증손자 세대까지 ──공공연하게 그 창건자를 감싸기라도 하면 지도그룹에 불만을 드러낸 사람으로 지탄받았습니다. 그들은 걱정하면서도 잠깐씩 곁눈으로 바라볼 뿐이었습니다.

특히 창건자의 혈육이지만 지금은 노인과 다른 집에서 새로운 가족과 살고 있는 사람들은 더욱 가슴 아파했습니다. 하지만 원래의 가족들이 집단 작업 현장에서 재회하며 반가움을 드러내는 일은 가장 엄격하게 금지되어 있었습니다. 슬픔과 걱정으로 예민해진 그들의 눈앞에서, 그것도 거리를 둔 저쪽에서 간신히 일을 하면서 근심스러운 얼굴로 고개를 푹 떨구고 있는 창건자 몸의 두께와 중량감이 점차 줄어들고——영화에서 인물이 뒷배경과 오버랩되는 모습이 연상되는데——윤곽도 희미해졌습니다. 할머니는 안개에 비친 환등과 같다고 했습니다. "오랫동안 공경해온 할아버님, 증조할아버님이 그렇게 덧없는 모습이 되어버린 것을 보자 눈물이 앞을 가렸고, 눈물을 **닦았을** 때는 이미 그 환영 같은 모습마저 사라져 어디에도 보이지 않게 되었단다……"

이렇게 잇달아 창건자들이 소멸되어가자 혈연관계이기는 하지만 아주 가까운 친척은 아닌, '복고운동'에 여념이 없는 대부분의 젊은이들은 자신들과 같은 시대, 같은 마을에 백 살을 넘어서도 '거인화'를 계속해가는 생명력 강한 창건자가 살아 있었다는 사실 따위는 그야말로 환등이나 꿈과 같은 이야기에 지나지 않는다고 여기며 그 **흔적**마저도 지체 없이 털어버렸습니다.

일단 '거인화'되었던 육체가 점차 쭈그러들고 희미해지더니 마침내 공중으로 사라진 이들 창건자들과는 정반대로 오시코메 한 사람은 '복고운동'을 진행하는 동안 눈부실 정도로 건강

172

했습니다. 이 같은 전승 방식처럼, 나는 역시 오시코메도 '해적' 섬에서 온 젊은 처녀 중 한 명이었고, 오바가 '파괴자'의 정식 아내로 인정받아 살고 있는 동안에는 몰래 숨어서 '파괴자'를 모시던 여성이 아니었을까 하는, 어린아이답지 않은 생각을 하기도 했습니다.

25

그런데 할머니가 가지고 있는 그림에 있는 것처럼, 어떻게 백 살이 훨씬 넘은 오시코메가 그토록 건강하고 젊고 풍만한 몸을 가지고 있었을까? 그 대답은 오시코메를 둘러싼 전설 속에 분명히 나타나 있습니다. 숲을 빠져나가 시코쿠산맥을 넘어 도사번과의 경계로 잠입해가는 길에서부터──그건 '파괴자'가 마을에 소금을 들여오는 통로로 몰래 열어둔 길입니다──멀리는 나가사키長崎까지 확대되어 있던 교역로를 통해 오시코메는 '남만南蠻의 비약'을 구입해 그것을 매일 복용하고 있었습니다!

"오시코메를 위해 숲길로 운반해 온 것은 '남만의 비약'만이 아니었어! 사치스러운 물건이 **잔뜩** 있었지!" 이렇게 할머니가 말하면, 나는 숲길이 자유자재로 늘어났다 줄었다 하는 물체처럼 세계의 구석구석까지 자유롭게 뻗어 숲길의 출구가 먼 곳에 있는 목적지까지 모두 직접 연결되어 있었던 건 아닐까 생각했습니다. 그리고 내가 언젠가 그 숲속 길을 찾아낼 것을 생각하며 기대에 가슴이 부풀기도 했습니다.

숲길로 들어온 비밀 물자 운반책들은 오시코메를 기쁘게 하기 위한 노력을 아끼지 않았습니다. 골짜기와 '자이' 사람들이 남자는 모두 훈도시, 여자는 짧은 속치마 하나로 날마다 밖에서 **열심히** 노동하고 있었을 때, 오시코메는 고신산 행사가 끝나자 구석진 자기 방에 틀어박혀 나가사키에서 가져온 비누로 몸을 씻었습니다. 할머니가 전설을 들려줄 때 사용한 외국어는 나중에 프랑스어 교실에서 반갑게 떠올렸는데, 사본→사봉 savon과 샷포→샤포chapeau*였습니다. 이어서 오시코메는 기장이 긴 네덜란드 옷을 입고 모자를 쓰고는 지도그룹 '청년단'이 칭찬하는 소리를 기분 좋게 듣고 있었다고 합니다.

하지만 나는 오시코메가 **사치 삼매경**에 빠졌다는 옛날이야기를 듣고 그저 아름답고 호화로운 모습만 상상한 것은 아니었습니다. 오히려 유쾌하고 익살스럽다고 느꼈습니다. 그것은 **오시코메 같다**는 표현이 마을에서는 그런 어감을 가진 말로 사용되고 있기 때문입니다. 전쟁 때 마을로 피란 온 사람들은 기모노나 양복 같은 것을 농작물과 교환했기 때문에, '자이'의 여자아이가 옷깃에 모피가 달린 옷을 입고 골짜기로 내려오는 일이 있었는데, 그럴 때면 **오시코메 같다**고 하면서 야단이었습니다.

---

* 프랑스어로 사봉은 비누, 샤포는 모자.

26

숲속 분지 마을은 창건 이래 바깥세상과는 따로 분리되어 완전히 독자적으로 살아왔습니다. 다만 '파괴자'는 마을 사람들이 살아가는 데 꼭 필요한 소금을 들여오기 위해 좁은 길을 만들어놓았습니다. 그런데 에도막부 말기가 되기 몇 년 전, 아직 마을이 번 체제 안에 편입되지 않은 '자유시대'에 이 작은 마을에서 생산되는 목랍이 소금 길로 몰래 반출되어 부가 축적되고 있었습니다.

그 교역의 기초가 '복고운동' 무렵에 이미 구축되어 있었다는 것을 알았을 때, 그건 나에게 강한 인상을 남겼습니다. 할머니의 이야기를 들으면서 대개 나는 **'옛날 일이라면 없었던 일도 있었던 것으로 하고'**라는 생각으로 있었는데, 여기서는 역사가 확실히 나타났기 때문입니다. 실제로 '복고운동' 시대야말로 '파괴자'가 만든 소금 길이 도사번에서 나가사키로 연장되는 전환기였습니다. 새로운 교역 계획을 오시코메와 상의하여 찬성을 얻어내고 실행에 옮긴 것은 '바꿔 살기'가 성공한 이후 새로운 모험에 자신을 얻게 된 **민첩한** 행동력을 가진 '청년단' 지도그룹이었습니다. 오시코메는 이들 젊은이들의 경솔하다고 할 만한 발상을, 다시 말해 자칫 잘못하면 숲속에 숨어 사는 마을의 존재를 들키게 될지도 모르고, 또 그렇게 되면 번의 문책도 한층 엄중해질 수 있는 젊은이들의 비밀 교역을 격려해주었던 것입니다.

할머니가 보여준 보름달이 뜬 밤 고신산에 있는 오시코메의 그림을 나는 아버지에게 보여주려고 생각했습니다. 내 마음속에 무언가 개운치 않은 부분을 아버지가 명확히 해줄 것 같은 생각이 들어서입니다. 낮에는 언제나 봉당에서 올라오면 바로 있는 넓은 마루방에 정좌하고 삼지닥나무 다발을 정리하는 아버지는 그때도 일손을 잠시 멈추었을 뿐 그 자세 그대로 그림을 보았습니다. 그러고는 "하하!" 하고 웃더니, 이 그림은 마을에 몇 장이나 있는데 인기가 있어서 그림을 그릴 줄 아는 사람이 부탁을 받고 잇달아 베낀 것이라는 설명을 하고는, 계속해서 다음과 같은 말을 했습니다.

"할머니가 장난치면서 희롱하고 있는 그림이라고 하셨니? 그렇다면 그럴지도 모르겠구나! 하지만 오시코메는 원로들이 하는 말보다 '청년단'의 말을 존중했다고 하니, 이것은 '청년단'과 회의하는 모습을 재미있게 그린 것이겠지. 그러면 그림이 더러워지기 전에 내가 할머니께 돌려드려야겠다."

그렇게 말하며 아버지는 근엄하면서도 기분 좋은 표정으로 별채로 건너갔습니다. 하지만 할머니에게는 한 가지 주의도 준 모양인지, 나는 그 그림을 두 번 다시 볼 수 없었습니다.

'청년단' 지도그룹의 젊은이들이 숲속 분지 사회를 부유하게 하는 교역로를 이 시기에 확립한 것과 오시코메가 그 착상과 실행을 격려했다는 것은 '복고운동'을 추진한 사람들이 '파괴자'의 창건기를 모방했을 뿐만 아니라 어떻게든 미래를 내다보고 준비하려는 혁신적인 사람들이었다는 것을 보여준다고 생각합니다.

27

'복고운동'이 매일같이 이어지고 집단노동에 참여하는 사이, 지금까지 '거인화'되어 있던 몸이 쪼그라들었을 뿐 아니라 뒤편까지 비쳐 보일 정도로 희미해지고 윤곽도 흐릿해져 마침내 공중으로 소멸한 창건자. 그 가엾은 노인들에 대해 한 가지 더 써두고 싶은 내용이 있습니다.

노인들이 잇달아 소멸하는 사이에도 '복고운동'에 숨 돌릴 겨를도 없었던 장년과 청년들은 숲속에 신천지를 창건한 이후 백 년이나 살아남아 골짜기와 '자이' 사회의 근간을 이루고 있던 노인들의 존재를 금방이라도 잊어버릴 것만 같았습니다. 완전히 녹초가 되어 숙소에 나란히 놓여 있는 침상에서 잠들기 전에 문득 떠오르는 일이 있어도, 노인들은 그것을 자신이 어렸을 때 본 연극의 한 장면인 것처럼 느끼는 것 같았다고 합니다.

노인들 자신이 그 길었던 생애의 마지막에는 처음에 쓴 것처럼 숲속 분지에서 살던 자신들이 환영에 불과한 것은 아닌지 의문을 품게 되는 가엾은 꿈을 다 함께 꾸었습니다. 이미 말한 것처럼 꿈을 꾼 것 같다는 자못 개인적인 이야기가 전해 내려오는 이유는 노인들이 자신들의 꿈에 대해 서로 이야기를 나누었기 때문입니다. 말을 하지 않으면 꿈의 세계와 실제의 삶이 혼동되어버릴 것 같은 이상한 현실감이 있는 꿈이어서 그 꿈을 꾼 노인들은 가만히 있는 것이 불안했던 것입니다.

노인들이 꾸는 꿈은 누구나 마찬가지로 성곽 마을의 난봉꾼이었던 젊은 시절에 동료들과 번에서 탈출하여 강줄기를 따라 어디까지고 거슬러 올라가 숲으로 둘러싸인 분지에 도착했다는 과거의 경험 같은 것은 없었다고 깨닫는 데서 시작되었습니다. 번의 젊은 무사로 도를 넘는 행동도 반복했지만, 그러는 사이에 아버지의 뒤를 잇고 행실도 좋아져 우선은 편안하게 성곽 마을 저택에서 살아온 그런 생애였다……고 하는 꿈을 계속 꾸었습니다.

'복고운동'의 막노동이 힘에 부친 노인들은 짧은 중간 휴식 시간에도 그늘에 웅크리고 앉거나 땅바닥에 쓰러져 잠을 잤습니다. 그리고 곧바로 성곽 마을의 무사로 좋은 환경에서 자란 가족들에게 둘러싸여 편안하게 살아왔다는 꿈을 꾸었습니다. 잠깐 자는 짧은 잠이라 꿈은 끊어졌다 이어졌다 하면서도 일관된 내용이 이어지는 그림연극이라도 보는 것처럼 또 하나의 자신의 생활을 꿈으로 꾸었습니다.

그러는 동안에도 곧 다시 일을 시작해야 할 시간이 옵니다. 지도그룹 '청년단'이 흔들어 깨우면 노인들은 순순히 노동 대열에 서면서 분노한 아이처럼 입을 삐쭉 내밀고 서로 지금 꾼 꿈을 이야기했습니다. '파괴자'와 함께 강을 거슬러 올라가 이곳에 신천지를 개척해 사는 것을 자신들이 원하지 않았다는 듯이?!

그러는 사이 노인들 내부에서 현실과 꿈의 균형이 뒤집히는 상황이 벌어졌습니다. 이 숲속 분지에서 경험한 일은 단지 꿈을 꾼 것일 뿐이다. 번의 가신으로 별다른 변화 없이 살았던 그런 일생이 사실이며, 지금 신변에서 일어나는 일은 성곽 마을에서 한가롭게 은거하며 지내는 자신이 숲속 분지에서 사는 기이한 생애를 꿈꾸고 있을 뿐이다. 이 얼마나 미칠 것 같은 피곤한 꿈인가……

깨어 있는 동안에도 노인들은 입을 다문 채 느릿느릿 일하며, 자신의 어두운 마음속에서 일어나고 있는 것을 확실히 알아내기 위해 거기에 머리를 밀어 넣기라도 하듯이 골똘히 생각하는 모양이었습니다. 그리고 마침내 노인들의 현실과 꿈의 생애가 뒤바뀌면서 이 숲속 분지 노인들의 몸은 희미해지고 윤곽도 모호해져 꿈속에서 살았던 성곽 마을로 옮겨 갔습니다. 그리고 노인들과 함께 일하던 장년과 청년들은 소리도 없이 소멸되어간 노인들을, 그동안 눈에 착시처럼 보이던 것이 사라져 시원하다는 듯 금세 잊어버렸습니다.

28

'복고운동'이 최고조에 달한 후, 곧바로 오시코메의 실각으로 이어진 '총방화' 사건이 있었습니다. 숲속 분지의 모든 가옥에 불을 놓아 모조리 태워버린, 그야말로 큰 사건이었습니다. 그동안의 '복고운동'은 주로 논밭을 무대로 하여 쇠한 땅의 힘을 회복시키기 위해 진행되었는데, 그것이 집단노동을 통해 성공적으로 일단락되자 오시코메와 지도그룹 '청년단'의 눈은 '자이'와 골짜기 마을 사람들의 주거지로 향했습니다. '복고운동'에 앞서 '바꿔 살기'를 통해 어느 집에 사는 가족이든 모두 그 구성원이 이전과는 다른 사람들로 교체되었습니다. 그렇지만 사람들은 '파괴자'가 지도하던 창건기에 누구나 평등하게 숲 **가장자리**의 구덩이나 공동으로 지은 오두막에 살던 때와는 다른 생활을 했습니다.

게다가 골짜기와 '자이' 마을 전체를 둘러보면 확실히 알 수 있듯이 창건 이래 백 년 넘게 세월이 흐르면서 빈부 격차가 두드러진 집들이 들어서 있었습니다. 집을 지은 사람과 살고 있는 사람은 '바꿔 살기'로 교체되었지만, 그런 후에도 불평등이 실제로 있음을 무시할 수 없다. '바꿔 살기'로 조건이 좋은 집에 새로 살기 시작한 이들이 특권 의식까지 드러내는 일도 있다. 그런 이유로 오히려 일단 모든 집을 태워버리고 다시 일정한 조건으로 병사들의 병영과 같은 집을 짓자는 계획이 세워졌던 것입니다.

골짜기와 '자이'의 집을 모조리 태워버리는 큰 화염이 분지를 둘러싼 숲 바깥쪽 멀리까지 연기를 피우지 않도록, 한낮에 맑게 갠 하늘 아래서 '총방화'가 이루어졌습니다. 지금까지도 여러 번 해왔던 산의 마른풀 태우기보다 훨씬 큰 규모라 뒤쪽으로 불이 번지지 않도록 하기 위한, 기술적으로 어려운 소각 작업을 오시코메가 직접 지휘에 나서서 훌륭하게 해냈습니다.

피어오르는 불길 사이를 뚫고 일하는 훈도시와 짧은 속치마 차림의 사람들은 이 용감하고 위험한 작업에 틀림없이 긴장했을 테고, 심지어는 축제 기분으로 들뜨기도 했을 겁니다. 절의 지옥도에 그려진 것처럼 신세계를 창건할 때 노동했던 모습 그대로의 광경이었으리라 생각합니다. 그리고 어린 시절의 나에게는 이 대화재야말로 고신산에서 오시코메와 젊은이들이 벌였던 희롱하고 시시덕거리던 행위를 능가해, 백 년이 넘도록 경작된 숲속 토지에 풍부한 생산력을 되찾게 한 근원이라는 생각이 들었습니다……

그래서 마을 사람들은 오랜 세월을 거치는 동안 '총방화'의 기억을 간직해왔고, 가을 축제에서는 화려하게 장식한 수레를 골짜기에서 '자이' 마을로 끌고 다닌 후, 불을 놓아 태우는 제례를 올려 논밭이 풍성한 결실을 거두도록 그 힘을 회복시켜온 것이라고 말입니다.

29

오시코메의 실각은 앞서 이야기한 것처럼 '총방화' 바로 뒤에 찾아왔습니다. 그래서 오랫동안 나는 오시코메와 '청년단'이 사람들의 집에 불을 지른 것이 직접적인 원인이 되었다고 믿고 있었습니다. 그런데 대학에 들어가 마을을 떠난 후 첫 여름방학에 고향으로 돌아가자, 이미 은퇴한 골짜기의 신관이 이야기를 들으러 오라는 연락을 했습니다. 할머니가 돌아가신 지 10년이 지났지만, 숲속 분지의 신화와 역사를 자기 손자에게 이야기해달라는 할머니의 유언은 노인들 속에 아직 살아 있었던 것입니다.

신관은 다음과 같은 이야기를 했습니다. 마을 사람 대부분이 그렇지만, 자네도 오시코메가 골짜기와 '자이' 마을의 집을 불태운 일로 실각했다고 막연하게라도 그렇게 생각하고 있는 것은 아닌가? 이 전승은 내가 오랫동안 조사해온 바로는 정확하지 않은 것 같다. 오시코메는 집을 불태워버린 후 더 새로운 제안을 했다. '파괴자'가 강줄기를 거슬러 올라가 맞닥뜨린, 대암괴 혹은 검고 단단한 흙덩어리가 두 개의 산 중턱을 막고 있던 **목**, '파괴자'는 이 장애물을 폭파하고 그동안 악취 나는 물이 고여 독한 가스를 내뿜던 늪지를 인간이 살 수 있는 곳으로 바꾸었다. 그것이 우리 마을의 기원이지만, 과연 이 폭파는 좋은 것만을 가져온 것일까? 눈에 보이지 않는 나쁜 영향도 숲 전체에 미친 것은 아닐까? 우리는 지난 백 년간 골짜기와 '자이'에 쌓일 대로 쌓인 왜곡과 **변형**을 모조리 불태워버렸다. 한 걸음 더 나아가 숲속 분지 그 자체를 옛날로 되돌리는 것은 어떨까? 대암괴가 있던 자리에는 흙으로 보루를 쌓아 제방을 만들고 골짜기와 '자이'를 물속에 가라앉히자. 그렇게 한 후 앞으로 물에 잠기지 않은 높은 지대의 논밭만을 경작하더라도 **사치**만 하지 않는다면 마을 사람들은 살아갈 수 있다. 숲에 올라가 수목 속에서 살고 경작할 때만 내려오는 것으로 하자. 그러면 숨은 마을이 외부 사람의 눈에 띄지 않을까 걱정하며 살 필요도 없고, '자유시대'의 생활은 언제까지나 언제까지나 계속될 수 있을 것이다……

신관의 말에 따르면 오시코메의 제안은 '복고운동' 지도그룹인 '청년단'에게 강하게 거부당했습니다. 오시코메는 갑자기 고립되고 말았습니다. '바꿔 살기'부터 '복고운동'까지 오시코메와 일체가 되어 마을 사람들을 지도하고 지배해온 젊은이들이

182

이제는 그 사람들과 화해하고 그들과 다시 친밀한 관계를 맺으며 마을 사람들의 대표가 되어 오시코메를 적대시하게 되었습니다. '청년단'은 오시코메와의 전면 투쟁까지 각오했습니다.

당시 오시코메는 숲속 분지에서 '거인화'된 몸을 가진 단 한 명의 인물이었습니다. '남만의 비약'도 먹고 있었습니다. 만약 그녀가 싸울 마음만 가졌다면 마을 사람들의 선두에 선 젊은이들은 힘든 싸움을 해야 했을 겁니다. 하지만 오시코메는 전혀 싸울 의지가 없었습니다. '청년단'과의 협상에서 그녀는 그때까지 자신이 가지고 있던 권력을 당장 모두 내려놓겠다고 했습니다. 그런 다음 숲 **가장자리**의 구덩이 중에서도 가장 큰 구멍에 스스로 들어갔습니다. 앞에 말한 대로 엎드려서 다리 쪽부터 기어서 들어갔다고 합니다. 그리고 입구를 격자로 막는 것에도 불평하지 않았습니다.

"오시코메는 이렇게 순응하며 구덩이로 들어갔는데, 그렇게 잡힌 신세이면서도 골짜기와 '자이' 마을을 물속에 가라앉히자는 제안만은 옳았다고 계속 우겼다고 하네!" 신관은 길고 큰 머리를 천천히 돌리며 이야기를 끝맺었습니다. 할머니 말씀에도 오시코메가 잡힌 후 마을 사람들은 재미있다는 듯 숲 **가장자리**로 올라가, "다시 생각해봤나? 생각을 바꿨다면 용서해준다 용서해줘!"라고 소리쳤다고 합니다. 구덩이 속 오시코메는 큰 코밖에 보이지 않는 얼굴에 목부터 아래로는 머리카락을 둘둘 감아 큰 송충이 같은 모습으로 고개를 가로저으며 싫다는 답을 했다고 합니다. 그래서 사람들은 격자 사이로 막대기를 집어넣어 오시코메의 머리를 때리고는 골짜기로 내려왔다……

기운 넘치는 장난꾸러기 같은 착상과 행동력이 뛰어난 '청년단'이 '바꿔 살기'부터 '복고운동'까지 용감하게 활약하는 동안, 오시코메는 그들을 격려하고 이끌면서 전폭적으로 지지해주었습니다. 게다가 '복고운동'의 마무리 단계에서는 오시코메가 젊은이들조차 주저하면서 떠나갈 만큼 무서운 제안을 함으로써 ──결과적이긴 하지만──'청년단' 지도그룹과 마을 사람들이 모두 화해하게 되었습니다. 나는 그것이 마을사회의 장래를 생각한 오시코메의 배려가 아니었을까 하는 생각도 합니다. 그러나 어쨌든 오시코메는 뱀장어처럼 구덩이 속에 뒷걸음질로 기어서 들어간 후 줄곧 거기에 머물렀고, 처음부터 막대기로 때릴 생각으로 오시코메에게 물러 오는 마을 사람들이 있으면, 정말 바보같이 솔직하게 분지를 물속에 가라앉히고 숲으로 들어가자는 제안은 옳았다고 우겨댔던 것입니다. 또는 그런 태도를 보였습니다. 오랜 시간이 지나 거인화된 몸이 완전히 작게 줄어들어 입구를 막는 격자가 쓸모없게 되었는데도 오시코메는 결코 도망가지 않고 어린아이같이 꽥꽥거리는 목소리로 계속해서 주장했습니다. 어쩌면 그건 예전의 '복고운동'에서 지도그룹이었던 '청년단'과 그들에게 지배당한 마을 사람들 모두의 화해를 오래도록 지속시키기 위한 역할이 아니었을까요? 오시코메는 M으로, 젊은이들은 T로, 각각에게 필요한 역할을 양쪽 모두 열심히 해낸 것 같다고 나는 말하고 싶습니다.

제3장

'자유시대'의 종언

1

생각해보니 내가 처음 '자유시대'라는 말을 들은 것은 '복고
운동'이 끝날 무렵에 오시코메가 한 제안에 대해 신관이 이야
기해주었을 때였습니다. 게다가 그것도 오시코메가 한 말이라
고 들었습니다. 그리고 이 말을 잘 알 수는 없지만, 그 후 오랫
동안 계속된 숲속 분지의 독립시대 이야기는 할머니가 해주신
이야기의 중심에 있었습니다. 특히 이 시대에는 골짜기와 '자
이' 사람들을 둘러싼 옛날이야기가 신화에서 역사로 옮겨 가는
것 같아 특별한 재미가 있었습니다.

하지만 '자유시대'라는 것은 오시코메를 숲 **가장자리**의 구덩
이에 유폐한 뒤 젊은이들과 원로들의 합의제로 마을을 운영하
게 된 이후의 숲속 분지에 대해 말하는 것입니다. 따라서 '복고
운동'의 지도자였던 오시코메의 제안 중에 '자유시대'라는 말
이 있었다고 신관이 말한 것은 시대를 착각한 것입니다. '자유
시대'에 살았던 사람들이 지금 살고 있는 사회의 독립된 상태

가 위태로워지고서야 비로소 '자유시대'라는 것의 진정한 의미를 이해했던 겁니다. 그러니까 오히려 그 말 자체가 이 시기에 생겨났던 것이지요.

'자유시대'도 처음에는 특별히 놀랄 만한 일은 전해지지 않습니다. 그야말로 평화롭고 편안하게 오랜 세월이 지나갔습니다. 소금 길로 소금을 들여오기 위한 제한적인 출입이 있었던 것을 제외하면 숲 바깥세상의 시대와 이 골짜기 속 분지 사람들의 생활은 전혀 관계가 없었습니다. 마을 사람들은 완전히 자립해서 살았으며 숲 밖으로 나갈 생각을 하지 않았습니다. 그렇게 시간이 흘렀습니다. 그래도 멀리서 전해진 풍문과도 같은 전설이 할머니와 원로들의 마음속에 떠오를 때가 있었습니다. 그건 전체적으로 희미하고 아득한 일로 생각되는 '자유시대'의 매일매일의 생활 중에서 기억되는 사건이었습니다.

숲속 분지를 위해 새로운 '국어'를 만들어내려 했던 이야기. 오래전부터 '파괴자'가 그 일을 위해 언어 전문가를 뽑아두었다고도 합니다. 이 전문가는 야외 노동에 참가할 의무가 면제되었습니다. 그리고 숲 바깥세상에서 쓰이는 말이 아닌, 숲속에 창건된 마을 특유의 '국어'를 발명하도록 웃으며 음식과 술까지 제공했습니다. 전문가가 칩거한 작은 신사 같은 집은 내가 어렸을 때까지 강 건너편에 남아 있었습니다. 여러 그루의 나무줄기가 한데 얽혀 구불구불 꼬여 있는 모밀잣밤나무 뿌리 쪽에, 지반이 그 큰 나무뿌리로 둘러싸여 들떠 있는 모양으로 개미귀신이 많은 집을 짓고 있었습니다. 그 개미귀신이 집을 지어 바슬바슬해진 마루 밑 땅을 파보면 먹으로 글씨를 쓴 오래된 작은 종잇조각이 나온다는 말도 있었습니다.

이 전설은 골짜기 마을의 십수 대 후세대인 어린 나에게 새로운 '국어'를 만드는 방법에 대해 생각에 잠기게 할 정도의 씨앗은 뿌렸습니다. 전후에 생긴 신제 중학교 때, 에스페란토 학습에 몰두한 적이 있는 것도 직접 그 몽상에 뿌리를 두고 있었습니다.

2

언어 전문가는 마을의 원조를 받으며 연구에 열중했습니다. 하지만 성과는 오르지 않았습니다. 이런 일을 맡은 사람답게 고지식한 성격으로 책임감에 시달렸던 모양입니다. 연구 사이사이에 짬을 내 산책하며 숨을 돌리는 일도 없어지고, 축제 때도 술자리에 얼굴을 보이는 일이 없었습니다. 그건 다시 말해 마을에서는 완전히 은둔자가 되어버렸다는 것입니다. 그러다 마을에서 내는 비용으로 하루에 세 번씩 식사를 가져다주는 이웃 여자들과도 말을 주고받는 일이 없어졌습니다. 숲속 분지의 사람들로부터 자신을 격리하듯 하며 진척되지 않는 '국어' 연구를 하면서 오랫동안 살았습니다.

그러던 중 마을의 언어 전문가에게도 자기 생애의 끝이 가까워졌음을 자각하는 때가 왔습니다. 그 결과 줄곧 모밀잣밤나무 그늘 밑의 집에만 머물고 있던 이 사람이 눈부신 활약을 했습니다. 어느 보름달이 뜬 밤, 평소에는 집 안에서만 걷던 사람이 골짜기와 '자이'의 이곳저곳을 뛰어다녔습니다. 무슨 일로? 새로운 '국어'를 만들어내는 큰일이 잘 진척되고 있지 않을 때, 마을 곳곳에 새로운 이름을 짓는 건 쉬운 일이라면서 이미 완성해놓았던 것입니다. 그래서 그는 독자적으로 명명해놓은 각 장소의 이름을 얇은 종이에 먹물로 써서 현장에 붙이고 다녔습니다.

그것은 양이 매우 많아 하룻밤 사이에 모든 것을 다 해낸 언어 전문가의 고생은 보통이 아니었을 겁니다. 하지만 새로 지어진 이름은 그 후 마을 사람들로부터 대부분 잊히고 말았습니다. 다만 '대어살'이라든가 목이라든가 '죽은 자의 길'이라든가 하는 명확한 특징이 있는 곳에 붙여진 이름만은 기억되어왔습니다. 실제로 나도 그 지명들을 사용하며 자랐습니다. 언어 전문가 노인은 이름을 쓴 종이 뭉치를 안고 분투하던 밤이 지나자 더 이상 모밀잣밤나무 그늘 밑의 집으로는 돌아가지 않고 숲으로 올라가 한동안 숨어 살다가 조용히 죽어갔다고 합니다.

숲속 분지의 독자적인 '국어'에 대해서는 또 하나의 전설이 있습니다. '자유시대'가 끝나고 번의 지배 아래 들어갈 수밖에 없었던 상황에서 마을을 대표하는 교섭자로 아직 젊은 가메이 메이스케가 성안으로 불려 가, 숨어 살게 된 마을의 사정을 이해해준 젊은 영주에게 이런 우스갯소리를 했다고 합니다.

"조상님이 숲속에서 길을 잃고 너무 오랜 시간이 흘러 마치 산에 사는 원숭이와도 같은 생활을 한 탓에 우리는 문명에 뒤떨어졌습니다. 그런 단순한 머리에 딱 맞게 말은 간략해져서 전문가가 그 말을 위해 일했을 정도였지요! 개는 멍이라고 부르고, 고양이는 냥이라고 부르고, 하늘을 나는 것은 모두 구구라고 부르고, 물속에 사는 것은 모두 빠끔이라고 불렀습니다. 이 간단한 말이 완성되었더라면, 세 살 아이가 이해하는 말 말고는 모두 잊어버려 우리의 머리는 한층 더 단순해졌을 겁니다. 관대하신 영주님의 힘으로 문명 속으로 돌아오게 된 것은 우리의 행복! 정말 감사합니다. 감사의 말씀을 드릴 때, 우리의 언어는 이런 식이었지요, 깩깩, 깩깩!"

3

'자유시대'. 그것은 '파괴자'에게 이끌려 젊은이들과 처녀들이 창건한 마을이 백 년이 지나면서 쌓인 잘못들을 '복고운동'으로 극복한 다음에 온 시대입니다. 개혁 과정에서 지나치다고 생각되었던 부분은 오시코메가 실각하고, 타당하다고 생각되는 지점으로 되돌려졌습니다. 사람들은 숲속에 독립된 마을을 하나의 나라, 하나의 세계처럼 느껴 거기에서 벗어나는 일은 생각도 하지 못했습니다. 사람들이 빈틈없이 마을을 지켰기 때문에 외부 세력에게 침략당하는 일도 없었습니다.

이런 '자유시대'의 마을이 확실하게 안정을 찾은 후였겠지만, 그렇게 숲속에 고립되어 자급자족하고 있던 분지에 외부 상인들이 몰래 들어오게 되었습니다. 처음에는 '파괴자'가 소금을 들여오기 위해 길을 열었고 '복고운동' 시기에는 젊은이들이 나가사키까지 교역을 갔던 숲속의 험한 길을 통해서. 지금도 옛길의 자취가 남아 있는 그 길은 규칙적으로 지그재그 형태의 코스를 새기면서 숲을 빠져나가 시코쿠산맥의 척추 관절 **이음**매라고도 하는 곳을 지나 마침내 태평양의 바다가 **조각**처럼 빛나는 곳에 이릅니다. 고등학교 2학년 봄방학 때 남동생과 둘이서 편도로만 이틀이나 걸리는 길을 걸은 적이 있었습니다. 아직 길 중반쯤일 때, 숲을 빠져나와 키 작은 관목이 드문드문 자란 평평한 풀밭으로 나온 뒤, 다시 가파른 오르막길로 올라가 발밑으로 펼쳐지는 숲속 분지를 내려다보았습니다. 우리 조상들이 수백 년 동안이나 그곳에 들어앉아 살았던 세계의 아담한 전망에 가슴이 먹먹해져 있자니, 솔직한 동생은 "아, 맙소사, 맙소사!" 하고 소리를 질러댔습니다.

소금 길을 통과하는 외지 상인들이 마을에서 생산할 수 없는 소소한 물품들을 운반해 올 때——봄과 가을에 한 번씩 있었던 것 같은데——그 대가로 분지에서 실어 간 생산품이 목랍이었습니다. 상인들은 마을에서 유일하게 외부로 통하는 길로 질 좋은 백랍을 짊어지고 돌아갔습니다. 현의 경계에 인접한 도사번 설화에, 길 잃은 산속에서 발견한 옻나무 늪에서 용을 만난다는 이야기가 있는 것은 지리적으로 말하면 가파른 언덕길을 오르내려야 하고, 정치적으로는 산맥을 사이에 둔 양쪽 번의 눈도 피해야 했던 목랍 밀수의 위태로운 환경을 반영하고 있습니다.

상인들이 마을로 들여온 물건에는 화약과 소화기까지 포함되어 있었습니다. '자유시대'가 끝나갈 무렵, 곧 들이닥칠 어려운 날들을 눈앞에 두고 마을의 원로들이 협의 끝에 그렇게 위험한 물건을 상인들에게 요구했을 겁니다.

4

게다가 외지 상인들은 유랑 예인들까지 데리고 왔습니다! 그들은 극단을 구성해 춤과 연극을 하는 집단이었습니다. 골짜기에는 한때 목랍창고였던 큰 건물에 '세계무대'라고 불리는 무대가 남아 있었는데, 원래 '자유시대' 때 예인들의 연극 공연을 위해 만들어진 것이라고 합니다. 숲속에 오랫동안 갇혀 사는 사람들에게 바깥세상에서는 무슨 일이 일어나고 있는지 알려주는 연극을 위한 무대. 나의 어머니는 그 '세계무대'에서 역시 마을 밖에서 불러온 극단이 공연한 「대역사건」이라든가 「샌프란시스코 대지진」이라든가 하는 연극을 마을에서 자란 어린 시절에 보았다고 합니다.

외지 상인들이 데려온 예인들의 공연에서 마을 젊은이들을 열광시킨 것은 춤추는 아가씨들이었습니다. 그녀들은 춤을 출 뿐만 아니라 악기를 연주하고 노래도 불렀습니다. 어느 해 상인들이 짐꾼을 겸한 남자 예인들에게 목랍 짐을 짊어지우고 떠났을 때, 마을 젊은이들 다섯이 분지에서 자취를 감추었습니다. 원로들이 급히 조사한 결과, 골짜기와 '자이'의 매우 많은 젊은이들이 예인 집단과 함께 숲 밖으로 나가기를 원해 제비를 뽑았고, 거기에서 당첨된 다섯 명의 승자가 산을 넘어 험한 길을 떠날 권리를 얻었다는 것을 알게 되었습니다.

원로들은 추첨에서 뽑히지 못해 원통해하는 제비뽑기 패자들로 추격대를 조직했습니다. 악극단의 여자들을 보호하느라 목랍 짐을 지고 천천히 산길을 올라가는 일행을 젊은이들 추격대는 산맥 이쪽에서 따라잡을 수 있었습니다. 앞으로의 교역을 생각해 마을 측과 문제가 일어나지 않도록 어떤 요구에도 양보할 생각인 상인들에게 젊은이들은 원로들이 맡긴 서신을 전달했습니다.

원로들이 서신을 통해 상인들에게 요구한 것은 분지 탈출을 시도한 젊은이들의 목표는 예인 극단 아가씨들이므로 아가씨 다섯 명을 모두 넘겨달라는 것이었습니다. 손해는 이듬해 목랍 거래 때 보상하겠다는 마을 측의 제안에 상인들은 아가씨들을 설득할 수밖에 없었습니다. 따지고 보면 유랑극단을 숲속으로 데려간 상인들의 돌발적인 행동이 성가신 문제를 일으킨 것입니다. 아가씨들은 악기와 의상을 동료들에게 건네주고 그녀들과 타지로 향할 각오를 했던 젊은이들에게 보호받으면서 또다시 깊은 산골짜기로 내려왔습니다.

분지로 발길을 돌리는 길 중간에 있는, 그로부터 백수십 년 후 나와 남동생이 깊은 숲에 띠처럼 둘러싸인 자그마한 땅의 풍경에 충격을 받았던 그 전망 좋은 초원에서는 아가씨들도 격렬한 마음의 전율을 느끼지 않았을까요? 그래도 그녀들은 용기를 내어 앞서가는 젊은이들을 따라갔습니다.

5

다시 마을로 끌려가는 아가씨들이 높은 지대에 있는 초원에서 납작한 바닥의 원뿔형 분지를 내려다보고——순회 지역을 새로 방문한 유랑극단의 호기심 같은 것이 아니라 평생을 살아갈 장소로 이 좁고 한정된 공간을 받아들이고——느꼈을 마음의 전율에 대해 말했습니다. 숲 밖에서 분지 마을을 볼 때 과거 다른 사람들의 눈에 그곳이 어떻게 비쳤는지 나는 짐작할 수 있기 때문입니다.

우리 마을을 포함해 여러 마을이 합병되어 생긴 마을의 향토사연구회에서 발행한 여러 종류의 소책자를 읽은 적이 있습니다. 거기에 「아와지 구역의 폐촌화를 아쉬워한다」라는 글이 있었습니다. 우리 마을은 '구역'이라고 불리는 읍의 일부분이 된 셈인데, 이 글의 목적 중 하나는 아와지 구역의 옛 이름 '항아리 마을'을 유서 있는 가문의 기록에서 보고하는 것이었습니다.

메이지유신이 일어나기 직전, 번의 중신을 맡고 있던 사무라이가 불미스러운 일을 저질러 성곽 마을을 떠나 벽지에 칩거하라는 명령을 받았습니다. 근신하기 위한 곳으로 선택된 '항아리 마을'이 지금의 아와지 구역이라고 합니다. '항아리 마을'이라는 이름이 붙은 이유를 마을의 연장자에게 물었더니 숲으로 둘러싸여 있는 이 구역의 전망이, 강 하류 일대에서 사람 매장에 사용된 항아리를 닮았기 때문이라고 한다……

항아리관 모양을 닮은 마을. 죽은 자를 그곳에 감추는 것이 걸맞게 느껴지는 장소. 골짜기에 칩거한 사무라이는 항아리 마을이라는 이름을 죽음의 나라에 잠시 내려와 있는 기분에 어울리는 이름으로——그것은 당시에 이미 옛 이름으로 남아 있을 뿐이었는데——일지에 적어두었던 것이겠지요.

강을 거슬러 올라가면 숲속에 숨어 사는 듯한 마을이 있고, 사람들은 그곳에 틀어박힌 채 이상한 생활을 하고 있다. 마치 죽은 사람들의 나라 같은 꺼림칙하고 불길한 이미지가 있어서 강 하류 쪽 사람들은 숨어 사는 마을을 비밀로 한 것이 아닐까요? 그렇다면 숨어 사는 마을이 드러나지 않았을 때도 숲속에 사람들이 살고 있다는 것을 강 하류 마을에서 알고 있었던 것입니다. 꺼림칙하고 불길한 곳으로서 자신들의 삶의 터전과는 분리되어 있지만, 나름대로 의미 있는 장소로 그곳이 번의 관리들 눈에 띄지 않도록 지켜주고 싶은 마음이 강 하류 마을 사람들에게 있었던 것 같습니다.

그처럼 마을을 둘러싼 사람들의 은밀한 보호가 없었다면 '자유시대'가 오랫동안 계속될 수는 없었을 겁니다. 하지만 강 하류의 성곽 마을에도, 시코쿠산맥을 넘은 저쪽 번에도 에도막부 말기의 거센 바람이 불기 시작하자 '자유시대'가 그대로 이어진다는 것은 더 이상 있을 수 없는 일이었습니다.

6

그리고 마침내 '자유시대'의 끝이 찾아오는데, 먼저 예고라도 하듯 그때까지 볼 수 없었던 불청객들이 숲속 분지에 나타났습니다.

그들은 도사번을 탈출하여 시코쿠산맥의 이쪽으로 내려와 세토나이카이瀬戸内海의 항구에서 교토나 오사카大阪로 향하려는 사무라이들이었습니다. 하지만 '파괴자'의 소금 길과는 별도로 공식적으로 만들어진 산길은, 확실히 하나로 연결된 숲속이기는 하지만 분지에서는 떨어진 곳을 통과하고 있었습니다. 애초에 시작은 번을 탈출한 자들이 뒤쫓아오는 추격자들을 피해 밤낮을 가리지 않고 강행군을 하던 중 분지로 들어가는, 원래는 소금 길이었던 통로로 내려오고 말았던 것입니다. 아직 젊은 사무라이들은 익숙하지 않은 산길에 지치고 추격자를 두려워하며 초조해하던 상황에서 뜻하지 않게 눈앞에 나타난 이상한 마을에서 대접을 받으며 휴식을 취한 후 다시 교토나 오사카로 길을 떠났습니다.

그 결과 숲속 분지 마을은 탈출한 도사번의 지사들 사이에서 은밀한 이야기로 전해진 모양입니다. 분명히 마을을 중계 기지로 간주하고 산길에서 내려오는 사무라이들이 잇따라 나타났습니다. 그들이 번의 관리에게 이 마을에 대해 통보하지 않는다는 약속을 하고 그것을 교환 조건으로 융숭한 대접을 합니다. 하지만 너무 오래 머물게 되면 마을로서도 난처한 일이 생겨납니다. 번을 탈출한 탈번자들과의 관계에서 적절한 수단을 취할 수 있는 이른바 외교관이 필요했습니다. 그리고 바로 그에 걸맞은 인물로 마을 원로들은 아직 열대여섯 살밖에 안 된 가메이 메이스케를 선택했습니다. 아주 재기가 넘치지만 그만 큰 위태롭기도 한 젊은이들 곁에서 중요한 일을 무사히 해내도록 도운 사람이 메이스케의 어머니라고도 하고 의붓어머니라고도 하는 아직 30대 중반의 여성이었습니다.

어린아이같이 젊고 붙임성 있는 메이스케를 내세워 분지로 내려오는 사무라이를 받아들이고 그들이 머무는 동안 메이스케 어머니와 그녀에게 지도받는 처녀들이 시중을 들었습니다. 만일 사무라이들이 무리한 요구를 하려고 들면 신속하게 전투단으로 변신하여 마을을 지켜야 할 젊은이들은 그동안 모습을 숨기고 있도록 일러두었습니다.

번을 탈출해 추격자를 따돌리면서 험난한 산길을 더듬어 오른 후, 어떻게든 체력을 회복하여 교토와 오사카로 가려는 무사들에게 자진해서 요구를 들어주는 창구 역할의 메이스케, 더욱이 메이스케 어머니와 처녀들의 접대는 이 거친 시대에 숲속에 숨어 사는 마을의 인상을 너무나도 근사하게 만들었을 겁니다.

7

숲속 분지를 번을 탈출하는 과정의 중계 기지로 삼은 사무라이들은 그곳에 머무는 동안 극진한 대접을 받았을 뿐 아니라 지사志士로서 교토나 오사카에서 활동할 자금까지도 조달받는 일이 있었던 것 같습니다. 이와 관련하여 다음과 같은 전설도 남아 있습니다.

메이지유신 이후 분지에서 생산되는 목랍은 전국 규모의 판매 경로를 독점하고 해외에까지 수출하게 되었습니다. 그것은 마을에서 개발된 백랍 기술이 뛰어난 이유도 있지만, 유신 이전에 맺어진 인간관계가 많은 도움이 되었다고도 합니다. 산을 넘어 교토나 오사카로 나가는 길에 숲속 마을에 들러 원조를 받은 사람들 중 메이지 정부의 고관이 된 사람들이 있어 목랍 거래를 열심히 중개했다고 합니다. 물론 자신의 이권과도 관련이 있었겠지만.

메이스케를 교섭 역할로 내세우고 마을 원로들은 그의 뒤에서 충분히 의논하면서 신중하게 또는 대담하게 사무라이들을 지원했습니다. 하지만 이렇다 할 생각도 없이 단지 애매모호한 변화를 바라는 기분으로 번을 탈출해 숲속 분지에서 대접받는 것을 기회 삼아 빈둥거리며 지내는 무리에게는 단호한 태도를 보였습니다.

하지만 그런 부류의 탈출자들에게 퇴거를 요구하는 것은 큰 위험이 따릅니다. 그런 젊은 사무라이들은 일단 번을 탈출해 온 산맥 너머로 되돌아갈 마음이 없습니다. 마을을 나가는 것은 좋지만, 그대로 강줄기를 따라 내려가 관청에 숨은 마을을 밀고할 수도 있습니다. 이 빈둥거리는 사무라이들의 처리는 마을 방어를 위해 중요한 의미를 가지고 있었습니다. 그런 상황에서 실제로 이 임무를 완수한 것은 새로 사들인 무기로 훈련을 거듭하고 있던 젊은이들의 전투단이었습니다.

골짜기 중앙에 지어진 목랍창고는 어느새 돌아와 있던 '파괴자' 혼자 살았다고도 하는 곳인데, 이 목랍창고에 어느 날 열

명의 무장한 무법자가 골짜기 아이들을 인질로 잡고 농성을 했습니다. 원로들이 상의한 대로 메이스케가, 인질을 잡고 농성하는 무법자 리더에게 골짜기 처녀와 결혼시키겠다는 제의를 했습니다. 그뿐 아니라 목랍창고의 높은 창문으로 술과 안주를 매달아 내려주었습니다. 인질로 잡혀 있던 아이들이 술을 따라주는 사이에 무법자들은 마음을 놓고 목랍창고의 문을 열었습니다. 경사스럽게 혼례를 올린 리더와 처녀가 목랍창고를 나와 신혼집이 될 곳으로 이동할 때 아이들은 조릿대에 형형색색의 천을 매단 예의 그 장식을 들고 앞장서 갔습니다.

그러나 이들이 떠난 목랍창고에 젊은이들의 전투단이 돌입하여 술에 취한 무법자들을 모두 살해했습니다. 아직 신혼 행렬을 이루며 가던 리더도 마을 인근에서 베어 죽여버렸습니다. 할머니는 이 **가짜** 혼례를 올린 소녀 같은 신부가, 리더를 벤 칼에 발목을 맞아 부상당했다고 했습니다. 게다가 골짜기의 '음식점'에서 우동을 데치고 있는 한쪽 다리가 불편한 노파가 바로 그 신부라고도 했습니다.

8

할머니뿐만 아니라 노인들이라면 누구나 이야기한 이 전설을 '자유시대'의 종언이라는 역사의 움직임에 맞추어보면 어떤 일이 현실로 일어났는지를 뒷받침할 수 있습니다. 열 명의 무법자도 처음에는 교토나 오사카로 탈출해 가려던 지사로서 중계 기지 마을로 내려온 것이 틀림없습니다. 마을에서 대접을 받으며 지내는 동안 떠나려는 의지를 잃고 그저 우리 마을에서 기식만 하는 **식충이**가 되었을 겁니다.

마을 어른들이 잘 알아듣게 타일렀지만, 그래도 아이들은 그들과 너무 가까워져 인질로 잡히는 처지가 되었습니다. 무법자의 리더가 **가짜** 혼례라는 계략에 속게 된 것은 이상하리만치 어이없는 일이지만 젊은 무법자는 골짜기 처녀와 인연을 맺으면 안심하고 이곳에 남을 수 있다고 생각했겠지요.

목랍창고에서 농성하는 무법자들을 퇴치하기로 한 결정은 원로들이 내렸는데, 구체적인 계획은 메이스케가 어머니와 함께 세웠다고 합니다. "메이스케는 자기와 별로 나이 차이가 나지 않는 무법자들의 심리를 짐작할 수 있었고, 메이스케 어머니는 메이스케가 보지 못한 이면을 간파할 수 있었던 거란다!" 할머니의 이 말은 나에게 깊은 인상을 심어주었고, 그 후 나는 마음속을 내 어머니에게 간파당하고 있는 건 아닐까 하는 생각이 들어 마음이 불편해질 때가 있었습니다.

가메이 메이스케는 이렇게 확실한 협력을 받고, 뒤에서는 메이스케 어머니에게 여러 가지 방법으로 도움을 받으며 그 역할을 잘해나갔습니다. 그리고 이러한 경험으로 단련된 외교적 수완이 마침내 숲속 분지에 불어닥친 위기에서 큰 역할을 하게 되었습니다. 위기는 어떻게 찾아왔을까? 강을 끝까지 거슬러 올라간 장소에 숨어 사는 마을을 몰래 항아리 마을이라고 부르며, 그러나 그런 마을은 없는 것으로 해왔던 강 하류 유역의 농민들. 바로 그들에 의해 어느 날 아침, 마을이 점거되었다는 것을 사람들은 깨달았습니다. 그것이 위기의 시작이었습니다.

내가 어렸을 때 어느 겨울날 아침 눈을 떠 숲속 높은 곳에서 골짜기까지 일대가 온통 눈으로 뒤덮인 광경을 보고 그 말의 의미도 잘 모른 채 목구멍으로 솟구쳐 나온 것은 "흩어져 도망치는 것 같아!"라는 탄성이었습니다.

농민들이 영주의 착취에 대항하여 다른 지역으로 흩어지는 **도망**. 그날 아침 숲속 분지 사람들이 발견한 것은 노인에서 갓난아기에 이르기까지 마을 전체가 자신들의 땅과 집을 버리고 온, 즉 흩어져 **도망**쳐 온 강 하류의 농민들이었습니다. 자신들만 오랫동안 숨어 살던 골짜기와 '자이'를 그야말로 밤사이 눈이 내려 쌓인 것처럼 강 하류의 농민들이 가득 메우고 있었습니다.

9

'파괴자'가 이끌고 온 젊은이들이 골짜기 마을을 개척한 이후 숲속 분지에서는 '복고운동'을 정점으로 하여 큰 사건이 몇차례나 일어났습니다. 그러나 그것들은 어디까지나 골짜기와 '자이' 마을 내부에서 일어난 사건이었습니다. 그런데 지금까지 마을 사람들이 마을에 들어오는 것을 승낙한, 산 너머에서 오는 지사들이 아니면 침범당할 일이 없었던 외부와의 경계가 이번에는 길을 헤맨 듯한 수많은 진흙 발에 짓밟히고 말았습니다.

골짜기를 흐르는 강 하류 쪽에 있는 여러 마을의 농민들이 여자와 아이들을 데리고 **한 덩어리**가 되어 강의 흐름을 거슬러 아래쪽에서 부풀어 오르듯 분지로 들어왔습니다. 그들은 번의 무거운 세금을 피하기 위해 집과 토지를 버리고 **도망**쳐 온 농민이기는 하지만, 자신을 지키기 위해 최소한의 무장은 하고 있었습니다. 그런 의미에서 보면 대규모 군대가 느닷없이 진주해 온 것과 같았습니다. 앞서 항아리 마을이라는 오래된 명칭을 기록한 향토사연구회의 소책자 이야기를 했는데, 거기에 함께 실려 있던 그 **도망** 기록에 따르면 마을에 들어온 사람들의 수가 2천 명이 넘었다고 합니다.

젊은이들의 전투단이 있어도 실제로 마을에 들어와 있는 농민들의 수가 이 정도라면 그 세력에 대항하는 것은 불가능했습니다. 뿐만 아니라 농민들에게 밥을 지어 나르는 일이 늦기만 해도 마을은 약탈당하고 불태워졌을 것입니다. 마을 원로들은 메이스케를 교섭 담당자로 삼아 재빠른 대응을 해야만 했습니다.

도망 농민들이 목표로 했던 것은 교토와 오사카에서 활동하기 위해 번을 탈출해 산을 넘어온 사람들과는 반대 방향으로, 이쪽에서 모두가 도사번 영내로 도망치는 것이었습니다. 거기에서 임시로 머물 만한 장소를 확보한 후에——이것은 도사번이 개입하기를 기다리기 위해——떠나온 번의 관리와 협상한다는 것입니다. 일단 조상 대대로 내려온 땅을 버린 지금, 무엇보다 중요한 것은 거기서 얼마나 신속하게 낙오자 없이 도사번 영내로 이동할 수 있을까였습니다.

여자와 아이들을 데리고 **도망**치는 만큼 험난한 산길을 지나는 대이동에 농민들의 지도그룹은 예로부터 항아리 마을이라는 이름으로 알려진 숲속 분지를 처음부터 중계 기지로 생각했을 겁니다. **도망** 농민들은 마치 미리 잘 훈련받은 사람들처럼 강을 거슬러 올라가는 힘든 행군을 한 다음, **목**에서 마을 길 일대로 가득 퍼져 골짜기로 들어왔고, 심지어 '자이'에까지 파고들어 분지 전체를 가득 메웠지만 한 사람 한 사람의 과격한 약탈 행위는 전혀 일어나지 않았습니다.

도망쳐 온 사람들은 일단 마을을 가득 메우자 가만히 길가에서 있거나 웅크리고 앉아 있으면서 모든 집의 사람들이 일어나기를 조용히 기다렸습니다. 오랜 세월 동안 숨어 사는 마을에서 살아온 기이한 주민들이 일어나 **도망**쳐 온 자신들을 발견한다면 역시 기이한 무언가를 해주지 않을까 하면서, 심지어 지친 어머니의 품에 안긴 갓난아기마저도 기대하고 있다는 듯 울지도 않고 가만히 기다리고 있었습니다.

10

신관이 보여준 병풍 그림에 **도망**쳐 온 농민들이 마을에서 대접받고 있는 장면이 있었습니다. 숲에서 골짜기로 삐죽하게 튀어나온 바위 끝의 백양나무 밑 열장깔이에 **도망**쳐 온 농민들의 지도그룹과 마을 노인들, 그리고 소년 같은 메이스케가 그림의 중심에 있습니다. 많은 사람이 목숨을 건 대사건의 한가운데에 있으면서도 손님들과 주인 쪽 모두 너무나도 태평하게 찬합과 큰 접시에서 과자처럼 형형색색으로 만든 음식을 집어 먹고 술잔을 나누고 있습니다. 넓은 그림면 오른쪽 위에는 '자이'가 있고, 그 아래쪽 가득히 골짜기의 풍경이 그려져 있습니다. 곳곳에 오두막과 움막이 늘어선 가운데, **도망**쳐 온 사람들에게 마을 아낙들과 처녀들이 수시로 음식과 술을 나르는 광경은 마치 축제와도 같았습니다. 이런 분위기 속에서 아이들에게 둘러싸여 골짜기 네거리에 서 있는 손님맞이 책임자 같은 여성은 열 장깔이에서 벌어진 연회에 참석하고 있는 소년과 이목구비가 닮은 사람, 즉 메이스케의 어머니였습니다……

묘하게 재미있는 그 병풍 그림을 지금 다시 생각해보면, 거기에는 어딘지 모를 긴장감도 언뜻언뜻 보였던 것 같습니다. 게다가 분지 마을이 항아리 마을이라고 불리던 명칭을 생각하면 이런 추측을 불러일으킵니다.

강 하류 넓은 지대에 사는 농민들은 강줄기를 거슬러 올라간 숲속에 오래전부터 숨어 사는 마을이 있다는 것을 알고 있었습니다. 분지의 형태상으로도 깊은 숲에 고립되어 외부와의 교류를 끊고 있는 마을을 항아리관이라는 의미로 항아리 마을이라 부르고, 꺼림칙한 죽은 자의 땅으로 상상해온 것입니다. 하지만 강 하류 마을들에서 선조 때부터 전해오는 방법으로는 살아갈 수가 없어서 마침내 땅도 집도 버리고 **흩어져 도망**하게 되었을 때, 사람들은 그때까지 결코 발을 들여놓지 않았던 죽은 자들의 구역, 항아리 마을을 통과해 가겠다는 결의를 했습니다.

지금까지는 꺼림칙하여 금기된 장소로 여겼던 마을에 여자와 아이들을 데리고 들어가, 죽은 사람들처럼 생각되어 멀리했던 사람들의 음식을 먹고 그들이 빚은 술을 마신다. 그것은 자신의 몸을 안에서부터 지금까지와는 다른 사람으로 바꾸는 행위로 인식되었을 것이 분명합니다. 한 시간 후에는 추격해오는 번의 무사들과 치열한 전투를 벌여야 할지도 모르는 상황이지만, 표면적으로는 평화롭고 단란한 모습으로 넘치고 있었다는 생각이 듭니다.

11

그래도 **도망** 중에 있는 농민들은 분지 마을 사람들과 유쾌한 분위기 속에서 꼬박 이틀을 보냈습니다. **도망**이라는 긴급한 상황에서 너무 긴 휴식인 것 같은 생각도 들지만, 아마 이 이틀간은 도사번 영내로 심부름꾼을 보내 어렵게 산을 넘어갔을 때 쫓겨나지는 않을지 상황을 살피고 있었던 것 같습니다.

그러나 선발대로부터 아직 아무런 연락도 오지 않았을 때, 구불구불한 산길을 올라간 높은 산 너머 통로에 번 추격대의 깃발이 펄럭였습니다. 마을 전투대 젊은이들이 숲속을 우회하여 소총 50자루로 무장한 번의 무사들이 대기하고 있는 것을 정찰하고 왔습니다. 추격대 측에서는 이 정찰을 예상하고 있었겠지요. 이윽고 추격대를 지휘하는 무사들이 골짜기로 통하는 길을 내려왔습니다.

바로 그때 수많은 총이 일제히 발사되어 엄청난 총성이 울려 퍼졌습니다. 추격대의 무사들은 숲 전체의 지리를 잘 알고 있는 사람이 아니면 갈 수 없는, 직접 골짜기로 내려오는 길이 아닌 일단 '자이' 마을을 빠져나와 골짜기로 내려가는 길에 모습을 드러냈습니다.

추격대의 무사들은 자신들이 저격당했다고 생각하고, **도망** 나온 농민들은 자신들을 **모조리** 죽이려는 총성이라고 받아들여, 모두가 관목 숲이나 풀숲에 머리를 처박고 납작 엎드렸습니다. 그러고는 조심스럽게 고개를 들어보니 추격대가 내려온 쪽과는 강을 사이에 둔 반대편 비탈길 수풀 속에, 골짜기를 따라 알맞은 거리로 흩어져 숨어 있던 소총부대가 일제 사격을 가했다는 것을 알 수 있었습니다. 삼나무 숲속 가지런한 나뭇가지 주변에 군청색 화약 연기가 피어올랐습니다.

일제 사격을 한 소총부대는 마을 젊은이들의 전투대였습니다. '파괴자'가 폭파 전문가로 온몸에 화상을 입으면서 **목을** 뚫었다는 전설은 젊은이들에게 항상 화기火器에 대한 관심을 자극했을 것입니다. 산을 넘어와 목랍을 매입해 가는 상인들을 통해 나가사키를 경유하여 소총과 탄약이 반입되고 있었습니다.

골짜기를 따라 넓게 흩어져 있던 소총부대는 처음에 **도망** 농민들이 폭행이나 약탈을 시작할 경우, 그들을 위협하는 역할로 대기하고 있었던 것 같습니다. 비상사태가 벌어지면 골짜기에 있는 메이스케가 붉은 깃발을 휘두른다. 그것을 신호로 농민들을 견제하기 위해 일제 사격을 가할 계획이었습니다. 하지만 농민들과는 평온하고 원만하게 지낸 지 이틀째가 되어 뜻밖에 번 추격대가 내려왔을 때 메이스케는 붉은 깃발을 빙빙 돌렸습니다.

<h2 style="text-align:center">12</h2>

도대체 정확한 목적은 무엇이었는지, 그것이 분명하지 않은 채로 트릭스터다운 메이스케가 착안한 일제 사격은 뜻밖의 효과를 거두었습니다. 번의 권위를 등에 업은 무사들도, 수적으로는 압도적으로 우세한 농민들도 그 총성에 놀라 바닥에 납죽 엎드렸습니다. 옷에 묻은 풀과 흙먼지를 털어내며 일어섰을 때 그들은 양쪽 모두 민망한 듯한 엷은 웃음을 띠고 있었다고 합니다. 어른들은 멋쩍은 웃음으로 끝났지만, 아이들은 재미있는 놀라이라도 즐긴 것처럼 소리 높여 웃었고, 이어서 점차 어른들에게도 웃음이 번져나갔습니다.

이런 분위기에서 무사들도 마냥 권위를 내세울 수는 없었습니다. 그때 나타난 메이스케와 원로들의 안내로 무사들은 목랍 창고로 향했습니다. 이어서 **도망** 농민들의 마을별 대표들도 따라왔습니다. 숲에 메아리친 총성이 잠잠해졌을 때 원로들과 함께 메이스케는 번의 추격대와 **도망** 농민들 사이의 중개자 역할을 하게 되었습니다.

무사들과 농민 대표는 메이스케를 중개자로 하여 충분히 이야기를 나누었습니다. 농민들은 수적으로 상대를 압도하고 있습니다. 추격대를 지원할 부대는 성곽 마을을 출발했을 테지만, 대부대가 길다운 길도 없는 강줄기를 거슬러 올라가 분지까지 도착하려면 시일이 걸리기 마련입니다. 그러나 농민들이 산을 넘어가는 일을 강행한다면, 가파르고 좁은 오르막길을 일렬로 타고 갈 수밖에 없는 그들을 소총 50자루로 무장한 번의 무사들이 기다리고 있을 겁니다. 가파른 언덕에서 꼼짝 못 하는 여자들과 아이들이 잇달아 표적 사격을 받고 겁에 질려 계속 죽어간다면 얼마나 비참하고 피비린내 나는 상황이 되었을지 알 수 없습니다.

원로들과 미리 계책을 짜둔 메이스케는 양쪽에 휴전안을 제시했습니다. **도망**쳐 온 농민들은 마을별로 해산하여 강을 따라 내려가 자신들의 땅으로 돌아갈 것. 번에서는 농민들 대표에게 어떤 벌도 내리지 않을 것. 그리고 그 제안대로 진행되었습니다. 하지만 당면한 대참사는 피할 수 있었다고 해도 가혹한 세금하에서 고통받는 농민들의 어려운 생활과, 그렇지만 세금 없이는 꾸려갈 수 없는 번의 재정 문제에 대해서는 그 어떤 발전적인 해결 방법도 찾지 못했습니다. 몇 년 후에 숲속 분지도 끌어들여 다시 일어난 농민봉기는 직접적으로 거기에 원인을 두고 있습니다.

그래도 어쨌든 도사번으로 **도망**하려던 농민들은 다시 마을로 돌아갔습니다. 이 해결의 **덤**처럼 번은 목랍 생산에 의해 풍요로워진 마을을 새로 지배하에 두게 되었습니다. 그리고 그것은 '파괴자'가 이끈 젊은이들과 처녀들에 의해 창건된 숲속 분지 마을 쪽에서 본다면 '자유시대'가 막을 내린 것이었습니다.

13

번 당국은 흩어져 **도망**가려 했던 마을들의 뒤처리를 지도해야 했을 뿐만 아니라 새로 번의 영토가 된 이 마을을 어떻게 다룰 것인지를 결정해 실행에 옮겨야 했습니다. 숲속 분지는 정세의 진행 상황에 따라 도사번의 전진기지가 될 수도 있는 위치에 있습니다. 새로운 목랍 생산에 대처하기 위해서도 주의 깊고 신속하게 손을 쓸 필요가 있었습니다.

번은 아직 젊고 신분도 높지 않지만 실무에는 능한 하라시마 리스케原島リスケ라는 사무라이에게 호위부대를 대동시켜 숲속 분지로 파견했습니다. 지금 내가 이 사무라이의 이름을 가타카나로 쓰는 것은 그 이름을 정식으로 어떻게 쓰는지 설명을 듣지 않았기 때문입니다. 하라시마라는 성도 이런 한자를 임시로 사용한 것에 불과합니다. 전설을 통해 이 인물에 대해서는 잘 알고 있다고 생각하여, 할머니와 노인들에게 이야기를 들으면서도 이름에 어떤 한자를 쓰느냐고 다시 물으려 하지 않았습니다.

마을에서 유소년기를 보내는 동안 처음에는 할머니에게, 할머니가 돌아가신 후에는 할머니가 잘 알던 골짜기 노인들에게 마을의 전설을 들으면서 나는 그 신화와 역사를 글로 쓰는 사람으로서 정말 훈련이 부족했다고 말할 수밖에 없습니다. 그렇지만 어느새 내가 하라시마 리스케로 기억하고 있는 데는 이유가 있습니다. 전설 속에서 하라시마 님이라고 불릴 경우, 이 사무라이는 할머니의 표현에 따르면 남의 훈도시로 몇 번이고 스모를 하는 사람. 다시 말해 남의 재력이나 재능을 이용하는 데

210

는 **빈틈**이 없지만 단지 그뿐인, 즉 의지할 수 없는 관료입니다. 그런데 리스케는 가메이 메이스케의 상식을 벗어난 계획을 실현했는가 하면, 그런 독단적인 행동을 한 책임을 추궁당하자 깨끗이 할복해 죽어버리는, 분명히 트릭스터 타입의 인물입니다. 그 두 가지 성격을 하나의 인물에 동시에 넣는 방법을 어린 내가 어려워하던 모습이 이 하라시마 리스케原島リスケ라는 두 가지 요소를 무리하게 이어 붙인 듯한 표기법에 남아 있다고 생각합니다.

하지만 하라시마 리스케는 마을의 전설로 말하면 이제 명백히 신화의 영역이 아닌 역사 쪽의 등장인물이었습니다. 숲속 분지가 **도망** 농민들에게 점거당할 뻔한 대소동이 있은 지 아직 한 달도 채 안 돼 농민들이 철수할 때 밟아 다져진, 하지만 여전히 걷기 어려운 강변 길로 하라시마 리스케와 호위 무사들이 대열을 지어 골짜기로 올라왔습니다.

일찍부터 그들이 올 것을 내다본 듯, 무사 대열이 **목**을 통과하자 골짜기를 둘러싼 양쪽 산 중턱 여기저기에서 큰 소리를 내며 불꽃이 솟아올랐습니다. 메이스케는 번에서 온 사무라이들을 환영하는 불꽃이라고 설명했다고 합니다. 하지만 그것은 **도망**쳐 온 농민들과 추격대 무사들의 회담에 앞서 쌍방을 놀라게 한 총성도 이번과 똑같은 불꽃이었다고 둘러대기 위한 공작이었음이 분명합니다.

게다가 계략을 꾸며 불꽃을 쏘아 올리는 동안, 메이스케는 요란한 소리와 불꽃의 번쩍임을 어린아이다운 천진난만함으로 즐기는 모습이었다고 합니다.

14

어쨌든 불꽃을 쏘아 올리며 성대하게 축하하는 형태로 마을과 번의 새로운 관계가 시작되었습니다. 상호 교섭 책임자인 가메이 메이스케와 하라시마 리스케의 교류는 첫날 맹렬하게 울려 퍼진 불꽃처럼 적극적이었고 항상 축제를 즐기는 기분처럼 들떠 보였습니다. 메이스케와 리스케는 하루 종일 골짜기와 '자이'에서 숲 **가장자리**까지 올라가 놀고 다니는 것 같았습니다. 내가 어렸을 때 특히 친한 친구와 둘이서 노는 일이 반복되면, "메이스케·리스케처럼!"이라고 어른들에게 놀림을 받곤했습니다.

메이스케는 '파괴자'가 이끌고 온 젊은이들과 처녀들에 의해 마을이 창건된 이후의 경위를 전설에 나오는 장소로 일일이 리스케를 안내하며 이야기해주었습니다. 그것은 결코 번에 반항할 생각 없이 그저 옛날부터 전해오는 관습으로 이 산속 마을에서 살아온 것이라고 번을 이해시키기 위해 꼭 필요한 절차였습니다. 메이스케가 그것을 너무나 유쾌한 말투로 이야기했기 때문에 마침내 리스케는 "내 조상은 '파괴자'가 말도 걸지 않을 정도로 **고집불통인** 사람이었나!"라고 개탄했을 정도라고 합니다.

메이스케가 말주변이 좋은 사람이었던 것은 분명하지만, 이처럼 순순히 받아들여 흥미를 보이는 리스케의 마음을 연 태도, 나쁘게 말하면 약삭빠른 태도가 메이스케를 고무시킨 것도 분명한 것 같습니다. 그래서 메이스케는 마침내 성곽 마을까지

가게 되고, 영주님의 부름을 받았을 때도 그 원시적으로 단순화된 말에 대해 이야기했을 겁니다. 하지만 성안에서 그가 익살스럽게 행동했기 때문에 번의 간부들은 메이스케의 말을 진지하게 받아들이지 않았습니다. 그 대신 학문을 하면서 때로는 영주에게 정치에 참고가 될 만한 의견도 제안하고 있었던 번 간부의 젊은 후계자들이 만든 '시강侍講'이라는 모임이 메이스케를 높이 평가해주었습니다. 이들은 메이스케의 익살스러운 이야기 속에서——사실을 말하자면 숲의 소금 길을 넘어 나가 사키까지 통해 있는 정보 루트를 통해 얻은——분명히 신지식을 짐작했을 것으로 생각합니다.

그러면서도 메이스케는 숲속 분지에서 번을 건너뛴 비밀 통로가 열려 있었다는 사실에 대해서는 끝까지 비밀을 지킨 모양입니다. 우습고 재미있는 이야기를 늘어놓는 수다쟁이인 듯하면서도 메이스케는 그런 점에서는 정말 빈틈없는 사람이었습니다. **도망** 사건이 일어난 후부터 하라시마 리스케가 조사하러 들어오기까지의 짧은 시간 동안, 메이스케는 번의 무사들이 가지고 있는 것보다 구경이 큰 자신들의 총을, 우리 부모가 연합군 주둔에 대비해 그랬던 것처럼 기름종이로 꼼꼼하게 싸 숲 **가장자리**에 묻었습니다. 게다가 몇 발씩이나 쏘아 올린 큰 불꽃은 '파괴자'가 남긴 화약을 사용한 것이라고 설명했습니다.

총기의 처리뿐 아니라 산을 넘어온 상인들이 들여온 여러 가지 도구와 의류 등을 모두 불태워버려, '자이'에서나 골짜기에서나 사람들의 생활 풍속은 확실히 메이스케가 성안에서 원시적인 상태로 돌아갔다고 우스꽝스럽게 이야기한 그 수준에 가까운 것 같았습니다.

15

그러면 성안의 '시강' 모임 사람들은 메이스케가 동시대에 관한 신지식을 어떤 경로를 통해 얻었다고 생각한 것일까요? 거기에서도 마을 최고의 트릭스터다운 메이스케의 입담이 효과를 보았습니다. 메이스케는 자신이 숲에서 마신魔神을 만나 행방불명되어 나가사키에 이르는 여러 지방의 상공을 밤새도록 비행하고 돌아다니며, 낮에는 눈여겨보았던 거리나 마을에 내려가 신지식을 얻었다고 설명했습니다. 갑자기 사라질 때 **신** 역할을 해준 것은 '파괴자'이고, 자신은 키가 60척이나 되는 노인에게 업혀 비행했다고 말했습니다. 노인의 넓은 등은 백양나무 꽃가루로 범벅이 되어 있는 터라 그 풀냄새가 자신에게 옮겨 와, 마신을 만나 어디론가 사라졌다 돌아오면 언제나 마을 처녀들이 싫어했다고 주특기인 익살로 끝맺음을 하면서⋯⋯ 그러나 '시강'의 젊은 사무라이들은 메이스케가 말하는 신문명에 대한 지식이 나가사키에서 유학한 사람이 쓴 것과 일치했기 때문에, 메이스케가 성곽 마을로 나올 때마다 요릿집에서 그를 둘러싸고 담화회를 열었습니다.

그곳에서의 기록을 담은 문서도 있다는 것을 나는 역시 향토 사연구회의 소책자에서 알게 되었습니다. 그 소개에서 흥미로운 것은 성안에서 유쾌한 익살꾼으로 영주를 즐겁게 한 메이스케가 '시강'의 젊은 사무라이들에게 둘러싸인 요릿집 담화회에서는 변덕스럽고 까다롭게 굴었다는 점입니다. 별의별 독특한 행동도 보였다고 합니다. 우리 지방 연회 요리에서 빼놓을 수 없는 게레치라고 부르는 생선구이를 엄청난 기세로 스무 마리나 먹어치우고, 감귤은 마흔 개를 먹었다. 마신을 만나 행방불명되었을 때 높은 산에서 신선을 만났는데, 그들이 이런 걸 가지고 있지 않았겠느냐며 '돌피리'를 보여주면서——'시강' 사람들은 이 시대의 젊은 지식인답게, 난학蘭學에 대해서처럼 도교에도 흥미를 보이며 마신을 만나 행방불명된 것을 그 맥락에 맞추어 이해하려고 한 것이겠죠——오랫동안 삐삐 불어댔다…… 이런 일화에 나타난 모습은 번과 농민들 사이에 서서 **도망** 사건을 훌륭하게 마무리할 정도로 뛰어난 정치적 수완을 가진 어른스러운 젊은이의 이미지와는 전혀 다른, 응석받이로 자란 허언증이 있는 소년 같았습니다……

이런 가메이 메이스케의 행동에 대해 이야기하는 할머니의 태도도, 생각해보면 기묘한 무언가가 있는 듯했습니다. 먼저 할머니는 이렇게 이야기를 시작했습니다.

"메이스케는 '시강' 사람들을 **가지고 놀았다**지!" 메이스케가 소년의 몸으로 번의 젊은 지식인들을 조롱한 모양새라는 것이 집안의 공훈담이라도 되는 양 감정이입을 해서는…… 그런데 할머니는 메이스케가 백양나무 꽃가루투성이인 '파괴자'에게 업혀 각지를 비행했다는 이야기는 실제로 있었던 일이라면서 진지하게 반복해서 이야기했습니다.

메이스케에게 원래 마신을 만나 행방불명될 만한 성질과 기질이 있었기 때문에, 그 피가 동자에게 전해져 농민봉기 때 동자는 어머니와 지도자들이 지켜보는 가운데 **혼**이 되어 숲을 왕래했고, 그렇게 임무를 다하자 숲속 높은 곳의 나무 밑동으로 올라간 것이라고 할머니는 엄숙할 정도로 진지한 표정이 되어 나를 설득했습니다.

<h1 style="text-align:center">16</h1>

하라시마 리스케는 '시강'의 젊은 사무라이들보다 신분이 낮은 가문 출신이었습니다. 그런 만큼 성곽 마을로 나온 가메이 메이스케를 세심하고 자상하게 잘 돌봤다고 합니다. 영주 앞에서 익살스러운 이야기를 할 기회를 만들어주었고, 또 요릿집에서 열리는 '시강' 사무라이들의 담화회 간사 역할도 맡았습니다.

하라시마 리스케에게는 그 나름의 손익 계산이 있었겠지요. 그에게는 독특한 **감**이 있어 분지 마을이 오랜 세월 동안 독립되어 살면서 많은 부를 축적하고 있다는 것을 어느새 눈치챘습니다. 그리고 메이스케를 통해 그 부를 번에 내놓도록 하려고 했습니다. 마을 원로들은 앞서 말한 소총과 마을에서 사들인 숲 너머에서 온 값비싼 물건뿐 아니라 여러 지방에서 널리 통용되는 화폐도 숲 **가장자리**에 묻어두었습니다. 단지 정제한 백랍만을 예로부터 전해 내려오는 기술로 만들었다고 하며 번에 상납했고, 실제로 목랍을 생산하는 모습 자체를 처녀들이 하라시마 리스케의 눈앞에서 보여주도록 했습니다. 그것만으로도

216

숲속 분지라는 새로운 마을의 병합은 경제적 어려움이 더욱 절박해지던 번의 재정에 큰 기여를 했습니다.

할머니가 하라시마 리스케에 대한 전설로 '남의 훈도시로 몇 번이고 스모를 하는 사람, 즉 남의 것을 이용해 이득을 취하는 사람'이라고 말한 것은, 지위가 낮은 사무라이가 번의 위세를 떨칠 수 있는 역할을 맡아 영주 앞에서 메이스케에게 이야기를 시키거나 '시강' 담화회에 손님으로 불러주는 것이 자신의 특별한 배려라고 마을 노인들에게 생색을 낸 데 따른 것이겠지요. 성곽 마을로 나갈 때면 메이스케는 항상 번에 바칠 백랍을 운반할 인부를 데리고 갔고, 무언가에 홀린 듯이 음식을 먹었다는 요릿집 담화회 때도 메이스케가 가지고 간 돈으로 간사인 하라시마 리스케가 지불했다고 합니다.

그러는 동안 가메이 메이스케와 하라시마 리스케 두 사람 사이에는 숲속 마을이 소금 길로 시작해서 번 관리들로서는 상상도 못 할 만큼 폭넓은 교역을 이어온 사실에 대해 이야기가 오고 간 모양이었습니다. 그 증거로 메이스케는 요릿집 비용을 지불하기 위해 화폐를 가지고 있다는 것을 하라시마 리스케에게는 숨기지 않았습니다.

그런데 이 하라시마 리스케를 주인공으로 하여 우리의 작은 번이 막부 말기 역사의 전면에 잠깐이나마 얼굴을 내민 사건이 일어납니다. 너무도 겁이 많은 기회주의 성향의 번이지만, 천황 쪽에 서기로 방침을 굳히기 시작한 번의 영주는 그 활동을 준비하기 위해 총기를 대량으로 구입하려고 나가사키에 하라시마 리스케를 파견했습니다. 그런데 하라시마는 사쓰마薩摩번

제3장 '자유시대'의 종언　217

의 고다이 도모아쓰*의 주선으로 총기 대신 증기선을 매입했습니다. 4만 2,500냥의 대금은 다섯 번에 걸쳐 지불하기로 약속하고, 증기선을 서둘러 번의 항구로 운반해 왔습니다.

그러나 증기선과 함께 돌아온 하라시마 리스케는 독단적으로 그렇게 큰 물건을 구입한 것에 책임을 지게 됩니다. 게다가 할복해 죽는 상황이 되고 말았습니다. 더군다나 도사번의 고토쇼지로**의 부탁으로 한 번 항해하는 데 5백 냥을 받고 빌려준 이 배는 기슈紀州번의 배와 충돌하여 어이없이 가라앉고 맙니다…… 이런 기묘할 정도로 불행한 결말이 도래하게 되었습니다.

17

증기선 구입과 대여에서부터 침몰에 이르는 사건의 전말에 관한 번의 공식 기록을 최근에 향토사연구가가 발표했습니다. 그런데 할머니는 생각지도 못한 내막이라고도 할 수 있는 이야기를, 그것도 마을의 신화와 역사 속에 통째로 끼워 넣은 이야기를 이미 나에게 전해주었습니다.

하라시마 리스케는 번에서 많은 돈을 맡아 나가사키로 나갔는데, 그만큼의 총기는 확실히 구입할 생각이었다고 할머니는

---

* 五代友厚(1835~1885): 메이지 시대의 실업가.

** 後藤象二郎(1838~1897): 일본의 무사, 정치가.

말했습니다. "리스케 씨는 남의 훈도시로 몇 번이고 스모를 하는 사람. 하지만 영주님의 돈을 마음대로 쓸 만큼 담이 큰 사무라이는 아니었다는 거야!" 하라시마 리스케는 가메이 메이스케에게 마을의 재산이 나가사키에 쌓여 있다는 것을 알아내게 되자 번을 위해 제공해달라고 설득했습니다. 그 말에 메이스케는 분명히 돈은 써도 되지만, 자신의 생각에 따라 써달라고 제안했습니다. 게다가 사카모토 료마坂本龍馬의 소개로 고다이 도모아쓰와 관련된 증기선을 구입하는 거래는 메이스케가 모두 준비한 것이었습니다. 대금의 첫번째 지불은 작은 지방마을의 재정으로서는 이례적인 금액이겠지만, 목랍 거래로 오랫동안 모아두었던 자금에서 1만 냥이 충당되었습니다. 긴급한 거래는 그것으로 일단 성사시켰지만, 만일 고향에서 반대 의견이 강하면 1만 냥을 취소하고 증기선은 나가사키로 다시 운반하여 이야기를 마무리한다는 약속이었습니다. 그런데 번으로 돌아온 하라시마 리스케는 그 거래 방식에 대해 간부에게 보고하지 않고 이미 확정된 것이니 인정해달라고 강력히 요청했습니다.

"운행하는 동안 증기선에 정이 든 것 같다, 리스케 씨도 아직 젊은 사람이었으니까!" 이것이 할머니의 설명이었습니다.

그러나 하라시마 리스케는 결국 간부를 설득하지 못하고 할복해 죽는 결과가 되고 말았습니다. 그 후 하라시마 리스케의 죽음을 헛되이 하지 않기 위해 '시강'의 사무라이들이 활동하기 시작했고 ── 그 단계에서 이미 도사번의 압력이 있었고, 그 압력이 고토 쇼지로가 개입된 증기선 대여 문제로까지 직접 이어진 것일 테지만──증기선을 다시 정식으로 구입하게 되었습니다. 하지만 기이하게도 그 단계에 이르러 맨 처음에 1만 냥이 지불되지 않았다는 것이었습니다. 이미 하라시마 리스케는 죽었고, 비밀 자금과 관련된 이상 긁어 부스럼이 되지 않도록 가메이 메이스케도 입을 다물고 있을 수밖에 없었습니다.

증기선 구입에 관한 이야기는 그것으로 일단락되었지만, 가메이 메이스케는 자신의 제안과 자금 제공으로 큰 승부를 걸었던 하라시마 리스케가 그야말로 남의 훈도시로 몇 번이고 스모를 하려 한 대가라고는 해도, 번 간부들이 전혀 이해하려 들지 않은 탓에 할복하는 상황에 몰린 것에 분노하고 있었습니다. 그래서 증기선이 도사번에 대여되는 기회를 노려 숲속 신천지 창건 때 '파괴자'를 도왔던 오바가 살던 섬의 '해적' 후손에게 연락을 취해 증기선을 침몰시켰다고 합니다.

이 협상에서 메이스케는 번의 관리들에게 잡히지 않도록 마을에서 성곽 마을 앞바다의 섬까지 직접 날아갔습니다. 할머니는 그때 메이스케를 등에 태워 나른 것은 '파괴자'가 아니라 오바의 **혼**이었다고도 했습니다.

18

설령 표면만을 보고 한 이야기라고 해도 하라시마 리스케가 총기 구입을 위해 나가사키로 나가 총기 대신 증기선을 사들인 일은, 도사번의 세력을 무시할 수 없는 위치에서 천황을 받드느냐 막부를 돕느냐를 놓고 선택을 주저해온 번이 겨우 천황을 받드는 쪽으로 의견을 정리해, 천황이 있는 교토에 태도를 표명하려고 하던 움직임 속에서 일어났습니다.

그 대외적인 움직임과 함께 당시 번에는 내부에도 어려운 문제가 있었습니다. 지난번에 **도망** 사건이 일어나 농민들을 원래의 땅으로 돌려보냈을 때도 근본적인 대책이 나온 것이 아니었으므로, 농민들의 생활고는 **도망**칠 수밖에 없다고 생각했던 그때 그대로였습니다.

번의 젊은 영주는 하급 무사 출신인 하라시마 리스케를 기용해 활발하게 일할 기회를 주기도 했고, '시강' 그룹이 발전해 번의 한 세력이 된 '온정파'와 함께 농민 생활의 실상을 이해하려는 움직임도 보였습니다. 그런데 증기선 구입 문제를 계기로 번 간부들과 벌인 논쟁에서 패한 하라시마 리스케가 할복하자 상황이 바뀌었습니다. '온정파'는 모두 세력을 잃고 말았습니다. 그 결과 젊은 영주는 에도에 은거하게 되었습니다.

번의 영주를 은근히 무시한 간부들은 그동안 '온정파'가 노력해온 방향과는 정반대로 농민들을 **억압**했습니다. 새롭게 '호별세戶別稅'라는 인두세를 설정한 것입니다. 새로 만들어진 세금은 모든 마을에서 한 집 한 집 가구별로 부과되었는데, 특히 숲속 분지 마을에 더욱 가혹한 세금이 부과되었습니다. 번의 영지 내에 있는 다른 마을에 비해 독자적으로 부를 축적한 풍요로운 마을로 간주된 분지 마을에는 한 가구당 다른 일반 마을의 백 가구에 해당하는 세금이 부과되었다고 합니다!

분개한 메이스케는 세금의 부당함을 진정하기 위해 오랜만에 성곽 마을로 나갔습니다. 하지만 무리한 요구도 서로 들어주던 하라시마 리스케는 할복해 죽고, '시강'의 젊은 사무라이들은 더 이상 세력을 가지고 있지 않았습니다. 게다가 허풍담을 웃으며 들어주던 번의 영주는 에도에 체류 중이라 메이스케는 성안으로 들어갈 수도 없었습니다.

"성에서 이야기를 들어주지 않는다면, 그곳을 건너뛰고 이야기를 해야겠군, 좋아!"

메이스케는 성곽 마을을 떠날 때, 성을 중심으로 펼쳐진 마을 전체가 내려다보이는 고개에서 뒤돌아보며 길에 쪼그리고 앉아 말했습니다.

"하지만 어떻게?"라고 함께 온 동료가 묻자, "이렇게 하고, 또 이렇게도 해서!"라고 대답하며 메이스케는 손가락으로 큰 원 하나에 작은 원을 몇 개씩 공중에 그렸다고 합니다.

19

큰 원은 도대체 무슨 의미였을까?

"그건 새로운 농민봉기를 하기 위한 '짚똬리식 연판장'이었던 거란다!" 할머니는 전설 속의 이런 수수께끼가 재미있어서 견딜 수 없다는 듯이 말하곤 했습니다. 짚똬리는 짚으로 만든 둥근 깔개로, 농민봉기에 가담하기로 결의한 마을들의 이름을 한 장의 천에 둥글게 적는 방식입니다. 봉기에 참여한 모든 마을을 평등한 위치에 적어, 책임을 추궁당할 때 특정 마을에 특히 무거운 부담이 가해지는 것을 막기 위한 방책이었습니다.

그런데 나에게는 또 하나의 공상이 있습니다. 우리 마을이 외부에서는 항아리 마을이라고 불렸는데, 그것은 항아리 모양의 관처럼 생긴 데서 유래했다고 생각하지만, 나는 성곽 마을 향토사료관에서 본 '짚뙈리식 연판장'이 항아리 모양을 나타낸 것이 아닐까 하는 생각을 예전부터 하고 있었습니다. 죽음을 각오하고 봉기에 나선 농민들은 죽은 자의 땅이 가진 큰 어둠의 힘에 의지하려고 한 것은 아니었을까? 메이스케는 그 마음을 헤아려 '짚뙈리식 연판장'을 항아리 모양으로 만든 것이 아닐까 생각합니다.

메이스케는 봉기에서 처음부터 두드러지게 활약한 지도자였습니다. 봉기의 계획이 나왔을 때 희생자가 나오지 않았던 5년 전 **도망** 때처럼 그대로 강을 따라 올라가 숲속 분지에 도착한 후 그곳을 중계 기지로 삼고 태세를 정비하여 한꺼번에 산을 넘는다는 계획이 있었습니다. 이번에는 추격대가 번의 경계를 강화하기 전에 신속하게 산을 넘어가버리면 된다는 것입니다. 하지만 메이스케는 그것에 반대하여 코스를 완전히 변경시켰고, 그런 메이스케에게 지도자 역할이 돌아가게 되었습니다.

작전회의에서 메이스케는 우선 처음에, "지난번의 **도망**은 대실패였다!"라고 큰 소리로 말하며 각 마을의 대표들을 침묵시켰습니다. 희생자는 나오지 않았다고 하지만 이쪽의 요구는 받아들여지지 않았고, 무엇보다 **도망**은 이루어지지 않았으니 실패가 아닌가? **도망**이 강줄기를 타고 올라가서 실패한 이상, 다시 일어서는 봉기는 나아가는 위아래 방향을 바꾸는 것이 당연하다. 당연히 강줄기를 따라 내려가야 한다……

할머니는 이 회의에서 메이스케가 한 연설을 불경이라도 외
는 듯한 가락으로 말씀하셨습니다. 어린아이였던 나에게 말뜻
은 잘 이해되지 않았지만, 재미있는 가락이라 그대로 머릿속
에 남아 있습니다. "봉기의 성공과 실패는 사람의 지혜로 헤아
릴 수 있는 것이 아니니. 사람의 지혜로 알 수 없는 것이라면,
게다가 우리와 관계되는 일이라면, ……처음이 하늘이면 다음
에는 땅, 앞서가 위라면 이어서 아래, 왼쪽이면 오른쪽, 음지면
양지, 밝음이면 어두움이라고 깨달아야 한다. ……계속해서 뒤
집어야 옳다. 사람의 지혜를 초월하는 일, 손으로 더듬어 찾아
가는 방법 외에 길은 없다!"

이렇게 전략의 큰 줄기를 결정한 메이스케가 임기응변으로
다양하게 세부적인 궁리를 했습니다. 작은 원의 착상도 구체적
으로 활용되었습니다.

20

천에 小○ *라고 쓴 작은 원은 봉기에 가담한 농민의 기치가
되었습니다. 자신들을 도당徒黨이라고 부르는 봉기 농민들에게
메이스케는 미리 봉기에서 앞으로 일어날 수 있는 상황에 대해

---

* '곤란하다'라는 뜻의 일본어 '고마루困る'를 고小와 마루(동그라미)를 결합해
만든 표현.

잘 이야기해주었습니다. 메이스케는 봉기의 교섭이 길어질 것을 예상하고 있었습니다. 봉기라고 해서 즐거운 것은 아무것도 없다. 만약 마을에서의 고단한 생활보다 나은 것을 먹고 싶고, 부드러운 이불 속에서 잠들고 싶다면 강을 따라 내려갈 때 동네 부잣집과 부유한 상인에게서는 음식과 이불을 자유롭게 약탈해도 좋다. 그래도 마을의 힘든 생활보다 더 궁핍해질 것이 뻔하다. 견디다 못해 가족 전체가 봉기에서 탈락해 여러 지방을 떠돌아다니는 비렁뱅이가 된다 해도 만약 그렇게라도 살아갈 수 있다면 부끄러워할 것 없다. "살아남는 것이 이기는 것!"이라고도 연설했다고 합니다.

　가마니에 취사도구를 넣어 짊어진 도당 중 한 가족의 가장은 小○라고 쓴 천조각을 죽창에 묶어 지팡이 대신 짚고 있었습니다. 小○는 '곤란하다, 그들이 모두 번에 주장하는 것은 곤란하다!'로 통일되어 있었습니다. 심지어 봉기가 강줄기를 다 내려와 번의 경계가 되는 강을 건너 반대편 넓은 강변에 자리를 잡고 그쪽 번 관리들의 입회하에 이쪽 번의 중신과 직접 담판을 벌일 때, 도당들은 "속지 마라, 속지 마라!"라고 계속 외치기로 되어 있었습니다. 담판의 중심 역할을 맡은 메이스케는 미리 다음과 같이 동료들에게 못을 박았다고 합니다.

　"교섭의 적은 첫번째가 성의 관리들, 두번째는 우리 대표들이다! 도당은 세금 증세와 신설된 조세제도 철회라는 '승낙'을 받아낼 때까지, 관리들에게는 小○라는 기치를, 대표들에게는 '속지 마라!'라고 계속 외쳐야 한다! 이 외에 기치로 오해될 만한 것이 있다면, 귀여운 자식의 옷소매라도 찢어버려라. **쓸데**

없는 말은 지껄이지 마라, 小○ 와 속지 마라, 그 외에는 필요 없다!"

봉기의 진을 친 넓은 강변은 지금도 연싸움 개최로 유명한 장소인데, 중요한 점은 강 건너 저편에 있는 넓은 강변이 이미 이쪽 번의 영지가 아니라는 것이었습니다. 원래 영주들끼리 이중 삼중의 친척 관계로 맺어진 그런 이웃 번입니다. 그렇지만 어쨌든 번의 경계를 넘은 '월소'*라는 형식은 성립된 셈이었습니다. 넓은 여울이지만 물살이 세고 물도 많이 차 있는 강을 줄지어 건너가는 농민들과 제지하려는 번의 무사들이 여기저기에서 실랑이를 벌이면서 무겁게 부피가 늘어난 **가마니**를 짊어진 농민들이 여러 명 떠내려갔습니다. **가마니**에 끌려가는 가장을 구하려고 달려들었다가 함께 떠내려가는 여자와 아이들의 모습은 연민을 자아냈다고 하며, 여기에서 할머니는 잠시 눈물을 흘렸습니다,

게다가 일단 강을 다 건너 '월소'에 이른 도당의 수는 지난번 **도망**에 비해 훨씬 많은 만 8천 명이나 되었습니다. 이렇게 많은 수의 농민들을 뒤쪽에 두고 이웃 번 관리들의 입회하에 번의 중신과 논쟁하는 대표들 중에서도 메이스케의 말솜씨는 단연 돋보였습니다. 이미 만 8천 명의 도당이 '월소'하고 있다는 점, 즉 이웃 번의 영지 위에서 이의를 제기하고 있는 이상, 힘의 균형은 봉기하는 쪽으로 기울어져 있었습니다. 더구나 이웃 번의 현 영주는 에도에 은거하고 있는 이곳 영주와 어릴 때부

---

* 越訴: 옛날 소송에서 절차를 밟지 않고 직접 영주나 막부에 소청하던 일.

터 형제처럼 자란 사이라 '온정파'를 추방한 번의 간부들에게 좋은 감정을 품고 있지도 않았습니다.

21

정세를 읽어내는 민감한 안테나를 갖추고 있으며, 또 무모하리만큼 떠오른 생각을 곧바로 구체화할 수 있는 가메이 메이스케는 처음에 요구한 '호별세'라는 큰 인두세 폐지에 더해 전혀 새로운 요구를 제시했습니다. 강을 건너 이쪽에 머무는 것만으로 도당들은 그 어느 때보다 안락한 기분을 맛보고 있다. 따라서 바라는 바는 봉기에 참가한 마을들을 모두 이웃 번의 영내에서 살게 해달라는 것이다. 도당들은 모두 조상 대대로 이어져온 땅을 버린다는, 신화시대가 시작된 이래 처음 있는 결심이니——메이스케는 지난번의 **도망** 따위는 완전히 잊고 있는 모양이었습니다——역시 모두 이웃 번의 백성으로 삼아주었으면 한다. '호별세' 폐지냐 이쪽이냐 둘 중 하나를 청원한다.

이로써 가메이 메이스케는 지난번 성곽 마을을 떠날 때, 언덕에 쭈그리고 앉아 중얼거린 대로 **성에서 이야기를 들어주지 않는다면 그곳을 건너뛰고 이야기를** 하겠다는 생각을 실현했습니다. 다시 말해 봉기가 길어지면 이웃 번과의 관계로 인해 막부의 개입을 기다릴 수밖에 없는 형태가 되도록 이 봉기를 밖으로 향하게 했습니다.

봉기는 성공했습니다. 봉기를 일으킨 마을들을 이웃 번 영내로 받아들여준다거나, 도당들 모두에게 이웃 번의 땅을 준다 거나 하는 꿈같은 발상이 실현되지 않은 것은 당연한 일입니 다. '호별세'를 실시하지 않는다는 '승낙'을 농민들은 쟁취했습 니다. 봉기에 참가한 자들은 '문책 없음'. 강을 건너다 익사한 사람들 외에는 모두 다 무사히 마을 집으로 돌아가 원래의 땅 을 일구기 시작했습니다. 도당의 대표로 추대된 사람들도 모두 '문책 없음', 누구 하나 투옥된 자는 없었습니다. 하지만 번 간 부들이 은밀히 준비하고 있는 문책에 대비라도 하듯 가메이 메 이스케는 혼자 영지에서 자취를 감추었습니다.

할머니의 설명은 이랬습니다. "우리 마을이 '파괴자'가 만든 마을 그대로였다면 이렇겠구나 싶은, 지금도 이어지는 '자유 시대'의 마을로 메이스케가 찾아갔다는구나. 그곳은 사누키讚岐 에 있었다고 했어! 생각해보면 아직 그때는 일본 전국에 '자유 시대'의 마을이 몇 개씩이나 있었던 거야!"

역시 할머니가 돌아가신 후 신관이 『아와지 의민전』의 실물 을 보여주고 이야기를 들려준 바로는, 메이스케는 번의 영지를 벗어나자 사누키의 아와지다케吾恥岳라는 산속 절에 들어가 수 험도*를 수행했습니다.

이 이야기는 할머니의 이야기와는 다른 것이었지만, 그럼 에도 불구하고 나는 '아, 그렇구나!' 하며 마음속에서 잘 이해 할 수 있었습니다. 그것도 오로지 아와지 마을이라는 우리 마 을의 호칭과 아와지다케의 발음이 같다는 점에서 그런 것이

---

* 修驗道: 밀교의 한 파. 영험을 얻기 위해 산속에서 수도함.

지만……

22

가메이 메이스케는 수험도 수행을 부랴부랴 끝내고 숲속 분지로 몰래 돌아왔습니다. 그 시대의 토지제도 안에서 그것이 어떤 형태의 거래였는지 어린아이였던 나는 잘 알지 못한 채 그대로 오늘에 이르고 있지만, 메이스케는 땅을 담보로 돈을 빌렸습니다. 메이스케의 연락을 받은 메이스케 어머니가 돈을 빌릴 준비를 해두었다고 합니다. 메이스케와 그의 어머니는 조상 대대로 내려온 땅을 무엇보다 소중히 여긴다는 봉건시대 농민들의 공통적인 감정과는 아무래도 관계가 없었던 것 같습니다. 이렇게 만든 자금을 가지고 다시 번의 영지에서 탈출한 메이스케는 교토로 향했습니다. 짧은 기간이지만 수험도를 수행한 사누키의 사찰과 교토의 한 섭정가攝政家 ——즉 섭정*과 관백**에 임명된 세도가의 하나——가 깊은 관계를 맺고 있음을 알아낸 메이스케는 우선 해당 섭정가에 헌금을 하겠다고 자청하여 인연을 만들었습니다. 그리고 메이스케는 정말 트릭스터다운 터무니없는 구상을 펼쳤습니다.

---

* 군주가 어리거나 병약해 정무를 볼 수 없을 때 군주를 대신해 정무를 행하는 일 또는 관직.

** 關白: 성년 후의 천황을 보좌하여 정무를 집행하던 중직.

숲속 분지가 오랫동안 지방 번의 지배를 받지 않고 자유로운 마을로 이어져온 데는 이유가 있었다. 이 분지는 헤이안平安시대 말기의 장원에서 시작해 지금은 천황가에 직속되어 있다. 조정의 정치권력이 쇠하던 시절에는 마을 독자적으로 숨은 마을로서의 전통을 유지해왔다. 지금 천황을 받드는 세력이 강성할 때 중심 막부의 권력도, 지방 번의 기세도 우리 마을에 미치지 못한다는 것을 보여주고 싶다. 이에 대해 섭정가의 힘을 빌려 천자님으로부터 증명을 한 장 받고 싶다.

이 이상한 제안이 상대방에게 제대로 받아들여졌을 리 없습니다. 그러나 메이스케의 확고한 결의에서 보자면, 이런 일을 꾸미는 것은 성곽 마을을 내려다보는 고개 위에서 그가 말한, **성에서 이야기를 들어주지 않는다면 그곳을 건너뛰고 이야기를 해야 한다**는 말의 연장선에 있다고 생각됩니다. 그런데 메이스케의 **행동**이 일관되지 않게 느껴지는 것은——그것이 트릭스터다운 점이기도 하지만——그가 자신이 떠나온 번을 향해「노현장露顯狀」이라는 탄원서를 보내기도 했다는 점입니다. 도당 모두가 '문책 없음'으로 끝났을 텐데, 나 혼자 추궁당하는 것은 납득이 가지 않는다. 심지어 내가 교토에서 풍요롭게 살았고, 그건 봉기의 공금을 빼돌렸기 때문이라는 소문을 성곽 마을에 퍼뜨린 것은 참을 수가 없다. 어째서 번의 간부들은 그처럼 나만 괴롭히는 것인가? 봉기를 진정시킨 것은 분명 여러분의 힘이지만, 한편으로 나도 응분의 역할을 했다고 생각하는데……

그런데 이 교토 체류 후 메이스케가 취한 행동은 어린 내가 흉내를 내며 놀았다고 쓴 대로, 그야말로 트릭스터의 면모를 보여주는 것이었습니다. 메이스케는 이제 섭정가에 고용된 자신에게 번의 권력은 미치지 못한다고 거짓으로 말하고, 고용한 시종에게 군악을 연주하게 하면서 누르스름한 색깔에 초록으로 테를 두른 국화 문장紋章이 찍힌 진바오리를 입혀 당당하게 성곽 마을로 들어갔습니다. 일본기가 그려진 전립을 쓰고 메이스케의 군악대 놀이를 하는 우리가 맑은 하늘에 공을 던지는 듯한 몸짓을 하며 외친 것은 할머니에게도 배운 메이스케의 대사였습니다.

"사람은 3천 년에 한 번 피는 우담화다!"

23

가메이 메이스케는 성안의 감옥에 갇힐 때 강하게 이의를 제기했다고 합니다. 자신은 교토 섭정가의 신하이니 이런 무례를 저지르면, 이 번에서 천황을 받드는 여러 번에 가담하려고 노력해도 순조롭게 되지는 않을 것이라고 위협했습니다. 메이스케의 죽음을 전후로 번의 움직임을 기록에서 찾아보면, 천황이 은밀하게 교토의 황궁을 비상 경비하라는 명령을 내렸을 때 뛸 듯이 기뻐하며 60명이라면 경비 인원을 보낼 수 있다고 조정에 답을 했습니다. 섭정가의 이야기는 어찌 되었든 간에 메이스케는 번이 나아가는 상황과 앞날을 정확하게 내다보고 있었습니다.

그럴 자신도 있어서였겠지요. 감옥에 들어간 가메이 메이스케는 처음에는 의기양양한 태도였습니다. 실제로 일반 죄인과 다른 대우를 받고 있었다는 것은 성안 감옥에 들어간 사실에서도 엿볼 수 있습니다. 마을에서 면회를 간 원로들에게 메이스케는 매우 씩씩한 모습으로 허풍을 떨었습니다. 하라시마 님이 할복해 죽은 지금, 새로운 시대를 향해 번을 이끌 수 있는 사람은 이제 없다. 에도에서 영주님이 돌아오시면 나는 곧 부름을 받을 것이다. 그 늘어놓는 장광설은 동석해 있던 관리가 마침내 메이스케의 입을 막을 정도였습니다.

그 결과라고 할 수 있을지도 모르겠습니다. 그 후 면회는 허용되지 않았고, 메이스케 어머니 앞으로 도착하게 된 편지만이 메이스케의 소식을 전하게 되었습니다. 옥졸에게서 편지를 받아오는 사람에게 메이스케 어머니가 번번이 돈을 지불하고 받는 편지에는 갑자기 달라진──이것도 메이스케답다고 할 수 있긴 하지만──극단적으로 비관적인 예측이 쓰여 있었습니다.

영주님께서는 은거해 계시고, 번의 간부 중에는 하라시마 리스케는 물론이고 '시강'의 무리만 한 머리를 가진 자도 없다. 자신이 언제 감옥에서 나갈 수 있을지, 이 상태로는 앞을 예측할 수 없다. 그사이에도 세상은 성큼성큼 앞으로 나아갈 것이고, 이 번은 더욱 뒤떨어지게 된다. 그것은 어쩔 수 없지만, 돌고 돌아 마을 사람들까지 곤경에 빠지게 되는 것이 **가엾다**! 메이스케는 이렇게 정세를 분석한 후, 이것도 할머니의 장기인 노래하듯이 입에 올리는 문구였는데 이렇게 외쳤다고 합니다.

"**당하면 되돌려준다**는 식으로는 너무 늦어! 당했다면 그것으로 끝이다. **당하기 전에 하지 않으면 안 돼!**"

그렇게 말하면서 메이스케는 지난번 봉기에도 사용하지 않았던 숲 **가장자리**에 묻어둔 총기를 파내어 잘 정비하고 마을 젊은이들 전투대가 그것으로 철저히 무장해, 성안으로 자신을 구출하러 오라고 독려했습니다.

24

가메이 메이스케는 열심히 몇 통의 편지를 썼습니다. 숲속 분지의 젊은이들 전투대는 '자유시대'가 끝난 후에도 숲에서 하는 산일이라든가 어살 정비 같은 일은 공동으로 하면서 훈련을 이어가고 있었습니다. 그들에게 숲 **가장자리**에서 파낸 총과 칼을 주었다면 전투대는 금방이라도 재편성할 수 있었을 겁니다.

그러나 메이스케가 주장했던 일은 실제로 시도되지 않았습니다. 거기에는 분명한 이유가 있었습니다. 편지를 받은 메이스케 어머니가 그때마다 자기 혼자 읽고 나서 아무도 찾을 수 없는 곳에 깊이 간직하고, 젊은이들에게는 메이스케의 말을 전혀 전달하지 않았기 때문입니다. 할머니가 그렇게 말했을 때 나는 정말 **어이**가 없었습니다. 숲 **가장자리**에서 무기를 꺼낸 마을 젊은이들 전투대가 성에 습격을 가하는 용맹스러운 광경. 그런데 편지에서 호소한 내용조차도 전하지 않았다니! 이 실망감은 마음에 상처처럼 남았습니다. 할머니에 이어 아버지도 돌아가신 다음 해, 태평양전쟁이 패전으로 끝나 나라의 군대는 해산했지만, 마을 전투대가 숲 **가장자리**에서 총과 칼을 파내어 싸우니 괜찮다는 꿈을 며칠 밤이나 꾸었습니다.

……메이스케의 편지를 묵살한 메이스케 어머니는 그사이 메이스케에게 죽음의 때가 다가오고 있음을 느꼈습니다. 처음에는 골짜기 집에서 슬퍼하며 탄식했지만, 그러다가 준비를 하고 강줄기를 따라 내려가 성곽 마을로 향했습니다. 그리고 이런저런 연줄을 찾아 메이스케와 면회를 했습니다. 메이스케는 태평한 성격 그대로 눈에 띄게 쇠약해진 몸에 허세를 부리며 자기 어머니를 향해 계속 몸짓을 했다고 합니다. 관리가 입회해 있었기 때문에 입 밖으로 확실하게 말을 할 수는 없지만 분지의 젊은이들 전투대는 언제 행동에 돌입할지를 묻고 싶었을 겁니다.

메이스케 어머니는 진지한 얼굴로 슬픈 듯 침묵하고 있었습니다. 그리고——이야기를 들은 나는 어린아이지만 신기했고, 게다가 만약 그런 일이 있을 수 있다면 있었으면 좋겠다고 간절히 바랐던——그 격려의 말을 속삭였습니다.

"괜찮아, 괜찮아, 죽게 되더라도 내가 곧바로 또 낳아줄게!"

가메이 메이스케는 그로부터 얼마 지나지 않아 감옥에서 죽었습니다. 1년 후에 메이스케 어머니는 약속대로 남자아이를 출산했습니다. 게다가 6년 후, 이 남자아이가 바로 메이스케의 환생 동자로 '혈세 농민봉기'가 일어났을 때 멋지게 역할을 해냈습니다.

25

'혈세 농민봉기'는 새 정부가 실시한 징병령에 반대하는 전국적인 봉기였습니다. 징병에 대한 새 정부 최고 기관인 태정관太政官 논고에 '혈세'라는 글자가 있어 생혈을 짜내는 세금이라는 오해에서 봉기가 시작되었다는 이야기도 각지에 남아 있습니다. 우리 지방에서는 메이스케 어머니와 함께 봉기에 참가한 동자가, "이건 신정부의 관리들이 서양인 흉내를 내며 유리잔에 인민의 피를 마시는 것이다!"라고 한 말이 넓은 강변에 모인 군중의 분노에 더욱 불을 지폈다고 전해지고 있습니다.

다시 일어난 봉기가 성공을 거둔 후, 숲속 높은 곳의 나무 밑동에서 **혼**이 되어 조용히 시간을 보내고 있는 메이스케에게 동자가 '긴 이야기'를 하러 올라갔다는 것과, 그래서 메이스케 어머니만이 봉기에 참여했던 동료들과 함께 마을로 돌아왔다는 이야기는 앞에 썼습니다. 여기에서는 할머니가 처녀 시절 직접 보고 들은 사실도 포함해 생생하게 이야기하던 것을 연결해 써두고자 합니다.

봉기가 진행되는 동안, 봉기에 참여한 마을의 지도자들도 어떻게 대처해야 좋을지 모르는 문제가 생기면, 동자가 정신을 잃은 상태가 되어 **혼**을 숲으로 올려보낸 후 메이스케의 **혼**에게 지시를 받았다고 전해집니다. 봉기 후에 메이스케 어머니가 제안하고 마을 전체에서 실행한 계획도 너무 과감한 발상이어서, 봉기가 일어나는 동안 동자를 통해 메이스케로부터 지시를 받았던 것이 아닐까 하는 말을 들었습니다.

"메이스케 어머니는 원래 자기한테서 나온 생각이 아니었기 때문에 나이 들면서 그렇게 크게 후회를 한 게지." 할머니는 이렇게 말하기도 했습니다.

확실한 것은 메이스케 어머니가 별로 단순하지 않은 성격이었기에, 이것은 숲속 높은 곳 나무 밑동에 있는 메이스케에게 받은 지시라고 말하는 편이 계획을 실현하기 쉬울 것이라고 생각했을 겁니다. 그녀가 제안한 것은 다음과 같은 계획이었기 때문입니다. 숲속 분지에 '파괴자'가 거느린 젊은이들과 처녀들이 건설한 마을은 '자유시대'의 오랜 세월 동안 풍요롭고 평화로웠다. 막부나 번에 세금을 내지 않고, 보호를 받지도 않았다. '자유시대'가 끝나면서 번에 세금을 냈고 지금은 신정부에 세금을 낸다. 그렇지만 번의 덕을 보거나 신정부의 덕을 본 좋은 일은 전혀 없었다. 신정부가 계속되는 한, 한 사람당 얼마씩 세금을 내지 않으면 안 된다. 그것은 호적대장에 마을 사람들 모두가 등록되어 있기 때문이다. 다행히 '혈세 농민봉기'가 일어나는 동안에 호적의 증거는 모두 불살라졌다. 이번 기회에 우리 마을 사람들은 두 명이 한 조를 이루어 호적에 한 명씩만 등록하기로 하자. 새로 태어나는 아이들은 두 명이 태어난 후에 비로소 한 명이 출생한 것으로 호적대장에 기재하자.

가히 혁명적일 정도로 희한한 착상입니다! 게다가 메이스케 어머니의 제안은 받아들여져 실제로 오래 지속되었습니다. 고등학생이 되었을 때 나는 '혈세 농민봉기'가 징병제뿐 아니라 동시에 시작된 의무교육 및 토지세 개정에 따른 부담에 반발하는 움직임이었다는 것을 알고, 호적 등록을 둘러싼 메이스케 어머니의 제안을 이해할 수 있을 것 같은 기분이 들었습니다.

26

이 전설을 이야기하는 할머니가 '이중호적 조작'이라는 무시무시한 어감을 담아 이야기한, 숲속 분지 사람이 둘이서 하나의 호적밖에 갖지 않는다는 발상은 제안자인 메이스케 어머니의 생각이 어떻든 간에 마을 원로들은 처음에 오히려 반농담처럼 가벼운 마음으로 실시한 모양입니다.

'혈세 농민봉기'에 승리하고 중앙에서 파견된 지방관을 자살로 몰아넣었던 자신감으로 또 한 가지 장난을 쳐 신정부를 한방 먹일까 하는 들뜬 기분도 있었을 겁니다. 또한 '자유시대'의 숲속 분지는 어떤 권력으로부터도 독립된 하나의 나라였다는 것에 대한 그리운 마음도 있었을 것입니다. 그런 마을 사람들에게 둘 중 한 사람이 신정부의 호적 등록에서 빠져 있는 상황은 절반이 '자유시대'로 돌아왔다는 만족감을 가져다주었을 것입니다.

그 결과 바로 나타난 효과로 청일전쟁, 러일전쟁 모두 마을에서 병역으로 끌려가는 젊은이의 수가 본래의 2분의 1로 끝났습니다. 그리고 일단 그렇게 되고 보니 새로 태어난 아이들을 둘 중 하나만 등록하는 마을의 약속이 결코 입 밖에 내서는 안 될 비밀로 사람들에게 의식되기에 이르렀습니다.

그러한 배경 위에 이제부터 쓸, 노년이 된 메이스케 어머니의 기묘한 행동이 있습니다. 지금 나는 이렇게 설명할 수 있지만, 할머니가 갑자기 '혈세 농민봉기'에서 동자와 함께 활약했던 젊은 이미지의 메이스케 어머니를 몹시 광기 어린 노파처럼 다시 언급했을 때는 매우 이상한 기분이 들었습니다……

할머니는 나이가 들면서 자신이 '자유시대'의 마을과 직접 연결된 인물이라고 생각하는 것을 좋아하게 되었고, 그 **증거**로 나라의 연호를 전혀 사용하지 않았습니다. 게다가 아주 옛날부터 있던 달력에는 '파괴자'의 대단한 지혜가 있다고 해서, 나는 줄곧 한 장씩 떼어내는 할머니의 달력이 숲속 분지에만 있는 것이라고 믿었을 정도입니다.

그런데 매일 한 장씩 떼어내는 그 달력의 기록에 의하면 경술년 초여름에 이미 나이를 먹은 메이스케 어머니가 노인답지 않은 묘한 태도를 보이기 시작했습니다. "오뇌懊惱에 빠진 거라고!" 할머니의 이 말을 나는 '**대뇌**大惱*의 병'이라는 식으로 받아들여 놀랐던 일이 생각납니다. 그 말의 울림 자체가 나를 움찔하게 만들었습니다. 메이스케 어머니의 **오뇌**는 날이 갈수록 심각해졌습니다. 그 이듬해 신해년이 되자 **오뇌**는 정점에 달했습니다.

지금의 내 지식으로 말하자면 경술년에 '대역사건' 관련자가 검거되었고, 신해년에 고토쿠 슈스이幸德秋水 등 열두 명의 사형이 집행되었습니다. '대역사건'이 곧 그 **오뇌**에 불을 지폈습니다.

---

* 오뇌와 대뇌의 일본어 발음이 모두 [ounou]이다.

27

골짜기나 '자이'의 길에서 이미 오래전부터 우울한 모습으로 서 있는 나이 든 메이스케 어머니를 본 마을 사람들은 경술년에 그녀가 **오뇌**에 사로잡힌 것과 '대역사건'이 관련되어 있다는 생각은 전혀 할 수 없었습니다. 그 사실을 알게 된 것은—초기 단계에서는 마을 원로들 소수에게만 한정된 정보였지만—메이스케 어머니가 골짜기의 우체국에서 전보를 치려고 했기 때문입니다. 긴 전보, 수신인은 대일본제국 천황 폐하.

전보의 내용을 온전한 정신의 머리로 요약해보면—하고 할머니는 메이스케 어머니를 동정하며 가엾다고 말하곤 했습니다—고토쿠 등 열두 명이나 되는 사람이 사형에 처해진 것을 깊이 슬퍼한다는 내용이었습니다. 대학에 들어간 후, 그때 그 시기에 일본 정부의 재외공관이 여러 나라의 사회주의자들에게 항의 전보를 받았다는 사실을 알고, 나는 어떤 한 가지 생각을 품곤 했습니다. 메이스케 어머니도 '자유시대'처럼 완전히는 아니지만 '이중호적 조작'으로 절반은 일본제국과 무관한 외국이라고 생각하고 숲속 분지에서 항의 전보를 친 것이 아니었을까……

그러나 메이스케 어머니의 전보는 그녀의 친척이었던 아직 젊은 우체국장의 배려로 발신되지 않았습니다. **오뇌**에 사로잡혀 있다고는 하나 성질이 온후한 메이스케 어머니는, 이 전보는 칠 수 없다고 우체국장이 거절하자 무리하게 보내달라고는 하지 않았습니다. 얌전히 물러나 골짜기 구석에 있는 자기 집으로 돌아갔습니다.

다음 날 아침 일찍 메이스케 어머니는 숲 **가장자리**의 구덩이가 있는 곳까지 진흙을 파러 올라갔습니다. 그리고 '대역사건'에서 단 한 명의 여성 희생자가 된 간노 스가管野すが의 인형을 만들어 백양나무 밑 삐죽 나온 바위 끝까지 운반해놓았습니다. 높이가 1미터나 되는 진흙 인형으로, 옷깃 부분에 간노 스가 님이라고 **주걱**으로 새겼다고 합니다. 메이스케 어머니가 열장 깔이 동쪽 구석에 진흙 인형을 모셔두고 있는 것을, 전보 사건 이후 그녀의 행동을 주의해 보고 있던 우체국장이 발견했습니다. 우체국장은 진흙 인형을 부수고 메이스케 어머니를 골짜기로 데리고 내려왔습니다. 이미 그 무렵 골짜기와 '자이' 마을의 모든 집에는 신단 옆의 한 단계 낮고 어두운 곳에 '메이스케' 신단이 마련되어 있었는데, 메이스케 어머니는 그곳에 모셔져 있는 메이스케 상 옆에 남은 점토로 만든, 이번에는 열두 개의 작은 진흙 인형을 놓아두었다고 합니다.

이 행동들을 보면 메이스케 어머니는 '대역사건'의 희생자 열두 명을 깊이 동정했던 것 같습니다. 그런데 그 후, 메이스케 어머니는 그와는 정반대의 생각을 마을 사람들에게 태도로 드러내기 시작했습니다.

숲속 분지에서는 골짜기든 '자이'든 비가 내리지 않는 이상, 매일 저녁이 되면 길 곳곳에 어른들이 네댓 명씩 서서 이야기를 나누며 시간을 보냅니다. 그런데 그 사람들이 둥그렇게 서 있는 원 안으로 아무런 인기척도 없이 메이스케 어머니가 백발의 머리를 불쑥 들이밀고는, 작은 몸에 어울리지 않는 큰 소리로 탄식을 질렀습니다.

"무서워라, 무서워! 큰 민폐다, 정말이지 큰 민폐야! 저런 자들이 있어 곤란합니다!"

28

할머니는 당시 이미 내 어머니를 낳은, 골짜기의 젊은 아낙 중 한 사람이었습니다. 그리고 할머니가 말하는 바로는 메이스케 어머니가 철저하게 말을 생략한 발언의 의미를 당시에도 할머니는 잘 알고 있었습니다. 그 이유는 대일본제국 천황 폐하 앞으로 전보를 보낼 때부터 메이스케 어머니의 기행을 감시하면서 어떻게든 그 **오뇌**를 달래려고 애쓴 우체국장이 바로 할머니의 젊은 남편이었기 때문입니다. 해 질 무렵 길가에 서서 이야기를 나누는 사람들 무리에 끼어들어 큰 소리로 탄식하던 메이스케 어머니를 우체국장이 자기 집으로 데리고 오는 일이 종종 있었습니다.

어린 딸을 무릎에 앉히고——그 아이가 70년 전의 내 어머니입니다——화롯불을 돌보는 할머니 혼자 말없이 듣고 있는 가운데, 우체국장과 메이스케 어머니는 열심히 이야기를 나누었습니다. 불안감을 호소하는 메이스케 어머니도, 그것을 달래는 우체국장도 화롯가에 둘러앉아 '이중호적 조작'과 '대역사건'을 관련지으며 무엇 하나 생략하지 않고 자세히 이야기했기에, 아직 젊고 사회에 대한 지식이 많지 않았던 할머니도 이야기를 잘 이해할 수 있었습니다.

"무서워라, 무서워! 큰 민폐다, 정말이지 큰 민폐야! 저런 자들이 있어 곤란합니다! 도사번 사람이 대역죄로 처형되고 나면 이번에는 이쪽이 그 운명이 될 텐데요? 게다가 골짜기에서 '자이'까지 온 마을 누구나 다! 우리 마을에서 고안한 호적제는 잘못된 것이었어요! 그런 일을 해서 몹시도 성가신 일에 자자손손 말려들게 한 건 잘못이었어요. 그런 즉흥적인 발상 덕에 이 숲속 분지에 있는 모두가 죄다 처형돼버린다고요! 이 지역 사람은 누구 하나 극형을 면치 못할 거예요! 우체국장님, 그런데도 누구나가 말이에요, 참으로 편안하게 밥을 먹고 국을 마시고 하하 웃고 있어요! 이 지역에 살고 있는 것만으로 대원수 폐하께 반역을 저지르고 있는 것인데 겁먹은 기색도 없군요!"

"이보세요, 메이스케 어머니, 이제 그만하세요! 혼자 **오뇌**에 빠져 있다 해도 어쩔 수 없는 일이에요! 마을 사람들이 모여 이야기하는 곳에 불쑥 들어가 무서운 소리를 내면서 한탄하는 일은 이제 하지 마세요! 마을 사람들은 언제나 마음씨 고운 메이스케 어머니를 잘 알고 있어서 아직 아무도 화를 내지는 않아요. 오히려 가엾게 생각하지요! 그렇게 친절한 사람들이 모여 이야기하는 곳에 갑자기 끼어들어 벌겋게 원망스러운 눈으로 탄식하면서 도대체 뭘 하시는 거냐고요! 아셨죠? 이제 그만해요, 조용히 몸과 머리를 돌보면서 쉬세요! 이미 오랫동안 메이스케 어머니는 사람들에게도 잊힌 듯 살아오셨으니, 조용히 있는 한 아무도 원한을 갖지는 않아요! 어째서 그렇게까지 마음 아파합니까? '대역사건' 피고들에 이어서 이 지역 사람 모두가 사형당하고 말 거라고, 왜 그렇게 아무 관계 없는 일로 괴로워하죠? 그런 일은 모두 숲 밖에서 일어난 일인데 말이에요?!"

29

골짜기의 우리 집에도 신단 옆의 어둡고 그늘진 곳에 격자로 된 나무 상자에 넣은 '메이스케'가 모셔져 있었습니다. 작은 머리지만 또렷하게 칼자국이 보이는 채색된 '메이스케' 진흙 인형 옆에 더 작은 여자 진흙 인형이 놓여 있는데, 그것은 메이스케 어머니를 모신 것이라고 했습니다.

"메이스케의 얼굴 생김새는 모르지만, 집안 어둠의 신인 메이스케 어머니는 내가 젊었을 때 많이 봐온, 아직 건강했을 때의 모습 그대로야!" 할머니는 메이스케의 기일 때마다 격자 안으로 촛불을 켜 올리면서 언제나 그렇게 말하곤 했습니다.

매년 있는 기일 외에도 어린 우리로서는 알 수 없는 이유로 매일 '메이스케'에게 등이 밝혀져 있는 일이 있었습니다. 그럴 경우는 이미 쇠퇴한 지 오래된 목랍 생산 시절의 흔적인 오래된 양초가 켜지기도 했습니다. 밝은 신단의 신에게가 아니라 어둠의 신에게 기원하여 쫓아버리지 않으면 안 될 어려운 액운이 숲속 분지를 덮쳐오고 있는 것인가 하고, 가을장마로 강이 범람하는 일이 잦았던 전쟁 말기의 그 무렵, 활활 타오르는 커다란 촛불을 힐끗 올려다보면서 막연하게 두려워하곤 했습니다.

그 후 내가 숲속 분지를 떠나 세월이 흐르고, 도쿄에서 결혼하여 첫아이가 태어났을 때의 일입니다. 아기의 머리는 기형이었는데, 큰 혹처럼 보였던 것을 제거하고 나서 어쨌든 살 수 있게 되었습니다. 아들이 수술로 생긴 머리 상처를 치료하고 있는 동안, 나의 어머니는 골짜기에서 '메이스케'에게 계속 촛불을 밝혀 올렸다고 합니다.

지금도 역시 골짜기에 살고 있는 여동생이 전화로 그 이야기를 전할 때 어머니는 어둠의 신 앞에서 근심스럽게 생각에 잠겨 있는 것 같기도 하고, 양초를 새로 갈아 불을 밝히면서 혼자 미소 짓기도 한다고 여동생이 말했습니다. 약간은 장난스럽게 "그건 왠지 오싹한데"라고 내가 말하자, "아니, 용감한 모습이지" 하며 여동생은 고지식하게 대꾸했습니다.

제4장

50일 전쟁

1

지금까지 내가 써온 것은 할머니에게 들은 골짜기와 '자이' 마을의 전설입니다. 할머니가 돌아가신 후에는 할머니의 이야기를 보충하듯이 마을 원로들이 이야기를 들려주었습니다. 그런데 이제부터 내가 써 내려가려는 기묘한 전쟁 이야기는 오히려 할머니와 마을 원로들이 결코 말하려 하지 않았던 이야기입니다.

그러면 이 전쟁 이야기가 숲속 분지의 전설과 무관한 것인가 하면 물론 그렇지 않습니다. 지금까지 쓴 그 어떤 전설보다 새로운 사건이지만, 마을 사람들은 그런 일은 없었고 일어날 수도 없다고 하면서 그 일이 화제가 될 것 같으면 곧바로 화제를 돌려버리곤 했습니다. 그런데도 어린 우리 귀에는 일찍부터 작게 나뉜 이야기의 조각조각이 들어와 마침내 누구나 하나의 이야기를 총체적으로 구성할 수 있었던, 그런 방법으로 전해 내려오고 있었습니다.

할머니와 원로들이 말하는 마을 창건 이후의 전설이 빛 속의 이야기라면 이것은 그림자 속에 감추어진 이야기였습니다. 그 구분은 명확했습니다. 예를 들어 내가 이 사건에 대해 몰래 얼마간의 일화를 들은 대로 할머니와 원로들에게 이렇게 묻는 일이 있었다고 합시다.

"당신들은 나를 전설을 듣는 사람으로 뽑아놓고 이상한 전쟁 이야기는 하지 않습니다. 그러나 우리는 전부터 마을 어른들의 넌지시 빈정거리거나 암시하는 말투에서 이 사건에 대해 **탐지해**왔습니다. 한 어른이 허풍을 떨었다는 것이 아닙니다. 몇 명의 어른들이 큰 사건의 이곳저곳을 잘라내어 아무렇지도 않게 보이게 한 것입니다. 그러니까 그건 이 골짜기와 '자이'에서 정말 일어난 일이었겠죠? 우리는 그 내밀한 전설의 '유적'이라고 할 만한 것과도 실제로 마주쳤습니다. 그것이 없어도 우리는, 어른들이 모두 사실을 얘기해서는 안 되고 얘기할 생각도 없었는데 그만 얘기해버렸다는 그런 특별한 표정을 짓는 전설에는 근거가 있다고 느껴왔습니다. 그 기묘한 전쟁 이야기는 역시 사실인 것 아닐까요? 당신들 자신이 이 전쟁에서 용감하게 싸운 생존자 아닙니까?"

할머니와 원로들은 그런 이상한 전쟁이 어떻게 있을 수 있겠느냐고 부정했을 겁니다. 으레 이렇게 덧붙이기도 했겠지요.

"여러 어른들이 똑같이 이해하기 어려운 말을 한다면, 그것은 여러 어른들이 똑같은 하나의 꿈을 꾸었기 때문이겠지! 이 숲속의 땅에서는 예로부터 '파괴자'의 힘에 이끌려 많은 사람이 단 하나의 꿈을 꾸는 일이라면 정말 얼마든지 있었으니까!

너희들이 사건의 '유적'을 보았다는 것도 말이야, 아이들이란 아주 옛날에 꾼 꿈의 증거를 얼마든지 실제 유적이라고 하면서 찾아내는 사람들 아니겠니?"

하지만 나에게는 여전히 할머니와 원로들에게, 그럼 왜 우리 어머니들은 그런 일을 하셨는지 물을 수 있는 단서가 추억 속에 하나 있습니다. 이것은 확실히 그 사건이 실제로 있었다는 것을 아무도 부정하지 않는, 지난 제2차 세계대전이 끝날 무렵 숲속 골짜기 마을에서 상연된 이상한 느낌이 드는 연극의 추억이지만……

2

오봉 때 공연하는 마을 연극을 비롯하여 모든 즐거운 행사를 삼가던 전쟁 말기에, 어째서 때에 맞지 않는 마을 연극이 여자들에 의해 상연되었을까? 거기에는 차곡차곡 쌓여온 사정이 있었습니다. 애당초 그 사정의 발단은 숲속 골짜기에서 오봉 때 여자들이 아마추어 연극을 하는 오랜 관습에 있었다는 것을 말하지 않으면 안 됩니다. 전쟁의 형세가 불리해지면서 여유 있고 화려한 행사는 **배제**되어가고, 마을 연극의 풍습도 지난 2년간 끊겨 있었지만……

마을에서 목랍 생산이 한창일 무렵에 지어진 창고에는 연극을 상연하는 무대까지 마련되어 있었는데, 이제는 더 이상 목랍창고로 사용되지 않는 큰 건물에 오히려 무대만 유지되고 있

있습니다. 여름 오봉 때 마을 여자들이 연극을 하기 위해서였습니다. 연극 대본은 숲속 골짜기의 전설에 기초한 것이어서 해마다 연극 준비가 시작될 때는 연극을 주도하는 여자들이 할머니가 계시는 안채로 찾아와, 신화 같은 이야기와 역사적인 에피소드 중에서 어떤 이야기를 그해의 상연 대본으로 만들까를 의논했습니다. 일단 그해의 연극 주제가 정해지면 할머니는 그 전설을 다시 자세히 이야기했는데 —— 마을 사람들은 그것을 할머니가 **복습해준다**고 했습니다 —— 이야기를 하기 전에 여자들과 할머니는 언제나 그 문답을 주고받았다고 합니다.

"아주 먼 옛날이야기. 있었는지 없었는지 모르지만, 옛날 일이라면 없었던 일도 있었던 것으로 하고 들어야 한다. 알겠니?" "응!"

이렇게 매년 오봉 때마다 마을 연극은 상연물을 바꾸어가며 공연했지만, 마무리 공연만큼은 언제나 똑같았습니다. 그해의 마을 연극에 관계된 사람들이 —— 음악과 무대 뒤에서 일하는 최소한의 필요 인원을 제외하고 —— 전원 무대에 서서 「나무가 사람을 죽인다」라는 연극을 했습니다. 나는 서너 살 때 처음 본 이후로 '파괴자'와 오시코메가 나오는 오봉 때의 연극을, 이야기는 잘 이해하지 못한 채로 계속 보아왔습니다. 하지만 마무리 극만큼은 매년 반복되기도 해서 잘 이해하며 이야기의 진행 상황도 알아 가슴을 두근거리며 지켜보곤 했습니다.

마무리 극의 막이 오르면 많은 여자들이 잎을 단 어린나무를 하나씩 업고 무대에 서 있습니다. 무대는 숲 같았고 객석까지 나무 향이 풍기곤 했습니다. 그곳에 옛 군인과 수행원이 등장해 나무를 멘 옛 마을 사람들을 부릅니다. 그의 임무는 사람들을 선별하는 일인 듯, 수행원은 두꺼운 호적대장을 펼치고 있습니다. 그 결과 마을 사람들의 절반이 어린나무를 발밑에 눕히고 퇴장하는데, 뒤에 남는 마을 사람들과 **애틋**한 이별의 몸짓을 주고받습니다. 어느 쪽이 더 슬픈 신세가 됐나 하고 궁금해하는 사이에 무대 위의 마을 사람들은 등에 진 어린나무에 목을 매어 죽는 것처럼 하면서 한 명씩 쓰러져갑니다. 결국 무대에는 옛 군인과 수행원만이 남게 됩니다.

암전. 다시 무대가 밝아지면 이번에는 옛 군인이 백양나무로 만든 망루에 높이 매달려 죽어 있습니다…… 마을 연극을 마무리하는 이 연극의 정경을 인상에 깊이 새긴 채로──게다가 그것이 숲속의 전설에서 가져온 이야기임은 분명한데, 이 정경에 관련된 이야기는 할머니의 이야기에 나오지 않아──도대체 이 마을 연극에서 상연하는 사건은 언제 적 이야기인지, 이미 안채에 누워만 있게 된 할머니에게 물어본 적이 있었습니다.

"몇 번이고 일어난 일이라 언제 적 일이라고 할 것도 없지!"

이것이 그 무렵에는 아기처럼 볼이 발갛게 되어 있던 할머니의 대답이었습니다.

3

전쟁이 끝나던 해, 그것도 8월 초가 되어 갑자기 마을 연극이 부활해 상연되었는데, 그해 아직 추위가 심했던 시기에 강

하류 쪽에서 소문으로 전해지던 일이 있었습니다. 이웃 마을 농가의 장남으로 예과련豫科練——그것은「일곱 개의 단추에는 벚꽃에 닻 무늬」라는 노래로 젊은이들의 마음을 사로잡은 해군 비행병이 되기 위한 지원 기관이었습니다——에 들어가 있던 젊은이가 '동기생'과의 훈련 생활을 견디지 못하고 탈영했습니다. 간신히 고향에 이르렀지만, 관청에 근무하는 아버지에게 폐가 될 것을 걱정해 밭의 작업 도구를 넣어두는 산간 오두막에 한동안 숨어 지내다 젊은이는 결국 변소에서 목을 매어 반쯤 얼어붙은 상태로 발견되었습니다. 쫓아온 상관은 부모가 지켜보는 앞에서 죽은 젊은이를 발로 걷어찼다고 합니다.

전쟁도 끝나갈 무렵, 그 무렵에는 예과련 젊은이들도 비행기 조종을 배우는 일 없이 지방에 분산되어 오래된 소나무 뿌리를 캐내 비행기 연료로 쓸 송근유를 생산하는 것이 일이었습니다. 이 탈영자의 경우도 그런 상황에서 오는 울적함이 동료들 간에 불화를 일으켰을 것으로 생각됩니다. 장마가 끝날 무렵에는 고치현高知縣과의 경계에서 솔뿌리를 캐던 부대의 군인 세 사람이 탈영하여 산을 넘어 골짜기를 둘러싼 숲으로 향했습니다. 곧바로 골짜기의 마을사무소에 통지가 전해진 것은 탈영한 세 사람 중 마을 출신 청년이 한 명 포함되어 있었기 때문입니다. 그 통지에 이어 강 하류에 있는 이웃 마을에서 형사 두 사람이 파견되어 골짜기 주재소 순경에게 안내를 받으며 청년의 생가를 찾아왔습니다. 게다가 헌병들까지 마을로 들어와 골짜기에서 딱 한 채 있는 여관에 작전본부를 두고 수사를 벌였습니다.

일단 숲 **가장자리**까지 내려온 탈영병들은 수사 기미를 눈치

채자 야영지를 매일 바꾸어가며 헌병과 소방단원들의 수사를 빠져나가고, 밤이 되면 '자이'의 농가에서 음식물을 훔쳐내기도 했습니다. 농가 쪽에서는 탈영병 중에 어릴 때부터 알던 이웃 청년이 포함되어 있기도 해서 보고도 못 본 척했겠지요. 헌병 대장이 이 마을 사람들은 대숲의 대나무를 베어 봉기에 참가한 자들의 피를 이어받고 있는 만큼, 국가에 비협조적이라고 불만을 토로했다는 소문도 있었습니다. 전시 중인 터라 소방단원들도 주로 나이 든 사람들이어서, 실제로 탈영자들을 찾기 위해 산을 뒤지는 산 수색을 열심히 하지는 않았습니다. 탈영병들이 계속 수사를 빠져나가는 사이, 우리 마을 아이들은 그들을 '산의 예과련'이라고 부르며 일종의 인기인으로 만들었습니다.

그러던 중 **화**가 치민 헌병대는 수사 방침을 전환했습니다. 탈영병 안에 마을 출신이 포함되어 있어 소방단원들이 열심히 산 수색을 하지 않는다. 앞으로는 강 하류에서 동원한 사람들을 마을 숙소에 머물게 하면서 이들에게 산 수색을 시킨다. 마을 사람들에게는 숙소의 설비와 산 수색 요원들의 시중만을 들게 한다는 것이었습니다. 게다가 산 수색을 효과적으로 하기 위해 어떤 구획의 나무는 모두 베어내어 방화선을 만들고, 그곳을 기점으로 불을 질러 산을 태우는 방안이 이미 결정된 사항으로 촌장과 관계자들에게 전해졌습니다.

4

헌병의 말대로 곧바로 시작된 숙소의 설비가 국민학교와 농업회 건물을 이용해 일단 형태가 갖추어지자 강 아랫마을과 읍내에서 산을 수색할 남자 요원들이 도보로 잇달아 골짜기로 들어왔습니다. 숙소 설비가 끝나면 새로 산을 수색하는 일에는 필요가 없어진 마을 남자들이 이날 왠지 기운 없이 근심스럽게 왔다 갔다 하던 것이 생각납니다. 눈에 띄는 사람 중에 유일하게 힘이 넘쳤던 골짜기 사람은 흰색 블라우스에 검은 고무줄 바지 차림의 여자 정신대원으로, 그녀들은 의욕에 넘쳐 강 아랫마을과 읍내에서 온 산 수색 요원을 대접하면서 돌아다녔습니다.

다음 날 아침 일찍 산 수색 요원들은 국민학교 운동장에 정렬하여 헌병대장의 훈시를 듣고, 일렬종대로 숲으로 올라갔습니다. 하지만 **신참** 산 수색 요원들도 골짜기와 '자이'의 소방단원들에 비해 그다지 기운이 넘쳤다고는 할 수 없었습니다. 다만 지금까지의 산 수색과 비교하면 그들의 **차림새**에는 다른 점이 있었습니다. 마을 남자들이 작은 손도끼와 낫만 들었던 것과 달리 그들은 도끼와 톱을 등에 동여매고 있었습니다. 도끼와 톱의 용도는 처음부터 분명했습니다. 이윽고 숲속 높은 곳에서 울려 퍼지기 시작한 나무를 베어 쓰러뜨리는 소리는 짧은 휴식 시간을 제외하곤 해 질 녘까지 이어졌습니다. 날이 어두워지자 산 수색 요원들의 행렬은 새로 베어낸 나무 냄새를 강하게 풍기며 골짜기로 내려왔습니다.

숲에 불을 붙일 준비를 위한 벌채 작업은 사흘간 계속되었고, 넷째 날에는 작업을 쉬었습니다. 중노동을 하는 산 수색 요원들을 위로하기 위해 목랍창고 연극무대에서 마을 여자들의 아마추어 연극이 상연된 것입니다. 어느샌가 마을 여자들과 헌병대 사이에 협상이 진행되고 연극의 구체적인 준비도 이루어지고 있었습니다. 그것도 나의 어머니와, 언제부터인가 고신산의 신사 관리를 맡고 있는 것처럼 목랍창고 연극 무대를 돌봐온 고모——늘 그렇게 불렀지만, 그녀는 나에게 고모할머니에 해당하는 사람이었을 것으로 생각합니다——가 둘이서 계획하고 실현하기에 이르렀다고 합니다. 당일 연극 무대에 초대받은 사람은 강 아래에서 온 산 수색 요원들뿐이고, 골짜기와 '자이'의 남자들은 목랍창고에 오지 못하도록 했습니다.

연극이 상연되던 날은 해가 저문 후부터 비가 내리기 시작했고, 비는 강 상류의 삼림지대에서 퍼져왔기 때문에 강은 금세 불어났습니다. 나는 어머니가 목랍창고에 아침부터 틀어박혀 있는 이상, 여동생과 둘이서 남아 있는 집을 지켜야 할 책임을 느끼고 물이 어느 정도 불어났는지 골짜기 중앙에 있는 콘크리트 다리까지 강의 상황을 보러 갔습니다. 다리 위에서는 비옷이 난간 전등에 번들거리며 번쩍이는 골짜기 마을의 소방단원들이 방수 모자를 쓴 머리를 맞대고 화가 난 목소리로 말을 하고 있었습니다. 그러는 사이에도 강물은 요란하게 울리면서 바로 **위** 목랍창고에서 들려오는 피리와 북, 샤미센의 음악을 어쩐지 불안하게 만들고 있었습니다……

5

물이 불어난 강의 다리를 지키기 위해 모여 있던 소방단원들의 말은—어수선한 마음으로 띄엄띄엄 들은 것을 나중에 이날의 일을 반복해 떠올리며 이어 맞춘 기억이지만—이런 것이었습니다.

"숲에 불을 지른다? 나무들을 태운다? 그 정도의 인원이 이삼일 벌채 작업을 한들, 불막이 길을 얼마나 낼 수 있겠나? 일단 숲에 불을 지르면 제대로 된 불막이 길도 없이 외지인들이 불을 끌 수 있다는 말인가? 어림도 없지! 마을이 생긴 이후로 그런 일을 시도한 자들은 그것만으로도 끔찍한 죽음을 맞이했지?! 누구나 그놈들은 그렇게 죽어 마땅하다고 생각할 텐데 말이야. 도대체 제정신으로 숲에 불을 지른다니, 당치도 않아?!"

숲에 불을 지른다는 말이 갖는 무서운 힘은 여동생이 혼자 기다리고 있는 집으로 빗속을 **맨발**로 달려 돌아가는 나를 비틀거리게 할 정도였습니다. 내일이라도 산 수색 요원의 작업이 재개되고, 이어서 헌병대가 숲에 불을 질러 큰불이 나면 어머니와 누이동생과 나 셋은 어떻게 피할 수 있을까? 지금으로선 이 폭우만이 희망이다. 이렇게 많은 비가 내리면 숲의 나뭇잎들은 저마다 빗방울을 머금어 숲 전체가 하나의 큰 호수 같을 거다. 거기에 불을 붙일 수는 있어도 번지게 하는 건 쉽지 않다……

이날 밤새도록 세찬 빗소리와 거센 강물 소리를 뚫고 목람

창고에서 끊임없이 들려오던 피리와 북, 샤미센 음악이 어느샌가 오싹할 정도로 높아졌습니다. 그러다가 음악이 멈추자 철 컹, 철컹, 철컹 하는 무거운 소리가 울렸습니다. 그러고는 빗소리와 강물 소리뿐. 이불 위에 앉아 있는데 2층에서 자고 있던 여동생이 놀라 파들파들 떨며 내려왔습니다. 뿌연 유리창을 통해 목랍창고 쪽을 지켜보고 있는데, 아까 울린 철컹, 철컹, 철컹 하는 소리 뒤에 하얗게 번쩍이는 빛이 번개처럼 반짝였다고 여동생은 울먹이며 말했습니다. 나에게도 여동생을 위로할 말은 없었고, 때마침 목랍창고에서 들려오는 많은 사람들이 빗속을 뚫고 돌아가는 소리에 가만히 귀를 기울이며 어머니가 빨리 돌아오기만을 바라고 있었습니다.

다음 날 아침, 내가 눈을 떴을 때 어머니는 벌써 부엌에서 일을 하고 있었는데 목랍창고 연극에 대해서는 아무 말도 하지 않고 어두컴컴한 집 안에서 내 얼굴을 외면하는 것 같았습니다. 그러나 어머니들의 마을 연극이 확실한 효과를 거두었는지, 비옷 차림의 소방단원들이 두려워하며 분노하던, 숲에 불을 내려던 헌병대의 계획은 무산되었습니다. 폭우의 영향으로 산의 벌채 작업 재개가 지연되고 있는 동안 산 수색 요원들은 강 아랫마을과 읍내로 철수했고, 그사이 헌병대도 골짜기에서 자취를 감추었습니다. 전쟁이 끝나는 8월 15일까지 얼마 남지 않은 날이었습니다⋯⋯

6

홋날 골짜기에 떠도는 이야기를 수소문한 바로는 폭우가 내리던 날, 마을 연극에서 마무리 극으로 상연된 「나무가 사람을 죽인다」는 다음과 같이 전개되었습니다. 몇 개나 되는 가마니에 흰 천을 씌운 오시코메의 몸에 붉은 훈도시를 두른 젊은이들(실제로는 분장한 처녀들)이 기어오르는 우스꽝스러운 연극을 공연해 관객들을 매우 열광시켰습니다. 그런 다음 지금까지 출연한 거의 모두가 밑동에서 자른 어린나무를 하나씩 짊어지고 무대에 쌓아놓은 단 위에 나란히 서서 무대를 숲처럼 보이게 하는 배경으로 보통 때처럼 연극 「나무가 사람을 죽인다」는 진행되었습니다.

거기에 등장하는 옛 군인과 수행원. 놀랍게도 군인 역할은 고모가, 그리고 나무를 등에 진 마을 사람들에게 군인이 호적 조사의 시작을 알렸을 때 과장된 몸짓으로 호적대장을 보여주는 역할을 하는 수행원은 어머니가 연기한 것 같았습니다. 전혀 연극 같은 과장된 행동을 한 적이 없는 어머니가 남들 앞에서 어떤 연기를 했을지 나는 상상도 할 수 없었습니다. 군인은 다음과 같이 알립니다.

"폭도들이 산에 숨어 조정의 위광威光을 거스르며 사악한 반란을 계속하고 있다. 그동안 조정은 너그럽게 처리해왔지만, 폭도들은 반성의 빛을 보이지 않는다. 조정의 인내에도 한계가 있다. 더 이상 용서는 없다. 숲에 불을 놓아 폭도들을 불태워버린다. 숲에 숨은 반란자들은 그렇게 알라!"

어린나무를 등에 지고 숲으로 숨어든 사람들의 모습을 연기하던 마을 사람들이 옛 군인과 수행원에게 항복하고 호적대장에 따라 절반만 퇴장한 뒤 나머지 절반이 지고 있던 어린나무에 **목매어** 죽는 것은 항상 해온 「나무가 사람을 죽인다」라는 연극 그대로입니다. 암전. 무대가 다시 밝아지자 무대 정면으로 밀려 나온 백양나무 망루에 옛 군인이 높이 매달려 있다…… 줄거리대로 연극은 진행되었지만, 전쟁이 종반에 가까워진 그해 여름이 시작될 무렵 목랍창고에서는 마지막 장면에 특별한 연출이 고안되어 있었습니다.

캄캄해진 무대에 나도 들었던 철컹, 철컹, 철컹 하는 육중한 소리가 울려 퍼집니다. 아직 깜깜한 어둠 속에서 골짜기 사진관에 그 기술을 가지고 시집온 젊은 부인이 마그네슘에 서너 번 점화합니다──그것이 여동생이 본 번개 같은 빛이었습니다──하얗게 번쩍이는 빛은 백양나무의 망루에 매달린 세 사람의 시체를 비추었습니다. 그것은 옛 군인이 아닌, 대일본 제국 군대의 헌병대(물론 가짜인) 군복을 입은 세 사람이었습니다……

그대로 밝아지면 한바탕 소동이 벌어졌을 겁니다. 그러나 마그네슘 빛에 새겨진 잔상이 사라질 무렵에야 겨우 밝아진 무대에는 매년 행하는 「나무가 사람을 죽인다」라는 연극의 연출대로 옛 군인이 진바오리에 상투를 튼 지방관의 모습으로 매달려 있었습니다. 관중석 한가운데에 진을 치고 있던 헌병대 세 사람은 주위에 빽빽이 들어찬 산 수색 요원들로부터 마그네슘 섬광이 비춘 무대 위 광경에 대해 별다른 증언을 듣지 못했던 것 같습니다.

7

　전쟁의 정세가 불리해져 어수선한 상황이 되기 전까지 매년 오봉 때마다 공연된 「나무가 사람을 죽인다」라는 연극의 숨겨진 의미가, 전쟁이 끝나는 여름에 드러내 보인 연출을 통해 골짜기와 '자이'에서 그림자 이야기로 전해져온 것과 연관된, 즉 그림자 이야기로서 완전히 다른 또 하나의 전쟁 전설에 현실적인 색채를 띠게 한다. 나는 그때 이후로 그렇게 느끼고 있습니다. 이 숨겨진 그림자 이야기 속 전쟁 말기에 숲 **언저리**에서 전개된 일련의 긴박한 사건과 그 연극이 중첩되는 것을 발견했기 때문입니다.

　그러면서도 더구나 당시의 나는 숲속 작은 마을이—그러나 어린 나에게는 그 마을이 이 나라, 이 세계, 이 우주 전체 속에서 가장 뜻깊은 중심으로 느껴지기도 했지만—대일본제국 정규 군대를 상대로 전쟁을 벌였다는 등의 이야기를 확실히 여러 어른들이 가끔 넌지시 하기는 했지만, 그것을 그들이 공동으로 꾼 꿈이라고 해도 나는 틀림없이 믿었을 겁니다. 대학을 졸업하고 시간이 흐른 뒤 16, 17세기 북이탈리아의 민간 신앙에 일년에 네 번, 육체는 그대로 남겨둔 채 **혼**이 되어 밤의 목초지로 나가 회향풀 가지를 무기로 악마의 앞잡이들과 싸우는 베난단티라고 불리는 사람들이 있었다는 연구를 읽었습니다. 우리 마

260

을에서 일어난 것도 이런 종류의 꿈의 전쟁이 아니었을까 하는 생각이 들어 그때는 오랜 의문이 풀린 것 같았습니다. 우리 마을의 기묘한 전쟁에 대한 전설에서도 꿈이——그것도 마을의 중심이었던 노인들이 꾸는 공동의 꿈이——중요한 역할을 하고 있었으니까요……

그러면서도랄까, 그렇기 때문이랄까, 나는 그 당시부터 계속 이 숨겨진 이야기에 매료되어 있었습니다. 어른들의 말꼬리를 잡고 캐물으면 언제나 얼버무리는 이상한 전쟁 이야기. 그래서 여름 해 질 녘 길가에서 들은 어른들의 잡담에서 작은 부분을 주워 모으는 식으로 전체를 구성해보는 일은 어린 시절부터 계속해왔습니다. 할머니가, 그리고 이어서 마을 원로들이 자진해서 이야기해주는 전설에 대해서 특히 처음에는 그것을 듣고 전하는 역할에서 어떻게든 벗어나려고 했는데, 이 숨겨진 이야기에 대해서는 조심성 많은 어른들이 슬며시 얼버무리려는 것을 갑자기 기습 질문하는 식으로 추궁하여, 그렇게 모은 자료로부터 기묘한 전쟁 이야기를 자력으로 정리하려고 노력했습니다.

처음에 말한 미국 동부의 대학 기숙사에서 같은 방을 쓰며 나의 이야기에 나오는 M/T라는 것이 mountain time의 약자냐고 되물었던 아일랜드인 극작가는 나에게 이 긴 이상한 전쟁 이야기를 들은 후에 이렇게 말했습니다.

"자네가 어렸을 때부터 할머니가 마을의 신화와 역사를 들려주신 건, 사실 밝은 데서 드러내놓고 할 수 있는 이야기가 아니라 눈에 띄지 않는 곳에서 몰래 귓속말로 전할 수밖에 없는, 국가와 정면으로 대적했던 자랑스러운 추억을 후세에 전할 사람으로서 자네에게 그 능력을 훈련시키기 위해서가 아니었을까?"

그 말에 갑자기 허를 찔려 마음속 깊은 곳이 뒤흔들린 것 같기도 해서 얼굴을 붉히며 잠자코 있는 나를 그는 이렇게 계속 격려해주었습니다.

"마을 노인들의 **계획**은 성공이었군. 나는 아일랜드로 돌아가면 동방의 친구를 생각할 때 일본 역사에서 메이지유신을 둘러싼 그 어떤 내전보다도 자네 마을과 대일본제국 사이에 벌어진 전쟁 쪽에 훨씬 더 리얼리티를 느낄 테니까……"

8

어느 해 장마가 끝날 무렵, 깊은 숲을 빠져나온 대일본제국 군대의 혼성 1중대 장병이 자재를 실은 군마를 끌고 강가 길을 행군하고 있었습니다. 그곳은 '파괴자'가 번에서 추방당한 동료와 '해적'섬에서 온 처녀들을 이끌고 배의 목재를 해체하여 만든 썰매와 지게에 신천지를 개척하기 위한 자재를 싣고 어려움을 이기고 또 이기며 거슬러 올라간 길이었습니다.

'파괴자'가 마을을 만들 당시, 길이 만들어지지 않았으니 군마를 끌고 간 1중대의 행군은 그때와는 비교할 수 없을 정도로 쉬웠을 것입니다. 그런 이유도 있어서 중대를 이끄는 지휘관은 계속 내린 비를 생각하면 수위는 낮지만——그 비밀은 곧 밝혀집니다——물이 불어나 도로변까지 물이 찬 강에 그들을 위험에 빠뜨릴 함정이 숨어 있으리라고는 생각지 못했을 겁니다. 평야를 행군한 뒤 삼림지대로 들어가버리면 지형은 숲속 높은 곳에서부터 V자형으로 파진 도랑 같고, 그 밑으로 강과 도로가 나란히 구불구불 굽이치는 궤도를 그리고 있습니다. 무언가를 계기로 길 가장자리가 무너지기라도 하면 그 일대는 순식간에 탁류에 휩쓸려버릴지도 모르는데 일단 비가 그친 뒤 작전행동이 시작된 탓도 있어서 지휘관은 불어난 강을 길들여진 안전한 곳으로 믿고 저 먼 상류의 작은 마을을 향해 1중대의 선두로 나아가고 있었습니다.

익사한 많은 장병들이 찬 손목시계의 일치된 정지 시간, ○○시 ○○분. 행군하는 혼성 1중대를 쿵 하는 굉음과 함께 큰 어둠이 기습했습니다. 장병도 군마도 숲 전체가 미친 듯이 날뛰는 흙탕물의 한가운데에 있다는 것을 금세 깨달았을 겁니다. 그러나 흙탕물의 소용돌이에서 옆에 있는 언덕으로 피난하는 건 고사하고, 그들 자체가 전속력으로 숲의 어린나무나 잡목을 뿌리째 뽑아버리는 홍수가 되어 강 아래로 쏟아져 내려갔습니다. 숲은 깊고 두터워 장병들의 고함 소리, 군마의 몸부림치는 울음소리 하나조차, 숲 아래를 메우며 엄청난 속도로 움직이는 검은 격류에서 떠올라 사람의 귀에 들리는 일은 없었겠지요……

숲속 작은 마을로 행군하는 혼성 1중대를 일거에 궤멸시킨 강의 범람은 오랫동안 비가 내린 후에 있는 자연스러운 현상이었을까? 그렇지 않았습니다. 지방 도시의 연대본부로서는 산속 작은 마을에서 일어나고 있는 국가에 대한 모반 행위를 진압하기 위해 1중대를 출동시킬 작전 계획을 비밀리에 펼칠 생각이었지만, 마을에서는 군대의 움직임을 일찍부터 감지하고 있었습니다. 그래서 미리 잘 준비한 반격 수단으로 대일본제국 군대 vs. 마을 군대의 전면전쟁 초반전 승리를 쟁취한 것입니다. 그것이 댐홍수 작전이었습니다.

댐홍수 작전은 혼성 1중대를 떠내려 보냈을 뿐만 아니라 하류의 마을과 읍내에 단순한 홍수 피해를 넘어선 재앙을 초래했습니다. 검은 물이 하류 지역 일대를 적셨는데, 이 검은 물에 잠긴 마을들에서 아이들이 원인 모를 열병에 걸려 많이 죽었습니다. 또 시커멓게 범람한 물에 잠긴 논밭은 흙빛으로 변하면서 그 후로 몇 년 동안 흉작에 시달렸다고 합니다.

게다가 연대본부와 현의 수뇌부는 숲속 작은 마을을 진압하기 위해 중대가 파견되는 일 같은 것은 실제로 없었고, 그 중대가 홍수로 전멸한 일도 당연히 없었으며, 나중에 검은 물이라고 불리게 된 엄청난 홍수가 아이들에게 역병을 일으키고 논밭에 흉작을 가져왔다는 말은 불온 분자의 유언비어일 뿐이라며 무마하느라 애를 썼습니다.

9

그해 5월 초 어느 새벽녘에 골짜기와 '자이'의 중심이었던 노인들이 모두 같은 내용의 꿈을 꾸었습니다. 수백 년 전에 숲속 분지를 떠나 참으로 오랫동안 부재했던 '파괴자'가 지금 목랍창고로 돌아왔음을 알리는 꿈입니다. 꿈을 꾼 노인들은 아침 일찍 일어나자 목랍창고로 나가 이미 자물쇠도 없어진 몇 군데의 문과 창문을 굳게 닫았습니다. 그리고 아이들에게 벽이 깨진 틈으로 출입하는 것을 엄금하고——연극을 하는 무대나 무대 뒤, 그리고 높은 관람석이 멋진 놀이터가 되어 있었습니다——여자들에게는 '파괴자'에게 올리는 식사를 가져오도록 했습니다.

이어서 노인들은 역시 모두가 똑같은 내용의 이런 꿈을 꾸었습니다. 노인들 누구나 그 모습을 잘 알고 있다고 느끼는 '파괴자'가 '거인화'되어 작은 동산 같은 그리운 등을 이쪽으로 향한 채 어둠 속에 큰 머리를 돌리며——그것은 목랍창고의 벗겨진 대들보를 직접 문지를 때와 같은 높이였습니다——다음과 같은 지시를 내렸습니다.

"앞으로 한 달 반이 지나면, 현의 지사가 군대의 치안 출동을 청원할 것이다! 비상사태에 대비해 병력을 요하거나 또는 경호를 위한 병력을 요할 때는 사단장 또는 여단장에게 이첩하여 출병을 청하도록 하라는 법률 조항을 내세워서 말이다! 우리 군대가 맞서 공격하려면 계곡의 **목**을 바위와 흙으로 막고 계곡 전체에 물을 담아두지 않으면 안 된다. 불도저로 계곡의 **목**을 메워버려야 해! 그것도 20일 안에 일을 끝내지 않으면 장마가 시작되어 어찌할 방법이 없게 된다!"

다음 날 아침 곧바로 골짜기와 '자이' 사람들이 총출동하여 토목 작업이 시작되었습니다. 꿈속의 지시에서 언급된 불도저 같은 것이 어떻게 이 시기에, 그것도 시코쿠의 작은 마을에 있었을까? 게다가 그건 프랑스제 대형 불도저였습니다. 앞으로 시작될 대일본제국 군대와 마을 군대의 전쟁에서 마을 측이 연달아 들고나온 강력한 무기는 모두 미리 마을에서 구입해둔 것입니다. 더구나 대부분은 외국에서 수입되었는데, 그 이유를 설명해두어야 할 것 같습니다.

숲속 분지 마을은 에도막부 말부터 메이지유신을 거치면서 목랍 수출로 부를 축적해갔습니다. 거듭되는 농민봉기에 마을의 자금은 일단 바닥났지만——봉기의 원인이 된 무거운 세금이 영향을 끼쳤음은 말할 것도 없습니다——신정부하에서 번성한 목랍 수출은 마을 경제를 회복시켰고 미국, 유럽과의 경제적인 파이프도 확립시켰습니다. 하지만 어느새 목랍 수출은 물론 생산까지도 쇠퇴하게 되었습니다. 그래도 마을에 외화가 쌓여 있고 큰 재산이 남아 있었던 데는 이유가 있습니다.

대일본제국이 금 수출 금지를 해제했다가 다시 금지하자, 여기에 맞추어 분지의 노인들은 당시 마을에 비축되어 있던 공유 자산을 쏟아부어 달러를 매매하고 거대한 부를 거머쥐었습니다. 이 투기에 성공한 것은 모든 권리를 부여받고 뉴욕으로 출장을 간 골짜기의 재정 담당 노인에게 '파괴자'가 꿈에 나타나 금 수출이 재금지되는 날을 알려주고 그날까지 모든 일을 끝내도록 독려했기 때문이었습니다. 달러 매매 역할을 성공적으로 완수한 노인은 역시 꿈에서 '파괴자'가 지시한 대로 귀국길에 유럽을 돌며 프랑스제 대형 불도저를 사들였습니다.

10

드디어 준비 작전이 시작된 후에는 마을 어른들이 밤낮없이 교대로 불도저를 운전해 분지 출구의 **목**이라 불리는 곳에 양쪽에서 튀어나온 산 중턱을 깎아냈습니다. 그곳은 아주 옛날에 '파괴자'가 화약으로 폭파할 때까지 대암괴 혹은 검고 단단한 흙덩어리로 막혀 있었다고 하는 장소로, 골짜기를 다시 한번 댐처럼 막아버리기 위해서는 그곳에 장벽을 세우는 것이 가장 좋은 방법이었습니다. 또 그곳이라면 단기간에 장벽으로 막는 일도 불가능하지 않다는 것을 숲속 분지의 지형을 높은 곳에서 내려다보면 금방 알 수 있습니다.

하지만 일단 장벽이 완성되기 전까지는 강물을 막아버리면 안 됩니다. 그렇게 되면 건설 중인 장벽이 무너져버릴 것이고, 그렇지 않더라도 강 아랫마을과 읍내에 강 상류에서 일어나고 있는 이변을 알리게 될 것이 뻔합니다. 강물을 자연스럽게 흘려보낼 목적으로 골짜기와 '자이'의 아이들과 여자들에게는 계획 전체에서 중요하면서도 그들의 노동력에 걸맞은 작업이 맡겨졌습니다.

아이들과 여자들은 '자이'의 큰 대나무 숲에서 죽순대를 베어 마디를 빼낸 후 연결해 30미터 길이의 물이 지나가는 긴 대나무 도관을 만들었습니다. 그런 다음 그 도관을 열 개씩 묶었는데, 이것은 전문 통장수가 직업적 기술을 살려 테로 묶어갔습니다. 대나무 마디를 뽑아내고 이어가는 기법도 처음부터 통장수가 지도했습니다. 이렇게 만들어진 5백 개에 달하는 대나무 도관을 **목**에 해당하는 강바닥의, 그 옛날 '파괴자'가 물고기를 잡을 때 사용했던 '대어살' 밑에 가라앉혔습니다. 불도저가 그 위에 흙과 모래를 부어 장벽을 쌓아가는 동안 강물은 이 대나무 도관 다발을 통해 기세 좋게 흘러 내려갔습니다.

어린 시절 나는 50일 전쟁에 사용되었던 대나무 도관이 지금도 강 하류 물웅덩이에 묻혀 있다는 이야기를 들었습니다. 아이들이 50일 전쟁의 '유적'이라고 하는 것 중 하나입니다. 그 대나무 도관들 속에는 살이 오른 뱀장어가 우글거리며 살고 있다고 했습니다. 나는 종종 그 뱀장어들이 살고 있는 대나무 도관을 찾으러 강 하류에 있는 깊은 물웅덩이로 원정을 가기도 했습니다. 실제로 물웅덩이 바닥의 시궁창 속에서 오래된 대나무통 조각을 발견하기도 했습니다.

골짜기 아래쪽 주변, 양쪽 산 중턱이 좁게 밀려 나오고 바위 표면에는 나이 든 바위철쭉이 꽃을 피운 곳에 흙과 돌로 쐐기를 박아 넣듯이 ──대나무 도관으로 물줄기는 흘려보내고── 댐 장벽의 기반이 세워졌습니다. 그 위에 골짜기와 '자이' 사람들은 노인부터 아이들까지 모두 포함하여 철저한 협동 작업으로 흙을 채운 가마니를 날라 흙으로 보루를 쌓아 올렸습니다. 숲속 분지의 전설에서는 '파괴자'에게 이끌린 젊은이들과 처녀들이 신천지를 개척한 창건기부터 마을의 운명을 가르는 큰 분기점에서는 사람들이 이처럼 협동 작업을 펼쳤습니다. 댐 건설 작업도 틀림없이 그렇게 되었으리라는 것은 어린 나도 쉽게 상상할 수 있습니다.

장벽이 점차 형태를 이루어가는 동안 장마가 찾아왔습니다.

비는 매일 끊임없이 내리고 그동안에도 마을 사람들이 총출동하는 작업은 이루어졌는데, 장마가 지면서 어디에서라고 할 것도 없이 여기저기서 올라오는 악취가 분지에 가득 차 있다는 것을 일을 하던 사람들은 알게 되었습니다. 흙보루에서 흘러내리는 흙은 조금씩 대나무 도관을 메워 강물은 차츰 막혀갔고 골짜기는 이미 댐 형태를 갖추기 시작했습니다. 그리고 마을 사람들에게는, 고여가는 물이 전체적으로 거무스름하게 변하기도 해서 주변에 풍기는 악취와 관련해 유독한 물처럼 느껴졌습니다.

11

'파괴자'가 마을의 지도자 격인 노인들이 꾸는 공동의 꿈에서 드디어 전쟁이 시작된다고 알린 날이 왔습니다. 골짜기 마을을 이미 물밑에 가라앉히고 흙보루를 쌓은 장벽에 파도를 일으키며 부딪치는 거무스름하게 탁한 물은 이제 흙보루의 지구력이 한계에 와 있음을 보여주기도 했습니다. 한낮이 되기 전에 자신들도 언제 덮칠지 모를 산 해일에 떠내려갈 위험을 각오하고 망을 보던 척후대가 대일본제국 군대의 접근을 알리기 위해 달려왔습니다.

정오를 기해 일찍이 '파괴자'가 대암괴 혹은 검고 단단한 흙덩어리를 폭파한 전례를 따라 장벽 아래쪽에 설치된 다이너마이트는 점화되었습니다. 요 며칠 더 고약해진 악취의 안개 밑에 있던 시커멓게 파도치는 탁한 물은 움직이는 벽을 만들며 맹렬하게 흘러 내려갔습니다. 강줄기를 따라 V자형의 숲속 길을 행군해 온 대일본제국 군대의 1중대는 군마와 함께 전멸했고, 악취 나는 검은 물로 인해 하류의 마을들에는 아이들을 침범한 역병이 유행하고 논밭은 몇 년씩이나 흉작이 이어졌습니다.

홍수로 전멸한 장병과 군마의 시신을 민간에 소문이 퍼지기 전에 수습할 것, 이어서 이 불운한 혼성 1중대가 다하지 못한 임무를, 지금은 군대의 침공에 맞서 전면적인 저항 의지를 보이고 있는 숲속 마을로 완수하러 갈 것. 그것이 새롭게 편성된 제2 혼성 1중대의 일이었습니다. 그들은 역한 악취가 나는 검은 진창에 발을 무릎까지 들여놓고 시체를 거두는 작업을 했고, 그러고는 쉴 틈도 없이 역시 질퍽하고 발을 디디기도 어려운 강둑길을 거슬러 올라가 목적지로 향했습니다. 행군 초반부터 중대장을 비롯한 장병들은 이유도 없이 완강한 저항을 보이는 숲속 마을 사람들에게 분노하고 있었습니다.

이 분노하며 행군하는 군대에 살해된 마을 측 최초의 전사자는 평소 '나무에서 내려오지 않는 사람'으로 불린 노인이었습니다. 그는 중년 이후부터 골짜기를 떠나 숲의 높은 나무 위에 만든 오두막에서 살아온 노인이었습니다. 골짜기와 '자이' 사람들이 주는 물품으로 살고 있었는데, 보통 남에게 베풀 때는 고개를 숙여 물건을 건네주지만 '나무에서 내려오지 않는 사람'의 경우 누구나 높은 곳을 향해 바치듯이 베풀 수밖에 없었습니다.

왜냐하면 '나무에서 내려오지 않는 사람'은 나무 위 오두막에서 살고 있을 뿐 아니라 이동할 때도 항상 나뭇가지를 타고 이동했기 때문입니다. 부득이하게 골짜기로 내려올 때도 가능한 한 나뭇가지를 타고 가다가 어쩔 수 없이 땅에 내려와도 발로 땅을 밟지 않고 물구나무를 서면서 깡충깡충 뛰듯이 이동했습니다.

숲의 진창 바닥을 어렵게 밟고 올라온 혼성 1중대 장병들은 높은 나무의 우거진 잎 사이로 언뜻언뜻 보이는, 누더기로 사타구니를 가리고 있을 뿐 머리카락은 아무렇게나 자라나 있고 깡마른 몸에 때가 시커멓게 낀 '나무에서 내려오지 않는 사람'을 큰 원숭이로 잘못 보았다고 합니다. 진흙탕으로 더러워진데다 온몸이 땀에 젖어 짜증이 난 병사들은 분풀이로 큰 원숭이를 쏘아 떨어뜨려보았지만, 상처를 입고 땅에 떨어져서도 거꾸로 서서 깡충깡충 도망치는 괴물에게 그만 잔뜩 화가 나 대여섯 명이나 뒤따라가 때려죽이고 말았습니다.

12

'나무에서 내려오지 않는 사람'이 숲을 올라오는 제2진 군대에게 나무 위에서 총을 맞고 떨어져 구타당해 죽었다는 소식이 척후대를 통해 전해지자, 골짜기와 '자이' 사람들 또한 강한 분노에 휩싸였습니다. 사람들은 숲속 분지 사람들의 삶 전체가 모욕당했다고 느꼈습니다. 사실상, 목에 장벽을 쌓아 골짜기를 댐으로 바꾸고 다이너마이트로 대량의 물을 분출시켰을 때부터 마을 군대와 대일본제국 군대의 전쟁은 시작되었습니다. 그러나 대부분의 마을 사람에게 그것은 꿈에서 '파괴자'가 마을의 주요 노인들에게 지시한 전쟁이었고, 그래서 어쩔 수 없이 자신들도 참여하게 된 것에 불과합니다. 물론 그들은 '파괴자'의 지시대로 싸웁니다. 하지만 그들 개개인의 마음속 은밀한 내면에까지 이 전쟁에서 어떻게든 끝까지 싸워야겠다는 자발적인 마음이 뿌리내린 것은 아니었습니다.

그런데 '나무에서 내려오지 않는 사람'이 생활 터전인 높은 나무에서 총을 맞고 떨어져 구타당해 살해되었다는 소식은 마을 사람들 모두에게 이 전쟁이 그들 하나하나가 힘껏 싸워야 하는 전쟁임을 일깨워주는 역할을 했습니다. 그렇다 치더라도 평소에 마을 생활을 좋아하지 않아 숲에 숨어 나무 위에서 혼자 살아온 '나무에서 내려오지 않는 사람'이 어떻게 마을과 대일본제국 군대의 전쟁에 휘말리게 되었을까요?

장벽을 세우고 흙보루를 쌓아 골짜기를 댐 바닥으로 가라앉힐 계획이 진행되기 시작한 단계에서 골짜기 사람들은 임시 거처를 '자이'로 옮겼습니다. 댐의 장벽을 폭파한 댐홍수 작전 이후 새로 편성된 적의 군대가 다시 치안을 위해 출동하는 군대로서 숲으로 올라오는 행군을 시작하자, 이번에는 골짜기와 '자이'까지 모든 마을 사람이 '죽은 자의 길'을 넘어 숲속 높은 곳으로 피신하게 되었습니다. 그동안 마을 사람들의 생활공간에서 벗어나 있던 '나무에서 내려오지 않는 사람'이 사는 곳으로 마을 사람들의 삶의 터전 자체가 이동하면서 양측의 생활공간이 겹친 것입니다.

분지 노인들은 작전회의에서 같은 생활공간에서 지내게 된 '나무에서 내려오지 않는 사람'을 초대하여 협조를 요청했습니다. '나무에서 내려오지 않는 사람'은 숲속 생활의 베테랑입니다. '나무에서 내려오지 않는 사람'은 한껏 의욕에 넘쳐 50일 전쟁에 마을 군대의 일꾼으로 참여할 것을 맹세했습니다. 게다가 곧바로 나무에서 나무로 재빠르게 이동하는 특기를 살려 분지 척후대의 선도 역할을 맡게 되었습니다. 운 나쁘게 총에 맞아 떨어졌을 때도 앞을 내다보기가 어려운 숲의 작은 잡목 사이를 이동하는 척후대가 대일본제국 군대의 행군해 오는 코스에 너무 가까이 접근해 하마터면 발각될 뻔한 것을, 높은 나무 위에서 큰 소리로 경보를 보내고 대신 자신이 발각되어 큰 원숭이로 잘못 알고 쏜 총에 맞게 된 것입니다.

  병사들은 죽인 상대가 민간인이라는 것을 알게 되자 중대장에게 보고하고 시신을 검사한 후 행군하는 길가에 가매장하고 앞으로 진군했습니다. 마을 측 척후대는 그 장소를 확인하고 숲 작전본부로 돌아왔기 때문에 곧 사람이 파견되어 '나무에서 내려오지 않는 사람'의 시신을 파내었습니다. '나무에서 내려오지 않는 사람'이 살아 있는 동안 내려서는 것을 혐오한 땅속에서 그의 **혼**이 편히 잠들 것이라고는 아무도 생각하지 않았습니다. 시신은 숲의 샘물로 깨끗이 씻어 화장하였고, 유골은 '나무에서 내려오지 않는 사람'이 골짜기를 떠나 숲에 숨어 있다가 그 높은 곳에 오두막을 짓고 오랫동안 살았던 큰 느티나무 밑동 구멍에 넣었습니다. 우리 골짜기와 '자이'의 아이들은 숲에 놀러 들어갈 때 언제나 이 '유적'에 꽃을 바치곤 했습니다.

13

 마을 도착 시간을 새벽으로 예정하고 야간 행군을 해 온 군대는 '나무에서 내려오지 않는 사람'의 일로 시간이 지체되어 한낮이 지나 수몰된 흔적이 곳곳에 드러나 있는 골짜기로 무혈 입성했습니다. 중대장 이하 지도부는 곧 국민학교 직원실을 사령부로 하여 작전회의를 열고, 중대의 병사들은 무더운 운동장에서 선 채로 휴식을 취했습니다. 가는 곳마다 새까만 흙으로 더러워진 골짜기는 냄새나는 진창이 초여름의 햇살에도 마를 기미가 없어 앉을 자리를 찾지 못했습니다.

 운동장에서 휴식을 취하면서 낮에도 어두운 숲을 통과해 행군하는 동안 가졌던, 언제 나무숲 사이로 저격당할지 또 언제 제2의 댐홍수가 덮칠지 모를 불안감에서 벗어나 군인들의 분노도 가라앉고, 누구나 그 깡마르고 지저분한 노인을 죽여버린 것을 가슴 아프게 느끼기 시작했습니다. 이것이 작전의 제1일째라는 기분은 희박해지고, 앞선 혼성 1중대의 전멸도 어쩌면 자연재해로 인한 것이었나 하는 생각이 들게 되어, 금방이라도 대장으로부터 이것은 대규모 연습이었다, 해가 지기 전에 출발해 연대로 복귀한다, 라는 훈시가 있을 것을 의심치 않는 눈치였습니다.

 그런데 오후 3시에 사령부에서 나온 중대장은 이 골짜기에 앞으로 열흘간 주둔하며 치안 출동의 목적을 완수할 것이니, 이제부터 흙탕물로 더러워진 골짜기의 민가를 숙소로 징발하여 정비하라고 명령했습니다. 아직 진흙이 마르지 않아 병사들

274

이 집 안 곳곳에 쌓여 있는 흙을 치우는 데는 어려움이 없었지만, 집을 씻어내는 단계가 되자 어찌할 바를 몰랐습니다. 모든 집에 우물이 있었지만, 어느 우물이나 냄새나는 새까만 흙으로 꽉 막혀 있었기 때문입니다. 골짜기 밑을 강이 흐르고 있고 숲에서 시작되어 그곳으로 흘러드는 개울도 있습니다. 그러나 이 강물 역시 시커먼 흙탕물이어서 강물로 집 안에 묻은 흙을 씻어내도 그건 흙 밑으로 드러난 벽과 기둥, 마룻바닥을 다시 검게 물들이는 결과밖에 되지 않았습니다.

효과가 의심스러운 노동에 흙투성이가 되어 땀을 흘리는 병사들을 격려하며 돌아다니는 동안 중대 간부들은 식수 확보가 쉽지 않다는 것을 깨달았습니다. 숲에서 골짜기로 흘러 들어오는 개울을 어디까지 거슬러 올라가야 마실 수 있는 맑은 물을 퍼올 수 있는지 살펴보기 위해, 골짜기를 둘러싼 양쪽 산 중턱에 한 조씩 두 소대의 조사반을 출발시켰습니다. 골짜기의 구린내 나는 진흙투성이 노동에서 해방된 조사반 병사들은 분투했습니다. 해 질 녘에 골짜기로 귀환했을 때, 한 소대가 숲 **가장자리**에서 맑은 개울을 발견해 돌아왔습니다. 거기에서 흘러 내려오는 동안 물은 검게 탁해져버린 것입니다. 따라서 이 분지에 풍부하게 자라고 있는 죽순대로 파이프를 만들어 연결하면 맑은 물을 골짜기까지 끌어올 수 있다는 밝은 전망이 보고되었습니다.

이미 어둑어둑해진 산길을 따라 우선 양손에 물통을 든 다섯 명의 병사가 물을 길으러 올라갔습니다. 두 시간이 지나고 ― 이것은 이상하게도 시간이 걸린 것인데 ― 각각 양손에 든 물통에 깨끗한 물을 가득 채우고 있기는 했지만, 총검을 비롯한 모든 무장을 해제당한 병사들이, 그것도 네 명만 골짜기로 돌아왔습니다.

14

그들의 보고에 따르면, 사람은 물론 개 한 마리 없던 골짜기의 부자연스러운 모습에 경계심을 가지면서도 느긋하게 개울을 따라 올라가는 사이에 차츰 긴장이 풀린 다섯 병사는 깨끗한 물을 개울로 흘려보내는 숲 옆의 느릅나무 아래 샘에 도착하여 더욱 안도하고 있었습니다. 그때, 그들은 50명이 넘는 민간인 무장 집단에 포위되고 말았습니다. 다섯 병사 중 하사관 한 명이 총검을 휘두르며 돌파하려다가 갑자기 쓰러졌습니다. 더욱이 그는 목에 밧줄이 감겨, 상처처럼 나무껍질이 벗겨져 있는 높은 느릅나무 가지에 매달아졌습니다. 네 명의 생존자들은 그것이 마을로 오는 행군 도중 나뭇가지에서 쏘아 떨어뜨려 때려죽인 큰 원숭이 같은 노인에 대한 보복이라는 것을 곧바로 깨달았습니다.

거기서 어쩔 줄 몰라 하는 병사들에게 무장 집단의 지휘관 노인이 다음과 같이 연설했습니다.

"이 골짜기에서 너희가 퍼 올려 마실 수 있는 깨끗한 물은 이 물밖에 없다! 그렇지만 이 샘물도 우리 군사 지배하에 있다는 것을 지금 경험해서 알았을 것이다! 우리가 원하면 언제든,

이 물을 검은 독이 들어 있는 물로 만들 수도 있단 말이다! 우리의 '파괴자'는 독액을 채취할 수 있는 독초 지식을 충분히 가지고 있다! 그러나 우리가 그렇게 하지 않는 것은, 다시 말해 이 하나의 샘물을 깨끗한 물 그대로 남겨두는 것은 숲속 분지를 침략한 대일본제국 군대는 미워할망정, 거기에 속한 너희들 한 명 한 명을 용서할 수 없는 건 아니기 때문이다! 하지만 너희 군대가 앞으로 국제법에 어긋나는 범죄 행위를 한다면 우리는 그 어떤 것도 용서하지 않을 것이다!"

'국제법! 그렇다면 골짜기의 집을 진흙투성이로 방치하고 숲으로 도망가, 그곳에서 무장하고 기다리고 있는 이 사람들은 자신들의 마을을 하나의 독립된 나라로 생각하고 있는 것인가? 독립된 나라로서 대일본제국과 전쟁을 하고 있는 셈인가?' 하고 살아남은 네 명의 병사들은 깨닫게 되었습니다. 병사들의 수준에서 상대방의 구상을 납득할 수 있었던 것은 이번이 처음 있는 일로, 정보는 곧바로 골짜기에 주둔해 있는 중대의 구석구석에까지 전해지게 되었습니다. 어쨌든 이렇게 경고를 받고 풀려난 네 명의 병사는 원래 목적이었던 샘물을 길어서 조심스럽게 운반하며 어두운 산길을 미끄러지듯 내려왔습니다.

물을 길어 오는 임무는 다했지만 한 명의 희생자를 내고 나머지도 모두 무장 해제된 병사들은 자신들을 불시에 포위한 무리들이 얼마나 강력한 적이었는지를 상관이 판단할 수 있도록 사태를 다소 과장하면서 전달했습니다. 적은 지금까지 본 적도 없는 최신 무기로 무장하고 있었다! 게다가 그 무기들은 숲속 무기공장에서 생산할 수 있는 것 같다! 이 무기공장에 관한 정보는 일단 포로로 잡은 병사들에게 숲의 유격대를 지휘하는 노인이 심리작전을 위해 의도적으로 말한 것이었습니다. 실제로 마을 사람들은 '파괴자'의 꿈속 명령에 따라 먼저 숲속에 무기공장을 건설했습니다. 하지만 대규모 공장이라고는 할 수 없고, 기성 총기를 분해하고 개조하여 새로운 총기로 만들거나 장난감 무기를 현실에서 사용할 수 있도록 개조하기 위한 공장에 불과했습니다. 그런데도, 아니 그렇기에 숲의 무기공장은 생존한 네 명의 병사가 구체적으로 눈으로 확인하고 보고한 대로, 지금까지 본 적도 없는 초현대식 무기를 독자적인 구상력으로 만들어내고 있었던 것입니다.

15

초현대식 무기, 지금까지 본 적도 없는! 어떤 의미에서 그것은 맞는 표현이었습니다. 앞서 말한 대로 숲속 분지 마을은 금 수출이 풀렸다가 다시 금지되는 소동 속에서 달러 투기로 큰 부를 축적했고, 프랑스의 불도저를 수입할 수 있을 정도였습니다. 그러나 이 시기 군국주의가 한창 비대해져가는 대일본제국에 대한 국제적인 경계심이 고조되고 있어 무기를 본래의 형태 그대로 수입하는 것은 어려웠습니다. '파괴자'가 꿈속에서 내린 명령은 독일에서 다양한 모조 총을, 즉 장난감으로 만들어진 무기를 대량 수입하는 것이었습니다. 국내·국외를 가리지 말고 여러 가지 잡다한 오래된 기계도 긁어모으도록 했습니다.

게다가 최신식 기능을 가진 독일제 공작기계 ──그것은 마을에서 '선반'이라고 불렸습니다── 가 수입되었습니다.

숲의 무기공장은 마을에서 태어난 어린아이 때부터 기계벌레였던 한 기술자의 지도로 어린아이들부터 중년 여성들까지도 흥미를 가지고 참여할 수 있도록 운영되었습니다. 먼저 몇 개로 나뉜 소그룹마다 개조할 독일제 완구를 소총이든 권총이든 고릅니다. 기술자의 조언을 받으면서 개조에 어떤 부품이 필요한지를 토론하고 나면 그룹 작업원들은 폐품 회수업자의 폐품 정리 창고 같은 자재 보관소에서 해당 완구의 개조에 필요한 부품을 찾습니다. 마침내 찾아낸 적당한 부품은 기술자에 의해 세부적인 수정을 거쳐 본체에 조립되어 초현대식 무기로 다시 태어났습니다.

이렇게 독일제 장난감을 개조해 만든 총기와는 또 별개로, 초현대식 무기라고 하는 것과는 다른 현실적인 위력을 발휘하는 무기에, 역시 숲의 무기공장에서 개조된 덫이 있었습니다. 정교하고 강력한 유럽의 수렵용 덫이 수십 개나 수입되어 있었습니다. 기술자는 그 덫을 개조하여 대인용對人用으로 완성했습니다. 짐승을 사냥할 때 덫에 걸린 다리가 잘려버리면 짐승은 잡을 수 없지만, 전쟁무기로 사용되어 인간의 다리를 공격할 때 그런 배려는 필요 없습니다. 단지 예리하게 갈려 있기만 하면 되는 것이었습니다.

대일본제국 군대가 주둔한 첫날, 한 사람은 처형되고 나머지는 무장 해제된 채 물을 길어 돌아온 병사들의 보고가 끝나자 무장한 마을 사람들 무리, 즉 숲의 게릴라를 토벌하기 위해 50명의 병사가 숲 **가장자리**에 있는 샘터까지 올라갔습니다. 이미 밤이 된 데다가 달빛이 없고 어두워, 풀숲에 숨겨놓은 덫은 효과를 발휘했고 군대는 심각한 피해를 입었습니다. 그날 이후로 어두워진 후에 숲으로 정찰대를 파견하는 일은 없어지게 되었습니다.

같은 날 밤, 숲에 숨은 마을 사람들은 골짜기의 동물 애호가가 경성京城에서 구입해 와 오랫동안 키워온 늙은 조선 늑대를 숲 캠프에서 몰래 골짜기로 끌고 와 풀어놓았습니다. 다음 날 아침 병사들이 골짜기에서 처음으로 **개**를 발견했다며 쫓아다녀 이미 나이 들어 쇠약해질 대로 쇠약해진 조선 늑대는 쇼크사하고 말았는데, 사체를 조사한 군의관은 그것이 일본에서는 멸종했을 것이 분명한 늑대임을 확인했습니다.

이 시코쿠산맥의 깊은 산속에는 야생 늑대도 살아 있을지 모른다고 — 늙었다고는 하지만 실제로 표본 한 마리를 손에 넣은 것입니다 — 군의관은 중대장에게 야간에는 숙소에서 외출하는 것을 엄격히 금지하라고 조언했습니다.

16

이 길었던 날이 끝나갈 무렵, 댐홍수 작전으로 피해를 입은 강변길의 전선과 전화 케이블을 수리하며 올라온 공병소대가 한밤중이 되어서야 국민학교에 마련된 중대사령부에 도착했습니다. 그들이 골짜기에 도착해 전신주를 타고 올라가 마지막

마무리를 하고 나서야 점령된 마을에 전기가 들어오고 전화가 복구되었습니다. 사령부 직원실에 켜진 전등은 그때까지 숲 전체가 암흑이었던 골짜기를 환하게 비추어 덫에 걸린 부상병 치료가 훨씬 수월해졌습니다. 분지를 가득 메우고 있던 캄캄한 어둠에 누구라고 할 것 없이 불안해하던 병사들은 전등빛을 보자 골짜기에 메아리쳐 숲속 높은 곳에 울려 퍼지는 환호성을 질렀습니다. 전기와 전화의 개통이 이 산골의 **정체**를 알 수 없는 원주민들을 확실하게 제압이라도 한 것처럼…… 그리고 중대장과 장교들도 이 군기 위반을 굳이 탓하지 않았습니다.

중대장은 곧바로 연대본부로 연락 전화를 걸게 했습니다. 그러나 부관으로부터 수화기를 받아 들고 힘을 주어 귀에 갖다 대었을 때 들려온 것은 이런 충고의 목소리였습니다.

"너희들은 무익한 전쟁을 시작한 것이다! 우리 일 따위는 상관 말고 내일 아침에는 골짜기를 나가는 게 좋을 것이다!"

사려 깊지만 분명 과감한 행동력도 갖추고 있을, 경험이 풍부하고 당당한 목소리. 중대장은 수화기를 무릎에 내려놓고 눈을 깜박이며 "무지한 정신 나간 노인이 전화에 뛰어들어 왔다!"고 부관에게 설명했지만, 사실 중대장은 이 사람이 뛰어난 지휘관의 자질을 지닌 노인이라고 인정하지 않을 수 없었습니다. 앞서 숲속 게릴라 이야기에 나온 '파괴자'라는 익명으로 불리는 사람이 이 지휘관임이 틀림없다고……

다시 연대본부를 호출해도 전화는 연결되지 않아 부관에게 공병소대 하사관을 불러오게 하여, "이게 어떻게 된 일이냐?"고 중대장이 힐책했을 때 전등도 꺼져버리고 말았습니다. 계속해서 멀리서 큰 폭발음이 전해져 전력과 전화선 시설이 폭파되고 말았다는 것을 골짜기에 주둔한 모든 장병에게 알렸습니다. 숲에 들어앉은 마을 군대가 조금 전 전화로 의사 표명을 한 것은 무기공장 기술자가 전화선에 직접 장치를 연결해 준비한 것이었습니다. 전화 통화 직후에 일어난 폭파도 공병소대 통과 후 충분한 시간을 가지고 시한폭탄을 장치했던 것입니다.

다음 날 아침 이렇게 많은 사건이 일어난 밤을 보냈음에도 불구하고 중대장은 일찍 일어나 부하 장병들이 주둔해 있는 마을 전체를 살펴보기 위해 하사관들을 데리고 여러 병사들의 경호를 받으며 골짜기로 밀려 나와 있는 바위 끝으로 올라갔습니다. 먼 옛날, '거인화'된 '파괴자'가 매일 아침 그곳에 올라 외적이 침입하지 않았는지 둘러보고 거기에 뿌리를 내린 백양나무의 혹을 잡고 한 바퀴 도는 '체조'를 한 '열장깔이' 바위 끝. 중대장은 검고 더러운 흙냄새가 나지 않는 높은 곳의 좋은 공기를 가슴 한가득 들이마시려는 듯 턱을 내밀고 골짜기를 둘러싼 숲 전체를 올려다보며 몇 번이고 심호흡을 한 뒤 멈춰 서서는 몸을 한 바퀴 돌려 숲의 전경 전체를 머리에 담았습니다.

숲 척후대로 바로 근처 낙엽 교목 숲의 반짝이며 살랑거리는 우거진 나뭇잎 사이에 잠복해 있던 마을 젊은이는, 중대장이 발을 종종거리며 회전하는 모습이 칭얼대는 어린아이가 발을 동동거리는 모습과 비슷했다고 사령부 노인들에게 보고했습니다.

17

하지만 중대장이 설령 분하게 생각하며 발을 동동거렸다고
해도 입술을 꾹 다물고 가만히 있을 수 있었던 것은 끝까지 직
업군인다운 자기 억제력을 유지했기 때문이라고 해야겠지요.
중대장이 발을 잔걸음으로 회전하면서 바라본 숲의 전망. 같은
색조의 한 층 너머로 몇 층이나 겹겹이 포개지며 멀어질수록
완만한 기복이 중첩되는 숲의 전망. 이런 깊은 숲 한가운데에
있는 분지를 개간해 사람이 살기 시작했다는 것이 중대장에게
는 이상한 일처럼 느껴지기도 했지만, 그 이상한 사람들의 후
예들이 더욱 이상한 적의를 드러내는 사태에 중대장은 직면해
있었던 것입니다.

중대장의 눈에는 멀리 바라다보이는 숲의 모든 곳이 이 분지
마을 사람 전체가 가축에 개까지 끌고 들어가 숨어버린 적의
진영입니다. 그 사람들은 큰 장벽을 쌓아 골짜기를 물밑에 가
라앉힌 다음, 댐의 물을 한꺼번에 방류하여 군의 한 중대를 전
멸시킨 국가에 대한 반역 행위를 저지르고 숲속으로 들어가 거
듭 항전의 의지를 분명히 하고 있습니다.

그런데도 중대장이 바라보기로는 초현대식 무기공장까지 있
다는 숲 어디에도 사람들이 숨어 있는 기척을 느낄 수가 없었
습니다. 한밤중에 골짜기로 들어오던 도중에 공병들은 산속 깊
은 곳에서 피어오르는 불을 한 군데 보았다고도 보고했지만
──그것은 '나무에서 내려오지 않는 사람'을 화장하기 위한 불
이었을 겁니다──지금 아침의 햇살 속에 모반자들이 생활하

는 흔적은 전혀 발견할 수 없었습니다. 이 광대하고 깊은 숲에서 남녀노소 주민들을 한 사람도 빠짐없이 끌어내어 '이중호적 조작'의 부정을 밝혀내는 것이야말로 부여된 작전의 목적인데……

"어이, 나와라! 숨어 있는 자들아, 어서 나와라! 왜 그렇게 의미 없는 저항을 하고 있는 것인가?!" 중대장 입장에서는 숲을 향해 이렇게 큰 소리로 외치고 싶었을 겁니다.

그 중대장은 새로운 혼성 1중대를 지휘하라는 명령을 받았을 때부터 도대체 왜 그런 작전이 결정된 것인지 잘 이해하지 못한 채였습니다. 더구나 작전명령이 내려졌을 때는 앞선 혼성 1중대가 정말 자연재해로 전멸되었나 의심되는 점도 있었지만, 점차 드러나는 정황으로 댐홍수를 만들어내는 전술에 의해 궤멸되었다는 것을 알게 되었습니다. 그리고 자신이 지휘하는 새로운 중대가 출동해보니, 큰 원숭이처럼 나뭇가지를 타고 이동하는 적의 스파이를 한 사람 격멸시키기는 했지만, 먼저 병사가 한 명 살해당했고 네 명의 병사는 무장 해제되었으며 그들이 휴대한 무기 탄약 모두를 빼앗겨버렸던 것입니다. 게다가 그 게릴라대를 토벌하기 위해 나간 병사들은 적을 발견하지 못했을 뿐만 아니라 그들이 놓은 덫에 걸려 많은 부상자를 내고 철수했습니다.

이미 이 정도로 피해를 입은 이상, 중대장으로서는 대일본제국 군대의 권위를 위해서라도 작전을 속행하여 목적을 관철할 수밖에 없습니다. 그러나 중대장은 원래 그가 싸울 상대인 반역자들이 도대체 왜 마을 전체를 모두 숲으로 가지고 들어가면서까지 저항하는지 잘 알 수 없었습니다. 이 분지 사람들은 애당초 대일본제국이 근대국가로 출발하면서 단행한 조세 개정 때부터 '이중호적 조작'을 해온 것 같다. 오랜 세월 그 어린아이 같은 발상에 분지 사람 모두가 따르면서 세금과 병역의무를 2분의 1 부담으로 끝냈다면, 이 비상시에 그런 반역 행위가 용납될 리 없다. 따라서 본보기를 보인다는 의미도 있어 군대가 치안을 위해 출동한 것은 타당한 결정이었을 것이다……

그런데 치안 출동의 제1진은 적의 댐홍수 작전에 의해 전멸 당했고, 다시 출동한 제2진 중대도 요상한 싸움에 말려들고 있었습니다. 처음에 현의 수뇌부와 연대 간부들의 속셈은 군대가 주둔함으로써 마을 사람들을 제압하고 거짓 호적 등록이 얼마나 반국가적 행위인지를 마음속 깊이 새기게 한 후, 이어서 현청에서 담당 관리와 직원이 호적 등록을 다시 하도록 지도하러 온다. 이에 맞추어 경찰이 마을 주요 인물들의 책임을 추궁한다. 그렇게 순서가 짜여 있었고, 따라서 골짜기 주재소 순사는 물론 국민학교 교원, 승려, 신관들이 중개자 역할을 할 것으로 기대하고 있었습니다.

하지만 처음 치안 출동한 1중대는 전멸하고 다음 1중대도 이미 피해를 보았으며 게다가 적인 마을 사람들은 중개자로 예정된 사람들까지 숲으로 들어가버려, 중대장은 사태를 타개할 어떤 단서도 붙잡을 수 없는 상태였습니다.

18

숲에 숨은 마을 사람들은 중개자가 될 뻔한 사람들을 어떻게
대했을까요? 치안을 위해 출동해 온 군대가 중개자로 믿고 있
던 사람들이란, 골짜기와 '자이'에 살고 있는 외지인들이었습니
다. 절의 주지는 미시마 신사의 신관과 함께 메이스케가 주도
한 봉기 때 '짚똬리식 연판장'에 이름이 나와 있는 오래된 가문
으로 마을에 뿌리를 두고 있는 사람이었습니다. 하지만 종교인
이라는 입장에서 국가와 벌이는 전쟁에 대해서는 중립적인 입
장에 서서 사망자를 애도하는 역할뿐 아니라 의사, 치과의사와
함께 적십자적 의료 활동을 담당했습니다. 주재소 순사는 '파
괴자'가 꿈에서 50일 전쟁의 첫 예고를 한 날 이후로 자취를
감추고 두 번 다시 나타나지 않았습니다.

국민학교와 고등과의 타지 출신 교사들에 대해 마을 측은 처
음에 그들을 '적성촌민敵性村民'이라고 부르며 숲속을 이동하는
강제수용소에 들여보냈습니다. 역시 독일에서 수입해둔, 숲의
나뭇잎 사이로 비친 햇빛에 연둣빛으로 빛나는 관목색의 반더
포겔*용 텐트에 사람들은 분산되어 살고 있었는데, 그 텐트 중
몇 개를 수용소로 하여 감시자를 붙인 후 '적성촌민'을 배정했
습니다.

골짜기와 '자이' 사람들 모두 같은 텐트를 이용해 숲에서 야
영 생활을 했습니다. 무기공장만은 공작기계 설치와 배전 관계

---

* 독일어로 '철새'를 뜻하며 철새처럼 산과 들을 돌아다니며 심신을 다지는 일.

로 임시 오두막이 나무숲 속에 지어졌습니다. 그것을 제외하고 사람들의 주거지는 모두 야영용 텐트로, 골짜기에서 숲을 정찰하러 오는 군대의 움직임에 따라 숲속을 자주 이동했습니다. 대개는 인원수가 많은 가족마다 텐트가 한 개나 두 개 지급되었기 때문에 전투가 없어 안정되어 있는 동안에는 아이들도 주말마다 각 가정의 텐트로 돌아갈 수 있었습니다. 그런 때 외에 아이들은 학교 캠프에 집결해 있었습니다.

학교 캠프는 숲 **가장자리**에서 멀리 떨어진 현 경계 근처에 있었습니다. 그곳은 전쟁이 계속되면서 숲의 야전병원에서 감당할 수 없는 부상자와 환자들을 이웃 현의 종합병원으로 실어 나르는 기지가 되었습니다. 전쟁이 끝날 무렵 중대장은 이 학교 캠프에 대해 정찰대로부터 보고를 받았지만, 그곳을 목표로 하는 작전은 허락하지 않았습니다. 적이라고는 해도 아이들을 전투에 끌어들이는 것을 그는 원치 않았습니다.

그런데 그 학교 캠프에 아이를 보낸 장년 부부에게 젊은이들의 가족 텐트가 결집하여 전선을 굳히는 주축이 되었습니다. 여러 팀으로 나누어 게릴라대를 구성한 남자들의 기동성 있는 텐트단과 보급 담당으로 일하는 처녀들의 텐트단, 그리고 그 모든 것의 핵심을 이루는 노인들의 작전본부 텐트. 골짜기에 주둔한 군대의 중대장은 숲으로 군대를 보내는 것에 매우 신중해져 마을 사람들의 군대 캠프는 처음에는 별로 이동할 필요가 없었습니다. 하지만 상대가 어떻게 나오는지에 따라 신속하게 장소를 바꿀 수 있는 능력이 숲의 모든 캠프에 갖춰져 있었습니다.

19

'적성촌민' 교사들이 이 국가와 마을의 전쟁에 대해 보인 태도는 다양했지만, 그중에서도 두드러지게 대조되는 두 사람이 있었습니다. 한 사람은 고등과를 혼자 담당하면서 특히 상업 과목을 주력으로 가르치던 교사였습니다. 이미 초로의 나이지만 혼자인 그는 그다지 공부할 의욕이 없는 고등과 학생들로부터 ─ 모두 농가의 후계자로, 당시로서는 상업 과목을 배울 필요가 전혀 없었습니다 ─ 누구나 인정하는 지루한 교사 취급을 받으며 살아온 사람입니다. 그런데 이 교사는 댐 장벽이 건설되기 시작했을 때부터 강한 흥미를 드러내고 있었는데, 숲으로 마을이 통째로 피신하여 게릴라 전술을 펴는 단계가 되자, "이런 일을 실제로 할 수 있을 거라고는 생각지 못했다!"라고 탄식하듯 말하며 자신도 참여해 자기 역할을 할 수 있는 길을 찾았습니다.

그러나 외지인인 초로의 교사에게 맡길 수 있는 작전상의 임무가 있을 리 없었습니다. 그러다가 그는 수업에 사용할 생각으로 준비하고 있던 『만국 상업통신문 제요萬國商業通信文提要』라는 교과서를 안내서로 삼아 중국어, 영어, 프랑스어, 독일어, 스페인어 각각의 상업통신문 문체로 그 언어들 중 하나가 사용되는 지역에 사는 피압박민족에게, 마을 입장에서 50일 전쟁의 의의를 호소하는 편지를 쓰기 시작했습니다. 수신인은 마지막까지 불확실한 것 같았지만……

또 한 사람, 사범학교의 장거리 선수로 전국육상대회에 나갔던 것이 자랑인 광대뼈가 나온 작고 불그레한 얼굴의 체육 교사가 있었습니다. 그는 막혀 있던 강물이 골짜기를 가득 메우고 점차 댐을 이루어가는 것을 보고도 정세의 진행 상황을 무엇 하나 이해하지 못하고, "황당한 짓을 하는군, 도대체 어쩔 셈이야?"라는 어린애 같은 항의를 중얼거릴 뿐이었습니다.

숲으로 숨어들어 온 이후 체육 교사는 '적성촌민' 캠프 안에서도 특히 마을 젊은이들 두 명의 감시자와 함께 생활했습니다. 숲으로 피신해 온 일과 게릴라 전술에 대해서도, "황당한 짓을 하는군, 도대체 어쩔 셈이야?"라며 불평만 늘어놓았기 때문입니다. 하지만 50일 전쟁이 시작될 때 체육 교사는 정보가 완전히 차단되어 있어서 골짜기에 주둔해 온 군대와 마을 유격대 간의 작은 충돌이 계속되고 있는 것은 몰랐습니다. 그런데 어느 날 체육 교사는 망보기 당번을 교대한 청년이 국화 문장이 들어간 총으로 무장하고 있는 것을 눈치챘습니다.

질문을 받은 청년은 특별히 숨기려고도 하지 않고, "해치운 적의 무기는 해치운 자에게 제일 먼저 선택권이 있다고 노인들이 정해놓았어!"라고 대답했습니다.

"어처구니없는 짓을 하는군!" 체육 교사는 말문이 막혀 각진 작은 얼굴이 붉으락푸르락했습니다. 그날 밤 체육 교사는 캠프를 탈영하려다 청년 한 명에게 중상을 입히고 붙잡혔습니다.

다음 날 작전본부의 노인들은 군사재판을 열어 이 '적성촌민'을 추방하기로 결정했습니다. 그러나 체육 교사가 추방당하더라도 골짜기에 주둔해 있는 군대가 정중히 맞이하도록 그에게 유격대가 탈취한 대일본제국 군대의 소총을 작별의 의미로 주었습니다. 체육 교사가 정오를 기해 '죽은 자의 길' 옆 샘에서 추방되는 날 아침, 숲의 유격대는 골짜기에서 올라오는 군대 행렬을 습격했습니다. 자유의 몸이 된 체육 교사가 대일본제국 군대의 소총을 겨누면서 골짜기에서 전망 좋은 과수밭과 잡목이 자란 비탈길을 힘차게 달려 내려갈 때 매복해 있던 골짜기의 군대가 그에게 일제히 사격을 퍼부었습니다.

20

중대장이 처음 적극적으로 그 군대를 지휘한 작전행동은 전면적인 산 수색이었습니다. 하지만 제한된 수의 병사가 하는 산 수색이라 한 번에 수색할 수 있는 범위는 한정적입니다. 숲 작전본부 노인들은 즉각 대응해 미리 훈련해둔 요격 작전에 나섰습니다.

당일 이른 아침, 골짜기를 감시하는 순찰대는 병영으로 삼은 학교와 민가에서 일어나 나오는 장병들의 모습에서 큰 작전이 시작될 것이라는 예측을 했습니다. 작전본부 노인들은 숲에 쳐놓은 연락망을 통해 높은 곳에 있는 모든 텐트단에게 이동할 준비를 하라고 지시했습니다. 게다가 높은 곳에서 군대의 움직임을 내려다보며 산 수색 코스를 판단한 노인들은 수색 범위 안에서 캠프를 하던 사람들에게 여자와 아이들을 보호하면서 가재도구를 메고 이동하도록 지시했습니다.

이어서 3인 1조의 숲 유격대가 산 수색을 하며 전진해 오는 대일본제국 군대에 맞섰습니다. 이 지방에서는 예전부터 아이가 숲에서 길을 잃거나——다름 아닌 내가 숲에서 **마신을 만나 행방불명 되었을** 때 도움을 받게 되지만, 그것은 나중 이야기입니다——강 하류에서 폭력범이 도망치거나 했을 때 산 수색 베테랑인 소방단원들이 유격대를 조직해 활약했기 때문에, 숲에서 처음 산 수색을 하는 병사들의 선수를 치는 것은 그들에게 손쉬운 일이었습니다.

유격대는 한 조에 세 명이 '우익' '중견' '좌익'으로 각각 역할을 맡아 2.5미터씩 간격을 두고 옆으로 나란히 한 줄로 섭니다. 그들은 자신들이 산 수색을 할 때 고생했던 기억이 있는 쓰러진 나무나 바위, 큰 구덩이가 있는 장소에 매복해 있었습니다. 아래쪽에서 역시 옆으로 나란히 덤불을 쿡쿡 찔러대며 올라온 병사들이 그런 험한 곳에 다다라 동료들을 신경 쓸 수 없게 되었을 때——양옆의 병사로부터 고립되어 우물쭈물하는 중간에 있는 병사를 볼 수 없게 되었을 때——그 난감해하는 병사의 정면에 불쑥 나타난 '중견'이 엽총으로 병사를 쏘아 쓰러뜨립니다. 곧바로 '중견'은 뒤로 물러난다. 쓰러진 병사의 오른쪽과 왼쪽에서 급히 달려오는 두 병사를 오른쪽에서 오는 놈은 '우익'이, 왼쪽에서 오는 놈은 '좌익'이 역시 단발이나 쌍발 엽총으로 탕, 탕 쏘아 넘어뜨린다. 일렬횡대의 세 사람이 쓰러지면 군대 쪽은 그 주변이 공백 상태가 되어 '중견'에 이어 '우익'도 '좌익'도 숲속으로 유유히 물러날 수 있었습니다.

이렇게 산 수색이 시작되자 매복해 있던 유격대는 곧바로 각각 세 명씩의 병사를 쓰러뜨려, 산 수색을 하는 일렬횡대는 곳곳에서 뚝뚝 끊어졌습니다. 여기서 만약 숲 유격대 쪽에 사고가 나지 않았다면 작전을 지휘한 중대장은 전면적인 실패를 인정해야 했을 것입니다. 그런데 유격대의 한 반이 착오를 일으켰고, 그 '중견' 대원이 중상을 입어 포로가 되었습니다.

이 세 사람의 유격대는 왕머루 덩굴가지로 뒤덮인 큰 바위 뒤에서 매복하고 있었습니다. 50일 전쟁의 '유적'인 큰 바위, 나는 이 유명한 큰 바위의 왕머루를 여동생에게 따다 주곤 했습니다. 아이들이 오르기 힘든 큰 바위 동쪽에는 덤불이 우거지고 길바닥의 둥근 돌멩이가 쌓여 발 디디기가 어려운데, 서쪽에는 샘물의 가느다란 물줄기가 만든 길이 있습니다. 세 사람은 병사가 바위 서쪽으로 올라올 것을 예상하고 그 위쪽에 숨어 있었습니다. 그런데 엄청난 체력을 가진 병사가 길바닥의 돌을 힘껏 밟고 덤불을 **헤치며** 동쪽에서 나타난 것입니다. 놀란 '중견'은 총을 잘못 쏘고 말았습니다. 얼마 안 되어 샘물 길에서 두 병사가 함께 나타나 '우익'과 '좌익'이 엄호해주긴 했지만, 이미 총에 총알이 없는 '중견'은 후퇴할 겨를도 없이 왕머루가 있는 큰 바위에 뛰어올랐고 그 반동으로 아래쪽 비탈로 굴러떨어지면서 적진 속으로 들어가버렸습니다.

21

포로가 한 명 잡혔다는 연락이 들어오자 곧바로 중대장은 나팔을 불게 하여, 전 대원에게 작전을 중단하고 숲에서 내려오도록 명령했습니다. 중대장은 머리가 좋은 군인이었다고 생각합니다. 작전이 개시되자마자 그는 자신의 작전 실패를 알아차렸습니다. 궁지에 몰렸던 중대장은 포로를 심문하여 내일부터 작전을 수정하겠다고 밝히며 체면을 살릴 기회를 잡았습니다.

하지만 포로가 뭔가 대단한 정보를 제공한 것은 아닙니다. 큰 바위에서 떨어져 부상을 입은 데다가 전우를 살해당한 병사들에게 총으로 얻어맞고 총검으로 마구 찔려 골짜기 사령부로 끌려왔을 때는 이미 벌레 숨소리처럼 숨이 거의 끊어져가고 있었습니다. 중대장이 직접 심문할 때도 이렇다 할 대답도 하지 못한 채 죽고 말았습니다. 포로는 평상시에는 술과 간장 같은 것을 파는 잡화상으로 '개가 끄는 잡화상'이라고 불리던 사람입니다. 핸들 앞에 커다란 짐 상자를 매단 튼튼한 자전거를 털이 짧은 붉은 털 개에게 끌게 하면서 '자이' 마을 깊숙한 곳까지 잡화를 팔러 돌아다니는, 사냥모에 무릎 아래까지 오는 헐렁한 니커보커스를 입은 멋쟁이 남자가 이 불운한 유격대원이었습니다.

'개가 끄는 잡화상'이 포로로 잡혀 죽은 날 저녁, 이상한 현상이 벌어졌습니다. 산 수색 식으로 공격해 오는 진로를 피해 숨어 있던 캠프 주민들이 원래의 장소로 돌아갈 때, '개가 끄는 잡화상'의 아내와 어린아이들 옆을 따라오는 개가 가엾은 울음소리를 냈던 것입니다. 무거운 텐트와 취사도구를 짊어지고 고개를 떨군 채 걸어가는 '개가 끄는 잡화상'의 아내가 고개를 들자 해 질 녘 나뭇잎 사이로 비치는 검붉은 햇빛이 연기처럼 떠다니는 경사진 앞쪽 큰 나무 아래에, 전체적으로 희미한 인상을 주는 사냥모와 니커보커스 차림의 '개가 끄는 잡화상'이 힘없이 서 있었습니다.

"이상하기도 해라, 애아버지는 뭘 하고 있는 걸까? 다가오지도 않고, 이쪽을 보고 있는 것 같기도 하고 아닌 것 같기도 하고, 우리가 꿈을 꾸고 있는 걸까?" '개가 끄는 잡화상'의 아내가 아이들과 개에게 하는 말 같기도 하고 혼잣말인 것 같기도한 투로 중얼거리면서 마음을 가라앉히고 자세히 확인해보려고 하자 희미한 모습은 사라졌습니다.

이날 밤 다시 캠프를 친 후 '개가 끄는 잡화상'의 아내는 신관을 찾아가 이 이야기를 했습니다. 그때까지는 '개가 끄는 잡화상'이 포로가 됐지만 아마 죽었을 것이라는 보고가 척후병으로부터 작전본부를 통해 가족에게 전해졌습니다. 이야기를 들은 신관은 '개가 끄는 잡화상'의 혼이 자신이 죽은 것을 모르는 아내와 아이들, 그리고 개가 언제까지나 자신이 돌아오기를 기다리는 것이 불쌍해, 나는 죽었고, 기다려도 소용없는 일이라고 알리고 싶어 그런 것이라고 말했습니다. 그래서 다시 한번 '개가 끄는 잡화상'의 망령이 나타난다면 이쪽에서는 자연스럽게 행동하면서 '개가 끄는 잡화상'의 죽음을 알고 있다는 것을 표현해 그의 혼을 진정시켜주어야 한다. 그것도 너무 분명하게 망령에게 반응하면 사후세계로 천천히 옮겨 가려는 혼의 평안을 방해하게 될지도 모른다. 그렇지 않아도 분지 사람의 혼이 죽은 후에 정착한다는 숲속 높은 곳에, 지금은 살아 있는 인간이 끼어들어 경계가 혼란스러워진 것이다……

"정말 우리도 애아버지의 모습이 보인다는 것은 몸짓으로도 드러내서는 안 된다고 생각해요!" '개가 끄는 잡화상'의 아내는 슬픔에 고개를 떨구면서도 단호하게 말했습니다. "우리가 너무 확실하게 애아버지에게 반응하면, 그 사람 성격에 우리와 개까지 불러들여 데려가려고 할지도 모르지요! 그렇지만 또 지금 당장 죽은 아버지를 단념한 내색을 비춘다면, 애아버지는 원망스럽게 생각해 우리나 개에게 해를 끼칠지도 몰라요! 애아버지가 죽은 것을 천천히 받아들일 거라고, 그렇게 보여주어야 할 것 같아요!"

22

'개가 끄는 잡화상'의 아내는 다음 날 이웃들에게서 조금 떨어진 곳으로 텐트를 옮겼습니다. 아이들과 개에게는 아버지의 망령이 나타나도 그쪽으로 달려가지 말라는 당부도 했습니다. 그리고 실제로 망령이 나타나자 '개가 끄는 잡화상'의 아내는 아이들과 개에게 이런 말을 들려주었습니다.

"아버지는 어떻게 되신 걸까? 역시 돌아가신 걸까? 돌아가셨다면 안심하고 그쪽으로 가시도록 우리가 정신을 차려야겠지! 2, 30년이 지나면 우리도 아버지가 계신 곳으로 가게 될 테니까!"

그러는 동안 '개가 끄는 잡화상'의 아내는 무기공장의 '선반'으로 깎아준 판자로 위패를 만들어 나무 아래에 음식을 차려놓고 죽은 사람의 영혼을 위해 기원했습니다. 원시림의 노란빛을 띤 초록의 희미한 불빛이 감도는 '개가 끄는 잡화상'의 **혼**은 수긍하고 어느샌가 망령이 출현하는 일도 없어졌습니다.

'개가 끄는 잡화상'의 **혼**과 그의 아내가 미묘한 줄다리기를 벌이는 동안에도 50일 전쟁은 계속되고 있었습니다. 특히 자신이 계획한 산 수색 작전이 실패로 끝났음을 내심 인정하고 있는 중대장은 숲 **가장자리**에서 게릴라 활동을 하는 숲의 군대와 대일본제국 군대의 전투가 반복되는 동안에도 그다음에 펼칠 결정적인 작전을 계속 생각하고 있었습니다. 그리고 마침내 결정된 것이 '5만분의 1 지도 전쟁'이라는 작전이었습니다.

사령부로 삼은 직원실 책상에서 중대장이 이 지방의 5만분의 1 지도에 골짜기의 국민학교를 기점으로 자를 이용해 빨간 선을 긋는다. 선두의 소대장이 자석을 하나 들고 그 뒤를 이어 5소대 병사들이 일렬종대로 곧장 숲으로 들어간다. 원시림 안으로 끝까지 행군한 다음, '뒤로돌아' 한 뒤 그대로 골짜기까지 같은 코스를 되돌아간다. 다음 날은 5만분의 1 지도 끝의 붉은 선에서 축을 10도 이동해 제2의 붉은 선을 긋는다. 다시 한번 5소대 장병이 일렬종대로 원시림을 가로질러 관통해 그 코스를 왕복한다. 이 작전을 36회 반복하면 숲에 숨은 무리들이 게릴라 투쟁의 기반이라고 믿고 있는 무한히 넓고 깊은 숲의 신비로운 힘은 사라지고 만다. '5만분의 1 지도 전쟁'을 실행에 옮기기 위해 중대장은 그렇게 생각했습니다.

숲속 작전본부에 있는 노인들은 작전이 시작된 지 사흘째가 되는 날에는 중대장 작전의 심리적 의미까지 확실히 꿰뚫고 있었습니다. 정작 노인들 중에는 이 5만분의 1 지도의 원지도를 만들 때 측량을 도왔던 사람도 있어서 유포되고 있는 지도의 부정확함을 비웃기도 했습니다. 실제로 일단 골짜기 군대의 의도가 명백해진 이상, 숲 군대 측에서는 그날 골짜기 군대가 진군하는 곳에 캠프를 친 사람들을 대피시키는 것만으로 대책은 충분했기에 오히려 전쟁은 더 쉬워졌습니다.

하지만 이 '5만분의 1 지도 전쟁'이 실은 중대장도 예측했을 리 없는 큰 성과를 올리게 되었습니다. 땀으로 뒤범벅이 된 군복 가슴에 자석을 매달고 숲으로 들어가는 일렬종대의 선두에 선 소대장이 앞쪽에서 숲 군대의 비밀 무기공장을 발견한 것입니다.

23

무기공장 기술자는 '5만분의 1 지도 전쟁'의 의도가 분명해졌을 때, 가지고 있는 지도에 빨간 선을 그어보고 며칠 내로 공장이 적군의 진로에 부딪힐 것을 예측했습니다. 그래서 작전본부의 노인들과 의논을 하여 공장의 기계와 자재를 다른 곳으로 이동하는 숲 쪽의 작전이 시작되었습니다. 하지만 그때는 이미 골짜기에서 자석에 이끌려 매일 10도씩 진로를 바꾸어 행군해 오는 적의 군대가 무기공장 바로 가까이에 있었습니다. 무기 운반 작전은 서둘러야만 했습니다. 우선 골짜기 군대가 아침 일찍 일렬종대의 병사들 5소대를 원시림 안쪽으로 보내자 그 지역의 청년과 장년 남자들은 공작기계를 이동하는 일에 착수했습니다.

기계 기술자가 밤을 새워 공작기계를 운반할 기구를 제작했습니다. 숲속에 쓰러져 썩지 않고 잘 마른 거대한 나한백 나무를 베어 구멍을 뚫고 배 모양으로 만든 '아수라 수레'.* 체력이 왕성한 남자들이 '아수라 수레'에 실은 공작기계를 운반해 숲을 가로지릅니다. 또 다른 남자들이 땅속에 묻어두었던 전선을 파내어 새로운 무기공장 건설 예정지를 향해 다시 파묻습니다. 작업용 공구와 부분 완제품 무기, 그리고 폐품 처리장의 재고품 같은 대량의 자재를 운반하는 일에는 여자들과 아이들까지 총동원되었습니다. 원시림 안쪽에서 되돌아오는 병사들이 작업하는 소리를 듣지 못하도록 해 질 무렵까지는 이동을 완료했습니다.

그런데 다음 날 아침 작업 성과를 둘러본 작전본부 노인들을 낙담시키는 사태가 발견되었습니다. 무거운 공작기계를 실은 '아수라 수레'의 자국이 무기공장에서 새 예정지까지 선명하게 나 있었던 것입니다. 이렇게 되면 무기공장 이전 작업이 소용없어지므로 낙엽과 흙으로 '아수라 수레'의 자국을 감추려고 애쓰면서도 어른들은 힘을 잃고 말았습니다.

하지만 그때 아이들이 활발한 활동을 시작했습니다. 아이들 대표가 노인들에게 이런 제의를 했습니다. 우리는 이 숲 **가장자리**로부터 조금 들어간 곳에서 항상 '미로놀이'라는 것을 하고

---

* 修羅車: 무거운 석재 등을 운반할 때 쓰는 대형 목재 수레. 썰매 모양에서 변화·발달한 것으로 큰 돌을 움직이는 것은 아수라뿐이라는 전설에서 생긴 명칭.

있다. 그것은 추적반이 된 아이들을 상대로, 자신들의 진짜 발자국은 감추면서 여러 가지 **가짜** 발자국을 만들어내 끝까지 따라잡지 못하게 하는 놀이다. 게다가 그 **가짜** 흔적에 끌려다닌 사람들은 어느새 함정으로 꾸며놓은 미로에 빠져들게 되어, 어떻게 해야 그곳을 빠져나와 원래의 길로 돌아갈 수 있을지 알 수 없게 된다. 그렇게 추적자를 농락하는 놀이. 이 '미로놀이' 방식에 따라 아이들이 여러 팀으로 나뉘어 미로를 만들고, '아수라 수레'가 새긴 자국 주변에 엉켜 뻗은 덩굴풀처럼 **가짜** 자국을 만들어놓으면 적군은 길을 잃고 헤매게 될 것이다……

노인들의 동의를 얻자 '미로놀이'를 잘하는 아이들을 서로 골라 몇 개 조로 소대를 편성했습니다. 그리고 아이들은 노인들에게 약속한 만큼의 일을 해냈습니다. 무기공장의 흔적이 '5만분의 1 지도 전쟁'에 의해 발견되었을 때 '아수라 수레'가 지나간 흔적도 발견되었지만, 병사들은 도저히 새로운 무기공장을 찾아낼 수 없었습니다. 나는 어렸을 때 숲속에 바위처럼 앉아 있는 이 '아수라 수레'의 잔해에 올라타 놀곤 했습니다. 그것을 '파괴자'가 골짜기로 올라올 때 해체한 배의 자재로 만든 썰매라고 하는 사람도 있었습니다. 또 해가 질 때까지 그 근처에서 놀다 보면, 50일 전쟁 때 자신이 만든 미로에 들어가 아직도 빠져나오지 못한 아이가 말을 건다고도 했습니다.

24

무기공장 건물을——그곳에서 공작기계와 자재, 게다가 전기 설비까지 운반해 갔다고는 하지만——발견했다는 보고가 골짜기의 사령부에 전해지자, 중대장은 주둔한 이후 처음으로 크게 기뻐했습니다. 그리고 즉시 새로운 작전을 지시했습니다. 골짜기와 무기공장 건물을 연결하는 5만분의 1 지도에 기초해, 아래쪽에서 건물 쪽을 향한 직선 100미터 구간에 폭 3미터로 나무를 베어 통로를 낼 것. 큰 나무에서 잡초까지 철저히 베어낼 것!

숲에 숨어 있는 마을 사람들은 이 넓고 깊은 숲이 어떻게 생기게 되었는지 알고 있었습니다. 처음에는 산을 풀이 가득 덮고 있다. 억새와 소나무가 싹 트는 것도 눈에 띄었지만, 그보다 더 빠르게 자라는 주홍서나물. 그러나 억새가 자라면 주홍서나물은 시들고, 억새밭에 어린 소나무가 머리를 내민다. 소나무가 숲을 형성할 때 그 밑에 새로 난 어린 소나무는 자라지 않지만, 그늘에서도 잘 견디는 어린 떡갈나무와 모밀잣밤나무가 곧 소나무를 대체한다…… 그렇게 몇백 년이 지난 숲의 떡갈나무와 모밀잣밤나무 거목을 외지인인 병사들이 길이 100미터×폭 3미터에 걸쳐 모조리 베어버리는 것입니다. 골짜기와 '자이'의 노인들에서부터 아이들에 이르는 반란자들은 사흘간 거목이 무참하게 벌채되는 작업을 같은 숲속에서 멀찍이 몸을 숨긴 채 지켜보았습니다.

중대장은 이렇게 해서 원시림에 길이 열리자, 드러난 100미터×3미터의 띠 같은 길의 무기공장 건물과는 반대쪽 끝에 38식 야포 한 대를 운반하게 했습니다! 병사들에게는 이것도 틀림없이 힘들고 고통스러운 일이었겠지만, 숲을 베어내는 작업이 시작된 지 나흘째 정오에는 38식 야포가 참혹하게 베어진 거목 그루터기들 사이에 놓여 있었고 포신은 수평으로 무기공장 건물을 향하고 있었습니다. 그리고 이것을 위해 일부러 골짜기 사령부에서 올라온 중대장이 귀한 물로 빨게 한 흰 장갑을 낀 오른손을 높이 쳐들고 명령을 내렸습니다. 38식 야포는 불을 내뿜고 굉음을 울렸습니다.

길이 100미터×폭 3미터의 수목 벽으로 둘러싸인 공간을 날아간 포탄은 무기공장 건물에 멋지게 명중했습니다. 흩날린 오두막의 파편이 그 자체에서 불이 난 것처럼 근방에 온통 불길이 치솟기도 했습니다. 대일본제국 군대 장병들은 "만세, 만세!"라고 함성을 질렀습니다. 그러면서 그들은 신기한 광경도 목격했습니다. 그때까지 그들 대부분이 실제로 본 적이 없었던 숲속의 모반자들이 한꺼번에 백 명도 넘을 만큼 대규모로 눈앞에 나타났습니다.

모반자들은 제각기 손에 흰 마대 물주머니를 들고 숲속에서 종종걸음으로 나타나 파괴되어 불타는 무기공장 건물과 주변 수목의 불을 끄기 위해 애를 썼습니다. 포격 굉음과 그 일대를 태우는 화염에 그을은 너구리와 여우 같은 무리가 발 디디기 힘든 바닥에서 무거워 보이는 마대 물주머니를 들고 애를 먹으면서도 어두운 숲속에서 잇따라 나타나 물을 철썩 뿌리고는 돌아간다……

그 광경을 우스꽝스럽게 보고 있던 대일본제국 군대 장병들의 박장대소는 100미터×3미터의 숲속 공간에서 포연이 푸르스름하게 차 있는 높은 곳으로 울려 퍼졌습니다.

25

하지만 그건 매우 짧은 시간에 일어난 일이었을 겁니다. 정신을 가다듬은 중대장이 이래서는 안 되겠다고 생각하며 옆에 있는 부관을 돌아보았을 때 이미 불을 다 끄고 빈 마대 물주머니를 든 자들은 저마다 숲속으로 숨으려 하고 있었습니다. 그들은 100미터 아래에 진을 치고 있는 대일본제국 군대의 장병들에게는 관심이 없다는 듯, 솟아난 지하수가 다시 땅에 스며드는 것처럼 숲에서 나타나 숲으로 사라지려 하고 있었습니다……

거기에서 중대장이 내린 명령은 불을 끄기 위한 마대 물주머니밖에 없는 민간인을——설령 그들이 국가에 모반을 일으키고 숲속으로 숨어든 자들이라 해도——쏘아 죽이라고 말하지는 않았을 겁니다. 그들이 숲속으로 다시 숨어버리지 않도록, 어쨌든 막으려는 것이었겠지요. 병사들은 여전히 웃으면서 우스꽝스러운 모반자들을 잡으려고 벌채해 만든 길이 100미터×폭 3미터의 공터로 달려 나갔습니다. 그때 숲 바로 안쪽에서 일제히 사격을 가해 왔습니다. 병사들의 선두에 있던 네댓 명이 쓰러지고 뒤쫓아 뛰어나온 병사들이, 잇따라 넘어지는 장기짝처럼 그 위에 차례로 포개져 쓰러졌습니다. 병사들의 혼란을 뒤로하고 여전히 숲 저편으로 사라지는 마을 사람들을 향해 병사들 쪽에서도 사격을 시작했습니다. 이렇게 숲에 숨어 있는 군대와 대일본제국 군대는 총격전의 한가운데로 들어가게 되었습니다.

처음에 수목 사이로 사격을 시작한 것은 분명히 마을 사람들 쪽이었습니다. 그러나 마을 쪽의 총기가 얼마 되지 않아 그 일제 사격이 군대에 큰 피해를 입혔을 리 없습니다. 게다가 마대 물주머니로 불을 끄던 사람들의 수가 많아 그들이 수목 사이로 재빨리 숨어들지도 못했습니다. 그들을 바싹 뒤쫓아오면서 발포하는 병사들의 총탄에 불을 끄던 사람들은 줄줄이 쓰러졌습니다. 처음에는 웃으며 뛰쳐나온 병사들이 금세 증오에 불타, 총격에 부상을 입고 도망가려고 하는 마을 사람들을 총검으로 찔러댔습니다.

숲속 공터는 고함과 비명에다 영문 모를 함성으로 가득 찼습니다. 거기에 또다시 새로운 고함과 비명이 더해진 것은 38식 야포 주변에 남아 있던 군대 간부들을 향해, 지금 포격으로 부서진 무기공장에서 제조된 수류탄이 투척되었기 때문입니다. 수류탄 공격이 더 이어졌더라면 중대장을 비롯한 모든 장교가 전멸했을 겁니다. 하지만 열 발 이상 준비되어 있던 수류탄은 한 발이 던져졌을 뿐입니다. 산불을 내면 안 된다는 숲 작전본부 노인들의 생각이 전해졌기 때문입니다.

수류탄 공격에 중대장은 잠시 38식 야포 밑으로 기어들어가 난을 피한 뒤에야 겨우 일어나 흙투성이가 된 흰 장갑을 낀 손을 들어 수목 너머에 있는 적을 너무 쫓지 말라고 명령했습니다. 그리고 부상을 입고 쓰러져 있는 모반자들을 포로로 잡고, 아군 부상자들을 데리고서 일단 골짜기로 내려갔습니다. 뒤에 남은 병사들은 해가 질 때까지 시체 수습을 하느라 고생을 했습니다. 하지만 마을 사람들 쪽의 사망자는 그대로 방치되어 있었습니다……

26

원시림을 산불로부터 지키기 위해 분투하고 이어서 대일본 제국 군대의 습격에 부상을 입고 골짜기 국민학교 교실에 수용된 포로들은 군의관에게 상처를 치료받은 후, 부상이 가벼운 사람들은 한쪽에 모여 중대장의 심문을 받았습니다. 교실 마룻바닥에 멍석을 깔고 누운 포로들은 입을 다물고 저항했을까요? 완전히 그 반대로 중대장을 아연실색하게 할 정도로 웅변적이었습니다. 게다가 그들은 모두 '파괴자'가 현존하는 지도자인 것처럼 ─ 실제로 그렇게 느끼고 있었기 때문이겠지만 ─ 말했습니다. 중대장 쪽에서도 골짜기에 주둔한 날 밤에 있었던 전화에서, '파괴자'에 해당하는 경험이 풍부하고 예리한 머리와 위엄을 갖춘 노인이 마을 모반자들을 지휘하고 있다고 생각했기 때문에 이 점에서 이야기는 잘 통했습니다.

심문을 받은 제1호 포로는 이 저항 전쟁이 중국 전역의 중국인과 장백산맥*에 숨어 있는 조선인 반일 게릴라들에게 전해져 공동전선이 조직되어 있으므로 머지않아 지원군이 도착할 것이라고 말했습니다. '파괴자'의 지시에 따라 직접 그 연락을 한 책임자가 자신이라고 아무렇게나 중국어, 조선어를 섞어가며 역설했습니다. 분명 숲속 작전본부에서는 고등과 교사가 『만국 상업통신문 제요』의 문체로 열심히 외국어로 주장을 쓰고 있긴 했습니다……

제2호 포로는 원시림에서 발견된 '숲의 신비'라는 신물질을 독일에 보내 정련한 후 그것을 원료로 한 신형 폭탄이 일단 분해되어 강철제 완구 형태로 수입되어 있다고 말했습니다. 과학기술자이기도 한 '파괴자'의 지도하에 새로 자리를 옮긴 무기공장에서 신형 폭탄은 이미 조립이 끝난 상태가 아닐까? 숲의 군대가 무기공장 터의 불을 진화하는 데 힘을 쏟은 것은 정련된 '숲의 신비'가 조금이라도 남아 있다면 인화되어 숲의 절반 정도는 날아가버리지 않을까 두려워서였다고 그는 말했습니다.

포로들의 증언이 모두 이처럼 호전적인 허풍이었던 것은 아닙니다. 숲에 숨어 있는 군대와 대일본제국 군대의 강화講和에 대해 그 조건을 이야기하는 사람도 있었습니다. 이 포로는 골짜기의 우체국장이자 독서가로 알려진 사람이었습니다. '파괴자'가 제시한 전쟁 종결 조건이라고 하면서 그가 피와 흙으로 더러워진 옷의 윗주머니에서 꺼낸 것은 전보 용지에 발췌해서 쓴 이와나미 문고판, 칸트의 『영원한 평화를 위하여』였습니다.

---

* 장백산은 백두산.

"장래에 전쟁을 일으킬 만한 빌미거리를 비밀로 덮어두고 이루어진 평화조약은 결코 평화조약으로 간주되어서는 안 된다." "독립해 성립한 어떤 국가도(그 크고 작음의 여하는 여기서는 문제가 아니다) 계승, 교환, 매수 또는 증여로 다른 국가의 소유가 되어서는 안 된다." "상비군은 시간이 지나면 모두 없애야 한다." "어떤 국가도 다른 나라와 전쟁 시에 미래의 평화에 발맞추어 상호 신뢰를 불가능하게 하는 적대 행위는 결코 해서는 안 된다. 예를 들어 암살자나 독살자의 사용, 항복 조약의 파기, 또 적국에서 폭동을 선동하는 행위 등등."

　중대장은 설령 상대방에 대한 반감을 감추면서일망정 하는 말을 들을 건 듣는다는 성격이었지만, 이들 포로들의 증언에는 점차 인내심을 잃었고, 특히 칸트에 근거한 강화조약의 원리를 해설하려던 우체국장의 말을 막으려다가 중상자도 누워 있는 교실 바닥을 군홧발로 쿵쿵 굴렀다고 합니다.

27

　중상자들 다섯 명은 처음부터 회복의 기미가 없는 상태로 교실에 누워 있었습니다. 포로가 된 지 사흘째가 되는 날 한밤중에 그들 모두 위독한 상태에 빠졌습니다. 한밤중 교실에 빈사 상태로 누워 있는 포로들 머리맡에는 어느새 숲에서 골짜기로 내려온 가족들이 노인에서 어린아이까지 모두 고개를 숙이고 있었습니다.

포로들이 수용되어 있는 국민학교에는 중대사령부도 있습니다. 경비를 서는 보초가 없었을 리가 없습니다. 그러나 물이 스며들듯 경비망을 뚫고 들어온 가족들은 위독한 부상자가 누워 있는 멍석 침상을 둘러싸고 조용히 앉아 무릎에 두 손을 올려놓고 있었습니다. 보름달이 뜬 밤이어서 골짜기를 비추는 달빛에 부상자의 얼굴을 가족들이 잘 바라볼 수 있도록 엉성한 병상은 창문 바로 아래로 옮겨져 있었습니다. 임종하는 사람의 입에 넣어주는 임종의 물로 숲속 높은 곳에서 길어 온 맑은 샘물이 가득 담긴 마대 물주머니가 놓여 있고, 거기에 보름달이 하나씩 비치고 있었습니다.

다음 날 아침, 병사들은 이미 죽은 다섯 명의 포로와 머리맡에 앉아 슬픔에 잠긴 다섯 가족을 발견했습니다. 보고를 받은 중대장은 죽은 포로와 가족들에게 다음과 같은 조치를 명했습니다. 포로의 시신은 지금까지 군 측에 수용된 모반자 시신과 똑같이 운동장 밖 풀밭에 가매장한다. 매장 후에 각 가족은 어젯밤 어떻게 중대본부 건물에 숨어들었는지 조사한다. 정직하게 대답만 한다면 숲의 모반자 진영에서 처음으로 자발적 투항을 한 자들로 인정해 관대하게 처리하겠다……

학교 건물의 그늘을 찾아 무리를 지어 쉬고 있던 병사들이 지켜보는 가운데, 멍석에 싸인 다섯 명의 시신을 운구하는 매장 담당 병사들과, 노인부터 젖먹이는 안고 어린아이는 옆에 찰싹 달라붙어 있는 젊은 아기 엄마까지 유족들이 차례로 운동장으로 나왔습니다. 죽은 자들을 보내는 사람들의 행렬이 운동장 중간쯤에 이르렀을 때 숲속 높은 곳에서 장송곡이 엄청난 음량으로 울려 퍼져 골짜기를 가득 채웠습니다. '대괴음'의 전설에서 분명히 알 수 있듯이 소리가 잘 울리는 지형입니다. 그것도 이 분지의 장례 관습에 따른 것이 아니라 드럼이나 심벌즈의 리듬에 바순과 호른, 트럼펫이 멜로디를 연주하는 미국 흑인들의 장송곡 같은 것이었습니다. 죽은 포로들의 유족들이 그 큰 음향에 조금도 놀라지 않고 슬픔과 애도의 마음이 가슴속 깊은 곳에서 일렁이는 듯 조용히 걸어가자 지켜보는 병사들도 이 지역에는 이런 장송곡이 있나 하고 숙연해지는 것 같았다고 합니다.

단 한 사람 작전본부 창문으로 행렬을 지켜보던 중대장만이 이 큰 음향에 뭔가 **수상함**을 느꼈습니다. 너무 더운 나머지 벗어 던졌던 군복을 다시 입고 군화를 신고 밖으로 나가보니 이미 파놓은 무덤에 병사들이 멍석으로 싼 시신을 묻고 있는데 유족들은 그 옆에 멈춰 서지 않고 풀밭을 지나 운동장 뒤쪽 언덕길을 올라가려고 하는 것이었습니다.

"투항해 온 자들을 저렇게 적진으로 돌려보내는 건가?!" 중대장은 정신없이 소리쳤지만 계속되는 장송곡의 큰 음향 때문에 그가 명령하는 소리는 병사들에게까지 닿지 않았습니다. 그렇다고 해서 장례식을 마친 것처럼 너무나도 자연스럽게 머리를 숙이고 비탈길을 올라가는 사람들에게 권총으로 위협사격까지 가하는 것은 중대장으로서 불가능했습니다. 발을 구르며 분을 못 참는 추태를 부하들에게 보이지 않기 위해서라도 중대장은 이를 갈며 사령부로 되돌아갈 수밖에 없었습니다.

그러나 땀에 흠뻑 젖어 분노에 타오른 중대장은 이제 굳은 결의를 했습니다. '숲 전체에 불을 질러 모반자들을 밖으로 나오게 해주마! 한 사람도 남김없이 개 한 마리까지도!'

28

그날로 중대장은 연대 보급부에서 트럭 한 대 분량의 휘발유를 가져오도록 준비시켰습니다. 한편으로는 다시 꺼낸 5만분의 1 지도에서 가능한 한 넓은 범위로 숲에 불을 내기 위한 거점을 검토하기 시작했습니다. 중대장이 밤새워 작전 계획을 짜던 그날 밤 부하 병사들도 잠들기 힘든 시간을 보냈습니다. 50일 전쟁을 치르는 동안에 지나간 여름이 막바지에 다시 기승을 부렸고, 다음 날은 가을다운 첫 아침이 되는 경계를 이루는 밤이었습니다. 군인들은 더러워진 피부에 땀을 뻘뻘 흘리며 어둠 속에서 눈을 뜨고 이 분지에 주둔한 이후 계속된 힘겨운 고생을 생각했습니다. 현지 민간인들의 환대를 받기는커녕, 이곳에서 마을 사람들은 모두 적이며 음흉한 덫을 쳐놓고 있고 독이 없는 안전한 식수를 길을 곳은 단 하나뿐인, 힘들고 불쾌하며 성과가 없었던 날들. 그들의 몸과 마음에 치솟는 분노와 증오는 중대장의 명령이 없더라도 내일은 숲에 불을 지르기 위해 올라가지 않고서는 견딜 수 없다고, 이를 갈며 결의하게 할 정도였습니다……

숲 작전본부의 노인들은 이날 밤 다시 전원이 '파괴자'를 중심으로 작전회의를 하는 꿈을 꾸었습니다. 다음 날 아침에는 제법 가을다워진 숲의 공기 속에서 조용히 일어난 노인들이 저마다 백 살이나 되어 보일 정도로 늙어 있었다고 전해지는 것은 꿈의 작전회의가 그 어느 때보다 긴박했음을 보여줍니다. 그러나 절대로 숲을 태워서는 안 된다는 궁극적인 조건이 있는 한 회의의 방향은 분명했습니다. 50일 전쟁을 무조건 항복함으로써 종결한다는 결정이 내려진 것입니다.

신관과 타지에서 온 교사 두 명이 항복절충 대표단을 조직하여 백기를 들고 골짜기로 내려갔습니다. 중대장은 숲 전체를 침공할 최후 수단을 훈시하기 위해 운동장에 정렬시킨 병사들 앞에서 신관을 비롯한 적의 대표단을 맞이했습니다. 중대장은 항복 제의를 받아들였지만, 실제 절차에 대해서는 엄격한 조건을 달았습니다. 무장 해제한 모반자들 전원을 '죽은 자의 길' 건너편에 집결시킨다. 그 위에 마을 측이 제출한 호적대장에 따라 거기에 등록된 사람만 일일이 조사한 후 골짜기 마을로 내려보낸다. '이중호적 조작'에 따라 대장에 이름이 없는 사람들은 '죽은 자의 길' 옆에 잡아둔다. 그런 다음 그들은 전원 연대본부로 호송될 것이다……

중대장이 직접 호적대장을 조사했습니다. 부관이 호적대장에서 한 집 한 집 이름을 부르고 해당하는 마을 사람이 자기 이름을 대고 앞으로 나오면, 그가 노인일 경우 반드시 중대장은 얼굴을 주시하며 "'파괴자'로 불리는 것이 너냐?"라고 질문했습니다.

호적대장을 대조하며 조사하는 데는 시간이 오래 걸려 숲은 완전히 어두워졌고, '죽은 자의 길' 옆 큰 느릅나무가 둘러싼 움푹 팬 구덩이에 모여 있는, 자신의 호적을 갖지 못한 사람들 앞에서 부관이 이윽고 호적대장을 덮었을 때는 움직이는 하얀 손끝만이 분명하게 보일 뿐 부관의 몸이나 중대장의 몸은 어둠에 가려 분간할 수 없었습니다.

"너희들은 대일본제국에 반란을 저지르고 내전을 일으킨 자들이다!"

어둠 속에 중대장의 가라앉은 목소리가 울렸습니다.

"호적조차 등록하지 않은 바로 비국민 너희들이 양민을 부추겨 반란을 일으키게 한 것이다. 국가에 이중으로 반역한 죄는 엄중히 심판받고 처벌받아야 한다. 내일 아침, 너희들은 연대본부의 군사 법정으로 호송된다. 오늘 밤은 여기서 야영하도록 한다!"

거기에서 일단 입을 다물었던 중대장은 이어서 그동안의 강직한 직업군인의 말투와는 다른 그리운 아버지와 할아버지에게 말을 거는 듯한 목소리로 이렇게 말했습니다.

"'파괴자'는 이 안에 계시죠? 계시면서 대답을 안 하는 거죠? 나는 당신이 지휘한 이번 전쟁은 잘못되었다고 생각합니다. 그러나 이렇게 나 같은 사람이 오랫동안 당신이 이끌어온 마을 경영의 총체를 짓눌러버려 나중에는 어디에나 있는 보통의 마을로밖에 남지 않게 된다면 그 또한 잘못된 것이 아닌가요? 저는 이 50일간 당신에 대해서만 생각해왔고, 그래서 이런 생각을 한 겁니다만, ……역시 나 같은 외지 사람에게는 대답해주시지 않겠지요?"

'죽은 자의 길' 옆 움푹 팬 구덩이에 커다란 느릅나무로 둘러싸여 훨씬 작은 다른 종의 나무숲처럼 선 채로 밤을 보내는 사람들 머리 위로 늦은 달이 떴습니다. 그리고 그들은 그 지점에서 그리 멀지 않은 곳에 있는 골짜기로 삐죽 나온 바위 끝 '열장깔이'의 백양나무 가장 낮은 가지에 군복 차림의 중대장이 목을 매어 매달려 아직도 흔들리고 있는 것을 발견했습니다.

제5장

'숲의 신비'의 음악

1

내 생의 시작을 돌이켜 떠올리려 하면, 어둡고 축축한 뒷마당을 향해——거기에는 오시코메의 '귀마개 나무'가 궁상스러운 가지 모양을 드러내고 있는데——작은 창이 열려 있는 안채에서 똑같은 시간에 골짜기와 '자이'에서 일어나고 있는 일, 그리고 또 일본에서 일어나고 세계에서 일어나고 있는 일과도 전혀 무관한 인상의 느긋하게 웃는 얼굴의 할머니가 생각납니다. 그리고 그 할머니 앞에 앉아, "아주 먼 옛날이야기, 있었는지 없었는지 모르지만, 옛날 일이라면 없었던 일도 있었던 것으로 하고 들어야 한다. 알겠니?" 하고 외친 다음, "응!" 하고 대답하고는 할머니의 이야기가 시작되기를 기다리는…… 그 정경이 떠오릅니다. 그것도 아주 오래전부터 그랬던 것처럼 느껴집니다.

마찬가지로 아주 오래전부터 나는 또 내 생의 결말에 대해 하나의 정경을 떠올려왔던 것 같기도 합니다. 할머니에게 들었고 할머니가 돌아가신 후에는 마을 원로들에게 들었던 골짜기와 '자이'와 그곳을 깊고 크게 둘러싼 숲의 전설을 마을에서 선택된 단 한 사람의 오노 야스마로로서 어떻게든 끝까지 다 쓰고 난 후, 안심해서인지 낙심해서인지 죽음의 자리에서 축 늘어져 조용히 있는 나……

그런데 그렇게 내 생의 시작과 끝을 생각하면서 나는, 내가 이 숲속 분지의 전설을 기억하고 기록하는 역할을 맡고 있으면서——표면상으로는 그것과 무관한 일을 하는 동안에도 항상 본래의 임무를 잊지 않고 있다는 생각이 들었는데도——그럼에도 불구하고 그 일 자체의 의미는 잘 모른다는 생각이 들었습니다.

왜 할머니가 나를 선택해 골짜기와 '자이'에 관한 숲의 전설을 들려주고 기억하게 했을까? 왜 그것을 내가 언젠가는 글로 써서 나타내야 한다고 줄곧 생각해왔을까? 나는 이 임무가 어린 나에게 너무 무겁다고 느껴 할머니가 몸져눕게 된 후로는 안채에서 불러도 끝까지 도망치려고 했습니다. 심지어 그 임무를 맡고 있는 나 자신으로부터 완전히 도망쳐버릴 생각으로, 골짜기 밑을 흐르는 강의 '황어집'에 깊숙이 잠수해 익사하려고까지 했던 겁니다. 나중에 생각해보니 바로 그런 의미의 행위였는데, 어머니가 구해준 뒤부터는 정말 나 자신이 부끄러워 할머니 대신 숲속 분지의 전설을 이야기해주기로 되어 있던 원로들의 집을 순순히 돌아다녔습니다……

하지만 그 뒤에도 나는 정신이 아득해질 정도로 두렵고 무겁고 까마득한 것으로 생각되는 이 임무를 자신이 맡고 있는 근본적인 의미는 모른 채 살아왔다는 생각이 듭니다. 그 의미는 모르지만, 그것을 명확히 하는 것은 타인의 일, 나는 그저 할머니와 마을 원로들이 전해주는 전설을 잘 기억하고 마침내 그것을 쓰는 것, 어쨌든 그것이 임무라고 생각해온 것 같습니다.

당연한 일이지만, 그런 나에게는 막연하게 큰 불안이 가슴속 깊이 도사리고 있다고 느낄 때가 있었습니다. 내가 아는 한 숲속 분지의 전설을 듣고 기억해야 하는, 그것을 위해 선택된 아이는 마을에 나 혼자뿐이었다. 그렇다면 나는 단지 전설을 기억하고 마침내 그것을 쓰는 것보다 그 안에 있는 더욱 중요한 일을 부여받은 건 아니었을까? 그러면서도 그 일에 대해서는 왠지 잘 모른 채 지내온 것은 아닐까?

2

이 큰 불안에 더해 또 하나, 역시 마음을 초조하게 하는 일이 있었습니다. 광대한 숲속 골짜기와 '자이'에 대한 전설을 혼자 기억하고 이윽고 쓴다—생각해보면 이 **쓴다**는 착상은 나 혼자만의 생각이고, 할머니와 원로들은 그냥 나에게 이야기를 들려주고 기억시키려고만 했던 건 아니었을까 새삼 깨닫게 되는데—는 그 책임에서 벗어나려고 '황어집'으로 잠수해 들어간 날, 두개골에 상처가 날 정도로 강하게 몸을 밀어냈다가 다시 잡아당기며 나를 살려준 것은 분명 어머니였습니다. 그런데 어머니는 할머니와 마을 원로들이 들려주는 전설에 거의 무관심한 것 같았습니다…… 그것이 마음에 걸렸습니다.

어머니는 나에게 전설을 계속 이야기해 들려주던 할머니의 딸로 숲 **가장자리**에 있는 구라야시키*에서 태어나 평생 거의 골짜기에서 움직이지 않고 살아왔습니다. 그런데도 어머니에게 숲속 분지의 전설은 별 관심을 끌지 못하는 것 같았습니다. 왜 그런 것일까? 어렸을 때부터 그랬기 때문에 마을에서 어머니와 사는 동안에는 할머니의 이야기에도 원로들의 이야기에도 어머니가 관심을 기울이지 않는 것이 당연한 것처럼 느껴졌지만, 이윽고 숲을 나와 어머니와 떨어져 살게 되면서 나는 가끔 그것을 이상한 일로 생각하게 되었습니다.

내가 도쿄에서 살기 시작한 지 10년쯤 지나, 이 대도시에서 결혼한 나에게 첫아이가 태어났습니다. 아들에게 빛이라는 뜻의 히카리光라는 이름을 지어주고, 이요르라는 **별**명으로 부르기도 했습니다. 히카리라고 이름 지은 데는 이유가 있습니다. 아들이 태어났을 때 뒷머리에 머리가 또 하나 있나 하는 생각이 들 정도로 크고 붉고 반들반들한 혹이 있었습니다. 혹을 수술로 제거하지 않으면 살아갈 수 없지만, 수술이 성공해도 눈이 보이지 않을 우려가 다분히 있다고 병원으로부터 미리 설명을 들었습니다. 기도의 **증표**처럼 아직 큰 혹을 단 채로 있는 아들에게 나는 빛이라는 뜻의 히카리라는 이름을 지어주었습니다. 수술 후 다행히 눈은 보인다는 것을 알게 되었고, 귀도 멀

---

* 藏屋敷: 에도시대에 영주가 에도와 오사카 등지에 설치한 창고 딸린 저택. 영내의 쌀과 특산품을 저장, 판매하는 구라藏와 주거 공간인 야시키屋敷를 겸한 건물.

쩡하고, 특히 음악에 대해서는 듣는 능력이 남다르다는 것도 점차 확실해졌습니다. 그러나 뇌에는 장애가 남아 언제까지나 유아의 지능에 머물러 있는 아이라 이요르라는 **별**명이 그에게 평생 딱 맞는 것으로 느껴지기도 했습니다.

그리고 그 아이가 무거운 시련을 짊어지고 태어났다는 것을 숲속 골짜기에 사는 어머니에게 전했을 때부터 —아주 조심스럽게 사정을 이야기했습니다 —나는 그동안 모르고 지냈던 어머니와 숲속 분지 전설의 깊고 절실한 관계에 눈을 떴습니다.

3

어머니 가까이에 살고 있는 여동생에게서 아기의 상황을 전한 내 편지에 답장이 왔는데, 어머니는 어머니 일에 열중하느라 손을 놓을 수 없어 자기가 대신 쓴다고 했습니다. 머리에 혹을 달고 **태어나주셨다** —라고 어머니는 몇 번이고 그렇게 말했다고 합니다 —아기는 고귀한 아이가 틀림없다고 믿는다. 정상적인 출산에 비해 훨씬 더 어렵게 분만한 아내에게는 약해진 몸을 빨리 회복해 특별한 아이의 양육을 위해 애써주기를 바란다……

그렇게 어머니 대신 편지에 쓴 후, 거기까지를 어머니에게 보여주고 확인했을 것이라는 생각이 드는데, 여동생은 다른 종이에 자신의 서신을 덧붙였습니다. 어머니가 손을 놓을 수 없는 일이란 봉당의 신단 옆에 한층 낮고 어둡게 모셔져 있는,

나무 격자로 막은 신단을 청소하고 거기에 오래된 훌륭한 양초에 불을 밝히고 가만히 봉당 아래쪽에 쪼그리고 앉아 기도하는 일이다…… 어머니가 어둠 속에 있는 신단에 촛불을 올리고 있다는 말을 전해 듣고, 이웃집들뿐만 아니라 '자이'에 있는 오래된 저택의 할머니들까지도 헌 신문지에 커다란 초를 싸서, "곳간 정리를 하다 보니 이런 게 있었어요!" 하며 **우연**을 가장해 보내주었다. 훌륭한 양초라 불기운도 강해 촛불을 켜둔 채로 돌아다니면 위험하니 어머니가 신단에 올리는 이상한 참배에 손을 놓을 수 없다는 것이 꼭 과장만은 아니다……

내가 바로 알아차린 건 어머니가 '메이스케'에게 기도하고 있다는 것입니다. 젊은 여동생은 잘 모르지만, 우리 골짜기와 '자이'의 오래된 집안에는 신단과 나란히 ── 낮고 어두운 곳에 ──'메이스케'가 모셔져 있습니다. '자유시대'가 끝날 무렵, 소년이면서 숲속 분지를 위해 적극적으로 활약한 가메이 메이스케. 봉기를 성공시킨 후 혼자만 옥에 갇혀 죽은 메이스케의 신단. 마을에 정상적인 방식으로는 극복할 수 없는 중대한 고난이 닥치면 마을 사람들은 평소에는 무시되고 잊힌 듯한 '메이스케'에게 등불을 올리고 기도하는 관습이 있었습니다. 그때만큼은 마을에서 백랍을 생산하던 시절에 만든 오래된 훌륭한 양초를 찾아내어 촛불을 밝혔습니다. 나에게도 몇 번인가 그 기억이 있습니다.

그래서 나는 할머니와 반대로 숲속 골짜기와 '자이'의 신화와 역사에 대해 냉담해 보였던 어머니 역시 '메이스케'에 대한 신앙을 통해 마을의 신화와 역사에 연결되어 있다고 새삼 느

320

겼습니다. 그러고 보니 내가 전후의 신제 중학교 학생이던 시절 '자이'에서 온 나보다 나이 많은 아이들의 강압에 저항하다가 숲 **가장자리** 풀밭에서 두 번이나 독사에게 물렸을 때, 병원에서 위급한 상황을 넘기고는 손수레를 타고 집으로 돌아와보니 '메이스케'에게 촛불이 올려져 있었던 일도 생각납니다.

4

머리를 수술하기 전, 아들은 커다란 혹이 달린 채로 특별아동실에서 건강하게 자랐고, 머리 자체가 엄청난 기세로 커지면서 혹도 커지고 그것들이 모두 혈색도 좋아 침대를 나란히 한 역시 장애를 가진 아기들을 압도하고 있었습니다. 그렇게 아들은 수술을 견딜 수 있을 만큼의 체력이 길러지자 혹 절제 수술을 받았습니다. 수술이 성공한 것을 전화로 아내에게 전해 들은 어머니는 안도와 기쁨으로 평소와는 달리 말이 많았다고 합니다. 아내가 수술 상처가 남을 거라고 걱정하자 어머니는 그 위치를 묻더니 아내로서는 그때까지 들은 적이 없는 마을의 신화와 역사 사이에 있었던 한 사람의 영웅에 관한 일과 또 그 환생에 관한 일을 이야기했다고 합니다. 한 사람은 싸우다가 머리에 칼자국이 남았고, 환생한 아이는 태어났을 때부터 있어서 두 사람 모두 뒤통수에 상처 자국이 있었다. 그것은 무언가 존귀한 것의 증표라고 동시대 사람들은 생각했고, 나도 그렇게 생각하고 있다. '메이스케'에게 감사의 촛불을 올려야겠다……

머리에 칼자국이 있는 숲속 분지의 영웅이란 말할 것도 없이 가메이 메이스케입니다. 메이스케가 옥사한 이듬해에 메이스케의 어머니라고도, 의붓어머니라고도 하는 여성에게서 태어난 동자라고 불리는 남자아이는 '혈세 농민봉기' 때 눈부신 활약을 보였지만, 그의 머리에는 선천적으로 뒷머리에 두개골의 일부분이 손상된 듯한 흉터가 있으며, **말총**머리로 묶어서 감추고 있어도 동자가 활발하게 뛰어다니면 머리채가 통통 튀어 흉터가 잘 보였습니다. 할머니는 여섯 살쯤 된 동자가 한창 꽃다운 나이의 여자아이도 따라올 수 없을 정도로 아름다웠다고 하며 이렇게도 덧붙였습니다. "벗겨진 흉터까지도 아름다워서 '청년단' 젊은이들은 그 흉내를 내려고 뒷머리를 동그랗게 깎을 정도였지!"

어머니는 내 아들의 뒷머리 수술 자국과 메이스케의 칼자국, 동자의 선천적인 상처 자국을 연관 지어 감명을 받은 모양이었습니다. 어머니는 아내에게뿐 아니라 틈만 나면 사람들에게 이야기하고 여동생에게도 그런 이야기를 한 것 같았습니다. 그리고 여동생은, 그러고 보니 자기 오빠도──즉 나를 의미합니다만──어릴 적 뒷머리에 상처를 입은 적이 있고, 그 상처가 남아 있는 것을 무언가 소중한 것이라도 되는 양 어머니가 말했던 것을 떠올렸습니다. 농담처럼이긴 했지만 여동생이 전화로 그것을 새롭게 발견한 것처럼 이야기했을 때, 나도 오랜만에 내 두개골에 남은 흉터를 손가락으로 더듬어보았습니다. 그것은 앞서 말한 깊은 물웅덩이의 '황어집' 바위선반에 잠수해 들어갔다가 좁은 관문에 머리가 끼어 나오지 못하게 되었을 때 입은 상처입니다. 일단 내 몸을 바위선반 안쪽으로 들이민 다음 비틀면서 끄집어내 준, 그 대단한 위력을 가진 팔이 낸 흉터입니다. 의식이 별로 없는 채로 병원으로 옮겨진 그 사건이 있은 후, 나는 직접 어머니에게 나를 구해준 사람이 어머니였는지 확인하지는 않았습니다. 하지만 정신을 잃기 직전 나는, 내 머리에서 피가 연기처럼 피어오르는 물 저편에서 짙고 짧은 눈썹과 화가 난 듯 부릅뜬 눈을, 다시 말해 어머니의 눈썹과 눈을 보았다고 생각합니다.

5

여동생이 전화로 계속해서 이런 이야기를 했습니다. 그러고 보니 K 오빠의 머리에도 어렸을 때 생긴 상처 자국이 있었다는 말을 하자, 어머니 자신도 틀림없이 그 생각을 하고 있었던 것처럼 곧장 이런 대답을 했다고. "그 아이도 똑같은 상처가 있어서 메이스케와 같은 일을 할 사람이라고 생각했는데…… 그 아이한테서 태어난 아들에게 동자의 흉터가 있다면 그건 우리가 생각하려고 하지 않아도 마음속 깊은 곳에서는 알고 있었던 자연스러운 미래라는 생각이 드네……"

아들이 태어나자마자 있었던 일이니 벌써 20년도 전의 이야기가 됩니다. 그리고 지난 20년 동안 가끔 며칠씩 골짜기로 돌아가 한 지붕 아래에서 자고 일어났을 뿐인 나에게는 물론, 결혼한 후에도 어머니 곁을 떠나지 않고 살아온 여동생에게도 그 이후로 어머니는 두드러지게 '메이스케'에게 집착하는 행동을 하는 일은 없었습니다. 또 하나 생각나는 일은 아들이 생일을 맞이해서 머리카락이 드물게 난 흉터——흉터는 아이의 머리 전체 비율로 보면 상당한 크기였는데——피부밑에 두개골이 없어 부드러운 부위에 플라스틱 덮개를 씌웠을 때의 일입니다. 혹 절제 수술을 했던 의사가 그 수술도 진행하여 아들의 머리가 외부의 충격을 견딜 수 있게 된 새로 난 상처 자국을 보고 어머니는 아내에게 "이건 정말 동자 머리의 벗겨진 부분처럼 예쁜 상처 자국이네!"라고 말했지만, 또다시 메이스케와 환생 동자의 이야기를 하는 일은 없었습니다.

아들의 머리에 덮개를 씌우는 수술을 할 때는 숲속 골짜기에서 밖으로 나가는 것을 좋아하지 않는 어머니가 보기 드물게 야간열차를 타고 도쿄에 일을 도와주러 왔습니다. 하지만 자신이 온 것이 아내에게 도움이 되기보다 오히려 신경 쓰이게 한다고 판단한 어머니는 수술하기 전날, 이미 입원해 있는 아들과 아내를 병문안하고 그길로 다시 야간열차를 타고 숲속으로 돌아가기로 했습니다. 병원에 들러 도쿄역까지 동행한 나는 택시 안에서, 언제나 신사와 절 문 앞에서 절하는 일을 빠뜨리지 않는 어머니가 지나가는 창 너머로 보이는 그것들을 도전하듯이 슬쩍 한 번 보기만 했다는 것을 깨달았습니다. 어머니는 밝은 곳의 신에게가 아니라 어둠의 신인 '메이스케'에게 마음속으로 계속 기도하고 있었던 것입니다.

나와 어머니가 병실에 얼굴을 내밀었을 때는 아직 이른 아침이었지만, 대학병원 옆의 이발소에서 수술을 앞둔 아들의 머리를 깎기 위해 이발사가 출장 와 있었습니다. 먼저 내가 협의를 하러 가 특별요금을 지불하고 계약을 해두었습니다. 경험이 많아 보이는 마흔이 넘은 이발사가 아들 머리의 말랑한 부분을 일단 손가락으로 만져본 후, 아무래도 그 주위와 그 위의 머리카락은 깎을 수가 없다고 했습니다. 나도 아내도 당황스러웠습니다. 그런데 병실 구석 의자에 몸을 웅크리고 앉아 있던 어머니가 말수 적게 아내와 이야기할 때의 목소리와는 다른, 낮지만 굵은 목소리로 이발사에게 무언가 이야기를 하더니 큼직한 면도칼을 받아 들고 깎다 만 부분을 재빨리 깨끗하게 깎고는 다시 병실 구석에 있는 의자로 돌아갔습니다.

"아버지는 숲속에서 졸링겐 면도칼을 사용했고, 게다가 어머니가 매일 아침 면도를 해드려서"라고 아내에게 속삭이자 아내 역시 작은 소리로 이상한 대답을 했습니다.

"아까 이발사에게서 면도칼을 받아 들었을 때 어머니가 '댁은 봉기에 나갈 정도의 배포는 없군요'라고 말씀하셨어요……"

6

아들이 차례로 받아야 할 처치가 모두 끝나고 일단 안정을 찾은 후, 기형 출산이 가지고 온 심리적 상처에서 회복된 아내는 용감하게 다음 아이를 낳을 결심을 했습니다. 그리고 여자아이가 건강하게 정상적으로 태어난 직후, 여동생이 내 앞으로 보낸 장문의 편지가 도착했습니다. 그것 역시 어두운 곳의 '메이스케'에게 촛불을 밝혀 올리면서 어머니가 한참을 생각한 끝에 완성한 구상을 전하는 것처럼 느껴졌습니다.

여동생은 K 오빠에게는 유쾌하지 않은 이야기겠지만, 어머니가 진지하게 생각해온 것이라 전하는 일만은 하겠다고 쓰고 그 구상을 설명했습니다. 내 아내가 결혼 직후부터 어머니에게 매해 연말마다 얼마간의 돈을 보내드렸는데, 그것을 어머니는 목적을 정해놓고 저축해왔다고 합니다——이요르가 아직 태어나기 전에 시작했다고 하니 이야기에 이상한 부분은 있다고 여동생은 추신에 썼습니다. 하지만 나는 '메이스케'를 같은 집안에 모시고 살아온 어머니의 예지능력이라면 가능한 일이라고 생각했습니다——그 돈으로 폐가가 된 지 오랜 구라야시키를 수리하고 싶다. 어머니는 그렇게 바라고 있다. 이 구라야시키는 '자유시대'로 거슬러 올라갈 정도로 오래된 건물로, 앞에서 말한 것처럼 아이를 인질로 잡고 들어앉은, 번을 이탈한 그 타락한 무법자를 계략을 써서 죽였다는 사건의 무대가 이곳이라는 이야기도 있었습니다. 구라야시키는 그곳에서 외동딸로 자란 할머니가 상속받아 그것이 또 똑같은 외동딸인 어머니의 유일한 재산으로 남아 있습니다. 그 구라야시키의 수리, 그리고…… 어머니는 주변의 다른 곳과 뒷산은 전부 팔아버렸으나 이 구라야시키만은 목적이 있어 남겨두었다는 겁니다.

그런데 구라야시키를 수리한 후 어떻게 할 것인가? 어머니는 깨끗해진 구라야시키에서 이요르와 둘이서 살고 싶다. 앞으로 20년은 살 것 같으니, 이요르가 성인이 될 때까지 보살필 수 있을 것이다. 그렇게 하고 싶은 이유는 세 가지다. 첫째, 숲속 **가장자리**의 구라야시키에서 살면 머리에 장애가 있는 아이라도 괴로운 일을 겪지 않을 것이다. 둘째, 이요르의 아버지는 도쿄에서 공부한 후 골짜기로 돌아와 살 예정이었는데 그렇게 하지 않았다. 그 아버지를 대신해 이요르가 숲 **가장자리**에서 살아준다면 선조에 대해서도, 또 '파괴자'를 위해서도 좋을 것이라고 믿는다. 셋째, 이요르의 어머니는 장애가 있는 아이 일로 가정에만 갇혀 있지 말고 넓은 세계에서 자신을 넓혀가기를 바라겠고, 건강한 딸의 교육에도 힘쓸 필요가 있을 것이다. 고집부리지 말고 아무쪼록 계획을 받아들여주기를 바란다……

나는 어머니의 제안에 마음속 깊은 곳이 뭉클해졌지만, 답장은 하지 않았고 편지를 아내에게 보여주지도 않았습니다. 하지만 주도면밀한 곳이 있는 여동생은 같은 내용의 편지를 아내에게도 보냈습니다. 그래서 꽤 오랜 시간이 지난 후에야 나와 아내는 어머니의 이 제안을 서로 상대방에게는 말하지 않았다는 것을 알게 되었습니다.

7

이렇게 내 아들 일을 열심히 생각해준 어머니에게 플라스틱 덮개를 씌우는 수술 날부터 계속 아들을 만나게 하지 않고 스무 살 생일을 맞이할 때까지 왔다는 것이 이상하다는 생각이 듭니다. 어쩌면 나와 아내에게는 숲 **가장자리**의 구라야시키에서 어머니와 둘이 지내는 아들이라는 이미지가 마음속 깊은 곳에서 일어나고 있어, 그것 때문에 오히려 아들을 가벼운 마음으로 시코쿠 숲속에 데리고 가지 않았는지도 모릅니다. 그렇다고 해도 어느새 20년이 지나버린 것입니다……

어머니의 생애에서 시코쿠 밖으로 나간 경험은 네다섯 번을 넘지 않았을 테지만, 아들이 수술할 때 집안일을 도우러 온 것을 마지막으로 장거리 열차를 타야 하는 곳으로는 나가지 않게 되었습니다. 아들 쪽에서도 학교에 갈 나이가 된 후 몇 년 정도 늦게 들어간 특수학급에서부터 중·고교인 특수학교까지 아들 나름대로 바쁜 날들을 쌓아갔습니다.

아들의 스무 살 생일을 맞아 나는 온 가족이 숲속 골짜기로 귀향할 계획을 세우기 시작해 그해 연말에는 실행을 했습니다. 비행기가 심하게 흔들리는 일이 생기면 아들이 패닉에 빠지게 되고 두개골이 정상이 아닌 이상, 기압의 변화가 고통스러운 것은 아닌지, 그런 것들이 비행기 여행을 피했던 이유였지만 장시간의 기차 여행은 더욱 문제가 있을 것 같아——결국은 기우였지만——나와 아내는 여러 가지 예측 불가의 사태를 상정하고 시간을 들여 준비했습니다.

그렇게 해서 만든 일정을 골짜기의 어머니에게 전화로 알리면서 지난 20년간 그렇게 해온 것처럼 아내는 아들의 최근 모습도 이야기했습니다. 새로운 정보로, 태어난 후 줄곧 『곰돌이 푸』에서 따온 이요르라는 **별명**으로 부르던 아들을 스무 살 생일부터 본명인 히카리로 부르기로 했고, 이는 본인의 희망에 따른 것이라는 그간의 사정을 아내는 재미있는 이야기처럼 덧붙였습니다. 그것은 엄마와 함께 묵고 오는 소풍을 제외하면 아들이 처음으로 집을 떠나 일주일간 생활한 특수학교 기숙사 훈련을 마치고 처음 귀가하는 날 생긴 일이었습니다.

일주일의 기숙사 생활로 인한 성장이 뚜렷한 아들은 세탁물이 가득 든 천 가방을 어깨에 메고 건강하게 돌아와 나와 아내에게 다정하게 인사했습니다. 하지만 긴장이 계속되었던 탓인지 피로는 확연했고, 음악 재생장치 앞에 털썩 앉아 아들의 유일한 지적 즐거움인 FM방송 클래식을 듣는 일 외에는 아무것도 하지 않고 토요일 오후를 보냈습니다.

그러는 동안 저녁 식사 시간이 되고 아들이 좋아하는 음식으로 차린 식탁이 준비되어 평소대로 아들을 불렀습니다.

"이요르, 저녁 먹자, 자 이쪽으로 오렴."

하지만 아들은 음악 재생장치에 얼굴을 향한 채로 살집이 붙은 넓은 등을 힘껏 으쓱이듯 하며 이렇게 대답했습니다.

"이요르는 그쪽으로 가지 않겠습니다! 이요르는 이제 전혀 없으니까, 이요르는 모두가 있는 곳으로 갈 수 없습니다!"

8

도대체 아들 마음속에 무슨 일이 일어난 것일까. 나는 사실 눈앞에 있는 아들을 잃어버린 것 같은 생각에 사로잡혔습니다.

"이요르, 그렇지 않아, 지금은 이미 돌아와서 이요르는 집에 있잖아." 여동생이 이렇게 타이르듯 말을 해도 아들은 가만히 어깨를 으쓱인 채로 있을 뿐이었습니다.

둘째 아들은 어떤 말을 하기 전에 우선 그것을 검토하고 한 박자나 두 박자 뒤에 말을 하는 성격이어서 그만큼 누나보다 늦게 의견을 말했습니다. "올해 6월로 스무 살이 되니까 이제 이요르라는 이름으로 불리기 싫은 건 아닐까? 자신의 진짜 이름으로 불러주기를 바란다고 생각해요. 기숙사에서는 모두 그렇게 불렀겠죠?"

일단 논리를 세우면 망설이지 않는 점 역시 그의 성격인 둘째 아들은 곧바로 일어나 아들 옆에 쪼그리고 앉아 말을 걸었습니다. "히카리 형, 저녁밥 먹자. 엄마가 맛있는 음식을 많이 만들어주셨어."

"네, 그렇게 하지요! 감사합니다!" 아들은 변성기가 시작된 남동생보다 어리게 들리는 맑은 목소리로 이렇게 대답해 가족 모두의 답답함을 웃음으로 해소시켰습니다……

이 이야기를 전화로 어머니에게 전한 아내는 그날의 해방감 그대로였습니다. 하지만 처음에는 웃고 있던 아내가 점차 미안해하는 말투로 바뀌었습니다. 옆에서 나는 **의아**해하고 있었는데, 수화기를 내려놓고도 미안해하는 모습으로 아내가 전한 바로는 이야기를 듣던 어머니가 잠시 침묵한 다음, 풀이 죽은 목소리로 이렇게 말했다고 합니다.

"이요르라는 이름을 우리는 좋은 이름이라고 생각했지만, 본인은 얕보는 것처럼 들었던 걸까? 그렇다면 돌이킬 수 없는 미안한 일을 했어! 20년 동안이나!"

안채에 앉아 기다리던 어머니 앞에 가족 모두가 모였을 때도 강을 사이에 둔 건너편 산 중턱의 낙엽 진 잡목림 경사면을 하얀 어둠에 가둘 기세로 싸라기눈이 내리고 있었습니다. 십수 년 만에 재회한 손자에게 어머니는 전화로 들은 새로운 **습관**을 따르면서도 풀이 죽은 작은 목소리로 불렀습니다.

"히카리, 잘 와주었어요…… 나는 여든 살이 되었어요!"

아들의 인사는 다시 아내를 죄스럽게 했습니다.

"여든 살이 되었습니까? 아, 큰일이군요! 여든 살이 되면 이제 죽는 거 아닙니까? 큰일이군요!"

"그래. 큰일이지! 걱정해주어서 고마워요!"

그러고 나서 어머니는 마음이 편해진 것 같았습니다. 싸라기눈이 지나가고 강 건너편까지 다시 밝아진 후 천장에서 나는 호드득호드득 소리에 청각이 아주 예민한 아들이 이상하다는 표정을 짓자, "그건 말이에요, 히카리, 기와 틈새로 들어간 싸라기눈이 흘러 떨어지는 소리예요!"라고 설명했습니다. 어머니는 요즘 누웠다 일어났다만 하는 상황이라 늦은 밤 천장에서 나는 소리에 귀를 기울이며 시간을 보낼 때도 있었겠다고 나는 생각했습니다.

9

식사를 마치고 잠깐 휴식을 취한 후 어머니는 귀향한 우리 가족과 함께 자신이 오랫동안 혼자 관리하고 있는 고신庚申님에게 참배하라는 말을 꺼냈습니다. 오래전부터 다리가 불편한 어머니는 차로 모시고 간다는 여동생의 제안을 거절하고 자기 발로 걷겠다고 고집을 부렸는데, 고신님에게 **빌어야** 할 사정이 있었던 것입니다. 아이들을 먼저 보내고 오른쪽 다리를 큰 지팡이에 의지하면서 천천히 걷는 어머니와 나는 골짜기 중앙에 있는 콘크리트 다리를 건너 강 건너편 길을 따라 고신산을 향해 내려갔습니다. 싸라기눈이 그친 후에도 얇고 작은 깃털 같은 잘 녹지 않는 눈이 깊은 골짜기를 떠다니고 있는 몹시 추운 날이었습니다.

고신산에 도착하자 산길 초입에서 기다리던 아이들 중에 어머니는 자연스럽게 히카리를 불러내 그에게 기대어 의지하면서 닳디닳은 돌계단을 올라갔습니다. 끝까지 곧장 올라가면 강 건너편에 **울창한** 나무숲이 보이는 ──그것은 숲에서 골짜기로 뻗어 나온, 말하자면 교두보로도 보이고, 강 상류에서 역시 휘어진 가지 끝이 삐죽하게 나온 백양나무가 우뚝 선 바위 끝과 **짝**을 이루고 있습니다──강을 사이에 둔 미시마 신사의 별궁이 있습니다. 어머니와 아들은 돌계단을 올라가는 도중에 옆으로 들어가 고신님을 모신 신당으로 가는 길을 찾아갔습니다. 나는 어릴 적 할머니와 어머니가 고신님을 참배할 때 따라와서 했던 것처럼, 두 아이들과 돌계단 모퉁이의 신사 기둥문 옆에 멈춰 섰습니다. 어머니와 어머니의 흰머리 높이에 어깨가 있는 아들은 서로 감싸면서 고신당으로 들어가 뒤쪽에 있는 나무 문짝을 닫았습니다. 오래된 계단 옆에 지팡이와 밑창이 고무로 된 샌들, 거기에 새로 산 큼직한 운동화만이 보이게 되었습니다.

그때가 되어서야 나는 고신당에는 고신님과 함께 갓난아기만 한 크기의 '메이스케'의 목상도 모셔져 있는 것이 생각났습니다. 골짜기와 '자이'의 오래된 유서 깊은 집에서 '메이스케'라고 하면 신단 그늘의 어두운 곳에 그 단이 있는 것처럼, 고신산에는 꼭대기의 평평한 곳 ―― 거기에서 오시코메가 새하얀 알몸으로 누워 붉은 훈도시를 걸친 젊은이들이 거기에 기어오르거나 미끄러져 내려오거나 하며 까불면서 희롱한 것이었습니다 ―― 에 미시마 신사의 별궁이 있고, 돌계단 중간쯤에서 옆으로 난 길에 있는 삼나무 숲에 둘러싸여 본당이 있습니다.

늦게 온 아내가 아이들을 데리고 별궁을 보러 올라간 뒤 나는 혼자 남아 신사의 기둥문 돌계단에 앉았습니다. 강물 소리가 요란하게 들려오는 강 하류 강변에 봉기를 위한 막사를 쳤을 때, 그의 어머니와 함께 지도부에 참가하여 크게 활약한 동자, 이 숲속 높은 곳에 자신도 **혼**이 되어 올라가 메이스케의 **혼**에게 봉기의 투쟁 방식을 상의하던 동자에 대해 생각하고 있었습니다. 더욱이 지금 나무 문짝 틈으로 들여다보면, '메이스케'의 목상 앞에 뒤로 바짝 묶은 백발에 자잘한 눈송이가 붙어 있는 어머니와 뒷머리에 흉터가 허옇게 드러난 아들이 완전히 메이스케 어머니와 동자처럼 보이는 것은 아닐까? 두 사람이 메이스케에게, 특히 아들의 삶에 대한 앞으로의 전략과 전술을 의논하고 있는 것은 아닐까? 이런 생각이 들었습니다.

10

이윽고 어머니와 아들은 정화된 기쁨을 공유하듯 하며 나무 문짝 안에서 나타났습니다. 마침 고신산 정상에서 내려온 아내가 계단에서 바닥으로 발을 내리 딛는 어머니를 부축하자 먼저 신발을 신은 아들이 공손하게 지팡이를 건넸습니다. 내가 나 자신을 유혹하는 몽상에 아직 끌려다니면서 돌계단에 앉아 있는 신사 기둥문까지 걸어오는 동안, 어머니는 기분이 좋은 것이 확실한 말투로 아내에게 이렇게 말했습니다.

"히카리는 내내 단정하게 정좌한 채로 움직이지도 않고 앉아 있었어요, 기특해요! 이렇게나 잘 자랐군요, 숲 밖에서! 한편으로는 가루눈 속에 멍하니 앉아 있는 저런 괴짜의 시중도 들어야 하고, 어멈이 많이 힘들었겠어요!"

도쿄로 돌아오는 비행기 안에서 딸이 계속 마음에 걸려 했던 일을 아내에게 말했습니다. "히카리 오빠는 시골집에서 나올 때도 할머니에게 기운을 내서 확실히 죽어주세요,라고 큰 소리로 말했어요. 할머니는, 그래, 힘을 내어 확실히 죽을게요, 그런데 히카리, 헤어지려니 아쉽네요,라고 말씀하셨는데 그래도 역시 잘못된 인사 같아요……"

"그건 말이야, 살아 있는 동안 건강하게 잘 살고 그런 후에 더 이상 살 수 없게 되면 돌아가시라는 말일 거야." 옆에서 둘째 아들이 말했습니다. "죽는다는 그 순간을 하나의 경계로 구분한다면, 죽은 후에는 힘을 내도 아무 소용 없잖아? 그러니까 살아 있는 동안 힘을 내어 분발하자는 얘기가 되겠지."

"그런가? 히카리 오빠에게 직접 물어볼까?" 딸은 아들이 혼자 떨어져 창가에 자리를 잡고 아래쪽 구름을 바라보는 곳으로 일어나 갔습니다. 그리고 천천히 이야기한 다음 돌아와 아들의 생각을 전해주었습니다. "히카리 오빠는 사쿠가 말한 대로라고 했어요. 그래도 정말 실례했습니다, 표현법이 바르지 않았습니다,라고 할머니께 전화로 말씀드리고 싶대요. 사실은 어떻게 인사하고 싶었느냐 하면…… 히카리 오빠, 어떻게 하면 좋았을까?"

"힘을 내어 확실하게 살아주세요! 그것이 정답이었습니다." 창에 비치는 밝은 빛이 역광이 되어 있지만 미소 짓고 있는 것은 알 수 있는 얼굴을 이쪽으로 향하고 아들은 주변 좌석에 있는 승객을 놀라게 할 정도로 큰 소리로 말했습니다.

"죄송합니다. 전화로 정정하겠습니다!"

그리고 얼마 지나지 않아 아들이 이번에는 자기 혼자서 할머니를 만나러 가겠다는 말을 꺼냈습니다. 특수학교를 졸업하면 5월 중순부터 구청의 복지작업소에서 일이 시작됩니다. 그러니 그에 앞서 시코쿠를 여행하고 싶다고 우겨댔습니다.

"나는 실언을 했습니다! 전화로 정정했지만, 어땠을까요? 할머니는 잘 알아들었을까요? 귀가 어두워서 매우 걱정입니다!"

결국 골짜기에 사는 여동생과 마중 나오는 절차를 상의한 후, 드디어 아들을 혼자 비행기에 태워 시코쿠로 여행을 떠나보내게 되었습니다.

11

아들은 무사히 비행기 여행을 마치고서 마중 나온 차를 타고 숲속 골짜기에 도착한 모양이었습니다. 하루의 절반은 안채에 누워 있는 할머니 옆에 자기도 드러누워 아들은 FM 음악방송을 듣고 있다, 나가 돌아다니기 위해서는 그 나름대로 체력의 조정이 필요한 할머니와 손자는 편안하게 은거하고 있는 모습이다,라고 전화를 걸어온 여동생은 말했습니다. 다만 나에게 묘한 걱정을 불러일으킨 것은 FM에 듣고 싶은 프로그램이 없을 때, 아들에게 어머니가 생각을 떠올리듯 천천히 긴 이야기를 계속하고 아들이 그것을 매우 즐거워하며 귀를 기울이고 있다고 했던 여동생의 말이었습니다.

"히카리가 지극히 정상적인 이야기를 이해한다고 생각되지는 않지만 말이야, 도대체 어머니는 무슨 이야기를 하시는 거지?"라고 내가 되묻자, 여동생은 차를 갖다주거나 할 때 귀를 기울여보지만 히카리 외에 다른 사람이 들으려 하면 어머니는 부끄러운 듯 입을 다물어버린다고 했습니다.

요사이 나와 아내의 새로운 걱정거리는 아들이 그렇게 할머니와 정이 들면 골짜기에서 도쿄로 돌아오는 것을 싫다고 하지는 않을까 하는 것입니다. 아들이 출발한 지 엿새째 되는 날 아침, 나는 뭔가 핑계를 대며 전화를 받으려고 하지 않는 아들을 전화기 앞으로 불러내 이미 돌아오는 비행기는 예약했다, 내일은 그곳을 떠나야 한다고 강하게 말했습니다. 밤이 되어 다시 여동생이 전화를 걸어와, 침울해져 이런저런 생각에 잠겨 있는 아들을 달래주기 위해 어머니는 지팡이를 짚고 폐가가 되어 있는 구라야시키를 보여주러 나가셨다고 했습니다.

"나는 말이야, 히카리하고 이 집에서 살려고 생각한 적도 있었어요! 하지만 그러지 않아 다행이에요. 히카리가 여기에서 자랐다면 지금과 같은 사람이 될 수 없었어요!"

어머니가 그렇게 말하자 아들은 폐가를 바라보며 주변에 만개한 조팝나무와 수유나무 꽃을 유심히 보더니 일제히 싹을 틔운 잡목이 넓게 퍼져 있는 풍경과 위에서 크게 덮쳐오는 숲 전체를 쭉 둘러보는 모습이었습니다. 그러더니 문득 생각난 듯 조심스럽게 자신의 희망을 말했다고 합니다.

"저는 목공을 잘합니다! 이렇게 많은 나무가 있으니까, 목공을 하면서 할머니와 지낼 생각입니다! 이렇게 많은 나무가 있으니까요!"

아버지가 돌아가셨을 때는 너무 어려 기억이 없는 여동생은 지금까지 어머니가 우는 모습을 본 적이 없었습니다. 구라야시키 앞 돌이 깔린 길에 지팡이를 짚고 손자와 나란히 숲을 올려다보던 어머니의, 피부를 삼각형으로 접은 듯한 주름진 눈에 그렁그렁하게 눈물이 맺히면서 넘쳐흘렀다고 여동생은 말했습니다.

"어머니는 기질이 센 성격이라 우는 일이 없어서 눈물을 어떻게 처리해야 할지 모르더라고요, 아하하. 고개를 젖히고 머리를 흔들어 눈물을 털어버리고는 '아아, 그렇게 될 수 있으면 좋겠네!' 하고 히카리와 꼭 닮은 큰 목소리로 말했어요. ……히카리는 바로 이해하고, '나는 도쿄로 돌아가겠습니다. 제가 없으면 남동생과 여동생이 웃지 않으니까요!' 그렇게 말했어요."

12

히카리가 가 있는 일주일 동안, FM 방송에서 클래식이 나오지 않을 때 계속해서 어머니는 아들에게 무슨 이야기를 들려준 것일까? 여동생도 어머니에게 직접 물어보았지만, 어머니는 곤란한 듯한 **새침한** 얼굴로 아무 대답도 하지 않았다고 합니다. 우리 집에서도 아내와 나는 아들에게 할머니가 무슨 이야기를 하셨느냐고 물었습니다. 기억하는 것이 있으면 얘기해보렴, 하고 아들에게 종종 물었지만, 그는 엷은 미소를 지으며먼 데를 응시하는 사시안의 표정을 지을 뿐이었습니다.

그런데 우연히, 하지만 아들로서는 순서를 밟은 듯한 방식으로 그가 어머니에게 들은 이야기의 **한 부분**을 밝혔습니다. 이야기가 거슬러 올라가는데, 음악을 듣는 것이 유일한 지적 즐거움인 아들에게 때마침 독특한 음악교육관을 가지고 있는 친구의 부인이 다행히 어릴 때부터 피아노를 가르쳐주었습니다. 원래 손가락의 움직임이 서툰 아들에게 T 선생은 피아노 치는 기술이 숙달되기를 요구하지는 않았습니다. 그 대신 음악을 통해 아들과 의사소통의 길을 여는 것이 T 선생의 수업이었습니다.

그러던 중 아들이 T 선생에게 배우면서 작곡하는 일을 시작했습니다. 특수학교 중학부에 들어간 직후, T 선생이 어떤 연

338

습곡을 악보와 다른 조성으로 친 것이 계기였습니다. 듣고 있던 아들은 확신에 차, "이게 좋습니다!"라고 말했습니다. 그날 이후 아들이 마음에 드는 멜로디를 만날 때마다 T 선생은 여러 조성으로 쳐주었습니다. 또 자신도 피아노 앞에서 이것저것 시도했습니다.

T 선생은 이것을 수업으로 편성해 **조성을 바꾸는** 연습과 **멜로디의 끝말잇기** 연습을 고안했습니다. 전자가 조성에 대한 훈련이라면, 후자는 T 선생이 두세 소절의 멜로디를 피아노로 친 뒤 아들이 거기에 두세 소절을 붙이면 그것을 또 T 선생이 받는 방식의 작곡 훈련입니다. 그러면서 아들은 혼자서 멜로디를 만들고 화음을 붙이도록 지도받았습니다. 아들의 가장 뛰어난 능력은 기억력에 있습니다. 어렸을 때 그는 50종류가 넘는 일본의 들새 소리를 기억했습니다. 피아노 수업이 끝나면 아들은 거실 바닥에 배를 깔고 엎드려 먼저 떠오르는 멜로디와 화음을 콩나물 같은 모양의 음표로 오선지에 그려가게 되었습니다. 작곡이 완성되면 아들은 영문으로 제목을 써넣고 클립으로 끼워 넣어둡니다.

아들이 혼자 비행기로 여행을 하고 온 신록의 계절에서 반년 정도 지나 아내가 아들의 클립을 정리하던 중, 새로운 작곡의 오선지가 나왔습니다. 제목은 「Kowasuhito」, 즉 '파괴자壞す人'. 할머니가 나에게 숲속 골짜기와 '자이'의 신화와 역사를 들려준 것처럼 어머니는 일주일 동안이었지만 똑같은 일을 내 아들에게 했던 셈입니다!

나는 T 선생에게 「Kowasuhito」를 피아노로 쳐달라고 한 뒤

카세트에 녹음해 숲속 어머니에게 보냈습니다. 어머니가 아들에게 이야기를 시작하려고 하면서, "옛날 일이라면 없었던 일도 있었던 것으로 하고 들어야 한다"고 말했다고 해도, 아들에게는 "응!"이라는 대답을 기대하기 어려웠겠지요. 하지만 아들은 분명히 어머니 이야기의 핵심을 잘 알아들은 것 같다는 말을 나는 어머니에게 전하고 싶었습니다.

13

2년 후──그동안에도 나는 서일본으로 여행할 기회가 있을 때마다 어머니를 만나러 골짜기에 들러 어머니의 그때그때의 생각을 접하고는 있었지만──여동생에게서 이런 편지가 왔을 때는 자연스러운 시간의 흐름이라는 생각을 하면서도 먼저 놀라움을 느꼈습니다. **먼저**라고 말한 이유는 편지를 읽어가면서 더욱더 지금까지 없었던 충격을 받았기 때문입니다.

《어머니는 성격상 지나치게 감정적인 반응은 좋아하지 않는 사람이고, 또 긴 생애에 대해 지금은 조용히 생각하고 싶은 것 같으니, 이 편지를 읽고 바로 문안을 오는 일은 자제하는 것이 좋을 것 같아요. 그런 다음 때를 보아……》라고 여동생은 썼습니다. 얼마 전부터 몸에 새로운 이상을 느껴온 듯한 어머니는 오랜 친구인 골짜기의 노의사와 상의한 후, 마쓰야마松山에 있는 병원에 입원해 검사를 받기로 했다. 사람 좋은 의사가 여동생의 유도신문에 걸린 바로는 어머니는 수술을 받아야 하는,

그것도 중대한 질환이 있는 것 같다. 의사는 어머니의 생명력이라기보다 오히려 의지력에 거의 동년배 친구로서 **경의**를 표하고 있어 수술이 큰일이기는 하지만 잘 극복하면 꾸준히 회복해갈 것으로 기대하고 있다.

어머니는 스스로도 자신의 상황을 잘 파악하고 있었는데 그건 그야말로 어머니의 성격으로, 딸과 사위가 애를 태우면서 상의해주기를 기다리는 사이에 혼자서 결단하고 진행하여 골짜기를 나갈 준비를 하고 있었던 것 같다. 모든 것이 마무리되는 단계가 되어 여동생이 입원 수속을 하기 위해 마쓰야마로 나갔지만 그건 이미 골짜기의 의사가 손을 써주어 지장이 없었다. 그리고 마침내 하루 전날, 어머니는 사위의 차로 건너편 지방 도시로 향했다……

어머니의 결단과 준비란, 노령으로 수술을 받게 되면 다시는 골짜기로 돌아오지 못할 것이라는 생각에 따른 것이었습니다. 자신과 같은 연배의 골짜기와 '자이'의 친구라고 하면 이제 살아 있는 사람은 의사와 신관 둘뿐이었으니까요. 그래서 어머니는 먼저 주변의 땅과 뒷산을 팔아버리고, 낡은 건물과 대지만 남아 있던 구라야시키를 같은 매수인에게 넘겨주었습니다. 별도로 얼마간의 예금도 있어 그것들로 충당하면 꽤 오랜 기간 입원 생활을 할 수 있다고 합니다. 현의 노인 의료제도가 적지 않은 비율로 수술비와 입원비를 부담해주기도 합니다.

골짜기를 나서는 날 아침, 어머니는 배웅하러 와준 의사와 신관에게 ── 특히 병세를 알고 있는 의사는 눈물을 흘리며 이별을 아쉬워했는데 ── 무뚝뚝하게 인사하고 앞으로 고신님 시중은 딸이 들 거라는 말을 신관에게 남기고 차에 올라탔습니다. 그런데 일단 골짜기의 **목**을 나왔을 때, 어머니는 거기에 있는 임도林道 입구에서 숲을 향해 올라가 골짜기와 '자이'를 바라보면서 가고 싶다고 해 여동생 부부는 그 말에 따랐다고 합니다.

14

《이 지방에서 선출된 의원이 어떤 의미에서는 유능한 사람이어서 숲에 임도를 내어 종횡무진으로 관통하게 한 것은 K 오빠도 알고 있을 거예요. 그 의원 선생을 악동이었던 어린 시절 그대로 어린애 취급해온 어머니는 임도도 이유 없이 싫어해 이제까지 단 한 번도 오른 적이 없었죠. 게다가 어머니가 골짜기와 '자이'를 내려다보면서 임도로 인해 파괴된 숲을 보지 않는 건 어려울 것이고 해서, 우리는 별로 내키지 않아 하며 임도의 높은 곳으로 차를 달렸어요.

삼차로가 되어 있는 진가모리 숲 정상 부근에 차를 세우고 ──그 한쪽 길은 옆 동네와 공동으로 개발되고 있는 골프장으로 이어져 있으니, 이것 참──골짜기의 강과 거리를 내려다본 다음 '자이' 쪽을 바라보고 자그맣게 틀어 올린 백발의 머리를 한 바퀴 돌려 숲이 펼쳐진 먼 행선지까지 갈 수 있는 임도를, 피부를 삼각형으로 접은 듯한 주름진 눈으로 바라본 어머니는 요즘 건강이 나빠 안색이 좋지 않은 것이야 물론 그렇지만, 역시 가라앉은 어두운 표정을 하고 있었어요.

알다시피 이럴 때 제멋대로 경박한 말을 잘하는 나는 문득 생각이 나 이렇게 말했어요. "K 오빠가 어렸을 때 숲에서 **마신을 만나 행방불명되었다가** 돌아온 후에도 오랫동안 병을 앓아, 어머니가 달여주는 '약초' 냄새가 온 집 안에 가득했지요. 하지만 이렇게 탁 트인 숲이라면 어린 나라도 K 오빠를 찾으러 올 수 있었을 텐데. 그러면 오빠가 난처한 일을 겪지 않아도 되었을 텐데 말이에요. 어릴 적 나는 숲이 이럴 거라고는 생각하지 못했으니……" 그러자 어머니는 나를 힐끗 보더니 ─이제 와서 좀 엉뚱하죠?─ "**마신을 만나 행방불명되었던** 건 쓸데없는 고생이 아닐 텐데!"라고 말했습니다.

우리는 임도 한가운데에 차를 세워두고서 창문을 열어놓고 앉아 있었는데, 어머니는 백발의 머리를 다시 한번 숲 안쪽으로 돌려 무언가 듣는 듯하더니 남편에게 이렇게 말했어요.

"히카리의 「Kowasuhito」라는 음악이 들리지 않았나요? 나는 들린 것 같은데요!"

나는 아침에 의사가 어머니에게 진통제를 주사한 것은 아닌지 의심이 들어, "그럴 리 없잖아요" 하고 어머니 말이 끝나기 무섭게 부정해버렸어요.

하지만 남편은 그 숲속 높은 곳에서 어머니가 히카리의 카세트테이프를 듣고 싶었는데 솔직하게 말하지 못한 것이 아닌가 추측했어요. 그래서 우리는 히카리의 음악을 두세 번 들었을 뿐이라 잘 기억하고 있지 않으니 모르겠다, 어머니의 짐에서 테이프를 꺼내 차 안의 음악 재생장치로 들어보자고 했죠.

음악이 흐르는 동안 어머니가 백발의 머리를 기울이며 임도로 인해 망가진 숲 안쪽을 가만히 들여다보는 것이 골짜기를 떠나면서 이 지방에 작별을 고하는 어머니다운 방식인가 하는 생각에 눈물이 나와 혼났지만요…… 테이프가 끝나자 어머니는 입을 꾹 다물고 눈을 감은 그대로 몸 전체가 작게 줄어든 것처럼 되어버려 뒷좌석에 눕혀드리고 우리 차는 마쓰야마로 향했지요. 운전하는 남편이 조수석에 있는 나에게 소곤거리며 이야기한 것은 "그리고 보니 그 음악, 어머니가 말한 대로 처음에 골짜기와 '자이'를 둘러보고 있는 동안 들렸을지도 모르겠군" 하는 말이었어요. 농담과는 거리가 먼 소학교 교감인 남편의 말이니, 그러니까 히카리의 작곡은 숲속에서 자연스럽게 들려오는 소리 같은 음악이 아닐까요?……》

15

이야기를 계속하기 전에 아들의 작곡 악보를 보이고 싶습니다. 그것이 앞으로 이야기를 전개하는 데에 필요하다고 느끼기 때문입니다.

여동생이 보고한 대로 어머니는 바로 입원해 검사를 받았지만 수술 전에 체력을 보강할 필요가 있어 잠시 병원에서 생활하고 그런 후에 수술을 받기로 했습니다. 어머니의 성격을 말하는 여동생의 의견을 존중해서 나는 병실에 전화로 문안하는 것으로 그쳤습니다. 아내는 마쓰야마까지 병문안을 갔지만…… 예상보다 쇠약해진 어머니의 모습에 돌아온 아내는 말 수가 적어졌습니다. 그래도 뜻밖에 여동생의 부탁으로 어머니의 이야기를 녹음한 카세트테이프를 몇 개씩이나 가지고 왔습니다. 아들의 작곡 카세트테이프와 함께 보낸 녹음기에 녹음 기능도 있다는 것을 여동생이 가르쳐주면서 심심풀이로 옛날 추억담이든 뭐든 녹음해보도록 어머니에게 권한 결과였습니다. 처음에 어머니는 자신이 녹음하기보다 손자의 음악을 듣기 위해 녹음기를 사용하는 일이 많았던 모양인데, 입원 생활이 길어져 그동안 녹음을 해볼 마음이 생겼던 것이겠지요. 그리고 어머니는 무슨 계기로든 시작한 일은 열심히 하는 사람입니다.

"어머니는 K 오빠에게인지 히카리에게인지 유언을 남길 생각인 것 같은데, 나는 전부터 죽어버린 사람의 유언은 들어도 소용없다는 생각을 했어요. 그보다는 만일 살아 있는 동안에, 당신의 유언 잘 들었습니다,라고 말해줄 수 있다면 말을 남기는 쪽이나 듣는 쪽이나 모두 기분이 좋을 것 같아요."

여동생은 그런 확고한 신념에 근거해 어머니의 동의도 구한 후에 카세트테이프를 아내에게 맡겼던 것입니다. 하지만 카세트테이프를 받은 나는 그것이 정말 유언이라고 해도 어머니의 글씨로 종이에 쓴 것이라면 이 정도로 당황스럽지는 않을 것이라고 생각할 만큼, 재생할 때까지는 전혀 예단할 수 없는 카세트테이프를 앞에 두고 주저했습니다. 결국은 재생하지 않고 그대로 서가 한구석에 나란히 놓아둔 채 시간이 흘렀습니다. 만일 살아 있는 동안에, 당신의 유언 잘 들었습니다,라고 말해줄 수 있다면 말을 남기는 쪽이나 듣는 쪽이나 모두 기분이 좋을

"Kowasuhito"   by Hikari

것이라고 하던 여동생의 생각을 타당하다고 여기면서, M/T 기호에 따라 말하자면 그것은 너무나도 메이트리아크적인 강인함을 가진 어머니와 그 어머니에 대해서는 특히 트릭스터적인 면을 자주 보인 나의, 철이 든 이후 가진 관계의 방식에서 비롯된 주저함이었다고도 생각됩니다……

그리고 지금, 나는 마침내 그 카세트테이프를 듣게 되어 순서대로——게다가 내가 매긴 순서에 따라——내용을 옮겨 적고 있지만, 뜻밖의 기쁨을 느끼며 이렇게 하는 것임을 미리 말해 두고 싶습니다.

16

《K는 어렸을 때부터 할머님께 숲속의 전설을 듣고 자랐지요! 그 이야기를 잘 듣고 기억해 일찍부터 글로 써서 남길 궁리도 했어요. 지금 글을 쓰는 일을 하고 있는 건 어릴 때부터 그렇게 했던 것과 관련이 있다고 나는 생각해요!

후사코는 K가 왜 마을에서 자기 혼자만 전설을 들어야 하는 역할로 선택되었는지 몰랐고 지금도 계속 모르는 채로 있다고 말했다지만, 그건 나로선 좀 의문인데요! 전설을 들어야 하는 역할로 선택된 데에는 분명 이유가 있었어요. K가 그것을 잘 기억하고 있지 않다고 하고 정말로 그렇게 생각하고 있다면, **계기**가 된 사건이 그 아이에게 괴롭고 부끄러운 힘든 일이었기 때문에 그것을 잊고 싶다는 마음 아니겠어요? 그 아이는 햇수로 여덟 살 때 **신의 유혹에 따라** 숲으로 올라갔지요! 한밤중에 내 경대에서 꺼낸 연지로 온몸을 새빨갛게 칠한 알몸으로 말이에요, 그렇게 숲으로 올라가 사흘이나 지낸 거예요! 그후 할머님은 K가 숲에서 힘을 받아 왔을지도 모른다고, 그렇게 말하기 시작했어요. 숲에서 돌아와서는 줄곧 멍하니 있지만 영리한 눈을 한, 그리고 금세 열이 나면서 헛소리를 하는 독특한 아이였지요…… 숲에서 힘을 받아 온 아이라면 K에게는 이 숲속 골짜기와 '자이'에 어떤 사정으로 마을이 생겨난 것인지, 여러 가지 일을 겪으면서 어떻게 지금까지 이어져온 것인지 이야기로 들려주는 것이 좋겠다고 할머님이 그리 생각하셨어요. 그건 K가 무언가 마을에 도움이 되는 특별한 사람일지도 모른다는 생각에서일 거예요. 그것이 할머님이 K에게 매일매일 숲속의 전설을 옛날 일부터 시작해서 들려준 이유였지요!

그런 일이 시작되고 몇 년이 지나 K가 아직 멍한 건지 영리한 건지 모를 때였는데, 그 증거로 무슨 생각을 했는지 말이에요, 깊은 강 쪽으로 계속 들어가더니 숨이 막히지도 않는지 바위 밑에 너무 오래 잠수해 있어서 내가 물에 들어갔어요. 바위에 끼어 발을 움찔거리면서 발버둥 치는 아이를 끌어내어보니 두개골에 상처가 날 정도로 심한 부상을 입어서 강물이 새빨갛게 물들 정도였지요! 그 부상 흔적이 메이스케 머리의 칼자국과 동자의 벗겨진 머리 부분과 같은 위치에 있어서 나도 깜짝 놀랐지 뭐예요! 할머님은 이미 돌아가셨지만 K가 마을에서도 전설을 잘 알고 계시는 분에게, 게다가 자진해서 이야기를 들으러 가게 된 것이 기뻤습니다. 또 한편으론 가엾게도 생각되어 가슴이 아플 때도 있었지만요! 전설을 잘 듣고 그 전설과 연결되는 자신의 역할을 발견하고 나면, 그런 사람으로 일하게 될 K를 우리는 막을 수 없다고 생각해서지요. 동자가 숲으로 올라가는 것을 메이스케 어머니가 말리지 못한 것처럼 우스운 일이긴 하지만 그렇게도 생각했었지요!》

17

어릴 때 내가 **마신을 만나 행방불명됐다**는 것은 사실입니다. 그건 할머니와 어머니의 표현으로는 **신의 유혹**이었습니다. 그렇다 해도 이 경험이 할머니에게서 숲속 골짜기와 '자이'의 전설을 듣게 된 **계기**라고 생각한 적은 없었습니다. 하지만 지금 나는 내가 할머니로부터 마을의 신화와 역사에 대해 듣게 된 것이 분명 그 **마신을 만나 사라진** 후라는 것을 인정할 수밖에 없습니다. 골짜기의 또래 친구들과 놀다가 도중에 나 혼자 할머니가 기다리는 안채로 돌아가는 일이 반복되어도 친구들이 아무 말도 하지 않은 것은 '덴구天狗*의 미소년'이니까 —즉 **마신을 만난** 아이니까—특별하다는 묵계 같은 것이 있었던 것입니다. 그러고 보면 내가 그때부터 그걸 어렴풋이 알게 된 것도 사실입니다. 그렇다고 해도 왜 나는 지금까지 숲속 분지의

---

* 얼굴이 붉고 코가 높으며 날개와 신통력이 있어 하늘을 자유롭게 나는 일본의 전설 속 요괴.

신화와 역사를 듣는 특별한 역할과 자신이 경험한 **마신을 만난** 일을 연관 지어 생각하지 않았을까……

놀라움이 가시지 않은 채 이렇게 자신에게 물으며 다시 나의 유년기 경험을 떠올려보면 어머니가 간파하고 있었던 것처럼 그 두 가지를 연관 짓고 싶지 않았던 이유가 또렷하게 떠오릅니다. 아무튼 아직 국민학교 2학년이었던 어느 날, 나는 **마신** 또는 할머니와 어머니의 표현에 따르면 **신의 유혹**을 만났습니다. 게다가 어린 마음이지만 스스로 용기를 내어 그렇게 되었습니다. 그때 내가 숲에 들어갔던 모습을 생각하면 본보기가 있었던 게 아닌 만큼 나 자신을 천부적인 익살꾼, 트릭스터라고도 말하고 싶습니다.

지금 다시 시간의 흐름에 맞추어 생각해보니 **마신을 만나 사라졌을** 때, 나는 아직 할머니에게 숲속 분지의 전설을 들을 수 있는 나이가 되지 않았을 정도로 어린아이였습니다. 그런데 나는 지금까지 이미 마을의 신화와 역사에 대한 이야기를 거의 들은 후였다고 생각해왔습니다. 그건 **마신을 만나** 숲에 있는 동안 시종 '파괴자'의 세력하에 들어가 있는 기분이었기 때문이라고 생각합니다. 사실 그건 **마신을 만났던** 기억의 핵심을 이루고 있습니다.

그렇다면 할머니는 내가 숲에 잘못 들어가기 전부터 어느 정도는 분지의 전설을 들려주었던 것일까? 그렇지는 않았을 겁니다. 내가 어릴 때 골짜기와 '자이'에는 누가 이야기한다고 할 것도 없이 '파괴자'의 전설이 생생하게 살아 있어, 아이들은 누구든지 그 특별한 공기를 호흡하며 살았습니다.

그리고 나는 골짜기와 '자이'의 어린아이 중에서도 특히 그 **공기**에 영향받기 쉬운 감수성을 가졌던 걸로 생각합니다. 그렇다면 **마신을 만난** 일을 **계기**로, 할머니가 숲속 분지의 신화와 역사를 들려주는 상대로 나를 선택한 것은 근거가 있는 일이었다고도 생각됩니다.

18

45년 전 그날 밤, 나는 가족이 잠들기를 기다렸다가 잠자리에서 몰래 잠옷과 속옷을 벗어 던졌습니다. 그리고 손으로 더듬어 어떤 **물건**을 집어 올려 옆구리에 끼고는 마루방에서 아궁이가 있는 봉당으로 내려와 '귀마개 나무'가 있는 좁은 뒷마당으로 나갔습니다. 보름달이 비치는 달빛 속이었습니다. 내가 알몸 옆구리에 끼고 있던 것은 경대 서랍이었습니다. 소리가 나지 않도록 조심하며 퍼 올린 두레박 물을 노천 우물가에 깔아놓은 평평한 돌의 우묵한 곳에 붓고 어머니의 연지 분을 듬뿍 풀었습니다. 손가락은 새까맣게 보였지만 이건 머리 위의 벚나무 단풍잎과 같은 색이고, 낮에 보면 붉은색이라고 자신에게 말하면서 나는 양손으로 그것을 얼굴에서 가슴, 배에서 허벅지, 그리고 엉덩이의 갈라진 곳까지 덕지덕지 발랐습니다.

그런 후 집과 집으로 둘러싸인 좁은 골목을 걸어서 빠져나와 사람 눈에 띄지 않도록 골짜기를 가로지르는 길을 달려 건넌 다음, 잡목림이 있는 비탈길을 올라갔습니다. 달빛은 무성하게 우거진 나뭇가지에 가려 발밑이 불안했지만 그처럼 나 자신을 재촉하는 무언가가 몸 안에서 끝없이 용솟음치는 것 같았습니다. 그것도 숲에서 불러들이는 힘이 있기 때문이라고 느꼈습니다. 잡목림에서 과수원으로 올라가는 비탈길을 다 오르자, 달빛이 새어 나오지 않는 거무스름한 높은 벽 같은 숲 **가장자리**에 멈춰 서서 **맨발** 뒤꿈치로 빙그르르 돌아 골짜기를 내려다보았습니다. 나는 오랜 시간이 지나 강 아랫마을 사람들이 분지 마을을 항아리관에 빗대어 항아리 마을이라고 불렀다는 오랜 기록이 있다는 것을 알았을 때, 이날 밤 본 골짜기의 전망이 또렷이 떠올랐습니다. 달빛에 비친 골짜기는 뿌연 물을 가득 채운 항아리 같았습니다.

내가 숲 **가장자리**에 멈춰 서 있었던 것은 아주 짧은 시간이었습니다. 작은 내 앞에 우뚝 솟은 나무들의 시꺼먼 벽에서 무수하게 많은 촉수를 뻗어오는 힘에 홀린 것 같아서 멈춰 서 있는 것이 고통스러웠습니다. 게다가 나를 끌어당기는 숲의 힘이 다름 아닌 '파괴자'의 힘이라는 것을 알고 있었습니다. 나는 과수원 안에서 오른발 가운뎃발가락을 삐었지만, 한쪽 발로도 균형을 잡는 데는 충분해——나는 다리를 다친 개와 같다고 마음속으로 즐거운 듯 말한 일이 생각납니다——힘차게 '죽은 자의 길'을 뛰어넘어 어두운 숲속으로 성큼성큼 들어갔습니다……

그리고 나는 숲에 사흘간 머물면서 밤낮을 가리지 않고 끊임없이 깊은 숲의 거목 사이를 달리듯 돌아다녔습니다. 그러는 사이에 열이 난 적도 있어서 후박나무의 커다란 낙엽 더미에 파묻혀 잠을 자기도 했지만, 역시 숲에 있는 동안은 수목 줄기에서 줄기로 무슨 신호처럼 만지며 돌아다니는 것을 나의 임무라고 느꼈습니다. 이틀째 밤에 비가 내리고 숲이 세로로 갈라져 계곡물이 흐르고 있는 **사야**라고 불리는 칼집 모양의 습지에서 빗속에 바글거리는 민물게를 '파괴자'와 창건자들이 먹었던 것처럼 날것으로 우걱우걱 먹고 있다가 산을 수색하러 들어온 소방단원에게 붙들렸습니다.

19

소방단원에게 구조되었다고 하기보다 붙들렸다고 한 것은 내가 울부짖으며 그들에게 저항하고 그런 나를 골짜기로 데려다 놓기 위해 원숭이라도 운반하듯 아직 붉게 칠한 곳이 남아 있는 벌거벗은 몸의 양손과 양발을 네 사람이 달려들어 매달아야 했기 때문입니다.

왜 울부짖으며 저항했느냐 하면 숲에 들어간 직후 열이 난 머리에——게다가 열이 나면서 태어난 후 처음으로 머리가 영민하게 돌아가고 있는 느낌이었습니다——내가 해야 할 임무가 엉망이 되어버린다는 생각이 들어서였습니다. 지금 내가 **맨발**로 걷고 있는 땅속에는 '파괴자'의 몸이 잘게 잘려 묻혀 있고, 그 하나하나의 살과 힘줄과 뼈 위를 **맨발**로 다 걸으면 '파괴자'는 살아 있는 사람으로 건강하게 되살아난다…… 나는 그렇게 믿었습니다. 여기저기 흩어져 묻힌 '파괴자'의 살과 힘줄과 뼈가 있는 곳은 넓은 숲의 땅 아래 어디나 지금으로 말하면 레이저 광선이 방사되고 있기라도 한 듯, 낮이나 밤이나 뚜렷하게 보였습니다. 그래서 숲에 있는 사흘 동안 낙엽 더미 위에 쓰러져 자는 시간도 아까워 한쪽 발을 질질 끌면서 계속 걸었고, 조금만 더 하면 '파괴자'의 살과 힘줄과 뼈, 거기에 피부와 눈과 이에 체모까지 모든 것이 묻혀 있는 땅 위를 빠짐없이 다 걸을 수 있었는데, 비에 들끓던 민물게에 배고픈 몸과 마음을 빼앗긴 탓에 나는 소방단원에게 붙잡힌 것입니다. 울부짖으며 날뛰는 것 외에는 아무것도 할 수 없었습니다……

지금 이렇게 내가 경험한 **마신을 만났던** 대략적인 내용을 써두는 것만으로도 나에게는 그때부터 쭉 그 일에 대해 품어왔던 양면가치적인 생각을 재해석할 수 있을 것으로 생각됩니다. **마신을 만난** 일은 놀이친구라든가 구조되었을 때 그곳에 있던 소방단원인 '청년단'의 비웃음을 무시할 수 있을 만큼 나에게는 중요한 경험이었습니다. 그러면서도 그 중요한 것의 중심에 있는 임무를 완수하지 못했다고 느꼈습니다. 어머니에게 **마신을 만난** 일에 대한 내 생각을 이야기한 기억은 없지만, 어머니는 내 속에 오랫동안 있었던 생각을 잘 꿰뚫고 있었습니다.

……이렇게 나는 입원 중인 어머니가 병상에서 혼자 녹음한 카세트테이프에서 먼저 옮겨 적은 부분을 들은 후 그것을 되새기면서 말없이 시간을 보냈습니다. 이 부분에 대해서만이 아니라 일단 어머니의 녹음을 듣기 시작한 후로는 그것을 반복해 들으면서 여러 가지 생각 속에서 헤맬 수밖에 없었습니다. 하지만 어머니가 녹음한 카세트테이프가 처음부터 끝까지 확실한 내용을 담고 있었던 것은 아닙니다. 먼저 받아 적은 부분도

——이어서 받아 적으려고 한 부분도——이야기 도중에 화제가 옮겨 가거나 반복되거나 도중에 끊어지거나 한 이야기를 정리하고 그것을 내 기억 속에서 어머니가 가장 건강했을 때 이야기하던 방식으로 바꾸었습니다.

오히려 끝없이 계속되는 이야기 자체에서 어머니의 늙음과 쇠약을 알아챌 수밖에 없는 부분이 카세트테이프의 과반을 차지하고 있었습니다. 어머니는 예전에 내가 아들에 관해 쓴 소설에 대해 이렇게 말한 적이 있었습니다.

"자네는 히카리의 기분을 생각해서 소설을 쓰고 계신 건가? 이런 건 쓰지 않았으면 좋겠다고 본인 입으로 말할 수 없으니, 만일 히카리가 책을 읽게 된다면 곤란한 내용이 많이 쓰여 있는 건 아닌가? 자기 아이에 대한 것이라면 무엇을 쓰든 용납된다고 생각하더라도, 히카리 같은 아이의 경우에 그건 다르지 않겠는가?"

현재의 어머니에 대해서도 내가 무엇을 쓰든 용납된다는 생각은 하지 않습니다.

20

그러나 나는 어머니가 카세트테이프에서 말하고 있는 '숲의 신비' 이야기에 대해서는 그것이 주는 놀라움과 계시라고까지 하고 싶을 정도의 생각을 다시 가슴에 새기면서 여기에 옮겨 적습니다. 앞에서도 나는 어머니가 **마신을 만나 행방불명된**

내 경험과 숲속 분지의 전설에 대해 듣는 일을 연관 지음으로써 내 삶에 그림자를 드리웠던 수수께끼가 하나 풀린 것 같다고 썼습니다. 거기에 더해 나는, 내가 지금까지 짊어져온 골짜기와 '자이'의 신화와 역사의 근본적인 비밀이라고도 할 수 있는 것에 대해 어머니가 숲속의 마지막 메이트리아크로서 이야기를 남기려고 한다는 것을 느꼈습니다.

《우리가 태어나 자란, 그리고 각각 살아갈 만큼의 일을 하고 죽어가는 이 골짜기와 '자이'에는 말이에요, '파괴자'가 마을을 만든, 신이 다스렸던 신화시대의 이야기와 메이스케나 동자가 활약한 우리와 가까운 시대의 옛날이야기가 전해지고 있지만, 그건 K가 들어서 알고 있는 대로예요. 거기에 또 다른 '숲의 신비'라는 전설이 있지요? 나는 오래전 처녀 적부터 '숲의 신비' 이야기에 마음을 사로잡힌 것 같았어요!

내가 죽어갈 때가 가까워졌다고 생각하고 있자니, '숲의 신비'라는 것은 숲속에 있고 가끔 사람들의 이야깃거리가 될 뿐 아니라 우리를 위해 무엇보다 소중한 것이 아니었나 하는 생각도 강해지는 것 같았어요! '숲의 신비'는 이 토지에서 우리가 태어나 자라고 살다 죽는, 말하자면 **근본**이라는 것을 나는 깨달았다고 느꼈지요!

이 마을에서 태어난 사람은 죽으면 **혼**이 되어 골짜기에서도 '자이'에서도 빙글빙글 돌며 올라간 후 숲속 높은 곳에 정해진 자신의 나무 밑동에 자리를 잡고 지낸다고 하지요? 원래부터 숲속 높은 곳에 있었던 **혼**이 날다람쥐처럼 활공하여 아기의 몸으로 들어갔다고도 하지요?

의심할 이유도 없이 나는 그것을 줄곧 믿어왔습니다. 믿는다는 것을 전제로 한 이야기지만, 나에게는 또 다른 마음도 있었지요! 숲의 나무 밑동에서 활공해 내려와 골짜기와 '자이'에서 갓난아기로 태어나 생활하며 살다가 나이를 먹고 죽으면 다시 빙글빙글 선회하며 숲으로 올라가 나무 밑동에 정착해 다음 활공을 기다린다. 그것의 반복이라면 우리의 **목숨**이라는 것은 **두서도** 없고 **끝도** 없다고 생각했어요. 그렇다면 태어나는 것이나 죽는 것이나 괴로움의 반복만 있을 뿐 의미가 없는 것은 아닌가 하고 불안하고 쓸쓸해질 때도 있었지요!

그러는 한편으로 원시림 깊숙한 곳에 '숲의 신비'라는 것이 있다는 말도 들었는데 그것이 진짜인지 아닌지 의심하는 일은 없었어요! 의심은커녕 나는 그리움과도 같은 마음이 있었답니다. 처녀 시절에는 마음속 깊은 곳에서 '숲의 신비'를 동경했던 것 같습니다. 그리고 어느 때, 그리운 마음에 이끌려 아주 오래전부터 알고 있던 것을 떠올리듯이 ─숲속 높은 곳에 **혼**으로 가만히 대기하고 있었을 때부터 알고 있던 것을 떠올리듯이 ─하나의 생각에 가 닿았습니다! 처음에는 그대로 꿈을 꾼 것 같았지요. 그리운 마음에 휩싸인 꿈으로, 그리움이라는 힘에 이끌려 자신의 힘을 넘어선 일이 쉽게 생각되는 그런!

내가 생각한 것인지 꿈에서 가르쳐준 것인지 우리는 원래 '숲의 신비' 속에 있었는지도 모른다…… 우리는 지금 한 사람 한 사람 개개의 **생명**임을 소중하게 생각하지만, '숲의 신비' 속에 있었을 때는 각각 개개의 **생명**이면서 게다가 하나였다. 크고 그리운 마음에 흡족했다. 하지만 어느 날 우리는 '숲의 신비' 속에서 밖으로 나오고 말았다. 한 사람 한 사람 개개의 **생명**이므로 밖으로 나와버리자 이제 제각기 흩어져 이 세상 속에 태어나버린 것이 아니었을까 하고 생각했답니다!

21

 그처럼 제각기 흩어져버려 각각의 생각으로 이 세상에 태어난 우리는, 그러나 자신의 **생명** 속에 '숲의 신비'라는, 자신들이 원래 있었던 그것에 그리움을 느끼는 건 아닐까? 그 **생명**이 어떤 때는 일단 뿔뿔이 헤어져 간 동료들을 모으고 처녀들과도 이야기해 '파괴자'에게 이끌려 배를 타고 바다로 나온 다음, 또 강을 거슬러 올라가 강줄기를 더듬어 이 골짜기까지 돌아온 것은 아닐까 하고 나는 생각했어요!

 그건 '숲의 신비'가 모두를 자신이 있는 곳으로 다시 데려오는 힘을──그리움의 큰 힘이라고도 하는 것을──발휘한 것이겠지요! 그렇게 해서 이 골짜기와 '자이'에서 우리들의 생활이 시작된 것일 테지…… 여기에서 사람이 죽으면 **혼**이 되어 숲속 높은 곳으로 올라가 나무 밑동에 머무른다. 그것도 '숲의 신비'가 이 숲의 수목들을 특별한 것으로 만들고 있어서일 테지요! 그리고 역시 '숲의 신비'에 격려받으며 **혼**은 새로 태어나는 갓난아기의 몸에 들어가겠지요……

 그것은 확실히 같은 일의 반복이지만 왜 그런 반복이 있느냐하면, 그건 **혼**이 갈고닦여 '숲의 신비' 속에 있었던 원래의 **생명**

으로 돌아갈 때까지 깨끗해지기 위해서라고 생각합니다!

처음에 이 숲속에 모두를 데리고 돌아온 '파괴자' 같은 사람의 혼이라면 금방이라도 '숲의 신비' 속으로 돌아오셨을 테지요. 하지만 '파괴자'는 몇 번이고 골짜기의 인간세계로 돌아오셨지요. 게다가 갓난아기의 몸에 들어가 성장하는 수고를 덜고 돌아오신 것은 마을 사람들을 인도하기 위해서였습니다. '숲의 신비'가 우리에게서 멀어지게 되어 어느 누구의 혼도 '숲의 신비'로 돌아가는 일이 이제 불가능할지도 모를 두려운 갈림길에서 우리를 인도해주시기 위해서였다고 생각합니다!

나는 그렇게 생각하고 비로소 이 골짜기와 '자이'의 신화시대 같은 이야기와 우리에게 연결되어 있는 이야기가, 다시 말해 각각 따로 떨어져 있는 듯한 전설이 모두 그리운 마음이 드는 '숲의 신비'의 전설과 연결되어 있는 까닭을 알게 되었답니다!》

녹음기에서 재생되는 어머니의 이야기는 그다음에는 지능에 장애가 있는 손자와 한방에 틀어박히듯 지낸 경험에 이르게 되고,「Kowasuhito」라는 음악을 들은 어머니를 다시 사로잡은 소중한 생각을 향해 나아가고 있습니다. 그것이 어머니 자신에게처럼 나에게도 정말 중요한 것을 밝혀주는 말이라고 느끼면서, 나는 그것을 옮겨 적기 전에 역시 내 어릴 적 경험을 통한 '숲의 신비'를 이야기해두고 싶습니다. '숲의 신비'는 나이 들어 병든 어머니의 환상 같은 생각은 아닙니다.

22

먼저 아주 오랜만에 **마신을 만나 행방불명된** 경험을 떠올렸을 때도 머리를 스치는 또 하나의 이미지가 있었습니다. 한밤중에 **사야**라고 불리는 숲의 습지로 내려온 곳에서 거기만 머리 위로 열려 있는 세로로 긴 하늘을 달걀노른자 같은 색과 모양의 비행체가 반짝이면서 회전하며 지나가는 것을 보고, 이 같은 우주에서 온 비행체가 지금도 숲의 하늘을 날고 있으니 '숲의 신비'도 원래는 지구 바깥에서 왔을 것이라고 열이 나는 머리로 확신했던 일……

그것은 내가 **마신을 만나 행방불명되기** 얼마 전에 2인조 과학자인 아포지, 페리지에게 인솔되어 친구들과 **사야**까지 '숲의 신비'를 찾으러 '탐험적 소풍'을 간 적이 있었기 때문입니다. '숲의 신비'는 할머니에게 들을 것까지도 없이 골짜기와 '자이'에서 아이들에게 잘 알려진 전설로, 우리는 아주 먼 옛날의 이야기이면서도 오늘 현재와도 연관이 있는 이 이야기에 익숙해져 있었습니다. '숲의 신비'는 '파괴자'가 젊은이들과 처녀들을 데리고 숲속 분지에 신세계를 개척했던 시기보다 더 이전에 하늘에서 숲으로 왔다고 합니다. 대운석인지 뭔지처럼 숲의 나무들을 뿌리째 베어 쓰러뜨려 곧게 갈라진 풀밭, 그러니까 **사야**라는 습지를 생기게 했다고도……

그러나 운석과는 달리 '숲의 신비'는 그 자체로 움직임과 자신의 색깔, **형태**를 바꾼다고 합니다. 원시림으로 멧돼지 사냥을 나간 사람들이 '숲의 신비'가 나타나자 당황하여 총알을 쏘아댔는데 탄환에 실이라도 달려 있는 것처럼 쿵 하는 소리가 나더니 총까지 그 덩어리 속으로 사라졌다. 숲에서 나무의 밑 가지를 치던 남자가 그만 실수로 나무에서 떨어지고 말았는데, '숲의 신비' 위에 떨어져 부상을 하나도 입지 않았다. 그럴 때 사람이 사과하거나 고맙다는 인사로 '숲의 신비'에게 무언가 이야기를 하지 않으면 그 앞에서 떠나려 해도 발이 움직이지 않는다. 그 대신 조금이라도 사람의 말을 들으면 — **'숲의 신비'가 기뻐하며**,라고 아이들은 말했지만 — 그 덩어리는 무언가 새로운 색을 띠고 새로운 **형태**를 갖춘다……

23

아포지, 페리지가 아이들 탐험대를 만들어 '숲의 신비'를 찾으러 가려고 생각한 것은 '숲의 신비'에 대해 새로운 소문이 분지에 퍼진 것이 **계기**였습니다. 산일을 하러 들어간 '자이'의 남자가 전체적으로 매끈하고 새로운 금속체처럼 보이는 커다란 물체를 숲속에서 만나, 전해지는 이야기 그대로 말을 걸기 전까지는 꼼짝할 수가 없었다. 아이들이 그 소문을 전하자 2인조 과학자는 현지 답사를 한번 해보자고 우리에게 이야기를 꺼냈습니다.

처음에 친구들은 반발했습니다. "'숲의 신비'? 그런 게 어디 있어!" 하지만 아포지, 페리지는 이렇게 말하며 계속 권유했습니다.

"산일을 나간 아버지와 형들이 '숲의 신비' 같은 것을 보았다고 하지? 너희는 신나게 그 소문을 이야기하면서 왜 현지 답사라고 하면 무시하는 거냐? 그 물체를 보았다는 아버지와 형들은 너희들보다 경험이 있는 사람이란다! 옛날부터 내려오는 전설에 있는 이야기라서 지금 현실에서 그것을 보았다고 해도 믿을 수가 없는 거냐? 먼 옛날, 당시의 현실에 있었기 때문에 전설로 남았을지도 모르는 거란다. 역사상의 인물이 아니니 옛날에 나왔던 것이 지금 나온다고 해도 이상하지는 않을 텐데? '숲의 신비'처럼 유례가 없는 이 지역 특유의 전설에는 그 지방에 뿌리를 두게 된 근거가 있기 마련이다. 게다가 새롭게 '숲의 신비'를 보았다는 사람이 나왔는데, 어째서 현지 답사를 가기 싫은 거냐? 과학적이지 않아서? 자신들의 손으로 조사할 수 있는 숲속은 처음부터 비과학적이라고 하면서 받아들이지 않지. 하지만 현지 답사를 갈 수 없는 토성에 대해서는 그 고리 속에 위성이 열한 개 있는 것까지 믿고 있지. 과학적이라고 하면서 말이야. 하지만 '열한 개의 달, 그런 게 어디 있어!'라고 외쳐도 이상할 건 없단다."

여자아이들도 포함된 탐험대원들이 뒤처지지 않도록 붉게 물들인 연실로 서로를 묶고 숲으로 들어간 '탐험적 소풍'에서——나뭇가지에 실이 걸려 오히려 성가셨지만——물론 우리는 '숲의 신비'를 만나지 못했습니다. 오히려 내가 인상 깊게 기억하는 것은 큰 머위잎이 둘러싼 **사야**의 평평한 바위 위에서 아이들 모두가 문부성 창가를 계속해서 불렀던 일입니다.

아포지, 페리지에 따르면 눈에 띄는 곳에 나오지 않는 이상,

사야를 에워싼 깊은 나무숲에 숨어 있을지도 모르는 '숲의 신비'에게 인간의 말 중 가장 좋은 것, 즉 아이들의 노래를 들려주기 위해서였습니다. 과학자들은, '숲의 신비'가 마주친 마을 사람에게는 언제나 말을 시켰다고 하니 인간의 말을 연구하기 위해 다른 별에서 파견되어 온 존재일지도 모른다는 가설을 세우고 있었습니다. '숲의 신비'는 아무것도 쓰여 있지 않은 종이와도 같은 성질의 물체로, 처음에는 그것에 색깔도 **형태**도 없다. 그러나 인간의 말을 하나하나 받아들일 때마다 색과 **형태**가 변하는 시스템의 기억장치 그 자체가 아닐까?

즐거운 소풍으로 끝난 현지 답사에서 돌아오는 길에 거미줄과 흙이 땀으로 달라붙어 있는 것도 꼭 닮은, 넓은 이마와 가는 목을 가진 쌍둥이 아포지, 페리지 둘이 나누는 이야기를 옆에서 듣고 가슴이 덜컥했던 일도 기억하고 있습니다. 그들 젊은 과학자들은 전쟁이 한창일 때 군사 목적으로 진행하던 연구가 벽에 부딪히면서 도쿄의 연구소에서 쫓겨나 이런 숲속 마을로 떠밀려 왔다는 소문을 나는 평소에 신경 쓰고 있었으므로……

"인간의 말에 관한 연구를 모두 끝내면 결국 '숲의 신비'는 어떤 색과 **형태**가 될까?"

"커다란 한 방울의 눈물 같은 것일지도 모르지!"

24

《우리가 자신의 **혼**을 갈고닦았다면 한 사람 한 사람의 **생명**이면서도 그리운 하나의 것 안에서 흡족한 생각이 드는 '숲의 신비' 속으로 돌아갈 수 있을 텐데요!》어머니는 또 하나의 테이프에서 이렇게 말했습니다.

《나무 밑동에서 골짜기와 윗마을 '자이'로 내려와 태어나거나 또 숲속 높은 곳으로 올라가거나 하면서 왔다 갔다 하는 동안에도 **혼**을 갈고닦아두기만 한다면 언젠가는 '숲의 신비' 속으로 돌아갈 수 있다고 나는 생각합니다! 내 처녀 때를 떠올려보거나 죽어가는 날의 일을 생각해보아도 그때마다 '숲의 신비'를 그리워하는 마음은 강해질 뿐이라서요. 나는 그렇게 생각하고 있지요!

그렇지만 내가 처녀 적부터 이것은 어찌 된 일인가 하고 의아해져 가슴이 아린 적이 있었어요. 그것을 생각하면 나는 처녀 때나 이런 노파가 되어서나 '숲의 신비'에만 마음을 쓰면서 살았던 것 같군요! 내가 이상하게 생각하는 것은 처음에 '숲의 신비' 속에서 한 사람 한 사람의 **생명**이면서도 그리움으로 연결된 하나였다면 어째서 그대로 있지 않고 뿔뿔이 흩어져 이 세계로 헤어져 나온 것일까? 그것이 이상하다는 것이었어요!

그래서 어린 처녀지만 매일매일 생각하고 있는 동안에 그 비밀을 알게 되었다는 기분이 들었습니다. 요즘도 가끔씩 그 일을 떠올립니다! 내 아버지가 그때까지는 이 지방에 없었던 은어의 놀림낚시라는 것을 널리 알리려고 한 적이 있었어요. 직접 시만토*강까지 나가 배우고 와서…… 골짜기 사람들에게 이 낚시 장치를 나누어주고 놀림낚시의 재료가 필요한 사람에게는 나무 상자에 넣어둔 은어를 나누어주면서 말이지요. 하루 동안 나무 상자에 넣어둔 은어를 저녁때 강에 그물을 친 활어조에 놓아주어 건강하게 하는 방식이었어요! 아침에는 또 은어를 옮기는 것이 내 일이라 나무 상자를 들여다보니 구멍이 잔뜩 뚫려 있어 물살도 잘 흐르는 어두운 곳에 은어가 서로 몸을 맞대고 가만히 있었지요. 그것이 '숲의 신비' 속에 많은 **생명**이 모여 있는 모습과 같다는 생각이 들었어요! 그 안에 가만히 있는 것은 그리운 마음인 것이 분명하지만, 일단 널찍한 활어조에 풀어놓으면 제각기 생각한 방향으로 잽싸게 헤엄쳐 가는 것도 기분 좋았고, 그걸 보면서 우리는 그렇게 이 세상에 나왔나 하는 생각을 했습니다!

게다가 이미 우리는 '숲의 신비'로부터 밖으로 나와버렸기 때문에 왜 밖으로 나왔느냐고 괴로워한들 소용없지만 말이에요! 그렇게 끙끙거리며 후회하고 있는 사람들을 위로하기 위해 그 그리운 마음이 자기 안에서 끓어오르기도 하는 것이겠지요! **혼**을 연마하여 '숲의 신비' 속으로 돌아갈 수 있도록 노력하는 것을 그리운 마음이 격려해준다고 나는 생각합니다!

그래도 이 세상 속에서 사는 동안에, 누구든지 그리운 마음을 뿌리째 뽑아버리면 어떻게 될까? 더군다나 숲으로 올라가도 '숲의 신비'가 숨을 수 있는 깊은 나무숲은 베어져 숲의 어

---

* 四萬十: 일본 고치현에 있는 강. 총길이 196킬로미터로 시코쿠에서 가장 길다.

디부터 어디까지든 훤히 다 보이게 된다면 어떻게 될까? 그렇다면 '숲의 신비' 쪽에서 우리에게 정나미가 떨어져 어딘가 멀리 가버리는 게 아닐까? 그야말로 K가 어렸을 때 말한 것처럼, 저 멀리 은하계보다 더 밖의 별에까지 '숲의 신비'가 날아가버린다면 어떻게 될까? 우리의 **혼**은 이제 언제까지나 버려진 그대로 있을 거라는 생각이 들어 나는 몹시 쓸쓸했지요! '숲의 신비'로 돌아갈 수 없게 되는 것은 말할 것도 없고, **혼**이 잠시 머무는 수목들까지도 숲의 여기저기에서 베어지고 쓰러져버리고 있답니다!

25

히카리가 혼자서 만나러 와주었을 때 누워 있는 내 옆에서 가만히 라디오 음악을 듣고 있기에, 클래식 프로그램이 없는 동안에는 이 지방의 전설을 이야기해주었어요! 잘 들어주었는데, "나처럼 나이 먹은 사람이 하는 말을 알아듣겠니?"라고 물었더니, "일본어니까 압니다! 걱정하지 마세요!"라며 기운을 북돋아주었지요. 그러다가 음악이 시작될 시간이 되면 히카리가 조심스럽게 라디오를 켜는 것 같아 미안했어요!

나는 나 자신의 편안함을 위해 이야기를 한다는 생각도 했어요, 히카리를 좋은 듣기 상대로 해서 말이지요! 지금은 어떤지 모르지만 예전에는 밖에서 따돌림당하고 돌아온 아이가 부모의 가슴에 이마를 대고 열심히 이야기하곤 했죠? 나도 이와 똑같이 히카리에게 숲의 나무는 베어져 임도가 생겼고, 미시마 신사의 바로 위에는 파라볼라 안테나가 설치되어 이 지방의 전망은 경박한 것이 되고 말았다, 깊이 있는 것은 없어져버렸다, 이렇게 우는 대신에 하소연하는 식이었지요! 히카리처럼 **혼**이 깨끗한 사람은 '숲의 신비' 속으로 쉽게 돌아갈 수 있어서 '파괴자'에게 오바가 함께 있었던 것처럼, 동자에게 메이스케 어머니가 옆에 있었던 것처럼, 나는 히키리에게 의지해 함께 저편으로 갈 수 있다면 좋겠다는 생각까지 하면서 예로부터 전해 내려오는 전설을 이야기했어요……

히카리가 도쿄로 떠나고 나서는 내가 왜 그런 재미도 없는 이야기를 했을까 하고 후회하는 마음도 컸지요! 이제 내 주변에는 히카리처럼 며칠씩이나 가만히 이야기를 들어주는 사람은 없다는 생각도 하면서…… 그렇다고 해도 그런 긴 이야기를 매일같이 한 것은, 히카리는 생각하지 않고 내 마음에 맺힌 것만 생각한 행동이라 정말 미안했습니다!

히카리가 작곡한 음악이 도착해서 녹음기에 넣고 「Kowasu-hito」를 들었을 때는 말이죠, 듣고 있는 내 몸의 내부와 내 주변이 빛으로 환하게 넘치는 것 같았어요! 그때의 기분을 말로 표현하면 '아아 고맙기도 해라, 히카리는 내가 이야기한 걸 모두 기억해주었다, 그리고 음악으로 답을 해주었다'라는 것이었지요…… 내 긴 이야기가 히카리를 괴롭힌 건 아니었다, 나와 히카리는 함께 '숲의 신비' 속으로 돌아가기 위해 상의한 것과 같았다, 말하자면 그렇게 된 셈이라고 생각합니다! 그러나 그때는 환한 빛으로 가득 찬 기분으로…… 그 후로는 몇 번이고 반복해서 테이프를 듣는 동안에 이것은 「Kowasuhito」라는 제목이긴 하지만 '숲의 신비'의 음악이라고 생각하게 되었답니다! '파괴자'도 처음에는 '숲의 신비' 속의 **생명**이었으니, 그리고 또 그곳으로 돌아가셨으니 그렇게 생각해도 이상하지는 않다, 나도 아득히 먼 오래전 '숲의 신비' 속에 있었을 때 이 음악을 들었을 것이라고 생각하게 되었으니까요!

그 이후로 매일 이 음악 테이프를 낙으로 삼아──지금까지는 좀처럼 잠이 오지 않아 괴로울 때, '자 '숲의 신비'의 꿈을 꾸자, 그 꿈을 꾸면 기쁠 거야'라고 자신에게 말했는데──잠자리에 누워서도 이 음악을 듣게 되면서, 잠이 드는 것과 '숲의 신비'의 그리움 속으로 들어가는 것이 동시에 일어나는 것 같았습니다…… 꿈속에서도 이 음악은 들려왔지요. '숲의 신비' 속에서 **생명**이 생활하는 정경도 꿈에 보였습니다! 히카리의 **생명**은 동자의 **생명**과 나란히 이야기를 나누고 있었어요. 개구리를 미끼로 하는 메기 낚시 이야기인가 하고 자연스럽게 내 **생명**은 웃음이 터져 나왔지요, 젊은 처녀 때처럼……

26

하지만 젊은 처녀가 된 **생명**은 꿈속 이야기이고, 이 세상 속의 나는 이미 오랫동안 살아왔으므로 몸도 이대로는 어쩔 수 없게 되어, 마을을 떠나 마쓰야마의 병원에 입원하게 되었습니다. 병은 확실히 내 몸의 일이지만, 내 **생명**의 일은 아닌 듯한 어색한 기분이 들었어요, 그래서 몸의 병은 의사 선생님에게 맡기고 나는 이제 얼마 남지 않은 날 동안, **혼**에 관한 일을 하려고 생각했지요! 원래 몸이 불편해지면 그렇게 하려고 결심하고 지난 4, 5년은 그렇게 살아왔어요……

그래도 골짜기를 떠나는 날 아침에는 쓸쓸하고 아쉬운 마음이 들어 숲속 높은 곳으로 차를 타고 올라가 골짜기에서 '자이'까지 그 일대를 내려다보고 싶었습니다. 골짜기를 내려다본 것은 처음이지만, 실제로 그렇게 해보니 어렴풋하게 예상은 하고 있었지만 정말로 작고 좁은 장소였어요! 이런 곳을 세계의 전부처럼 생각하고 살아왔구나, 그리고 이제 죽어가려고 하는구나 하고 생각하자 우스꽝스럽기도 하고 화가 나기도 했죠! 숲으로 올라갈 때 임도 건설로 훼손된 주변은 보지 않으려고 했는데, 그 숲 안쪽에서 짤랑짤랑하는 음악이 울리고 있는 것 같아서 나도 모르게 뒤를 돌아다보았습니다! 그랬더니 눈과 귀가 나빠졌는데도 숲 안쪽 한 곳이 번쩍하며 환하게 비치고 있는 것이 보이고 거기에서 짤랑짤랑하는 음악이 들려왔답니다!

그러다가 나는 문득 생각이 나 병원에 가지고 가려고 싸둔 히카리의 테이프를 자동차 음악 재생장치에 걸어달라고 했어요. 피아노 음악이어서 짤랑짤랑하는 소리는 아니었지만 정말로 똑같은 음악이었어요! ……골짜기에 살면서 익숙해진 우리는 모르지만, 그 장소에서 '숲의 신비'가 언제나 짤랑짤랑하고 음악을 울리고 있는 것을, 옛날 아이들에게는 **대괴음**이 즐겁게 들렸다고 하는 것처럼 히카리는 재빨리 알아듣고 마음에 담아 돌아간 것이겠지요! 그리고 그것을 종이에 쓴 것이겠지요!

나는 히카리의 테이프를 들으면서 임도 사이의 어딘가에 있을 '숲의 신비'에게 우리는 당신의 음악을 알아듣고 그것을 지금 이렇게 다시 되돌려보내고 있다고 자랑스럽게 생각했답니다. 조심스러운 마음도 있었지만, 그건 '숲의 신비'의 그리운 음악을 알아들은 것은 우리가 아니고 머리에 흉터를 남기고 살아온 히카리였다는 생각을 했기 때문이지요! 그리고 난 말이에요, 이렇게 '숲의 신비'가 짤랑짤랑 음악 소리를 내면서 환하게 번쩍이며 비추고 있는 이상 아무것도 염려할 건 없다고 생각했습니다. 이쪽에서 '숲의 신비'에게 당신의 음악을 알아들었다고 신호를 보낼 수 있었던 것은 내 생애에 처음 있는 일이라 행복했습니다. 히카리에게 그 이야기를 하고도 싶지만, 그런 음악을 종이에 써준 히카리는 **혼**의 힘으로 이미 알고 있는 것 아닐까요? 나는 이것도 태어나 처음 있는 일인데, 더 이상 아무런 걱정도 없다고 느끼고 있습니다!》

27

마신을 만나 숲으로 들어갔을 때부터 ── 그때 이미 '파괴자'에게 깊은 감정을 가졌던 것을 생각하면 그 이전부터 ── 특히 할머니의 이야기를 듣고 원로들의 이야기를 듣는 일을 반복했을 때부터 나는 숲속 분지에 전해 내려오는 신화와 역사의 전설에 영향을 받으며 살아왔습니다.

게다가 지금 나는 태어났을 때부터 뇌에 장애가 있는 아들과 연로한 어머니가 결합한 두 사람의 힘으로 그 영향의 **근본**에 있는 의미를 비로소 알게 된 것 같습니다. 그 의미의 빛을 통해 알게 된 것은, 내가 처음에는 오로지 신화와 역사의 전설 하나하나를 듣고 골짜기를 떠난 후부터는 다양한 시간과 장소에 살면서 기억 속에서 그것을 계속 갱신하는 것이 지금까지 내 삶의 중요한 부분이었다는 것입니다.

내 생애의 지도를 바라보면 이 이야기의 가장 처음에 쓴 것처럼 M/T라는 기호가 몇 개의 중요한 지점에 새겨져 있습니다. 지금 내가 새롭게 눈을 떴다고 느끼는 숲속 분지의 신화와 역사가 나에게 절실한 이유도 어머니와 나의 아들이라는 M/T를 통해 드러났습니다. 어머니는 부드럽고 희미한 빛에 싸인 '숲의 신비'가 짤랑짤랑 울리는 음악이라고 말하고, 아들은 악보 처음에 「Kowasuhito」라고 제목을 써넣은 음악이 더욱 그 의미를 두드러지게 하는 것 같습니다.

요즘 나는 그 음악에 귀를 기울이면서 —— 하지만 어머니에게 보낸 테이프를 더빙해달라는 부탁도, 그 곡을 T 선생에게 다시 한번 피아노로 쳐달라는 부탁도 하지 않고, 음악 지식이 한정된 나에게는 아주 드물게만 구체적인 음을 들려주는 아들이 손으로 쓴 악보를 응시하면서 —— 혼자 서재에서 시간을 보낼 때가 있습니다. 이미 쉰 살이 넘어 매우 트릭스터 같은 방법이긴 하지만, 삶의 경험을 거듭해온 내 앞에 희미한 빛에 비친 '숲의 신비'가 짤랑짤랑 소리를 내며 음악 신호를 보내고, **혼**을 연마하기 위해 가장 의지가 될 마지막 전설을, 분명 메이트리아크인 여성의 목소리로 말을 걸어오기를 기다리면서……

“아주 먼 옛날이야기. 있었는지 없었는지 모르지만, 옛날 일이라면 없었던 일도 있었던 것으로 하고 들어야 한다. 알겠니?”

나는 내 일생의 직업을 위한 도구인 종이와 펜을 앞에 놓고, “응!” 하고 대답할 준비를 하고 있습니다.

작가 후기

내러티브의 문제 (1)

1950년대 말에 나는 아직 20대 중반의 나이로 소설 일을 시작했습니다. 굳이 **소설 일**이라고 말하는 것은 거의 습작과도 같은 수준의 작품을 포함해 주로 단편소설을 쓰고 그것을 발표해 생활하고 있었기 때문입니다. 나는 프랑스문학과 학생으로 미국문학에도 관심을 가지고 있었습니다. '전후문학자'라고 불리는 우리나라 작가들의 일이 창작의 한 규범을 이루고 있던 때였습니다. 그들은 제2차 세계대전 직전에 주로 러시아와 유럽의 문학과 철학을 배움으로써 자기 자신을 형성했고 전쟁을 경험했으며, 패전이 가져다준 표현의 자유 속에서 ──연합군의 점령하에 있었지만── 전전戰前의 일본에서는 볼 수 없었던 구조성을 가진 소설을 만들어내던 작가들입니다.

당시 나는 우선 소설을 쓰는 젊은이에 불과했습니다. 또한 내가 무엇을 하고 있는지, 어떤 식으로 하고 있는지를 반성하는 타입도 아니었습니다. 따라서 의식적으로는 아니었지만, 이 무렵의 내 작품을 다시 읽어보면 앞서 든 3자, 즉 동시대의 프랑스문학, 미국문학, 일본의 전후문학에 분명한 영향을 받았습니다.

서로 다른 언어의 문학 간에 어떻게 영향을 주고받을 수 있을까 하는 것은 복잡한 과정을 통해 검토되어야 합니다. 또한 결정적으로 다른 인생 경험을 가진 장년의 남자와 젊은이 사이에 정말 영향을 주고받을 수 있는 통로가 열릴 수 있을지도 어려운 문제입니다. 그러나 젊은이가 방금 쓴 한 편의 소설을 내세우며 자신은 프랑스와 미국 현대 작가 아무개의, 또는 앞선 이 나라의 문학 세대 누구누구의 영향을 받았다고 주장할 수는 있다고 생각합니다. 양자 간의 차이나 완전한 무관계함, 혹은 후자의 오해나 착각조차도 새로운 소설을 낳는 매개 역할, 촉매 역할을 하는 경우가 충분히 있을 수 있습니다. 오히려 문학사는 그와 같이 종종 탈구된 관절과도 같은 상호관계를 연결해 성립하고 있는 것일지도 모릅니다. 시간적으로 연결하든 공간적으로 연결하든……

나는 이러한 상태에서 **소설 일**을 시작했지만, 다행히도 처음부터 상당수의, 게다가 지속적으로 신작을 읽어주는 독자를 가지고 있었습니다. 그것은 이 나라의 문학 독자가 주로 젊은 세대라는 점, 내가 전시戰時 소년으로서의 경험과 전후의 황폐하고 불안한 사회의 청년으로서의 경험을 소설에 쓰는 작가였기 때문일 겁니다. 당연한 일이지만, 그런 젊은 작가에게 막다른 골목은 금방 나타났습니다. 오히려 나는 **소설 일**을 시작하고 난 후에 처음으로 소설이란 무엇인가, 글을 쓴다는 것은 어떤 것인가를 계속 생각하지 않으면 안 되는 상황에 놓이고 말았습니다.

구체적으로 말하면 그것은 나에게 있어 하나하나의 작품을 통해, 글을 쓰면서 눈앞에 있는 어려움이라는 벽을 넘는 방식이었고, 그 벽을 넘었을 때가 작품을 완성한 때이기도 했다는 것입니다. 따라서 나는 내가 쉽게 해결하지 못하는 큰 콘텍스트의 어려움 속에 있다고는 느끼지 않았던 것 같습니다. 그러나 다음 작품에 착수하기로 마음먹자마자 언제나 새로운 난관은 나타났습니다.

하지만 소설이란 무엇인가, 글을 쓴다는 것은 어떤 것인가를 생각하는 것 자체가 나에게 해당 소설의 주제와 스타일을 부여해주는 것 같기도 했습니다. 그렇게 해서, 말하자면 자기 언급적인 소설을 여러 작품 쓰는 동안 나는 최초의 활기찬 독자와의 관계를 잃어갔다고도 생각합니다. 하지만 나에게 그 작품들은 필요했습니다. 그런 작품을 통해 비로소 나는 소설이란 무엇인가, 글을 쓴다는 것은 어떤 것인가 하는, 진짜 문제의 근원을 파악했기 때문입니다. 그렇다고 그 문제의 해답까지 명확해졌다고는 할 수 없지만……

그처럼 나 자신에 대한 물음을 반복하면서 작가의 삶을 살아오는 동안, 특히 지난 10년간은 내 나름의 해답에 가까워졌다고 느끼게 되었습니다. 그것을 말해버리면 정말로 그 말이 부메랑처럼 되돌아와 현재 준비 중인 소설 노트를 쓰는 손을 치고, 내가 파악하기 시작한 답의 무효성을 확인하게 될지도 모르지만. 더욱이 나는 지금 내 생각을 구체적인 일의 전개를 위한 작업가설로 단순화하고 있고, 그런 이상, 독자에게 널리 지적인 관심을 불러일으킬 수 없을지도 모른다는 우려도 있습니다만……

  어쨌든 내가 생각하고 있는 것은 이런 것입니다. 나에게 소
설이란 무엇인가, 글을 쓴다는 것은 어떤 것인가 하고 골똘히
생각하는 것은 소설의 서술 방법, 즉 내러티브를 발견하기 위
해서였다, 하나의 소설을 완성하려고 하는 순간에 나를 기습
해 위기에 빠뜨리는 일이 늘 있었던 것은 이 내러티브가 나에
게 지금 정말 필요한 내러티브는 아니라는 발견이었다, 이 임
시 내러티브와 내가 정말로 발명해야 했던 내러티브는 완전히
다른 것이라고 생각하면서 작품 쓰기를 마치는 일이 늘 있어왔
다, 오히려 그 두 가지 내러티브 사이의 차이를 모색함으로써
다음 소설을 향해 나아갔다, 라는 것이 사실입니다.

  그것이 가장 단적으로 나타나 있는 작품으로 두 소설을 예
로 들고 싶습니다. 『동시대 게임』과 또 하나는 바로 『M/T와
숲의 신비한 이야기』. 만일 프랑스어에 관심을 가진 독자가 있
다면 주의해주셨으면 합니다. 『M/T와 숲의 신비한 이야기』
의 갈리마르 판 제목은 *M/T et l'histoire des merveilles de la forêt*로
이것 그대로 괜찮지만, 내가 같은 출판사에서 출간한 *Le jeu du
siècle*은 사실 『동시대 게임』이 아니라 『만엔 원년의 풋볼』의
번역판 제목입니다. 이것은 말하자면 내가 나에게 중요한 주제
를 서로 다른 내러티브로 반복해서 써왔기 때문에 한 작품의
제목이 오히려 다른 작품에 더 어울리게 된 사례 중 하나라고
생각합니다.

  나는 내가 태어나 자란 시코쿠 숲속 마을의 신화와 전설이
내포하고 있는 독자적인 우주관·사생관을 소설로 표현하고 싶

다는 생각을 해왔습니다. 하지만 문제는 있습니다. 내가 이 숲속 골짜기 마을에서 전쟁 중에 보낸 소년 시절, 또 그보다 거슬러 올라가는 유년 시절에 특히 할머니가 들려준 신화와 전설이 역사의 시간에 비교적 가까운 것도 할머니와 그 배후에 있는 수 대에 걸친 '이야기를 하는 사람'들의, 그야말로 내러티브와 상상력에 의해 자유롭게 바꿔 말하기가 이루어져 있기 때문입니다. 메이지유신과 그 전후에 있었던 두 번의 농민봉기 이야기도 지방사地方史로 출판되어 있는 것은 할머니가 이야기해 준 내 가계에 이어진 남자들의, 그로테스크하지만 생명감 넘치는 드라마와는 전혀 다른 것이었습니다. 게다가 내가 할머니의 이야기에서 발견한 우주관·사생관은 어린 내가 그 속에서 살고 있던 지형학에 맞추어 나 자신이 만들어낸 부분이 상당히 있는 것 같기도 합니다. 그건 같은 이야기를 듣고 자란 여동생과 훗날 이야기하다가 발견했습니다.

또 나는 내가 할머니의 이야기에서 듣고 이해한 것으로 기억하는 신화와 전설을 분명히 의식화해서 다시 파악하기 위해 소설을 쓸 때 미하일 바쿠닌과 야마구치 마사오山口昌男의 저술에 의지했습니다. 전설 중 할머니가 잘 이야기하지 못한 부분 — 할머니도 이미 의미를 잘 모르는, 과거 어두운 때의 그늘에 가라앉아버린 세부 내용 — 에 대해서는 오키나와와 한국의 민속지에서 빛을 받아 할머니가 놓친 연결고리를 내가 잇는 일도 몇 번인가 있었습니다.

그래서 『동시대 게임』에서는 우선 무엇을 쓸지가 중요한 관심사가 되었습니다. 구체적인 사건과 인물과 심볼리즘을 어떻게 결정해갈 것인가, 게다가 단순한 유소년 시절의 기억의 재현이 아니라 그것과 연결하여 표현하고자 했던 우주관·사생관과 어떻게 균형을 맞출 것인가, 그것이 이 소설을 쓸 때의 실제적인 절차가 되었습니다.

그 결과 내가 채용한 내러티브는 바쿠닌과 야마구치 마사오의 문체에 오키나와와 한국의 민속지의 소리, 그리고 물론 할머니 이야기의 메아리를 포함하게 되어 대체로 비틀려 구부러진 복잡한 구조가 되어버렸습니다. 게다가 이 작품을 오랜 고생 끝에 다 마쳤을 때 나에게는 다음 작품, 즉 『M/T와 숲의 신비한 이야기』를 쓰기 위해 필요한 내러티브가 너무나도 명료하게 나타났습니다.

다시 말해 이 시점에서 나는 이미 확정적으로 무엇을 쓸지를 알고 있었습니다. 즉 새로운 작품에서도 『동시대 게임』을 구상하고 써 내려가는 과정에서 확인하고 새롭게 발견하기도 한 사건, 인물, 심볼리즘을 쓰면 됩니다. 그래서 내가 전념한 것은 내가 기억하는 귀와 영혼 속에 계속 울리는 할머니의 화법을 새로운 소설의 내러티브로 재현하는 것이었습니다. 게다가 불교 텍스트에 이런 스타일이 있는데, 여시아문如是我聞, 즉 나는 이렇게 들었다고 이야기하는 내러티브의 방식으로 쓰려고 생각했습니다.

그렇게 해서 나는 『M/T와 숲의 신비한 이야기』의 내러티브를 만들어냈지만, 이 소설을 쓰고 처음으로 경험한 것도 있었습니다. 『M/T와 숲의 신비한 이야기』를 위해 만든 내러티브로 써 내려가는 동안 『동시대 게임』에서는 도저히 리얼리티를 살려 쓸 수 없었던 몇 가지 신화와 전설을 할머니가 해준 이야기의 먼 기억 속에서 다시 살아 있는 것으로 되살릴 수 있었습니다.

게다가 특히 의미 있게 느낀 것은 내가 우선 『동시대 게임』에서 목표로 하고 쓰기 시작한, 내가 태어나 자란 숲속 골짜기의 우주관·사생관은 이 소설과 『M/T와 숲의 신비한 이야기』에 쓰인 내용에서보다는 뒤에 나온 작품의 내러티브에 더 명확하게 나타나 있다는 것이었습니다.

나는 내 작품을 프랑스어로 번역해주는 친구들이 거의 같은 내용을 다룬 두 소설 중에서 특히 『M/T와 숲의 신비한 이야기』를 선택해 번역한 것에 흥미를 느낍니다. 『동시대 게임』은 과도한 번역체로 비판받는 부류의, 바꾸어 말하면 유럽어 문맥으로 고치기 쉬운 문체이고, 『M/T와 숲의 신비한 이야기』는 이미 40년도 더 된 옛날 일, 다시 말해 전시에 등화관제를 하던 골짜기 마을에서 언제 끝날지도 모르는 할머니의 이야기에 귀를 기울이던 소년의 마음속 어둠에 파문을 일으킨 목소리의 스타일이라고도 할 만한 것이 재현되고 있는, 단적으로 번역하기 어려운 문체이기 때문입니다.

내가 지금 다음 작업으로 혹은 다음 몇 편의 연작으로 쓰려고 하는 소설은 청년 시절부터 50대 중반인 현재에 이르기까지 소설을 쓰는 것에만 집중하며 살아온 나의 이 생은 그것으로 의미가 있었나 하는 물음을 던지는 작품이 될 것입니다. 자신의 죽음에 대해서도 생생한 상상을 하면서 내가 항상 생각하는 것은 바로 그것입니다.

실은, 만일 그것을 위한 내러티브 스타일을 정말 발견할 수 있다면 나는 내 작가로서의 생을 그 하나 혹은 몇 편의 작품으로 마무리해도 좋다고 생각합니다. 혹은 그것을 다 쓴 단계에서 다시 새로운 생을 시작하는 방식으로 그다음 과정에서의, 소설이란 무엇인가, 글을 쓴다는 것은 어떤 것인가 하는 물음이 나에게 생겨, 결국은 조금 더 오래 소설을 쓸 수 있다면 행복하다고도 생각합니다. 물론 고통스럽기도 할 것이 예상됩니다만……

(1990년)

내러티브의 문제 (2)

나는 이와나미岩波 문고판 『M/T와 숲의 신비한 이야기』에 앞서, 같은 이와나미 문고판 『오에 겐자부로 자선自選단편』을 펴냈습니다. 그것은 작가로서의 내 생애를 마무리할 나이에 이르렀다는 생각에서 한 일로, 그 **후기**의 문장을 쓰면서 동일한 편집 방침에 맞추어 『오에 겐자부로 자선장편』을 펴내고 싶은 마음이 들었지만, 아무리 엄선해도 방대한 분량의 기획이 될 것 같아 이미 각종 문고로 나와 있는 것을 가능한 한 구하기 쉽게 만드는 쪽으로 생각이 바뀌었습니다.

더욱이 지금 구입하기 어렵다는 말이 들리는 『M/T와 숲의 신비한 이야기』를 원래 내가 경애하는 친구들과 만든 잡지 『헤르메스』에 연재했는데, 그 발행처의 문고로 귀환시키고 싶었습니다. 좀더 문학적인 계기도 있습니다. 이 작품이 고단샤講談社 문고에 들어갔을 때 오노 마사쓰구小野正嗣 씨가 써주신 「해설」이 특별한 것이었기 때문입니다. 이는 내 장편소설 거의 전체를 조망하는 평론입니다. 특히 이 장편과 **짝**을 이루는 『동시대 게임』(지금도 신초新潮문고에 살아 있습니다)과의 관계를 명확히 나타내고, 내가 50대로 접어들면서 하나의 도달점에 이르렀다는 것을 보여주었습니다. 게다가 그 후에 내가 나아갈 방향에 대해서도.

나는 그것을 재수록하여 1990년에 내가 가지고 있던 이 장편에 대한 생각과 지금 현재의 생각을 「내러티브의 문제」(1)(2)로 수록하기로 했습니다.

또한 『오에 겐자부로 자선단편』 **후기**의 짧은 문장에 내가 작가 생활에서 붙잡고 있던 한 사람의 경애하는(하지만 이분을 만난 적은 없습니다) 작가 플래너리 오코너의 '말'을 젊은 사람들에게 건넬 생각으로 써둔 것처럼, 실제로 만나 이야기를 할 수 있었던 또 한 명의 경애하는 작가의 잊을 수 없는 '말'을 적어두고 싶습니다.

그것은 밀란 쿤데라의 '말'로, 출전은 『커튼 *Le rideau*』(갈리마르 Gallimard)입니다. la *morale de l'essentiel* 이라는 문구에서 쿤데라는 최초의 정관사를 제외한 문자들을 이탤릭체로 적고 있습니다. 역시 내가 번역하고 발음은 토를 달아 살리기로 했습니다. 본질적인 것으로서의 모럴(라 모랄 드 레상시엘). 이 '표현'을 포함하는 문장의 한 구절은 니시나가 요시나리 西永良成 씨의 번역에서 인용합니다(『커튼―소설을 둘러싼 일곱 가지 이야기』).

쿤데라는 작가가 글로 쓰는 모든 것 중 무엇보다 '작품'으로 이루어낸 소설을 중요하게 생각합니다. 예를 들어 플로베르의 서간집은 매력적이지만 『보바리 부인』과는 또 다른 종류의 것이라고 하면서 이렇게 말합니다. "작품이란 **어떤 미적인 계획에 근거한 오랜 작업의 성과**다./나는 한 걸음 더 나아가 이렇게 말한다. 작품이란 소설가가 스스로의 인생을 총결산할 때 인정하게 되는 것이라고. [……] 어느 소설가도 우선 천 리 길도 한 걸음부터 시작해(좀 예스러운 이 표현은 원문에서는 일을 시작함에 있어서,라고 평이하게 서술되어 있습니다), 이차적인 모든 것을 배제하고 자신을 위해, 그리고 타인을 위해 **본질적인 것의 모럴**을 설명해야 할 것이다."

내가 이와나미 문고판의 이 소설을 읽는 젊은 사람들에게 전하고 싶은 말은(이미 몇 번이고 쓰거나 말한 내용이지만, 마을에 생긴 전후의 신제新制 중학교 학생 시절, 어머니에게 우편환 만드는 법을 배워 내가 처음 주문한 것이 이와나미 문고판 도스토옙스키의 『죄와 벌』이었습니다), 이 쿤데라의 '본질적인 것으로서의 모럴'이라는 말을 잊지 말아달라는 것입니다.

그리고 '본질적인 것으로서의'라는 말의 사용법이 특별하다는 점도 거듭 강조하고 싶습니다. 하지만 나는 대학에서 더 이상 더 바랄 수 없을 만큼 저명한 프랑스 문학자 밑에서 배울 수 있었는데, 도중에 연구자가 되기보다 소설가로 살기로 결심했기 때문에 프랑스어가 가진 이 표현의 특별함을 설명할 수가 없습니다.

그래서 내가 예로 드는 것은 일본에도 독자가 많은 생텍쥐페리의 『어린 왕자』입니다. 이것도 젊은 프랑스 문학자의 짧은 에세이에서 배운 것입니다. 『어린 왕자』의 세 종류 원고 중 하나에, 일단 타이핑한 어구를 지우고 써넣은 것이 최종 원고로 된 부분이 있다고 하는데, 21장에서 어린 왕자와 헤어져 자신의 별로 돌아가는 여우가 사람의 표정에는 마음을 담아 보지 않으면 보이지 않는 것이 있다고 가르칩니다. 거기에 이어진 한 구절이 "L'essentiel est invisible pour les yeux(중요한 것은 눈에 보이지 않아)"로, 일단 쓰여 있던 Le plus important가 삭제되고 이후에 L'essentiel이 되었습니다.

가장 중요한 것이라는 표현으로는 부족하다고 하면서 이같이 새로 썼다는 것에 생텍쥐페리의 강한 의도가 있다, 그리고 그것은 쿤데라가 본질적인 것이라는 말을 내세우고 있는 것과 상통한다고 나는 말하고 싶습니다.

나는 최근 수년간, 원자력 발전소를 전부 없애자는 시민운동에 가담해왔습니다. 한 집회에서 나는 "다음 세대가 이 세계에 사는 것을 방해하지 않는다는 것이 쿤데라가 말하는 본질적인 것으로서의 모럴, 방사성물질에 의해 한 지역을 사람이 살아갈 수 없는 상황으로 만들지 않는다는 것이 지금 우리에게 긴급한 본질적인 것으로서의 모럴"이라고 이야기했습니다.

한편 나는 오노 마사쓰구 씨의 평론 맺음말의 눈물과 관련된 문장에서 『M/T와 숲의 신비한 이야기』의 작가를 평하고 있는 부분이 너무 멋지다는 생각을 갖습니다. 그래서 현재로서는 나의 마지막 장편소설이라고 생각하는 『만년양식집』의 '3·11 동일본 대지진 이후'부터 시작되는 서두에서 내가 어떤 눈물과의 관계를 보이고 있는지, 그 실태를 쓴 부분을 인용하겠습니다.

이날도 후쿠시마 원전에서 퍼져 나간 방사성물질에 의한 오염의 실상을 쫓는 텔레비전 특집을 심야까지 보았다. 방송이 끝난 후 서고 바닥에 오래된 기억과 연결된 브랜디병이 굴러다니고 있던 것을 떠올리고는(도쿄에 있는 우리 집에도 지진의 영향이 그 정도는 있었습니다), 잔에 3분의 1 정도를 따라서 들고 돌아와 녹화된 것을 재생으로 바꾸고 텔레비전 앞에 앉았다. 다시 2층으로 올라가다가 계단 중간쯤의 층계참에 멈추어 선 나는, 어릴 적 루쉰의 단편 번역에서 알게 된 '우우 소리를 내며 우는' 상황이 되었다.

(2014년)

옮긴이 해설

신비의 숲과
독자적인 우주로서의 숲속 골짜기 마을

1. 오에 겐자부로의 문학적 기반과 노벨문학상

1994년 노벨문학상을 수상하면서 세계적인 작가 반열에 오른 오에 겐자부로大江健三郎는 전후의 일본문학을 대표하는 작가이다.

그는 1935년 일본 시코쿠四國 에히메현愛媛縣의 오세무라大瀬村(지금의 우치코초内子町)라는 작은 산골 마을에서 태어나 마쓰야마시松山市에 있는 고등학교로 전학을 가기 전까지 이 마을에서 자랐다. 시코쿠의 자연환경은 그의 작품 세계를 형성하는 데 커다란 영향을 미쳤다.

1954년 도쿄대학東京大學 문과에 입학한 오에는 대학 재학 중이던 1957년 『도쿄대학신문』에 투고한 단편소설 「이상한 아르바이트奇妙な仕事」가 입상하여 당시 저명한 평론가들의 호평과 문단의 주목을 받았고, 1958년에는 「사육飼育」으로 아쿠타가와상을 수상하며 본격적으로 작가의 길을 걷게 된다.

어린 시절, 한때 과학자를 꿈꾸기도 했던 오에는 어릴 때부터 독서광이었다. 중학교 때 사르트르를 읽기 시작했으나, 묘사가 과장되었다고 혹평하며 대학 불문과에 들어가기 전까지 다시는 사르트르를 읽지 않았다. 하지만 대학에 들어가서는 수업이 끝나고 집으로 돌아오면 사르트르만 읽었다고 회상할 정도로 심취해 있었다. 사르트르의 영향은 오에의 초기 작품에 감금 상태, 닫힌 공간과 벽 등 허무와 무기력으로 가득 찬 공간과 그 안에서 전후의 불안한 현실을 사는 일본 청년들의 모습으로 나타나 있다.

오에는 자신의 문학적 기반을 프랑스문학, 미국문학, 일본의 전후문학이라고 말하는데, 그의 문학적 출발 지점에는 앞에서 말한 것처럼 사르트르의 영향 외에도 패전에 대한 양가적 감정이 엿보인다. 일본의 패전 당시 아홉 살이었던 오에는 전후의 민주주의 교육을 받고 자란 세대이지만, '패전'이라는 말이 어린 오에에게 준 파멸과 굴욕과 절망적인 이미지는 그의 내면에 깊이 자리하게 된다. 전쟁기에 교사로부터 '천황이 죽으라고 하면 어떻게 할 것인가'라는 질문을 받고 다리가 떨리는 극도의 긴장감을 가졌던 오에는 패전으로 천황을 위해 죽어야 한다는 두려움에서 해방되었으나 패했다는 굴욕감을 동시에 경험했다. 그는 패전이라는 말을 떠올릴 때마다 불안과 두려움에 휩싸이면서 자신의 주변 세계의 질서가 무너져버린 듯한 기분이었으며, 반대로 '종전'이라는 말은 묘한 안도감을 주었다고 회상한다. 이 양가적 감정 또한 오에의 초기 작품에 잘 나타나 있다.

1963년에는 뇌헤르니아를 가진 아들이 태어났고 뇌의 혹을 제거하는 수술을 해야 하는 아들에게 기도의 마음을 담아 빛이라는 뜻의 히카리光라는 이름을 붙였다. 아들이 태어난 후 오에의 작품은 변화를 보이게 되는데 아들이 이요르 등의 이름으로 작품 속 인물로 등장하거나 장애 아들과 함께 살아가는 아버지 혹은 가족의 이야기를 다루게 된다. 특히 중기 이후의 작품에는 일본문학 특유의 사소설적 경향을 보이는 작품을 다수 출간한다.

1994년 오에는 일본에서 두번째로 노벨문학상 수상 작가가 되었다. 오에가 노벨문학상을 수상하는 데 결정적인 역할을 한 작품 중 하나가 『M/T와 숲의 신비한 이야기M/Tと森のフシギの物語』(1986)이다. 이 사실은 의외로 잘 알려져 있지 않은데, 오에의 작품 중 노벨문학상 선정위원회에서 중시된 작품이 『만엔 원년의 풋볼』(1967)과 이 소설이다. 오에는 『M/T와 숲의 신비한 이야기』가 중시된 이유를, 이 소설이 일찍부터 해외에서 번역 출판되어 중기 이후의 작품에 대한 서구에서의 평가 기반이 마련되어 있었기 때문이라고 말한다. 그만큼 이 소설은 그가 노벨문학상을 수상하는 데 큰 역할을 한 작품이다.

노벨문학상을 받은 오에는 수상식장에서 「애매한 일본의 나あいまいな日本の私」라는 제목으로 기념 강연을 한다. 이것은 1968년 일본의 첫번째 노벨문학상 수상 작가인 가와바타 야스나리川端康成의 「아름다운 일본의 나美しい日本の私」라는 강연을 패러디한 제목이다. 이 강연에서 오에는 일본의 전쟁 책임을 언급하면서 히카리의 음악을 통해 알게 된 예술의 치유력을 믿으며 작가로서 인류 전체의 치유와 화해를 위해 공헌하고 싶다고 말한다.

오에의 작품에는 인간 실존의 문제를 비롯하여 정치적인 테마와 사회성 짙은 내용들이 많고, 일본의 전쟁 책임을 언급하며 일본의 전쟁 포기와 전력 및 교전권 포기를 명시한 헌법 9조를 개정하려는 움직임에 반대하는 운동을 펼치는 등 정치·사회적인 이슈들에 대해서도 지속적으로 메시지를 발신하며 작가 활동을 이어갔다.

1950년대 후반에 시작된 그의 소설 쓰기는 2013년, 동일본 대지진 후 작가의 노년 생활을 다룬 『만년양식집晚年様式集』을 끝으로 중단되었고 이후에도 정치·사회적인 행보를 이어갔으며, 2023년 3월 3일 88세로 영면했다.

2. 마을＝국가＝소우주로서의 골짜기 마을과 신비의 숲

노벨문학상 선정위원회 평가의 기반이 된 소설 『M/T와 숲의 신비한 이야기』는 시코쿠의 깊은 산골짜기 마을을 배경으로 이야기가 전개된다.

나는 먼저 도화지 중앙에 숲으로 둘러싸인 골짜기를 그려 넣었습니다. 골짜기 한가운데를 흐르는 강과 강 이쪽 분지의 현도縣道를 따라 늘어선 촌락과 논밭, 그리고 강 건너편의 밤나무를 비롯한 과수림. 습곡을 따라 경사를 오르며 윗마을 '자이在'로 가는 길. 그 모든 높은 곳을 감싸 고리를 만드는 숲. 나는 산 쪽으로 난 교실 창문과 강 쪽으로 난 복도 창문을 오가면서 과수림에서 잡목림, 빛깔 짙은 노송나무 숲, 삼나무 숲, 그리고 높은 지대를 향해 펼쳐진 조엽수림을 꼼꼼하게 그렸습니다. (서장 2)

이것은 '나'가 그린 골짜기 마을의 정경이다. 골짜기 한가운데를 강이 흐르고 집들과 논밭과 학교, 경사를 오르면 윗마을 '자이'가 있고 그 주변으로 과수림에 잡목림, 노송나무 숲과 삼나무 숲이 펼쳐지며 그 위로는 원시림이 마을을 둘러싸고 있는 항아리 모양의 골짜기 마을. 이 묘사만으로도 이 마을이 얼마나 숲속 깊은 곳에 위치하고 있는지를 짐작할 수 있다. 이것은 작가 오에가 자란 시코쿠의 자연환경과 생활이 기반이 된 묘사이다. 오에의 생가는 오세 지구 중심지에 있었고, 삼지닥나무를 정제해 내각 인쇄국(조폐국)에 납품하는 일을 가업으로 하고 있었다. 또한 고향 오세무라는 1700년대 중반에서 1920년대 중반까지 목랍의 주산지였다. 이러한 고향의 생활과 풍습들이 소설 속 골짜기 마을의 생활과 풍광으로 재구축되는데, 이렇듯 시코쿠의 자연환경은 오에 작품의 주된 무대이자 작가적 상상력의 원천이 된다. 오에는 이 시코쿠 고향 마을의 자연을 자양분으로 하여 작가적 상상력을 자유롭게 펼쳐간다.

이 소설은 제2차 세계대전 때 국민학교라고 불리던 소학교 시절의 어느 날, 교사가 '세계의 그림' 견본을 그려 보여주며 자신이 사는 세계를 그림으로 그려보라는 말에 '나'가 다음과 같은 그림을 그리는 것으로 시작된다.

일본 열도에서 사할린, 그리고 타이완으로 넓히고 또 한반도를 포함한 대일본제국의 지도에 덧붙여서 중국 대륙과 아시아의 모든 점령 지역을 빨간 분필로 강조합니다. 그 위의 높은 곳에는 구름에 둘러싸인 천황과 황후 '두 폐하'의 상반신을 그려 넣습니다. 그림을 그리는 관점은 거기에 있었고, 아득히 아래쪽에 있는 지구를 내려다보며 그린 그림 같았습니다. [……] 나도 비슷한 그림을 도화지에 그렸습니다. 하지만 일본 주변의 지도 대신 숲속 골짜기를, 천황과 황후 대신 M/T를 그렸습니다.

이런 것이 어떻게 '세계의 그림'이냐며 선생님은 내 뺨을 주먹으로 때렸습니다. 그러나 나는 가만히 있었습니다. [……] 동시에 자랑스럽고도 분명하게 '이것이 우리가 살고 있는 세계다' '우리의 숲과 숲속 골짜기 마을은 이런 세계다'라고 느꼈습니다. 그때 내 가슴속에 아직 그 기호가 있었던 건 아니지만, 그래도 지금 그 기호를 사용하여 그때의 느낌과 생각을 나타낸다면, 우리는 M/T의 큰 그늘에 덮여 이 마을에 살고 있다는 것이었습니다. (서장 1~2)

일본 열도와 제국 일본의 점령지, 그리고 천황 부부를 그린 교사의 '세계의 그림' 견본과는 다른, M/T와 골짜기 마을을 그린 '나'의 그림. 이것이 주인공 '나'가 사는 세계, 숲속 골짜기 마을이다. 골짜기 마을의 독자적인 신화와 전설 속에서 위기 때마다 골짜기 마을을 구한 M과 T를 그린 '나'의 '세계의 그림'. 여족장, 여가장이라는 뜻의 메이트리아크matriarch인 M과, 골짜기 마을이 위기에 처할 때마다 마을을 구한 트릭스터trickster인 T. '나'가 사는 세계는 이 M/T의 보호 아래 있는 골짜기 마을이며, '나'는 그것을 자랑스러워한다. 골짜기 마을 고유의 민담=골짜기 마을 고유의 신화와 전설을 가지고 있으며, 천황과 황후가 아닌 M/T가 보호하는 골짜기 마을이 '나'를 포함한 골짜기 마을 사람들에게는 그 자체로 일본국에 비견되는 하나의 국가이자 그들의 전체인 소우주를 이루고 있는 것이다. 그리고 그것이 '나'가 그린 '세계의 그림'을 통해 선명하게 드러나 있다.

이 소설 속 골짜기 마을은 에도시대에 어느 번의 지체 높은 집안의 자제들로 성곽 마을 무법자였던 젊은이들이 번에서 추방당하자 번의 눈을 피해 산을 거슬러 올라가 만든 마을이다. 성곽 마을 무법자들이 추방당해 은밀히 만든 마을. 깊은 숲속의 작은 마을이지만, 마을의 창건 신화에서 무법자들이 만든 마을로 전해진다는 것은 조금 황당하기도 하다. 게다가 '파괴자'의 아내인 '오바'는 '파괴자'가 번의 무법자였던 시절, 자신의 형수였다. 작품 안에서 어린 '나'조차도 마을의 신화와 전설을 기록해야 하는 입장에서 이 사실에 대해 난처해하는 것처럼, 한 마을이 추방당한 무법자들에 의해 만들어졌고 게다가 형수였던 사람과 창건한 마을에서 부부가 된다는 내용은 창건 신화로서는 왠지 어울리지 않는 듯한 대목이다. 이것은 중심으로부터 먼 이 산골짜기 마을이 중심의 '일본국'과 성립 단계에서 이미 구조적인 대립 관계에 놓여 있음을 나타내기 위한 요소일 것이다.

또 하나, 주인공 '나'가 의아해하는 것은 마을을 만든 인물임에도 '파괴자'라 불리는 것에 대해 아무도 의문을 갖지 않는다는 점이다. 이에 대해 작가는 다음 시대로 옮겨 가기 위해 자신이 만든 마을을 파괴하는, 파괴자와 창조자라는 한 쌍이 된 지도자의 이미지를 표현한 것이라고 말한다.

울울창창한 깊은 숲속, 그곳은 무언가 헤아릴 수 없이 많은 이야기를 간직한, 엄청난 비밀이 숨어 있을 것 같은 신비의 공간이다. 그리고 이 숲속 공간에 골짜기 마을을 만든 '파괴자'와 그 일행. 백 살이 넘어 몸이 거대해진 '파괴자'와 그 동료들이 야외 노동 중에 몸이 희미해지더니 저편으로 사라졌다고도 하고, '파괴자'가 엉덩이에 눈이 하나 달린 '엉덩이눈'에게 독살되고 그 '파괴자'의 살을 마을 사람들이 나누어 먹었다고도 하는 이야기. 그야말로 이 소설 제목에 있는 '불가사의'라는 뜻의 '후시기不思議'는 신비로움과 괴이함 사이를 왕복운동 하며 신비하면서도 기괴한 숲의 세계를 잘 나타낸다. 독자들에게도 어떤 이에게는 이 숲이 신비의 공간으로, 또 어떤 이에게는 기괴한 공간으로 느껴질 것이다. 그만큼이나 이 소설은 '숲의 신비한 이야기'와 '숲의 이상한 이야기' 사이를 오가고 있고, 따라서 소설 제목은 '신비한'과 '이상한' 그 어느 쪽으로도 번역이 가능하다. 하지만 작품 후반으로 가면서 이 소설에서 그려지는 숲이 기이함에서 점차 신비함 쪽으로 흐르고 있다고 판단하여 '신비한'에 무게중심을 두었다.

그리고 이 신비한 숲속 마을에는 신비하면서도 괴이한 인물들이 살고 있다. 파괴자, 오바, 오시코메, 메이스케, 엉덩이눈 등등. 이들 인물의 고유명사를 번역할 때 일반명사의 결합으로 된 고유명사는 소설 전개에 대한 전달력을 높이고자 우리말로 번역하여 표기했고, 그 외의 고유명사는 일본어 원음으로 한글 표기했다. 예를 들어 파괴하는 사람이라는 뜻의 '고와스 히토'는 일반명사가 고유명사화된 명칭으로, '파괴자'로 번역했다. '엉덩이눈'이라는 뜻을 가진 '시리메' 또한 우리말 '엉덩이눈'으로 번역하여 이름에서 인물이 가진 특성이 잘 드러나게 했다. 오바, 오시코메, 메이스케는 고유명사인 일본어 원음 그대로 우리말로 표기했다. 인물의 명칭은 아니지만, 골짜기 마을 위편에 취락을 이루고 있는 '자이在' 마을은 '자이'로 번역했다. '在'는 '시골' 또는 '~의 근교'를 나타내는 말로도 볼 수 있는데, 골짜기 마을과 짝이 되는 마을인 만큼 '자이'로 번역하여 '골짜기 마을'과 함께 일반명사의 고유명사화를 꾀했다.

여기에서 한 가지 더 부연하면, '파괴자'라 불린 젊은이와 그 일행이 만든 골짜기 마을의 신화와 전설은 1979년에 출간된 『동시대 게임同時代ゲーム』의 스토리이기도 하다. 『동시대 게임』은 오에가 자신이 나고 자란 시코쿠의 골짜기 마을과 숲의 이미지를 종합적으로 구상하여 발표한 작품이었으나 작가의 의도와는 다르게 작품이 난해하다는 평가 일색이었다. 이러한 혹평 탓에 오에는 이를 만회하기 위한 새로운 스타일을 구상하여 그의 표현대로라면 '아이도 읽을 수 있는' 형태로 다시 쓴 뒤 『M/T와 숲의 신비한 이야기』를 발표했다. 『동시대 게임』이 발표되고 나서 6년 후인 1985년 12월부터 1986년 9월까지

계간지『헤르메스ヘるめす』에 연재되었고, 여기에 제4장「50일
전쟁」과 제5장「'숲의 신비'의 음악」을 추가하여 1986년 10월
이와나미서점岩波書店에서 단행본으로 간행되었다.

화자인 '나'가 여동생에게 보내는 서간문 형식으로 이야기
가 전개되는『동시대 게임』과는 달리 이야기체로 서술된『M/
T와 숲의 신비한 이야기』는 기나긴 겨울밤 할머니가 들려주던
옛날이야기를 연상케 하는 방식의 이야기 스타일로 전개되고
있어『동시대 게임』에 비해 독자들에게 다가가기 쉬운 작품이
라고 할 수 있다.

3. 민담과 노스탤지어

『M/T와 숲의 신비한 이야기』는 화자인 '나'가 할머니에게
듣는 옛날이야기의 형태로 시코쿠의 깊은 산골짜기 마을의 신
화와 전설이 펼쳐지며 이야기가 전개되는 소설이다. 주인공
'나'는 어렸을 때부터 할머니에게 골짜기 마을의 신화와 전설
을 들으며 자란다.

  "아주 먼 옛날이야기. 있었는지 없었는지 모르지만, 옛날
  일이라면 없었던 일도 있었던 것으로 하고 들어야 한다. 알
  겠니?"
  "응!" (서장 12)

작품 속 화자인 '나'가 할머니에게 골짜기 마을의 신화와 전설을 들을 때면 언제나 외쳐야 하는 정해진 문구. 이것은 골짜기 마을의 신화와 전설을 듣기 위해서 반드시 거쳐야 하는 하나의 의식이다. 마치 『아라비안 나이트』에 등장하는 「알리바바와 40인의 도둑」 이야기에서 '열려라 참깨'라는 주문을 외워야만 열리는 동굴문처럼 이 규칙 문구를 외친 후 할머니의 이야기는 시작된다. 하지만 어린 '나'에게 이 창화唱和는 마법의 주문처럼 신비하면서도 왠지 모를 두려움을 안겨주는데, 거기에는 이유가 있다.

> 그것은 뭔가 나에게는 전혀 알 수 없는 곳에서 주문과도 같은 역할을 하고 있는 건 아닐까? 나는 할머니를 따라 정해진 문구를 외치면서 동시에 "응!" 하고 혼자 대답함으로써 저주가 실현되는 데 힘을 보태고 있는 건 아닐까? 지금의 나의 표현으로 어릴 적 생각을 덧쓴다면 나에게는 그 같은 두려움이 있었습니다. (서장 12)

'나'는 이 주문과도 같은 창화를 함으로써 실제로 과거에는 없었던 일이 현실에 있었던 것처럼 과거를 바꾸어버리는 것은 아닐까 두려워하며 할머니의 옛날이야기를 듣지 않으려고 피해 다니기도 한다.

그러던 '나'는 고등학교에 입학할 무렵, 이 신화적 세계로 이끄는 주술과도 같은 정해진 문구의 창화가 일본의 저명한 민속학자인 야나기타 구니오柳田國男의 문장임을 알게 된다. 작품

속에 제목은 명시되어 있지 않지만, 야나기타 구니오의 저술은 『옛날이야기 기록집昔話覺書』(1933)으로, 그가 채집한 옛날이야기 채록집이다. 이 책 속에 오스미국大隅國(현재의 가고시마현鹿兒島縣 동부) 기모쓰키군肝屬郡에 전해 내려오던 옛날이야기 형식이라고 기록되어 있다. 이 이야기 형식이 그대로 작품 속에 인용되어 있는 것으로, 이 정해진 문구의 창화는 일본 구승문예의 한 형식을 잘 보여주는 대목이기도 하다.

이처럼 이 소설은 시코쿠의 울창한 숲과 자연을 배경으로 무언가 신비로운 세계가 열릴 것 같은 숲의 이미지를 그려냄과 동시에 일본 구전의 민담 형식을 채용함으로써 끝없는 이야기의 세계가 펼쳐질 기이한 신화와 전설의 세계로 이끌고 있다. 이계異界로 들어가기 위한 의식과도 같은 일정한 문구를 외침으로써 신화와 전설의 세계가 열리며 할머니가 전해주는 옛날이야기 속으로 타임 슬립해 가게 된다.

한편, 골짜기 마을의 신화와 전설을 기록해야 할 '나'는 할머니로부터 마을의 신화·역사를 듣는 일 외에 신화·역사 기록자로서 어떤 교육도 받지 않는다. 할머니가 '나'에게 행하는 교육이라는 것은 옛날이야기를 시작하기 위한 창화의 엄격함이다.

만일 내가 조금이라도 진지하지 않은 태도로 외치면 할머니는 말도 못 붙일 만큼 엄하고 단호하게 다시 말하도록 시킵니다. 이때 말고는 언제나 정답게 웃으며 나에게 엄한 말을 한 적이 없는 사람인 만큼, 이 정해진 문구를 주고받을 때면 긴

장하곤 했습니다. (서장 12)

이와 함께 할머니의 또 하나의 교육 방법은 듣는 '나'에게 '그리움'을 새겨 넣는 것이다. 가메이 메이스케의 이야기를 듣는 내내 '나'는 그에 대한 그리움을 느꼈고, 멕시코 인디언 부족의 민담에 관한 책을 읽으면서 골짜기 마을의 신화와 역사에 대한 그리움이 생생하게 되살아난다.

할머니의 이야기는 재미있지만 너무나도 이상한 대목에서는, 듣고 있는 어린아이를 재미있게 해주려고 부분적으로 지어낸 이야기가 아닐까 생각했던 일을 기억합니다. 그런데도 참으로 그립고 매료당하는 것 같았습니다. 이 **그런데도**라는 것이 중요하다는 생각이 들었던 것도 기억합니다. 이건 거의 할머니가 지어낸 이야기라고 생각하지만, **그런데도** 그립고 왠지 끌립니다⋯⋯
그립다고 느끼는 것. [⋯⋯] 그렇게 생각한 것이 아니라 그렇게 느꼈다는 것이 중요하다고 생각합니다. 그리고 어린 나도 이렇게 강렬하게 느꼈다는 것은 이미 자신의 머리로는 어찌할 수 없는, 그런 강력한 이유가 있었기 때문에 그렇게 느낀 것이라고 믿을 수밖에 없었습니다. (서장 7)

머리로는 거부할 수 없는 강력한 이끌림, 그리움. '그리움'이라는 감정과 정서는 지식, 이성理性과는 다른 영역으로 지식과 이성이 기능하는 교육과는 무관하다. 이 소설에서의 그리움이라는 감정은 아득히 먼 옛날의 일이지만 무언가 아련하게 가슴에 와닿는 익숙함과 반가움의 정서이다. 한국인이 이 땅에 전해 내려오는 신화와 전설을 듣고 자신이 속한 공동체가 가진 문화를 공유하며 정체성을 확립해가듯, '나'는 할머니의 이야기를 통해 골짜기 마을의 신화와 전설을 듣고 골짜기 마을을 창건 이래로 지켜온 M/T와 그 마을에 대해 긍지를 느끼며 골짜기 마을의 일원이라는 정체성을 확인해간다.

이 소설을 읽으면서 어릴 적 옛날이야기를 들려주시던 할머니와 자신의 모습을 떠올려본다면 그분들이 들려주던 옛날이야기를 매개로 한 공통의 문화와 정서를 가진 공동체 속의 자신을 인식하게 될 것이다.

작가가, 자신의 귀가 기억하는 할머니에 대한 것과 영혼 속에 계속해서 울리는 할머니의 이야기 말투를 새로운 소설의 내러티브로 재현하려 했다고 한 말은 그야말로 작품 속에서 '나'가 말한 '그리움'의 발로가 아닐까? 어린 시절 누구나 한 번쯤 경험했을 할머니가 들려주던 옛날이야기에 귀를 쫑긋 세우고 침을 삼키며 다음 대목을 기다리던 추억을 생각나게 하는 작품이 바로 이 소설이다.

이 작품은 일찍부터 해외에서 번역 출판되었다. 1989년 프랑스 갈리마르 출판사를 시작으로 오에 작품 중 가장 많이 번역되는 작품의 하나이다. 무엇보다 이 작품이 오에 소설의 큰 테마 중 하나인 숲속 골짜기 마을의 신화와 전설을 그리고 있고, 1980년대 그의 문학 세계를 잘 보여주는 작품이라는 데에 이 소설의 의미가 있다고 하겠다.

작가의 고향인 시코쿠의 골짜기 마을은 어릴 적 소년 오에가 자란, 그의 작가적 세계관, 문학관이 배양되고 축적될 수 있었던 토양이다. 그리고 숲의 신화와 전설을 그린 『M/T와 숲의 신비한 이야기』는 오에의 어릴 적 원체험이 바탕이 되어 그의 언어가 만들어낸 작가적 상상력의 풍부함을 보여주는 작품이다. 앞서 언급한 것처럼 이 소설이 노벨문학상 선정위원회에서 좋은 평가를 받은 데에는 이러한 측면들이 큰 역할을 했을 것으로 보인다.

그렇기에 더욱더 오에 겐자부로에게 의미 있는 이 작품이 번역되어 한국 독자들과 만날 수 있는 기회를 주신 대산문화재단과 책의 출판을 맡아주신 문학과지성사에 고마움을 전하고 싶다.

앞으로 오에 겐자부로의 보다 많은 작품이 번역되어 한국 독자들에게 좀더 가까이 다가갈 수 있기를 기대한다.

작가 연보

1935   1월 31일, 에히메현愛媛縣 기타군喜多郡 오세무라大瀨村, 지
        금의 우치코초內子町에서 출생. 7남매 중 다섯번째.

1941   오세국민학교 입학.

1944   부친 별세. 이해에 아버지와 할머니를 모두 잃음.

1945   일본의 패전과 제2차 세계대전 종결. 이때 오에 나이 열
        살. 이후 전후의 민주주의 교육을 받게 됨.

1947   학제 개혁으로 국민학교에서 소학교로 개칭된 오세소학교
        졸업.

        신제新制 오세중학교에 입학. 장래 과학자를 희망함.

1950   오세중학교 졸업. 4월에 현립 우치코內子고등학교 입학.

1951   마쓰야마시松山市에 있는 현립 마쓰야마히가시松山東고등
        학교로 전학, 재학 중에 훗날 영화감독 겸 배우가 되는 이
        타미 주조伊丹十三와 친교를 맺음.

1954   도쿄대학 문과에 입학.

1956   도쿄대학 불문학과에 진학.

1957   「기묘한 아르바이트奇妙な仕事」를 『도쿄대학신문東京大學新
        聞』에 투고하여 5월제상을 수상, 당시 저명한 문예평론가
        에게 전후의 허무주의를 잘 나타낸 작품이라는 호평을 받
        음. 『문학계文學界』 8월호에 발표한 「죽은 자의 사치死者の

奢り」가 아쿠타가와상 후보작이 됨.

1958 『문학계』1월호에 단편「사육飼育」을 발표하여 제39회 아쿠타가와상 수상. 첫 장편소설『새싹 뽑기, 어린 짐승 쏘기芽むしり仔撃ち』출간.

1959 대학 졸업. 졸업논문은「사르트르 소설의 이미지에 대해」. 장편『우리들의 시대われらの時代』출간.

1960 영화감독 이타미 만사쿠伊丹萬作의 장녀이자 고등학교 시절 친교를 맺은 이타미 주조의 여동생 유카리와 결혼. '젊은 일본의 모임' '안보비판의 모임' 참가. 일본문학대표단의 일행으로 중국 방문, 마오쩌둥과 만남.

홋카이도 레이분도禮文島 여행을 계기로 장편『청년의 오명青年の汚名』출간.

9월부터 장편『늦게 온 청년遲れてきた青年』을『신초新潮』에 연재 시작(~1962. 2).

1961 「세븐틴セヴンティーン」「정치소년 죽다政治少年死す」(「세븐틴」2부)를『문학계』1월호~2월호에 발표, 우익 단체로부터 협박을 받고『문학계』3월호에는 편집장의 이름으로 '근고謹告'를 게재. 2부인「정치소년 죽다」는 이후 오랫동안 단행본에 수록되지 못함.

유럽 및 구소련 여행, 파리에서 사르트르를 인터뷰함.

1962 장편『늦게 온 청년』을 단행본으로 간행.『군조群像』11월호에『절규叫び声』발표.

1963 뇌헤르니아로 지적 장애를 가진 장남 히카리光 출생. 히로시마 방문.

1964 장애 아들의 출생을 소재로 한 『개인적인 체험個人的な體験』 출간.

1965 에세이 1집 『엄숙한 외줄타기嚴肅な綱渡り』, 히로시마의 원폭 피해 상황과 원수폭금지운동의 분열 상황 등을 다룬 르포르타주 『히로시마 노트ヒロシマ·ノート』 출간. 오키나와 방문. 미국 여행.

1966 『오에 겐자부로 전 작품大江健三郎全作品』 전 6권 출간.

1967 장녀 출생. 『만엔 원년의 풋볼萬延元年のフットボール』 출간. 이 작품으로 제3회 다니자키 준이치로상 수상. 오키나와 방문.

1968 「아버지여, 당신은 어디로 가십니까?父よ、あなたはどこへ行くのか」 출간. 에세이 2집 『지속하는 의지持続する志』 출간. 미국 여행. 오키나와 방문.

1969 차남 출생. 「우리의 광기를 견딜 길을 가르쳐주오われらの狂氣を生き延びる道を教えよ」 출간. 오키나와 여행.

1970 르포르타주 『오키나와 노트沖繩ノート』 출간. 인도·아시아 여행.

1972 에세이 3집 『고래가 사멸하는 날鯨の死滅する日』 출간. 「문맨月の男」이 수록된 작품집 『친히 내 눈물을 닦아주시던 날みずから我が涙をぬぐいたまう日』 출간.

1973 『홍수는 내 영혼에 이르고洪水は我が魂に及び』 출간. 이 작품으로 제26회 노마문예상 수상.

1974 『문학 노트文學ノート』 출간.

1975 은사 와타나베 가즈오 사망. 오다 마코토, 이회성 등과 한

국 정부의 김지하 탄압에 항의하여 단식.

1976 멕시코 체류. 멕시코 국립대학 엘 콜레히오·데·메히코의 객원교수로 주 1회 일본의 전후 사상사를 영어로 강의. 『핀치러너 조서ピンチランナー調書』출간.

1977 『오에 겐자부로 전 작품』제2기 전 6권 출간. 하와이 체류.

1979 오에의 고향 마을을 배경으로 골짜기 마을의 신화와 전설을 그린 장편『동시대 게임同時代ゲーム』을 출간했으나 난해하다는 평가를 받음.

1982 연작 소설집『'레인트리'를 듣는 여인들「雨の木」を聴く女たち』출간.

1983 『'레인트리'를 듣는 여인들』로 제34회 요미우리문학상(소설상) 수상. 연작 단편집『새로운 사람이여 눈을 떠라新しい人よ眼ざめよ』출간. 미국 캘리포니아대학 체류.

1986 『동시대 게임』에 대한 난해하다는 평가를 극복하기 위해 다시 쓴 장편『M/T와 숲의 신비한 이야기M/Tと森のフシギの物語』출간.

1987 장편『그리운 시절로 띄우는 편지懷かしい年への手紙』출간.

1988 장편『퀼프군단キルプ軍團』출간. 평론집『마지막 소설最後の小説』출간.

1989 여성을 주인공으로 한 최초의 장편『인생의 친척人生の親戚』출간.

1990 『치료탑治療塔』출간, 장애아의 여동생 시점으로 그린『조용한 생활静かな生活』출간.

404

1991	『치료탑 행성治療塔惑星』출간.
1993	〈타오르는 푸른 나무燃えあがる綠の木〉제1부『'구세주'의 수난「救い主」が毆られるまで』출간.
1994	〈타오르는 푸른 나무〉제2부『흔들림搖れ動く』출간.
	10월 노벨문학상 수상. 천황이 수여하는 문화훈장 거부.
	12월 노벨문학상 수상식장에서「애매한 일본의 나あいまいな日本の私」라는 제목으로 수상 기념 강연을 행함.
1995	〈타오르는 푸른 나무〉제3부『위대한 날에大いなる日に』와 『회복하는 가족恢復する家族』출간.
	노벨문학상 수상 기념 연설문을 담은『애매한 일본의 나』출간. 한국 방문.
1996	미국 프린스턴대학 동아시아연구소 객원교수.
1997	모친 별세.
1999	절필 선언을 번복하고 신흥종교집단을 소재로 한 장편 『공중제비 돌기宙返り』상·하권 출간. 독일 베를린 자유대학 객원교수.
2000	이타미 주조의 죽음을 계기로 한『체인지링取り替え子』출간.
2001	'새 역사교과서를 만드는 모임'이 만든 교과서 채택을 반대하는 성명 발표.
2002	『우울한 얼굴의 아이憂い顔の童子』출간.
2003	귄터 그라스·놈 촘스키·에드워드 W. 사이드 등과의 왕복 서간집『오에 겐자부로 왕복 서간—폭력에 저항하여 쓰다大江健三郎往復書簡 暴力に逆らって書く』출간.
2004	전쟁 포기 조항인 헌법 9조를 지키고자 하는 '9조 모임'

시작.

2005   『안녕, 나의 책이여!さようなら、私の本よ!』출간.

1970년에 간행한 『오키나와 노트』의 '오키나와 강제집단
사' 관련 표현을 둘러싸고 전직 군인과 군인의 유가족이
오에 겐자부로와 출판사인 이와나미서점을 제소하여 '오
키나와 노트 재판' 시작됨.

서울국제문학포럼에 참석하기 위해 내한.

2006   오에의 작가 생활 50주년과 고단샤講談社 창업 100주년을
기념한 '오에 겐자부로상' 창설. 심사위원은 오에 겐자부
로 1인이며 수상작은 영어 등 외국어로 번역 출판.

5월, 대산문화재단이 주최한 공개좌담회에 참석하기 위해
내한.

2007   『아름다운 애너벨 리 싸늘하게 죽다臈たしアナベル・リイ総毛
立ちつ身まかりつ』출간. 대담집 『오에 겐자부로 작가 자신
을 말하다大江健三郎 作家自身を語る』출간.

2009   아버지의 죽음에 관련된 이야기인 장편 『익사水死』출간.

2011   '오키나와 노트 재판'이 대법원에서 오에 측의 승소로 판결.

2013   마지막 소설 『만년양식집晩年様式集』출간.

2014   『오에 겐자부로 자선단편大江健三郎自選短編』발간.

2007년에 제1회 시상이 시작된 '오에 겐자부로상'이 2014
년까지 총 8회로 종료.

2018   고단샤에서 『오에 겐자부로 전 소설大江健三郎全小説』간행
시작. 오랫동안 단행본 속에 수록되지 못했던 「세븐틴」
2부에 해당하는 「정치소년 죽다」가 제3권에 수록됨.

2019   2018년부터 시작된 『오에 겐자부로 전 소설』 전 15권 간행.

2023   3월 3일, 노환으로 별세. 향년 88세.

세계문학과 한국문학 간에 혈맥이 뚫려, 세계−한국문학의 공진화가 개시되기를

21세기 한국에서 '세계문학'을 읽는다는 것은 무엇을 뜻하는가? 자국문학 따로 있고 그 울타리 바깥에 세계문학이 따로 있다는 말인가? 이제 한국문학은 주변문학이 아니며 개별문학만도 아니다. 김윤식·김현의『한국문학사』(1973)가 두 개의 서문을 통해서 "한국문학은 주변문학을 벗어나야 한다"와 "한국문학은 개별문학이다"라는 두 개의 명제를 내세웠을 때, 한국문학은 아직 주변문학이었다. 한데 그 이후에도 여전히 한국문학은 주변문학이었다. 왜냐하면 "한국문학은 이식문학이다"라는 옛 평론가의 망령이 여전히 우리의 의식을 장악하고 있었기 때문이다. 그렇게 생각하고 그렇게 읽고, 써온 것이었다. 그리고 얼마간 그런 생각에 진실이 포함되어 있는 것도 사실이었다. 그러나 천천히, 그것도 아주 천천히, 경제성장이나 한류보다는 훨씬 느리게, 한국문학은 자신의 '자주성'을 세계에 알리며 그 존재를 세계지도의 표면 위에 부조시키고 있었다. 그런 와중에 반대 방향에서 전혀 다른 기운이 일어나 막 세계의 대양에 돛을 띄운 한국문학에 위협적인 격랑을 밀어붙이고 있었다. 20세

기 말부터 본격화된 '세계화'의 바람은 이제 경제적 재화뿐만
이 아니라 어떤 나라의 문화물도 국가 단위로만 존재할 수 없
게 하였던 것이니, 한국문학 역시 세계문학의 한 단위라는 위
상을 요구받게 되었던 것이다.

그러니 21세기 한국에서 세계문학을 읽는다는 것은 진정 무
엇을 뜻하는가? 무엇보다도 세계문학이라는 개념을 돌이켜 볼
때가 되었다. 그동안 세계문학은 '보편문학'의 지위를 누려왔
다. 즉 세계문학은 따라야 할 모범이고 존중해야 할 권위이며
자국문학이 복종해야 할 상급 문학이었다. 그리고 보편문학으
로서의 세계문학의 반열에 올라간 작품들은 18세기 이래 강대
국의 지위를 누려온 국가의 범위 안에서 설정되기가 일쑤였다.
이렇게 해서 세계 각국의 저마다의 문학은 몇몇 소수의 힘 있
는 문학들의 영향 속에서 후자들을 추종하는 자세로 모가지를
드리워왔던 것이다. 이제 세계문학에게 본래의 이름을 돌려줄
때가 되었다. 즉 세계문학은 보편문학이 아니라 세계인 모두가
향유할 수 있도록 전 세계 방방곡곡에서 씌어져서 지구적 규모
의 연락망을 통해 배달되는 지구상의 모든 문학이라고 재정의
할 때가 되었다. 이러한 재정의에는 오로지 질적 의미의 삭제
와 수량적 중성화만 있는 게 아니다. 모든 현상학적 환원에는
그 안에 진정한 가치를 향해 나아가고자 하는 지향성이 움직이
고 있다. 20세기 막바지에 불어닥친 세계화 토네이도가 애초에
는 신자유주의적 탐욕 속에서 소수의 대국 기업에 의해 주도되
었으나 격심한 우여곡절을 겪으며 국가 간 위계질서를 무너뜨
리는 평등한 교류로서의 대안-세계화의 청사진을 세계인의 마

음속에 심게 하였듯이, 오늘날 모든 자국문학이 세계문학의 단위로 재편되는 추세가 보편문학의 성채도 덩달아 허물게 되어, 지구상의 모든 문학들이 공평의 체 위에서 토닥거리는 게 마땅하다는 인식이 일상화까지는 아니더라도 최소한 정당화되고 잠재적으로 전망되는 여건을 만들어내게 되었던 것이다.

또한 종래 세계문학의 보편문학적 지위는 공간적 한계만을 야기했던 게 아니다. 그 보편문학이 말 그대로 보편성을 확보했다기보다는 실상 협소한 문학적 기준에 근거한 한정된 작품 집합에 머무르기 일쑤였다. 게다가, 문학의 진정한 교류가 마음의 감동에서 움트는 것일진대, 언어의 상이성은 그런 꿈을 자주 흐려왔으니, 조급한 마음은 그런 어둠 사이에 상업성과 말초적 자극성이라는 아편을 주입하여 교류를 인공적으로 촉진시키곤 하였다. 이제 우리는 그런 편법과 왜곡을 막기 위해서, 활짝 개방된 문학적 관점을 도입하여, 지금까지 외면당하거나 이런저런 이유로 파묻혀 있던 숨은 걸작들을 발굴하여 널리 알리고 저마다의 문학을 저마다의 방식으로 감상할 수 있는 음미의 물관을 제공해야 할 것이다. 실로 그런 취지에서 보자면 우리는 한국에 미만한 수많은 세계문학전집 시리즈들이 과거의 세계문학장을 너무나 큰 어둠으로 가려오고 있었다는 것을 절감한다.

이와 같은 인식하에 '대산세계문학총서'의 방향은 다음으로 모인다. 첫째, '대산세계문학총서'의 기준은 작품의 고전적 가치이다. 그러나 설명이 필요하다. 이 고전은 지금까지 고전으로 인정된 것들에 갇히지 않는다. 우리가 생각하는 고전성은 추상적으로는 '높은 문학성'을 가리킬 터이지만, 이 문학성이란 이미 확정된 규칙들에 근거한 문학성(그런 문학성은 실상 존재하지 않거니와)이 아니라, 오로지 저만의 고유한 구조를 통해 조직되는데 희한하게도 독자들의 저마다의 수용 기관과 연결되는 소통로의 접속 단자가 풍요롭고, 그 전류가 진해서, 세계의 가장 많은 인구의 감성을 열고 지성을 드높일 잠재적 역능이 알차게 채워진 작품의 성질을 가리킨다. 이러한 기준은 결국 작품의 문학성이 작품이나 작가에 의해 혹은 독자에 의해 일방적으로 결정되는 것이 아니라, 세 주체의 협력에 의해 형성되며 동시에 그 형성을 통해서 작품을 개방하고 작가의 다음 운동을 북돋거나 작가를 재인식시키며, 독자의 감수성을 일깨워 그의 내부에 읽기로부터 쓰기로의 순환이 유장하도록 자극하는 운동을 낳는다는 점을 환기시키고 또한 그런 작품에 대한 분별을 요구한다.

이 첫번째 기준으로부터 두 가지 기준이 덧붙여 결정된다.

둘째, '대산세계문학총서'는 발굴하고 발견한다. 모르거나 잊힌 것을 발굴하여 문학의 두께를 두텁게 하고, 당대의 유행을 따라가기보다는 또한 단순히 미래를 예측하기보다는 차라리 인류의 미래를 공진화적으로 개방할 수 있는 작품을 발견하여 문학의 영역을 확장할 것을 목표로 한다. 이는 또한 공동선의 실현과 심미안의 집단적 수준의 진화에 맞추어 작품을 선별한다는 것을 뜻한다.

셋째, '대산세계문학총서'가 지구상의 그리고 고금의 모든 문학작품들에게 열려 있다면, 그리고 이 열림이 지금까지의 기술

그대로 그 고유성을 제대로 활성화시키는 방식으로 진행되는 것이라면, 이는 궁극적으로 '가장 지역적인 문학이 가장 세계적인 문학'이라는 이상적 호환성을 추구한다는 것을 가리킨다. 이는 또한 '대산세계문학총서'의 피드백에도 그대로 적용될 것이다. 즉 '대산세계문학총서'의 개개 작품들은 한국의 독자들에게 가장 고유한 방식으로 향유될 터이고, 그럴 때에 그 작품의 세계성이 가장 활발하게 현상되고 작용할 것이다.

　이러한 기준들을 열린 자세와 꼼꼼한 태도로 섬세히 원용함으로써 우리는 '대산세계문학총서'가 그 발굴과 발견을 통해 세계문학의 영역을 두텁고 넓게 하는 과정 그 자체로서 한국 독자들의 문학적 안목과 감수성을 신장시키는 데 기여할 것을 기대하며, 재차 그러한 과정이 한국문학의 체내에 수혈되어 한국문학의 도약이 곧바로 세계문학의 진화로 이어지게끔 하기를 희망한다. 이는 우리가 '대산세계문학총서'를 21세기의 한국사회에서 수행하는 근본적인 소이이다. 독자들의 뜨거운 호응을 바라마지않는다.

'대산세계문학총서' 기획위원회

대산세계문학총서